平原

畢飛宇

目次

星垂平野闊

偉大的古文明都誕生自平原。中華文化，她誕生於黃淮平原；蘇美文化，誕生於美索不達米亞平原；埃及文化，誕生於尼羅河沖積平原；印度文化，誕生於恆河平原。然而，每個平原所賴以滋養而繁榮興盛的，往往是那滾滾奔流的大河。

《平原》是畢飛宇繼《玉米》之後，深廣厚實的長篇創作。場景還是那個典型中國農村的王家莊，時間背景也還是一九七〇年代，那是個必須鬥爭、不斷革新，非得使人性扭曲變形，才能活得下來的時代。《平原》正是那掙扎求活，以至於變形異化的人性。

全書二十四章，第一章畢飛宇刻意以重複、瑣細的寫法，呈現平原上農家的日常、農家的繁瑣與日復一日；第二章則人物紛呈，主人公端方在蘇北平原王家莊出場了，節奏也驟然加快；小說的文字充滿張力，故事壓縮在很小的空間，很短的時間內，讓我們看到現實的種種荒誕。

端方不愧是有智謀之士，在那個打鬥的年代裡，他能以自己的智慧和勇猛，挽救改嫁至王家莊的母親和自身在家裡的地位，捍衛並抑制悲劇的發生，使村裡一向自居群首的佩金，跟班大路、紅旗等人臣服。他能智取高家莊的人，卻無法掌控住自己的命運。從這個被異化的年代，一種歷史的宿命感，在每個人身上體現，卻沒有一個人能脫逃。

畢飛宇運用精準的文字，流暢的敘述，勾勒出不同年代裡人性的權欲紛爭，故事充滿張力，細訴芸芸眾生的內在渴求。書中保持《青衣》、《玉米》以來辛辣且深符主人公個性的語言對話，不見流血卻傷人更深的權力鬥爭，以及被時代的重量壓抑而扭曲的人性。寫的雖不是女子，卻如同《玉米》一般，有著屬於女人家因為陰柔而格外蝕骨的狠毒，更因為女人家不得見天日的傳統歧視，更加壓抑，更加找不到出路，更加有如命定般走向悲慘。

畢飛宇認為一九七〇年代是個絕對不能輕易忘記的年代，有了《玉米》和《平原》，相信這個年代將讓人很難忘記。這是一部新奇的、極具藝術價值與閱讀魅力的小說，是畢飛宇近年來愈益成熟的小說藝術展現，也是新世紀文學的一個重要收穫。

——編　者

生命中的壯闊平原

（台灣版序言）

作家的生活是枯燥的，幾乎說不出什麼來，但是，也有一點好，在他回首往事的時候，他可以用一部又一部作品的書名來命名已逝的時光。舉一個例子，二〇〇三年一月至二〇〇五年七月，我生命中的這兩年零七個月，它們平靜如水，可它們有一個壯闊的名字，叫《平原》。

我的生日在一月。每年的一月我都是神經質的，有不可遏制的體能、想像力，當然，還有不可遏制的表達欲望——《青衣》動工於二〇〇〇年的一月；《玉米》動工於二〇〇一年的一月；《玉秧》則動工於二〇〇二年的一月；到了二〇〇三年的一月，《平原》又上手了。我曾經用誇張的、玩笑的語調詢問我遠方的朋友：「為什麼一到冬季我就這樣才華橫溢的呢？」

其實不是「才華橫溢」，是恐懼。生日臨近，我的心智，我的肉體，它們對「時光」

就有了異乎尋常的敏銳，我能感受到「時光」對我的洞穿。「時光」是尖銳的，也是洶湧澎湃的，這個世上沒有比「時光」更加倔強的東西了，它義無反顧，一去不回頭。

我很小的時候對「時光」就有了敬畏。因為敬畏，所以恐懼。因為恐懼，所以愛惜。因為愛惜，就有所企圖。我的有所企圖無非就是做點什麼。是啊，做點什麼。做點什麼呢？我只能尋找一些虛空的東西來陪伴我——我的認知，我的感受，我的激情，我的語言，我的想像，我的表達。

在我的書房裡，我不再恐懼。在書房，我可以笑傲我的時光。你去吧，你來吧。無論你對我做了什麼，我愛你。

《平原》描繪了一九七六年這一個特定的「時光」。當我在二〇〇三年一月回望一九七六年的時候，不恰當的野心出現了。我渴望包餃子。我渴望一巴掌把一九七六年拍扁了，然後，把我對「文革」所有的認識都包裹進去。在《平原》當中，我描繪了一個叫「王家莊」的地方——那也是《玉米》的人文地址——謝天謝地，寬容的朋友們已經把「王家莊」放置在中國當代文學的地理版圖上了。那不是一塊「郵票大的地方」，充其量，那只是一個「芝麻大的地方」。這地方為什麼叫「王家莊」呢？原因很簡單，這地方姓「王」，它是民主的死角，自由的死角，也是尊嚴、同情、悲憫和愛的死角。它奉行的依然是「王道」。

作為一部「批判歷史主義」的小說，在小說的結尾我寫到了一條狗。這條狗是一個重要的「人物」。牠是狂犬。在一九七六年的冬季，牠被打死了。牠在臨死之前咬了男主人公端方一口。當我寫完《平原》的時候，我在二〇〇五年的盛夏推開了我的窗戶，我望著窗外，特別想知道，端方，你在哪裡？你在做什麼？你的健康有異樣嗎？你的傷疤是否放射出刀鋒或冰塊一樣的光芒？

在這裡我必須要說一說三丫，那個不幸的女孩子。我在這裡把她專門提出來，也許不是因為這個人描寫得成功。這個人物是《平原》的支撐點。從小說結構的意義上說，她不是。但是，在我的情感上，她瘦弱的身體一直支撐在我的內心。為了描寫她，我花費了太多的時間。從技法上說，她並不難寫。是我害怕她。我害怕在我的小說裡和她面對面，我只能停下來，一次又一次停下來。當她被我「寫死了」的時候，我感受到了一個人作為小說家的不潔。可我沒有辦法。我無能為力。柏拉圖說：「藝術家是不道德的。」是的，作為《平原》的作者，我感受到了藝術家的鐵石心腸。這是代價。

除了端方，三丫，除了「王家莊」的那些農民，我在「王家莊」還安置了一些特別的人物，那個叫吳蔓玲的知青，還有那個叫顧先生的右派。熟悉中國當代文學的讀者朋友們也許可以發現，他們和以往的「知青」和「右派」是有所區別的。我珍惜這種區別。這種區別並不是來自於我的認識才能和文學才能，我把它歸功於理性的進步。

現在是二〇〇七年的夏季，我已經在寫另外的一本書了（這本書開啓於二〇〇七年的一月）。就在這樣的時候，這本書在台灣刊行了。我是欣喜的，也是感激的。它使我獲得了一次回望的機遇。我衷心地感謝九歌出版社，衷心地感謝這本書的責編薛至宜女士。

世道變了，我當然知道這樣的書早就不合時宜了，可我還是期盼著台灣的讀者能夠喜歡。我在南京感謝你們。

畢飛宇

二〇〇七年四月二十七日

於南京寓所

上卷

第一章

麥子黃了，大地再也不像大地了，它得到了鼓舞，精氣神一下子提升上來了。在田壟與田壟之間，在村落與村落之間，在風車與風車、槐樹與槐樹之間，綿延不斷的麥田與六月的陽光交相輝映，到處洋溢的都是刺眼的金光。太陽在天上，但六月的麥田更像太陽，密密匝匝的麥芒宛如千絲萬縷的陽光。陽光普照，大地一片燦爛，壯麗而又輝煌。這是蘇北的大地，沒有高的山，深的水，它平平整整，一望無際，同時也就一覽無遺。麥田裡沒有風，有的只是一陣又一陣的熱浪。熱浪有些香，這厚實的、寬闊的芬芳是泥土的召喚，該開鐮了。是的，麥子黃了，該開鐮了。

莊稼人望著金色的大地，張開嘴，瞇起眼睛，喜在心頭。再怎麼說，麥子黃了也是一個振奮人心的場景。經過漫長的、同時又是青黃不接的守候之後，莊稼人聞到了新麥的香味，心裡頭自然會長出麥芒來。別看麥子們長在地裡，它們終究要變成莧子、饅頭、疙瘩或麵條，放在家家戶戶的飯桌上，變成莊稼人的一日三餐，變成莊稼人的婚喪嫁娶，一句話，變成莊稼人的日子。是日子就不光是喜上心頭，還一定有與之相匹配的苦頭。說起苦，人們時常會想起一句老話：人生三樣苦，撐船、打鐵、磨豆腐。其實這句話不是莊稼人說的，想一想就不像。說這句話的一定是城裡人，少說也是鎮子裡的人。他們吃飽了肚子，站在櫃檯旁邊或剃頭店的屋簷下面，少不了說一兩句牙疼的話。牙疼的話說白了也就是瞎話。和莊稼人的割麥子、插秧比較起來，撐船算什麼，打鐵算什麼，磨豆腐又算得了什麼？麥子香在地裡，可終究是在地裡。它們不可能像跳蚤那樣，一蹦多高，碰巧又落到你們家的飯桌上。你得把它們割下來。你得經過你的手，一棵一棵地，把浩浩蕩蕩的麥子割下來。莊稼人一手薅住麥子，一手拿著鐮刀，他們的動作從右往左，一把，一把，又一把。等你把這個動作重複了十幾遍，你才能向前挪動一小步。人們常用一步一個腳印來誇獎一個人的踏實，對於割麥子的莊稼人來說，跨出去一步不知道要留下多少個腳印。這其實不要緊，莊稼人有的是耐心。但是，光有耐心沒有用，最要緊的，是你必須彎下你的腰。這一來就要了命了。用不了一個上午，你的腰就直不起來了。然而，這僅僅是一個開始。當你抬起頭來，沿著麥田的平面向遠方眺望的時候，無邊的金色跳蕩在你的面前，灼熱的陽光燃燒在你的面前，它們在召喚，它們還是無底的深淵。這哪裡是勞作，這簡直就是受刑。一受就是十多天。但是，這個刑你不能不受，你自己心甘情願。你不情願你的日子就過不下去。莊稼人只能瞇著眼睛，張大了嘴巴，用胳膊支撐著膝蓋，吃力地直起腰來，喘上幾口氣，再彎下腰去。你不能歇。你一天都不能歇，一個早晨的懶覺都不能睡。每天凌晨四點，甚至是三點，你就得咬咬牙，拾掇起散了架的身子骨，回到麥田，把昨天的刑具再撿起來，套回到自己的身上。並不是莊稼人賤，不知道體恤自己，不知道愛惜自己，不是的。莊稼人的日子其實早就被老天爺控制住了，這個老天爺就是「天時」。聖人孟老夫子都知道這個。他在幾千年前就坐著一輛破牛車，四處宣講「不誤農時」，說的就是這個意思。「農時」是什麼？簡單地說就是太陽和土地的關係，它們有時候離得遠，有時候靠得近。到了近的時候，你就不能耽擱。你耽擱不起，太陽可不等你。麥收的季節你要是耽擱下來了，你就耽誤了插秧。耽擱了插秧，你的日子就只剩下一半了，過不下去的。所以，莊稼人偷懶了可不叫偷懶，而叫「不識時務」，很重的一句話了，說白了就是不會過日子。都說莊稼人勤快，誰勤快？誰他媽的想勤快？誰他媽的願意勤快？都是叫老天爺逼的。說到底，莊稼人的日子都被「天時」掐好了生辰八字。天時就是你的命，天時就是你的運。爲了搶得「天時」，收好了麥子，莊稼人一口氣都不能歇，馬上就要插秧。插秧就更苦了。你的腰必須彎得更深。你的身子骨必須遭更大的罪。差不多就是上老虎凳了。所以說，一旦田裡的麥子黃了，莊稼人望著浩瀚無邊的金色，心裡頭其實複雜得很。喜歸喜，到底也還有怕。這種怕深入骨髓，同時又無處躲藏。你只能梗著脖子，迎頭而上。當然，誰也沒有把它掛在嘴唇上。莊稼人說不出「人生三樣苦，撐船打鐵磨豆腐」那樣漂亮的話來。說了也是白說。老虎凳在那兒，你必須自己走過去，爭先恐後地騎上它。

不怕的人有沒有？有。那就是一些後生。所謂愣頭青，所謂初生的牛犢。端方就是其中的一個。端方是利用忙假的假期回到王家莊的，其實還是一個高中生，眼見得就要畢業了。端方在中堡鎮念了兩年的高中，並沒有在書本上花太多的力氣，而是把更多的時光耗在了石鎖和石擔子上。端方話不多，看上去不太活絡，卻在中堡鎮結交了一些鎮上的朋友，都是舞拳弄棒的內手。端方跟在他們的後頭，其實是衝著那些石鎖和石擔子去的。雖說身子單薄，沒什麼肉，但端方天生就有一副開闊的骨頭架子，關鍵是嘴潑，牙口壯，一頓飯能嚥下七八個大饅頭。高中兩年，端方換了一個人，個子躥上來不說，塊頭也大了一號，敦敦實實的，是個魁梧穩健的大男將了，隨便一站就虎虎生風。端方帶著他一身的好肉和一身的好力氣回到了王家莊，同時帶回來的還有一床被褥、一隻木箱子和兩把鐮刀。端方是知道的，忙假一完，一眨眼就是畢業考試。考過試，掖好畢業證書，他就是王家莊的社員，一個正式的壯勞力了。

端方在鎮子上拚了命地練身體有端方的理由。端方和父親的關係一直不對，有時候還動到手腳。端方得把力氣和體格先預備著，說不定哪一天就用得上。端方的父親不是親的，是他的繼父。端方是作爲「油瓶」隨他的母親「拖」到王家莊的。那一年他剛剛十四歲。由於發育得晚，端方又瘦又蔫，基本上還是個秧子。在此之前他不僅不是王家莊的人，甚至都不是興化縣的人。他被他的母親寄養在大豐縣，白駒鎮，東潭村，他外婆的家裡。那其實也不是端方的家。他的家應該在白駒鎮的西潭村，他生父的屍骨至今還沉睡在西潭村的泥土下面。端方寄養在外婆的家裡，嘴上說是被外婆養著，眞正養他的還是小舅舅。但是小舅舅成家了，小舅媽過門了，嘴上沒說什麼，端方到底礙著人家的手腳。母親沈翠珍趕了一天的路，從王家莊來到了東潭村，領著端方四處磕頭。先是給活人磕，磕完了再給死人磕。端方木頭木腦的，從東潭村一直磕到西潭村，再從東潭村一直磕到興化縣的王家莊。端方一到王家莊就有爹了，姓王，王存糧。沈翠珍把端方領到王存糧的面前，叫他跪下，叫他喊爹。端方喊不出。跪在地上，不開口，不起來。最後還是王存糧的大女兒紅粉把端方從地上拽起來了。紅粉剛剛從地裡回來，放下鋤頭，解開頭上的紅格子方巾，對端方說：「這是我弟弟吧，起來，起來吧。」端方第一次在王家莊開口喊人既不是喊爹，也不是喊媽，而是喊了紅粉「姊姊」。母親沈翠珍聽在耳朵裡，心裡頭湧上了無邊的失望。

繼父王存糧其實是個不壞的男人，對沈翠珍好，沒有什麼說不出口的壞毛病。就是有一樣，嗓子大，出手快。最要命的是，他管不住自己的手。王存糧最不能忍受的就是別人頂他的嘴，你要是頂嘴了，他的巴掌就跟你的回音似的，立即反彈過來了。有一次王存糧的巴掌終於摑到沈翠珍的臉上，端方正在廚房裡燒火。他聽到了天井裡脆亮的耳光，他同時還聽到了母親的失聲尖叫。端方走出來，繞著道逼近了他的繼父，突然撲上去，一口咬住了王存糧的手腕。甲魚一樣，怎麼甩都脫不開手。王存糧拽著端方，在天井裡頭四處找牛鞭。端方瞅準了機會，鬆開嘴，跑回了廚房。他從鍋堂裡抽出燒火鉗，紅彤彤的，幾近透明。端方提著通紅的燒火鉗，對著繼父的屁股就要戳。翠珍高叫了一聲「端方」，聲嘶力竭。端方立住了腳。翠珍指著天井裡的井口，大聲說：「兒，你要再上去一步，你媽就下去！」端方拿著燒火鉗，就那麼喘著氣，定定地望著他的繼父。

王存糧直起身子，把流血的傷口送到嘴邊，舔了兩口，出去了。沈翠珍看見端方對著燒火鉗吐了一口唾沫。燒火鉗「嗞」了一聲，唾沫沒了，只在燒火鉗上留下一個白色的斑點。翠珍走到端方的跟前，想抽他。鼻子卻突然一陣酸。她看到了兒子的這分心了。端方到底不是她帶大的，這麼多年不在身邊，多少有些生分。當媽媽的總歸虧欠了他。這是心裡的疙瘩，成了病。現在看起來親骨肉就是親骨肉，就算打斷了骨頭，到底連著筋。孩子大了，得了這孩子的濟了。翠珍望著她的大兒子，淚水在眼眶裡打漂，突然就是一聲號啕。翠珍一把奪過端方手裡的燒火鉗，衝兒子說：「你拉屎把膽子拉掉了哇？啊！」

端方終於在王家莊有了自己的家了。可這個家很特別，有相當複雜的錯綜。一個姊姊，紅粉，是繼父原先的女兒。兩個弟弟，大弟弟端正，隨母親的改嫁「拖」過來的「小油瓶」；小弟弟網子，翠珍嫁過來之後和王存糧生的。比較下來，端方的處境有點四面不靠，是長江裡的一泡尿，有他並不多，沒他也不少。不過剛進了家門不久，端方就看出一個不好的苗頭來了，那就是母親有她的忌諱，怕紅粉。紅粉俐落，和她死去的娘一樣，說話脆，辦事脆，做任何事情都有去無回，當然也就有頭無尾，一把下去，三下五除二，扯著藤又拽著瓜。紅粉還有一個特點，那就是她的性子叫人拿不準，沒有一個恆定的分寸。好起來什麼都好，甚至有點過分，但壞得突然。

一旦壞起來，具有無可比擬的爆發性，具有大面積的殺傷力。只要她的瘋勁上來了，什麼都礙她的手腳，連板凳的四條腿都不能放過。看準了這一條，母親的忌諱實際上也就成了端方的忌諱，端方盡可能不招惹她。端方其實並不懼怕紅粉，但是，爲了母親，端方還是讓著，嚥得下去。好在紅粉對待端方還算不錯，她的冤家是沈翠珍，又不是端方，犯不著了。在人多的地方，紅粉反過來還會念著端方的好。她就是要讓別人聽聽，她紅粉並不是不通情理的人。和沈翠珍處不來，完全是那個當後媽的不是東西。

端方來到王家莊什麼都沒有學會，卻學會了一樣，那就是不說話。給端方的嘴巴貼上封條的不是別人，恰恰是端方的母親。只要家裡發生了什麼意外，沈翠珍的第一個反應就是給端方遞眼色：少說話，不關你的事。沈翠珍這樣做有沈翠珍的理由，端方沒爹沒娘這麼多年，好不容易安穩下來，不能再讓他委屈。少說話總是好的。端方就不說。但是端方不說話的意思卻和母親的不一樣，端方還是爲了母親好。母親和紅粉不對勁，這是明擺著的。哪一個做女兒的能和後媽貼心貼肺呢？端方要是太向著自己的親媽，紅粉的那一頭肯定就不好交代。和紅粉處不好，到頭來受夾板氣的只能是自己的母親。可是，端方不說話並沒有討到什麼好。王存糧就非常不喜歡端方的這一點。

天地良心，王存糧這個後爹做得不錯了，明裡、暗裡都沒有什麼偏心。可你這個小東西怎麼就那麼不知好歹，一天到晚陰著一張臉，什麼話都不說，衝著誰來的呢？王存糧恨就恨他這一點，你小東西偏著自己的母親，咬人，提著燒火鉗子衝過來，沒事。你小子有種，有血性。可你不能三棍子、六棍子、九棍子都打不出一個悶屁來。就好像他這個當後爹的不是人，怎麼虐待了你這個孩子了。這是哪裡說的呢。別的遠了，不說它。就說前年，上高中這件事，王存糧眞是耗盡了心思，就算是親爹也不一定做得比他好。依照王存糧的意思，端方究竟不是他親生的，當初不讓他讀初中，臉面上說不過去。現在初中都念下來了，算是對得住他了，就是他的死鬼老子站在王存糧的跟前，他王存糧也抬得起頭來。紅粉七歲就死了娘，只念到初小，也就是小學的三年級，這麼多年著實是不容易。出嫁也就是近兩年的事了。能給紅粉置多少陪嫁，先不說，喜酒總要給她辦幾桌，這樣也算是給女兒一個交代，給她死去的親娘一個體面。端正還在念書，網子也還在念書，端方再念高中，光靠自己和翠珍的四隻手，無論如何是供不起了。但是翠珍在這個問題上死了心眼，一定要讓端方上。她把「敵敵畏」（農藥）放在馬桶的蓋子上，只要王存糧不鬆口，她的嘴就要對著瓶口仰脖子。她做得出。這個女人哪裡都好，屋裡屋外都沒什麼可以挑剔，就是有一樣，喜歡把事情往絕路上做，動不動就會把事情弄到死活上去。就好像她生得比劉胡蘭還要偉大，死得比劉胡蘭更加光榮。眞是犯不著。王存糧的第一個老婆是病死的，自己差不多賠進去半條命。娶了第二個，居然是一個喜歡尋死覓活的祖宗。你說怎麼弄。不能死第二個，不能。可錢呢？

王存糧只能黑下臉來抽網子的屁股。網子是他的親兒子，他打得。王存糧把他拉過來，使勁地抽，下手特別地重。他就是要用這種古怪的方式做給沈翠珍看。但是王存糧忽視了一點，網子是他王存糧的種，可同時也是她沈翠珍的肉。沈翠珍把網子搶過來，摟在懷裡，拿起剪刀就要戳自己的喉嚨。要不是王存糧眼睛快、手快，翠珍已經下土了。存糧心一軟，答應了，讓端方讀高中。嘴上說不出，心底裡對這個做補房的女人還是畏懼。那就依了她吧。王存糧好事做到底，親自把端方送到了鎮上。不過王存糧把話留給了端方，他在中堡中學的操場上對端方說：「你就在這兒天天喝西北風，我看你兩年以後能拉出什麼來。」端方什麼也沒有說，不聲不響地從繼父的手上接過網兜，轉身走了。王存糧望著端方尖削的背影，心裡實在有些古怪，很累，很背氣，又委屈又冤枉，只能在肚子裡罵一聲：「個狗日的。」也不知道到底是罵誰。

端方帶著被褥、木箱和鐮刀回到了王家莊，已經是傍晚。這是一個無比晴朗的黃昏，西天上燒著晚霞，一片絢爛。天很低，晚霞彷彿擱在大地上，嫩嫩的夕陽像一個蛋黃，嬌氣得很，一惹它，它就要散。端方回到家，家裡沒有人，端方放下自己的家當，從被窩裡取出兩把鐮刀。這是他在中堡鎮新買的。端方扒掉褂子，蹲在天井裡，給兩把鐮刀開刃。他把兩把鐮刀的刀刃磨得跟紅粉姊的口齒一樣，一副說一不二的樣子。用大拇指試了試它的鋒芒，刀刃響了，像動人的吟唱。

第二天端方起了個大早，不知道是幾點鐘，反正天還沒有亮。母親已經起來了，預先做好了早飯。早飯不是粥，而是乾飯，用糯米煮成的乾飯。過於奢侈了。端方以爲這是母親專門爲他預備的，其實不是。割麥子是一個耗人的苦活，喝粥肯定不行，幾泡尿就沒了，只有乾飯才頂得住。但是，到了麥收的光景，正是青黃不接的時候，家家戶戶都沒大米了。會過日子的人家總要在過年的時候留下一些糯米，到了這個時候再拿出來，所謂好鋼要用在刀刃上。等麥子一出地，日子自然就接上了。每年都一個樣。只不過端方以前還小，起得沒這麼早，不知道罷了。糯米飯上桌了，父親、母親、紅粉、端方在飯桌的四邊坐下來，對著一盞小油燈，四張嘴不停地叭嘰。端方就著鹹菜，一口氣扒下去兩大碗。對著小油燈打了兩個很響的飽嗝。端方抹了抹嘴，拴上草鞋，從母親的手上接過一隻小瓦罐，是剛剛燒好的開水。端方一手提著瓦罐，一手操起鐮刀，跟在父親的後頭，紅粉跟在端方的後頭，母親則跟在紅粉的後頭。父親開門，外面黑咕隆咚的，上工去了。

原生產隊的勞力們一起匯聚在隊長家的後門口，大夥兒悶不吭聲，一起往田裡走。野外還有一絲寒氣，關鍵是露水太重，到處都溼漉漉的。村子裡的雞叫開始熱鬧了，此起彼伏。天也放亮了，來到麥田的時候東邊已經吐白，有了幾絲絲的紅，是那種隨時都會噴發的樣子。沒有人說話，誰也不知道從什麼時候開始勞作的，反正就這麼開始了。端方把手裡的鐮刀放在手心裡轉了兩圈，第一個跳進麥田，有點爭先恐後的意思。鐮刀在端方的手裡很輕，端方有力氣，在中堡鎮的時候，他能把一百九十斤的石擔子舉過頭頂，一把小小的鐮刀算得了什麼。大概一頓飯的功夫，太陽晃了兩下，跳出來了。鮮嫩的太陽就像鐵匠砧子上燒得透明的鐵塊，在鐵錘的敲擊下，所有的光芒都噴薄而出。大地說亮就亮。端方在麥田裡一馬當先。已經把他的繼父甩出去一大截子了。端方存心了。他要讓繼父看看，他到底是不是一個光會吃不會拉的軟蛋子。端方的動作開始還有點生澀，後來好了，越來越利索，有了機械的、可以無窮反復的流暢，想停都停不下來。因為利索，他的豪情迸發出來了，脫掉了褂子，一把摜在了地上。背脊上全是汗。初升的太陽照亮了端方的背脊，他的背脊油光閃亮，中間凹下去一道很深的溝，這是年輕的背脊，肌肉發達的背脊，開闊，厚實，線條分明——到了腰腹那兒，十分有力地收了進去。王存糧的手腳卻是悠閒的，並不忙，利用喘氣的工夫，輕描淡寫地瞟了一眼前面的端方，心裡頭嘆了一口氣。你這個冒失鬼，這哪裡是幹活，簡直就是屙屎，硬的都頂在了前頭。割麥子哪裡能這樣？它是個耐力活，得悠著點兒，哪能把一身的力氣都壓在最前頭？莊稼人最要緊的事情是把自己的身子骨泡在汗水裡，用鹽醃過了，醃成鹹肉，這才硬掙，這才有嚼頭。鮮肉有什麼用？軟塌塌的只配燒豆腐。你一身的細皮嫩肉，還敢打衝鋒，還敢打赤膊，作死！割麥子是能打赤膊的麼？那麼多的麥芒戳在身上，不癢死你，不疼死你！王存糧原打算提醒端方一兩句，看他騷得厲害，不說他了。不讓他吃足了苦頭，他永遠不知道鮮肉是怎樣變成鹹肉的。將來結了婚他就知道了，做任何事情都跟和婆娘上床差不多，一上來就用蠻，軟得格外快。怎麼說遠路沒輕擔的呢。不說他，年輕人的耳朵反正也塞不進別人的舌頭。由他去。由著他孟浪。到了明年的這個光景，他就沒這麼騷了，他吃饅頭的時候就知道第一口往哪裡咬了。——你胳膊粗，胳膊粗有什麼用？胳膊粗，去殺豬，胳膊細，做會計。

午飯是在田埂上吃的，是麵疙瘩。正午時分太陽已經掛在頭頂了，格外地有勁道，在端方的皮膚上綻開了麥芒，開始撩撥人了，癢得出奇，刺戳戳地往肉裡鑽。端方的皮膚像是被人扒了，翻了過來，鼓起了粗大的毛孔，紅紅的，指甲一抓就疼，太陽一烤也疼。要是有個地方能夠避一避毒辣的太陽就好了。但是，莊稼人是無處躲藏的，有本事你變成一條蚯蚓。端方的難受還有另外的一個方面，那就是腰。端方有力氣，就是小腰那一把有些不做主了，酸得厲害，脹得厲害。彎著難受，直起來也難受，坐下來還是難受。端方拖過一隻麥把，墊在腰弓底下，躺上去，舒坦了。只是一會兒，更難受了。一定是剛才吃得太飽，腰部放鬆下來了，肚子又撐得吃不消，只能再站起來，坐臥不安了。王存糧只吃了一個半飽，把剩下來的那一半放在田埂上，點起了旱菸鍋。端方就在他的不遠處，在那裡折騰，王存糧不看。王存糧守著瓦罐，叼著旱菸鍋，瞇起了眼睛。額頭上掛著汗珠子，喝一口，抽一口，抽一口，再喝一口，什麼也不想，像在享福了。香菸眞是個好東西，很深地吸下去，再很長地呼出來，還哼嘰一聲，所有的累都隨著那口氣嘆出去了。對抽菸的人來說，解饞只是其次，最主要的作用是歇口氣。這一點不抽菸的人是體會不出來的。有菸叼在嘴邊，吧嗒吧嗒的，慢慢地，就歇過來了。要不然，總有一件事情沒做，心裡頭空了一塊，沒有盼頭，人就不踏實。存糧遠遠地望著端方，如果是兄弟，他興許就把旱菸鍋遞到端方的手上去了。但端方畢竟是他的兒子，王存糧不能。說到底菸還是個壞東西，吸進去，再呼出來，錢就變成了菸。端方要是想吸菸，等成了親、分了家再說。上高中都供他了，吸菸不能再供。沒這麼一個說法。

割麥的時候沈翠珍和端方隔得比較遠。一般來說，只要沒有特殊情況，端方都和母親離得比較遠，話也少。端方對所有的人都客客氣氣的，但是，對母親卻不，口氣相當地衝。再順當的話都要橫著從嘴裡拽出來。還特別地簡潔。「知道了。」、「別囉嗦了。」、「煩不煩？」諸如此類。說話就這麼回事，一簡潔就成了棍棒，呼呼生風的。唉，男孩子就這麼回事，一到了歲數就學會給母親抖威風了。怎麼說女兒好的呢，等她自己做了媽，疼兒女的時候就知道疼娘了，女兒就成了媽媽的小棉襖。男孩子胳膊粗了，大腿粗了，嗓子粗了，心也必然跟著粗。全一樣。細想想，多多少少有些怨。端方要是個女兒就好了。她沈翠珍這輩子沒生出女兒，沒那個福了。要是端方是個女的，紅粉一定不敢這樣囂張。女兒家別的本事沒有，可哪一張嘴巴不是機關槍？

到了下午端方的手上起了許多泡，開始是水泡，後來居然成了血泡。端方練了兩年的石鎖、石擔子，滿巴掌的硬繭，沒想到掌心那一把還是扛不住。到了這個時候端方才發現自己失算了，不該用新買的鐮刀。新鐮刀的把手總是不如舊的那麼養手，糙得很。晌午過後，端方再也不能像上午那樣生猛，節奏也慢了。端方想停下來，躺到田埂上好好歇歇，一回頭看見了自己的父親。王存糧就在後頭，都快攆上來了。看著他慢，其實一點也不慢。王存糧的臉上沒有表情，看不出子丑寅卯。端方心一橫，把鐮刀握得格外地緊。端方最後的這一把力氣一直支撐到天黑，幸虧天黑了，要不然端方實在使不出一絲力氣了，而端方的血泡也破了，才一天的工夫，巴掌全爛了。

吃晚飯端方用的是左手，他只能用左手拿筷子。右手疼得厲害，能看得見裡面的肉。端方一直把他的右手藏在桌子底下，他不想放到桌面上來，不能在王存糧的面前丟了這個臉。這一切都沒有逃過母親的眼睛。這一次沈翠珍倒沒有心疼端方。她也割了一天的麥子，腰也快斷了，回到家裡還是要上鍋下廚。誰讓你是莊稼人的呢？莊稼人就必須從這些地方挺過來。你一個男將，遲早要親歷這一遭。

這一夜端方不是在睡覺，其實是死了。他連澡都沒有洗，身子還沒來得及躺下來，腦袋還沒來得及找到枕頭，就已經睡著了。如同一塊石頭沉到了井底。時間也極短，一會兒，屁大的工夫，堂屋裡又有動靜了。這就是說，新的一天又開始了。端方想翻個身，動不了。掙扎著動了一下，動到哪裡疼到哪裡，整個人像一個炸了箍的水桶，散了板了。端方想起床，就是起不來。這時候繼父在天井裡乾咳了一聲，端方聽得出，這是催他了。端方對自己說，再睡一分鐘，就一分鐘，一分鐘也是好的。

但王存糧已經是第二次咳嗽了，必須起床了。重新回到麥田的端方不再是昨天的端方，身上的肉都鏽了，像泡在了醋缸裡。關鍵是，心裡的氣洩了。端方出門之前帶了一塊長長的布條，上工的路上已經在手上纏了幾道，手上的疼倒是好些了。但是端方忽略了一個最要緊的細節，昨天晚上偷懶，忘了磨刀了。「磨刀不誤砍柴工」，眞的是至理名言哪。刀很鈍，要了端方的命。大清早的麥子到底不同於平時，平時在太陽底下，麥秸稈被太陽曬得酥酥的，嘎嘣脆，一刀子下去就見了分曉。這會兒露水重，麥秸稈特別地澀，有了不可思議的韌性，相當纏人了。昨天清晨端方正在興頭上，力氣足，沒有留意，所以不覺得。

現在好了，刀子鈍了，手掌破了，身子鏽了，端方就格外地勉強。但人到了勉強的光景難免要發驢。端方使足了力氣，「呼嚕」一下，猛地一拽，鐮刀的刀尖卻被什麼東西卡住了，一拔，才發現是從自己的小腿上拔下來的。一股暖流湧向了腳背。端方沒有喊，放下刀，連忙去捂。血這個東西哪裡捂得住，像泥鰍，哧溜一下就從你的手指縫裡溜走了。疼在這個時候上來了，一上來就很猛，有些扛不住，端方只能不停地哈氣。不遠處的王大貴聽到了動靜，他走過來，拉過端方的手，全是溼的，放下來撚了撚指頭，很滑。知道了，是血。大貴在迷濛的晨光裡大聲喊道：「存糧，存糧！」

大貴和存糧把端方背到合作醫療，天已經大亮了。赤腳醫生王興隆剛剛起床。興隆用雙氧水把端方的傷口洗了，雙氧水一碰到傷口立即泛起了蓬勃的泡沫，像螃蟹吐氣那樣。血還沒有止住，不聲不響地往外汩。興隆睡眼惺忪，拿著鑷子，手指頭還翹在那兒，看上去有點像巧手女人。興隆慢騰騰地評價端方的傷勢，說：「滿大的，滿深的，要拿針線了。」王存糧說：「礙著骨頭沒有？」興隆說：「沒有。傷口滿大的，滿深的。」端方很急促地說：「先用酒精消消毒。」興隆說：「放屁。你以為只是擦破一點皮？這麼深的傷口，怎麼能用酒精，還不疼死你。」端方有些固執，說：「用酒精消消毒，好得快。」興隆點酒精爐子去了，他要煮針線。利用這樣的空隙端方解下了手上的繃帶，取過酒精藥棉，把所有的藥棉全部倒在手掌上，對準傷口用力一握，酒精被擠出來了，滴在了傷口上。端方弓起腰，倒吸了一口涼氣，拚了命地張大嘴巴。小腿的傷口上著火了，火燒火燎。端方沒有看見火苗，但是，烈火熊熊。

興隆給端方拿了六針。一打上繃帶端方就回到麥田去了。小腿上的繃帶十分地招眼，在陽光的照耀下放射出耀眼鮮豔的白光，有些刺目，中間還留下一大灘的紅。端方一回到田埂上就操起了鐮刀，他要爭分奪秒。王存糧甕聲甕氣地說：「行了。」端方沒有理會，繼續往麥田裡走。王存糧把他的嗓門提高了一號，說：「你能！就你能！」端方聽出來了，這是勸他了。便不再堅持，退回到田埂，閉上眼睛躺下了身子。端方注意到這會兒太陽有兩個，都在他的身上。一個在他的眼皮子上，另一個則在他的小腿上，疼痛就是這個太陽的光芒，光芒四射，光芒萬丈。

雖說疼，但端方倒頭就睡。一覺醒來的時候又開午飯了，一大堆的男將們和女將們都靠在了田埂邊，休息了。大夥兒鬧哄哄的，都在喊腰酸，喊腿疼，一個個齜牙咧嘴，於是開始扯鹹淡，說說笑笑。這是勞作當中最快樂的時刻，當然，是短暫的。因爲來之不易，所以格外珍貴。男將們和女將們的身子閒了下來，嘴巴卻開始忙活了。說著說著就離了譜，其實也沒有離譜，那其實是他們必然的一個話題。扯到男女上去了，扯到奶子上去了，扯到褲襠裡去了，扯到床上去了。

他們的身子好像不再酸疼了，越說越精神，越說越抖擻。他們是有經驗的，只要堅持下去，高潮一定就在不遠的未來，在等候他們呢。他們一邊吃，一邊說，他一句，你一句，像嘴巴與嘴巴的交配，進進出出的，流暢得很，快活得很。田埂上發出了狂歡的浪笑，也許還有那麼一點點的下流。床上的事眞是喜人，做起來是一樂，說起來又是一樂，簡單而又引人入勝，最能夠成爲田間或地頭的爆料。

廣禮家的是此中的高手，她是四個孩子的媽，一個牙都不缺，滿嘴的牙就是管不住自己的舌頭，好端端的話能被她說得一絲不掛，挺著奶子又撅著屁股，一頓飯的工夫就能夠兒孫滿堂。廣禮家的還是個麻利人，端著飯碗，扒得快，嚼得快，伸長了脖子，嚥得更快。丟下飯碗，廣禮家的開始拿隊長開心。在桂香的嘴裡，隊長就是三月裡的一條公貓，再不就是三月裡的一隻公狗，聲嘶力竭的不說，還上跳下跳，就好像隊長「辦事」的時候她桂香就站在床邊，全聽見了，全看見了。隊長沉著得很，並不慌張，嘴巴自然是不吃素了，反過來拿廣禮家的開心。隊長把廣禮家的身板子說得嘎嗞嘎嗞響，把廣禮家的身子骨說得特別地騷。說完了廣禮家的，隊長總結說：「女人哪，就這樣，厲害。三十如狼，四十如虎，站著吸風，坐著吸土。廣禮家的，風和土都讓你弄走了，你不簡單呢你！」大夥兒一陣狂笑。廣禮家的被別人笑話過了，並不生氣，並不著急，慢悠悠地站起來了，走了。繞了一個大圈子，繞到了隊長的身後，趁隊長不備，從身後扳倒了隊長。廣禮家的一定先用眼睛和女將們聯絡過了，建立了臨時的、祕密的統一戰線。所以就有了統一的意志和統一的行動。統一戰線具有無堅不摧的力量，可以說無往而不勝。四五個女將一起撲上去，拽住隊長的手腳，給了隊長一個五馬分屍。隊長嘴硬，嬉皮笑臉地，繼續討她們的便宜：「妳們別這樣，別起哄，一個一個的，我和妳們一個一個的。」隊長的話引起了一陣尖叫，他的話把輕鬆的、快樂的公憤給激發出來了。民憤極大的女將們潑辣勁上來了，瘋野起來了，浪了。她們嘯聚在隊長的身邊，呼嚕一下就把隊長的長褲子扒了，呼嚕一下又把隊長的短褲子扒了。隊長現眼了。襠裡的東西哪裡見過這麼大的世面，沒有，它耷拉著，歪頭歪腦，可以說無地自容。

廣禮家的尖聲叫道：「快來看蘑菇啊！來看隊長的野蘑菇！」隊長急了，無奈胳膊腿都被女將們拽在手心，身子都懸空了，動不得，又捂不住。隊長的蘑菇軟塌塌的，嘴上卻加倍地硬。廣禮家的拿起一根麥穗，撩撥隊長。什麼樣的蘑菇能經得起麥穗的開導？除非你是木頭，除非你是鐵打的。麥穗上頭有麥芒呢。沒幾下，隊長的蘑菇來了人來瘋，生氣了，也可以說高興了，硬硬地越來越粗，越來越長，一副愣頭愣腦的樣子，同時又是一副酩酊大醉的樣子。真是缺心眼。隊長拿它一點辦法也沒有，它不聽話，隊長硬是做不了它的主。隊長這個同志真的很有意思，蘑菇軟的時候嘴硬，現在好了，蘑菇硬了，嘴軟了。開始求饒。晚了。到了這樣的光景誰還肯聽他的？女將們笑岔了，隊長被她們丟在了地上，不管他了。男將們也笑岔了，一個勁地咳嗽，滿臉都憋得通紅。沒有一個男將上去幫隊長的忙。這樣的忙不好幫。說到底哪一個男將沒有被女將們捉弄過?誰也不幫誰。誰也不敢。誰要是幫了誰就得光屁股賣蘑菇。雖說這樣的事實經常發生，但每一次都新鮮，都笑人，都快樂，都解乏。不過鬧歸鬧，笑歸笑，世世代代的莊稼人守著這樣一個規矩，這樣的玩笑只局限於生過孩子的男女。還有一點就更重要了，女將們動男將們不要緊，再出格都不要緊。但男將不可以動女將的手，絕對不可以。男將動女將的手，那就是吃豆腐，很下作了，不作興。下作的事情男將們不能做。祖祖輩輩都是這樣一個不成文的規矩。

女將們開著天大的玩笑，那些沒有出閣的黃花閨女們就在不遠處，隔了七八丈，並沒有迴避。其實她們還是迴避了。她們不看一眼。眼前的一切和她們沒有一絲一縷的關係。雖說她們的耳朵都知道不遠處發生了什麼，但是，聽而不聞，就等於什麼事都沒有發生了。依然是一臉的莊重，還有一臉的緊張。她們當然是聽見了。但聽見了不要緊，誰能證明你聽見了?主要是不能弄出聽見了的樣子，尤其是，不能弄出聽懂了的樣子。聽懂了就是你不對了。所以，一般來說，閨女們再害羞也不會站起身來走開，一走開反而說明你聽懂了，反而把自己繞進去了。你怎麼能懂呢?很不光彩、很不正經了。閨女們心平氣和地圍在一起，該說什麼還是說什麼。只不過都低著頭，誰也不看別人的臉。其實是不敢看。她們的臉都紅了，是那種沒頭沒腦的漲紅，我也紅，你也紅。大家都不看對方，也就避免了尷尬。是集體的心照不宣。爲什麼閨女們到了出嫁的時候在一些細節上都能夠無師自通?都是在勞作的間歇聽來的。早就懂了。等她們過了門，下過崽，奶過孩子，她們就有權利和她們的前輩一樣摻和進去了。說到底，這也不是什麼大的學問，不就是褲襠裡頭的那個東西，不就是褲襠裡頭的那麼回事嗎。

端方躺在田埂上，一言不發。他從麥田裡拔下了一株野豌豆，把豌豆放到了嘴裡，嚼碎了，嚥進了肚子，再用豌豆的豆殼做了一隻小小的口哨，放在嘴裡，慢悠悠地吹起了小調調。雖說端方也是個男將，終究沒有成親，也不好摻和什麼。沒有結婚的童男子在這樣的時候如果不曉得持重，將來找媳婦就會出問題。端方側過頭去看了幾眼，又把眼睛閉上了。好在這會兒小腿上的疼鬆動多了，可以忍了。女將們的笑鬧都在他的耳朵裡，她們無比地快樂，終於討了一個天大的便宜，快活得發瘋。這樣的笑鬧端方見多了。莊稼人就這樣，一輩子就做兩件事，第一，種莊稼，第二，收莊稼。莊稼人要不給自己找一點樂子，誰還會把樂子送到你的家門口，從門縫裡硬塞進去？所以，要靠自己。端方想，用不了幾天，自己也就這樣了，除了種莊稼，收莊稼，也就是拿自己的褲襠給別人開開心，要不就是拿別人的褲襠給自己開開心，只能這樣了。小學五年有什麼念頭？初中兩年有什麼念頭？高中兩年又有什麼念頭？還不如一開始就趴在這塊泥土上。端方躺著，嘴裡頭吹著小調調，心底裡卻對背脊底下的泥土突然產生了一絲的恐懼。還有恨。泥土，它不是別的，說到底它就是泥土，沒心沒肺，把你的一生一世都摁在上頭，直到你最後也變成了一塊泥土。端方突然聽見隊長大聲說話了，隊長氣呼呼地說：「上工了！上工了，媽拉個巴子的，操，上工！」說笑的聲音頓時安靜下來，隊長說話的口氣帶了很大的冤屈，氣息一收一收的，想必在繫褲帶子。慰問演出到此結束。憑空而來的安靜對端方似乎是一個意外的打擊，端方想，看起來我這一輩子也就這樣了。端方的心裡湧上來一陣沮喪，一股沒有由頭的絕望襲上了心頭，酸楚了。嘴裡的口哨也停了下來。端方沒有睜開眼睛，突然聽見父親的一聲乾咳。父親又是一聲乾咳。端方一個激靈，想起來了，該幹活了。端方深深地嘆了一口氣，上工吧，上工。

第二章

忙假結束的時候金色的大地不再是金色的了，它換了一副面孔，變成了平整嶄新的綠。麥子一棵也沒有了，它們被莊稼人一把一把地割下來，一顆一顆地脫粒下來，曬乾了，交給了國家。莊稼人不知道「國家」在哪裡，「國家」是什麼。但是他們知道，「國家」是一個存在，一個指定的、很大的，無所不在的、卻又是與生俱來的存在。這個存在是什麼樣子呢？莊稼人就想像不出來了。它帶有傳說與口頭傳播的神祕色彩，也就是說，它是在嘴裡，至少，是在部分人的嘴裡。但是有一點莊稼人是可以肯定的，「國家」是一個終點，是麥子、稻穀、黃豆、菜籽、棉花和玉米的終點。糧食運到哪裡，那個地方就是國家。

相對於王家莊來說，公社就是國家；而相對於公社來說，縣委又成了國家。總之，「國家」既是絕對的，又是相對的。它是由距離構成的，同時又包含了一種遞進的關係，也就是「上面」和「下面」的關係。「國家」在上面，在期待。它不僅期待麥子，它同樣期待著大米。所以，麥收之後，莊稼人把原先的金燦燦變成了現在的綠油油。就在同一塊土地上，莊稼人又用自己的雙手把秧苗一棵一棵地插下去，到了夏至的前後，中稻差不多插完了，而梅雨季節也就來臨了。十分準時。從表面上看，這只是一種巧合，其實不是。是莊稼人在千百年的勞作當中總結出來的，是莊稼人的選擇，暗含著一代又一代莊稼人的大智慧。在莊稼人一代又一代的勞作中，他們懂得了天，同樣也懂得了地。就在天與地的關係中間，莊稼人求得了生存。通過他們的智慧，天與地變得像左臂和右膀一般協調，磨豆腐一樣，硬是把日子給磨出來了。當然，是給「國家」磨豆腐。

還是在麥收的時候沈翠珍就多了一分心思。做母親的就這樣，總有無窮無盡的心思。了去了一樣，又添上了一樣，滔滔不絕的永遠是兒女心腸。沈翠珍的心思當然是端方了。要說兩年前，她最大的心思是看到端方念到高中，爲什麼要這樣死心眼呢？有緣故的，這是她必須完成的任務。端方的生父是一個高中畢業生，他在嚥氣之前給翠珍留下了一句話，讓他的兩個孩子念完高中。這是他的遺言。一般來說，遺言就是命令，沒有討價還價的餘地。遺言永遠是一把雙刃的劍，對說的人來說無比地鋒利，對聽的人來說同樣無比地鋒利。這麼多年來，沈翠珍的日子其實就是從這把劍的劍刃上走過來的。端正還小，先不去說他。端方反正是讀完高中了，這裡頭就有了無限的寬慰。

沈翠珍望著麥田裡的端方，心裡頭長長地舒了一口氣。沈翠珍遠遠地打量著端方，走神了，眼眶裡憑空就是一陣溼潤。沈翠珍不是傷心，而是高興，是那種很徹底、很鬆軟的高興。端方到底高中畢業了。他的塊頭那麼大，比他死去的老子還高出去半個腦袋，完全可以說，她這個母親功德圓滿了。等閒下來，王存糧不在家，沈翠珍一定要買上幾刀紙，到河邊上好好哭幾聲。這麼一想沈翠珍的心裡有了力氣，手上也有了力氣。但是，沈翠珍突然明白過來了，端方大了，這等於說，轉眼又到了成家立業的時候了。這麼一想沈翠珍的手又軟了。新的心思來了。是的，該給他說一門親事了。看起來端方這一頭的心思還沒有完，還得熬。路還遠著呢，日子還長著呢。

從插完秧算起，到陽曆的八月八號（或七號）立秋，這一段日子是莊稼人的「讓檔期」。所謂

「讓檔期」，說白了就是春忙和秋忙之間的空檔。莊稼人可以利用這段日子喘口氣，好積蓄一些體力，對付接下來的秋收。因爲是夏季，莊稼人便把這些日子稱作「歇夏」。但「歇夏」並不意味著莊稼人眞的就「歇」下來了，不是的。一般來說，媒婆們會利用這一段空閒的日子四處走動，幫年輕的男女們說說親，替他們牽上線、搭好橋，好讓他們在冬閒的日子裡相親、下聘禮。所以說，歇夏雖然是清閒的日子，對於年輕的男女們來說，反而手忙腳亂，成了心動的時刻。當然，那些職業性的媒婆在四九年之後就已經給掃除乾淨了。她們不幹活，就靠一張嘴，生拉硬配，吃了男方的好處，再吃女方的好處，無疑是剝削，屬於寄生的階級。

舊社會有一個說法，把她們叫做「小人行」，是三百六十行裡頭的一樣，好歹也是一只飯碗。新社會打倒了所有的寄生蟲，職業性的媒婆自行消亡了。然而，這並不等於說媒婆就沒有了，相反，多了出來，人人都可以做。那些幹部的娘子，那些鄉村女教師，她們用不著下地幹活，手腳閒下來了，所有的勤快都集中到了嘴上。除了家長裡短，少不了做媒。當然，這只是一般的情況。事實上，許多到了歲數的女人們私下裡都有做媒的願望，都有那麼一點隱祕而又怪異的激情。就喜歡給人家「配」。她們對著小夥子瞅幾眼，心活絡了；再對著大姑娘瞅幾眼，心又踏實了，——覺得他們合適。於是乎，逮著男方拚了命地說女方的好處，再逮著女方不要命地說男方的長處。成不成都無所謂的。要是成了，那是她們的功勞。討一杯喜酒還在其次，關鍵是有了成功的範例，自然有了信譽，等於爲下一次說媒開了一個好頭。不成也沒關係，男方一條線，女方一條線，依然在那兒，再往別處說。另外的一路情況也有，那就是男方和女方已經眉來眼去了一段日子，私下裡都親過嘴了，甚至躲在草垛或麥田裡把壞事都做了——所謂「壞事」，說白了也就是「好事」。只不過女人們習慣於往「壞」處說，而男將們呢，則統統往「好」的地方說。不管是

「壞事」也好，「好事」也好，有一樣，這種事不做則罷，一做就上癮，越做越想做，恨不得早飯一吃天就黑，天黑了之後就上床。姑娘的肚子裡有了貨，怎麼辦呢？相互抱怨，手足無措了，找一個體面的人幫他們撮合一下吧。這樣的媒婆最好做了，吃一頓現成的飯，喝一杯現成的酒，完事了。這樣的媒婆還最容易得到巴結。你要是不巴結，那就是你不仁。你不仁她就不義。嘴巴一掉過頭來她就成了機關槍，嘟嘟一梭子，把你的醜事全抖落出來，你的臉用褲衩子遮擋都來不及。

沈翠珍閒來無事的時候腦子裡全是村裡的姑娘，讓她們在腦子裡排隊，一個一個地放在心眼裡篩。好姑娘有沒有？有。但是沈翠珍還是覺得她們不配。不是這裡缺斤，就是那裡少兩，總歸是不如意，倒不是做母親的心高氣傲，像端方這樣的小夥，除了她翠珍，誰還能生得出第二個來？擺在那兒呢。你要是不相信你自己睜開眼睛慢慢地看。說起給兒子挑媳婦，那可是一點也馬虎不得。第一要對得住兒子，第二要對得住她這個婆婆。要不然，過了門，麻煩在後頭。前面的日子又是麥收又是插秧，翠珍一直沒能騰出手來，現在好了，歇夏了，有了空閒，沈翠珍開始了她的張羅。

這一天的下午翠珍提著醬油瓶出去打醬油，繞了一圈，走到了大隊會計王有高的屋後。翠珍渴望能碰見大辮子。大辮子是大隊會計的娘子，四十多歲的人了，還像小姑娘一樣留著一條大辮子，一直拖到小腰那兒。到了夏天，大辮子一偷懶頭上就有點餿。那些多嘴的女人就會對大辮子說：「大辮子，這麼大的歲數了，拖上那麼一條大尾巴，煩不煩哪，你焐躁不焐躁？」大辮子總要這樣回答：「他不肯唉。」口氣裡頭很無奈了。所謂「他」，就是她的男將，大隊會計王有高。

「他不肯唉」，這裡頭隱藏著外人難以猜測的私密。王有高在做房事的時候喜歡拽著老婆的長辮子，把它繞在自己的手腕上，手上用勁了，身子才使得出力氣。這完全是一個十三不靠的怪毛病，可他就是喜歡這一口。大辮子的頭髮被男將拽在胳膊上，很疼，十分想叫。但是不能夠，只好忍住。偶爾叫一聲，反而特別地亢奮，有了別樣的味道，是說不出來的好。大女兒出生之後，大辮子剪過一回辮子，是新式的短髮，運動頭，英姿颯爽了。大辮子自以爲很時髦，沒想到她的新式髮型對大隊會計卻是意外的一擊，王有高在床上蔫了。很生氣，到了關鍵的時刻光知道咬人。大辮子從此知道了，長辮子剪不得，重新開始蓄。

說起來大辮子從心底裡頭感謝自己的長辮子，是自己的長辮子幫她「拿住」了自己的男將。有一陣子，有高迷上了賭，偷偷摸摸愛上了推牌九。大辮子知道了，不說什麼，突然把男將從牌桌上拖下來，一直拖到自己的家，一直拖到床頭邊，拿起剪刀就架到腦後，說：「你再賭我就鏟乾淨，我讓你天天和尼姑睡。」有高軟了，說：「就是玩玩，看看自己的手氣，哪裡是眞的賭。」大辮子看見男將的模樣心裡有數了，心裡頭得了寸，嘴上就進了尺，說：「玩玩也不許。手癢了我拿刷子替你刷。」有高說：「不許就不許，不玩就是了。舞刀弄槍做什麼。」大辮子凶歸凶，對待男將，有了自己的心得，把床上的事情打點好了，別的都好商量。大辮子有大辮子的智慧，明白了一個道理，千萬不能讓男人在床上發了毛。所謂男將們耳根子軟，怕老婆，懼內，都是假的，說到底是男將們在床上貪。一個大男將，如果床上不貪，再好的女人也拿不住他。天仙都沒用。就是這麼一個理。

沈翠珍提著醬油瓶，拐了三四個彎，來到了大辮子家的家門口，隔著天井的院牆，聽到了縫紉機的咕嚕聲。知道大辮子在家了。翠珍在門口喊：「大辮子！」大辮子從洋機上下來，看見沈翠珍已經進門了。沈翠珍把醬油瓶立在天井裡的地磚上，扶穩了，說：「大辮子，家裡有幾件破衣裳，我也懶得拿針，有空你幫幫忙吧。」大辮子堆上笑，說：「拿來噻。」沈翠珍說：「我可沒錢給你，回頭我叫三小給你拿幾個雞蛋。」大辮子說：「沒得事啊，拿來噻。」這麼招呼過了，沈翠珍在堂屋裡坐穩了，坐直了，就在大辮子的對面。放眼把大辮子的家裡考察了一遍，直誇大辮子「能」，家裡拾掇得眉清目秀。大辮子聽出來了，沈翠珍不像是來補衣裳，是有事央求於她。無緣無故的，她奉承自己做什麼？那就不用客氣了。大辮子說：「早上都忘了燒水了，也沒得水給你喝。」翠珍說不渴，一雙眼睛又開始研究起大辮子的洋機了，心裡頭想，怎麼開口呢。翠珍誇了幾句洋機「眞好」，突然說：「天哪，要是哪一個姑娘跟我們家端方要洋機做聘禮，我可怎麼置得起啊。」大辮子是一個精細的女人，卻誤會了，以爲端方看上了她們家的大女兒，自己家有洋機，自然就不會要這份彩禮了。大辮子說：「你慌什麼？端方不是才畢業嘛。」翠珍說：「大辮子，不小啦。我們家的形勢你又不是不曉得，端方念書晚，虛二十的人啦。」大辮子一聽更有數了。心裡頭篤定了，嘴上卻加倍地模糊，說：「眞快哈。眞是的哈。」翠珍忙說：「是的呢，屎頭子都逼到屁股眼了哇。」聽到翠珍這樣說，大辮子不敢再捉迷藏了，屎頭子都逼到屁股眼了，下一步必然是搶茅坑了。

大辮子決定立即把話挑到明處。大辮子說：「妹子，不是我不給你面子，我家那丫頭你可不曉得，給她老子慣得不像樣子，你說說看，瘋得還有個人樣？」沈翠珍愣了半天，明白過來了，大辮子她弄岔了。雖說自尊心受了傷害，沈翠珍反過來卻拿眼睛抱怨起大辮子來了，說：「大辮子，就我，哪裡有膽量動那分心思，好像我韭菜大麥都分不清了。就算五根指頭長得一樣齊，端方也配不上做你大辮子的女婿。」沈翠珍欠過上身，拍了拍大辮子的膝蓋，小聲說：「你嘴巴會說，人又體面，我是請你張羅張羅，有合適的，胡亂幫我們尋一個。」大辮子明白了。這個枝杈岔遠了，都岔到樹顛的喜鵲窩上去了，不好意思了，連忙說：「翠珍你眞是，兔子嘴，一開口就豁。端方多好的小夥，王家莊找不出第二個——姑娘家又不瞎。你不用愁，包在大辮子的身上了。」沈翠珍合不攏嘴了，自顧自，笑了。只要聽到有人誇端方的好，簡直就是誇自己，滿嘴的冰糖化開來了，一直流淌到心窩子。

沈翠珍不停地抿嘴，就是抿不上，嗓子也小了，很客氣地謙虛了，說：「端方一般。就這個樣子。一般般。」這麼說著，大辮子已經站起身來，沈翠珍的心裡也踏實了。沈翠珍來到門口，回頭對大辮子說：「大辮子，我就厚臉皮了，賴在你身上了。」大辮子說：「再坐坐噻，水都沒喝。」沈翠珍依然笑咪咪的，還是說不渴，彎下腰去拿醬油瓶。心裡想，就你那個女兒，又饞又懶，內心世界就不好。除了老子當大隊會計，還有什麼？你大辮子還不肯，想得起來的。不要說我們家端方，就連我都看不上。你想得起來的你。

沈翠珍私下裡在替端方忙活，端方卻不知情，悠閒得很。其實端方的悠閒是假的，說鬱悶也許更恰當一些。他的心裡有事，相當地嚴重，是單相思了。前些日子農活太忙，端方顧不上，現在好了，閒下來了，一個女孩子的面龐就開始在端方的腦海裡來回地晃悠了。是一個中堡鎮的姑娘，端方的高中同學，趙潔。

端方和趙潔同學了兩年，其實也沒什麼，端方卻總是牽掛她，牽掛她閃亮的眉眼，還有她閃亮的笑。別的就再也沒有什麼了。要是細說起來的話，在中堡中學，男女之間要想鬧出一些什麼，還眞的不可能，爲什麼呢？中堡中學有一個十分優良的傳統，男生和女生從來不說話，更不用說有什麼來往了。誰也沒有要求，誰也沒有規定，但每個人一進校就很自覺，維護和保持了這樣的一個傳統。所以說，校風特別的好，從來不出事。最出格的舉動也只有一樣，就是深夜裡男同學爲女同學毫無保留地遺精。這個好辦，洗一洗就乾淨了。沒想到臨近畢業，不知道是誰出了一個主意，買來了硬面的筆記本，請同學們相互留言。雖說只有三四天的工夫了，但男女生的界限一下子打破了，一個個都像是喝了雞血，興奮得不知道怎樣才好。端方沒有買筆記本，越發地苦悶了。他相信趙潔是不會爲他寫些什麼的。她那麼驕傲，兩年裡頭都沒有好好看端方一眼。每一次和端方對視，趙潔都要把高傲的下巴挪開去，想起來就叫人傷心。其實端方心裡頭有數，對趙潔，他是高攀不上的。除了夢遺，他實在也想不出什麼有效的辦法來了。

春雷一聲震天響。最後一個下午，趙潔居然把她的筆記本遞到端方的面前來了，就在學校的黑板報的旁邊。端方被打了一個措手不及，近乎癡呆了。趙潔的這一頭卻落落大方。端方的心思她當然知道，一個女孩子家，再笨，對小夥子的目光都有足夠的演算能力，更何況趙潔根本也不笨。趙潔一路走到端方的跟前，連臉上的笑容都預備好了，說：「老同學，我等著你呢。」端方的魂都不在身上了。愣了半天，明白了趙潔的意圖，接過筆，對著筆尖哈了一口，在手掌心上試了試筆，很流暢。但是端方的流暢到此爲止。他的腦子被什麼東西堵死了，不知道該寫什麼。

筆還沒有動，心裡頭早有了千言萬語。說千言萬語並不確切，最恰當的狀況應該叫千頭萬緒。端方寫了一個「趙潔」，寫得太工整，呆頭呆腦，不好，撕了，重新寫了一遍，過於潦草，更不好，又撕了。端方的字是端方最爲驕傲的地方，歷來拿得出手。端方正要寫第三遍，不幸的事情發生了。他撕掉的那兩頁剛好連著校長和主任的題字。這邊撕了，那一邊自然要脫落下來。趙潔看著地上的兩頁紙，很有涵養地說：「沒事。」心裡已經不高興了。端方看在眼裡，側過臉，鼻尖正對著壁報上一幅巨大的標語。標語是黑色的，上面用巨大的刷子寫了六個黑體的大字：「翻案不得人心」，後面是三個巨大的驚嘆號。那是清明節之後毛澤東主席批判鄧小平的時候所說的話。端方看見三個驚嘆號變成了三把鋤頭，砸向了自己。咚！咚！咚！剛剛出現的一點點小小的希望就這麼被砸碎了。他把筆記本還給趙潔，痛心疾首。說：「我一輩子對不起你。」驢頭不對馬嘴了。

事實上，端方給趙潔的畢業留言其實並沒有完成，趙潔沒有再提，端方自然不好再說什麼。就這麼畢業了。實在是遺憾了。直到返回到王家莊，端方一直都在想，如果不是撕了兩頁，端方會在「趙潔」的下面寫什麼呢？端方想不出。這是最叫端方傷懷的地方。端方的心思實在不能用一兩句話說清楚。但是，再說不清楚，在她的筆記本上留下一絲一縷的痕跡也好哇。哪怕就留下一個簽名，好歹是個想頭，回首往事的時候也有個落腳的地方。端方沒有。這個機會永遠也不會有了。這麼一想端方不只是對不起趙潔，在自己的這一邊，有了不可挽回的遺憾。端方的遺憾是一支箭，對著端方的心，穿了過去。想起來就是一個洞。

會寫什麼呢？這個下午端方蹲在大槐樹的底下，問樹根旁邊的螞蟻。螞蟻什麼也沒有說，卻越聚越多，越聚越擠，越聚越黑。端方的心思很快就從趙潔的身上轉移到螞蟻的這邊來了。牠們把樹根當成了廣場，在廣場上，牠們萬頭攢動——似乎得到了什麼緊急通知，集中起來了，組織起來了，正在舉行一場規模浩大的遊行。天這麼熱，牠們忙什麼呢，一副群情激憤的樣子？牠們很積極，很投入，很亢奮，究竟是爲了什麼？天熱得近乎瘋狂，但更瘋狂的還是螞蟻。牠們並沒有統一的目標，卻依照固定的線路，排好了隊，一部分從左向右衝，另一部分則從右往左衝，你踩著我，我踩著你，呼嘯而去，又呼嘯而來。端方終於看得膩味了，看了看四周，沒人，當即從褲襠裡掏出傢伙，對準螞蟻的大軍呼啦一下尿了下去。螞蟻窩炸開了，一小撮拚了命地逃，更多的即刻就陷入了汪洋大海。這是眞正的汪洋大海，寬闊，無邊，深邃。端方瞄準了那些逃跑的螞蟻，跟蹤追擊，窮追不捨，牠們逃到哪裡驚濤駭浪就翻捲到哪裡。端方肌膚無傷，一眨眼的工夫就痛痛快快地打了一場漂亮的殲滅戰。完了，端方看了一眼，抬腿走人。

往哪裡去呢？是個問題了。這麼熱的中午，莊稼人一般都躲在家中，村子裡反而空蕩了，連一個扯扯閒話的人都找不到。端方在大太陽的底下，精力充沛，卻又百無聊賴，只能趿拉著拖鞋，開始晃蕩。巷子裡的地面都已經被太陽曬得鬆動了，麵粉一樣的土灰浮在路面上。端方的拖鞋像兩隻馬蹄，一腳下去就塵土飛揚。這個有趣了。端方乾脆赤了腳，提著拖鞋在巷子裡狂奔。巷子太短了，端方就開始折返，來回了四五趟，巷子裡的塵土彌漫起來，像經歷了千軍萬馬，有了大場面的跡象。

端方對自己的行爲相當滿意，一頭的汗，是有所成就的喜悅。沒想到三丫的母親孔素貞突然在這個時候出現了。孔素貞挎著籃子，望著端方，笑咪咪地說：「端方，你滿會玩的嘛！」端方愣了一下，回過臉來望著孔素貞，滿臉都羞得通紅，再看看地上，遍地都是歪歪扭扭的腳印。是端方的腳印。孔素貞微笑著走開了，巷子裡又一次空了。寥落了。端方再也沒有了興致。望著地上的身影，粗粗短短的，像一個怪物。陽光在洶湧，飛流直下，卻又萬籟俱寂。這是標準的盛夏的中午，寂靜得像額頭上的汗。端方噓了一口氣，瞇起眼睛看了一眼巷子的盡頭，巷子的盡頭是一座水泥橋。水泥板被正午的陽光燒著了，燃起了白色的熱焰。端方無處可去，就在太陽底下用腳拇趾寫字，是「趙潔」，還有一個冒號。最終卻抹去了。回過頭，晃來晃去，晃到了合作醫療。

赤腳醫生王興隆倒是在。他這個赤腳醫生反而沒有赤腳，非常地自在，正蹲在地上洗刷鹽水瓶。興隆剛剛睡過一場午覺，左邊的半張臉上還清晰地印有草席的紋路。看見端方來了，興隆滿高興的樣子，抿著嘴笑了，笑起來腮幫子的兩側還有一對幸福的酒窩。他瞄了一眼端方腿上的傷，已經結了一層紫色的痂。看起來不會再有什麼問題了。興隆甩甩手上的水，打開了櫃子，拿出一只鹽水瓶，遞到端方的面前。端方不知道興隆讓他喝注射液做什麼，沒有接。興隆的臉色鬼得很，拔掉鹽水瓶的橡膠塞，一串白色的泡沫立即從瓶口噴湧出來了。興隆說：「喝一口。」端方丟掉拖鞋，接過來了，卻是汽水。這太意外了。端方笑著說：「你怎麼會有汽水？」興隆自豪地說：「自己做的。」興隆補充說：「其實很簡單的。先把水燒開，等它涼了，放好檸檬酸，再配上蘇打，就行了。簡單得很。」端方拿著鹽水瓶，慢慢地喝，說：「從哪兒學來的？」興隆說：「部隊上。」興隆慢言慢語地說：「在部隊上做衛生員，看病沒有學會，放槍也沒有學會，做汽水倒學會了。」端方一邊喝，一邊聽，突然打了一個嗝。興隆說：「聽我說，端方，晃蕩什麼？當兵去！就你這條件，怎麼說也能弄一支步槍玩玩，混好了還能弄一把手槍玩玩。」端方還沒有來得及回話，卻從隔壁聽到了動靜，是口琴的聲音。端方說：「誰呀？」施興隆沒好氣地回答說：「還能是誰？混世魔王。」端方知道了，是南京的知青，提著鹽水瓶就打算過去聊聊。興隆追上來，壓低了聲音關照說：「喝完了！喝完了你再過去。」知青的宿舍原先是一個大倉庫，最多的時候住過七八個男知青，熱鬧過一陣子。可眼下只剩下混世魔王一個了。混世魔王躺在地上，地上是一張草席。混世魔王的腦袋枕在胳膊上，而左腿正蹺在右腿上。渾身上下就一條褲衩。閉著眼睛，一隻手拿著口琴，有一搭沒一搭地吹，一刻兒有氣，一刻兒無力。端方走進來，因爲赤著腳，所以沒有一點動靜。混世魔王閉著眼，口琴還在嘴邊上拉鋸，心裡頭卻在抒情，臉上的樣子無限地陶醉，眉頭還一挑一挑的。端方也不打攪他，在他的對面躺下來了。腦袋枕在胳膊上，左腿蹺在右腿上，一隻腳在半空中晃。又聽了一會兒，口琴的聲音停下來了，混世魔王坐起了身子，一把推開端方的腳，說：「我說呢，怎麼這麼臭。」端方說：「你的腳也臭。」

混世魔王的口音一點都沒有變，聽上去還是一口南京腔。滿好聽的。端方對著混世魔王瞅了半天，總覺得他的臉上有哪裡不對。到底看出來了，是嘴巴。他的嘴角對稱地鼓出來一塊，想來是繭子，一天到晚讓口琴磨的。端方和混世魔王就那麼坐著，想說點什麼，可是也說不出什麼來。大倉庫裡靜悄悄的，在炎熱的中午反而像深夜，是陽光燦爛的下半夜，靜得像一個夢。牆角慢慢爬出來幾隻老鼠，牠們賊頭賊腦，到處嗅，每一個細小的動作裡都包含了前進與逃跑的雙重預備。端方和混世魔王面帶微笑，望著地上的老鼠，像看電影。老鼠們三五成群，膽子越來越大，都走到端方的腳趾邊上來了，尖細的鼻頭還對著端方的臭腳丫嗅了幾下，十分地失望。端方惡作劇了，突然學了一聲貓叫。老鼠們都「彈」了起來，在倉庫裡亂竄，最後，卻又像子彈那樣準確無誤地擊中了牆角的洞穴。電影散場了。正午的時光夜深人靜。

動靜來了。透過大倉庫的門，端方看見大太陽下面晃來了五六個身影，十分地耀眼。是佩全、大路、國樂和紅旗他們。佩全是他們的老大，這一點從他們走路的樣子和次序上就可以看出來了。同樣還可以看出來的還有一點，大路和國樂是佩全最得力的幹將，屬於出生入死的角色。說起佩全，那可是太著名了，端方一來到王家莊就聽說了這個偉大的祖宗。他有一個光輝的事蹟，聽說，那還是佩全讀小學五年級的時候，王家莊召開批鬥會，牛鬼蛇神在高高的主席台上站了長長的一溜子。顧先生也夾在裡頭。顧先生是誰呢？一個下放的右派，所以不姓王，那會兒在學校裡頭代課。批鬥會開得好好的，大夥兒正高呼著口號，佩全一個人悄悄走上了主席台。小東西撲到顧先生的面前，拔出菜刀，對著顧先生的腦袋就是一下子。顧先生腦袋上的血不是流出來的，而是噴了出去。顧先生眼睛眨巴了幾下，一頭栽下了主席台。要不是佩全的力氣小，顧先生的腦袋起碼要被他削掉大半個。爲了什麼？就因爲顧先生在課堂上得罪他了。

山呼海嘯的批鬥會被佩全的這一刀砍得死氣沉沉，一點聲音都沒有。顧先生好不容易撿回了一條命，死活不肯到學校裡去，直到今天還在王家莊放鴨子。偶爾遇上佩全，顧先生都要低下腦袋，蛇一樣繞開去。佩全的那一刀給王家莊留下了心驚肉跳的記憶，所有的人都怕了他。村子裡的老人們懷著無限遺憾的口氣嘆息說，佩全生錯了時候，要是早生三十年，佩全絕對是一個抗日的英雄，是狼牙山上的六壯士。家長們一再關照自己的孩子，對佩全一定要好一點，對佩全不好那就不好了。事實也正是這樣，誰要是得罪了佩全，那就不只是得罪了佩全，而是得罪了大路、國樂，某種意義上說，得罪了整個王家莊。用不著佩全出面，你家的雞就會飛，你家的狗就會跳。端方當年不是沒有巴結過佩全，巴結過的，巴結不上。原因也不複雜，端方不姓王。不姓王是不可以的。佩全發話了：「除非你跟我姓。」所以端方一直躲著他。游離在王家莊的外面。骨子裡是怕。

佩全進門了，大路和國樂進門了，紅旗他們進門了。每個人都光著背脊，光著膀子，肩膀上掛著一條溼漉漉的毛巾。比較下來紅旗反倒特別了，他沒有打赤膊，周周正正地穿著一件襯衫，兩邊的肩膀上對稱地扛著兩塊補丁，針腳卻相當地整齊，相當地細密，一看就知道他的母親孔素貞是個講究的人。紅旗穿著襯衣，舉止裡自然就少了一分剽悍。雖說他在這一夥人裡頭年紀最大，可一眼就看出來了，紅旗什麼也不是，只是一個小跟班，屬於嘍囉的角色。他們走進了大倉庫，卻堵在門口，只有佩全一個人走到了端方的跟前。佩全用他的腳尖捅了捅端方的屁股，端方仰起頭，望著佩全的臉。佩全說：「聽說你有力氣啊？」端方不停地眨巴眼睛，回過頭來看了國樂一眼，想起來了。昨天下午閒得無聊，在剃頭店裡頭和國樂扳了一回手腕。這也是鄉下的年輕人常玩的遊戲。國樂輸了，沒想到佩全卻當了眞。

端方說：「哪兒，是國樂讓我呢。」

紅旗走進裡屋，拿了一張凳子，放在了佩全的身邊。佩全蹲下來，什麼也不說，把他的胳膊架在了凳子上。他要扳手腕。

端方笑笑，說：「算了，這麼大熱的天。」

佩全卻不想「算了」，他的胳膊就那麼架著，在等。這時候紅旗從佩全的肩膀上取下溼毛巾，疊起來，墊在了佩全的胳膊底下。端方想走，回過頭來看了看門口，知道走不掉的。操他奶奶的，沒想到扳了一回手腕還扳出了這樣的麻煩。端方不想惹麻煩，想服個軟。端方是知道的，佩全這個人其實沒別的，就喜歡別人服軟，你服了，就太平了。端方看了紅旗一眼，又看了大路一眼，他們的臉上沒有任何表情。端方剛想說些什麼，國樂卻笑了。還不好好地笑，就在嘴角那兒。端方不喜歡這樣的笑，轉過身，伸出胳膊，交上手了。佩全的確有力氣，搶得又快，一下子占了上風。可端方穩住了。這一穩端方的信心上來了，他知道佩全使出了全力，心裡頭反而有了底。他已經稱出佩全的斤兩了。端方吸了一口氣，重新把胳膊拉回到正中央的位置。兩個人的胳膊保持在起始的位置，就那麼僵著。端方想，將來要是有什麼好歹，至少在力氣上不會吃他的虧。

兩個人強了一兩分鐘的工夫。端方的臉上很漲，而佩全的臉已經紫了。端方知道，只要再使一把力氣，就一定能把佩全摁下去。一定的。端方沒有。端方要的就是這樣。沒想到佩全在這個時候卻使起了損招，他把他的指甲摳到端方的肉裡去了。端方的血出來了，紅紅的，在往下淌。端方望著自己的血，心裡頭樂了。用揚眉吐氣去形容都不爲過。一個人想起來使損招，原因只有一個，他知道自己不行了。在心氣上就輸了。端方把佩全的手握得格外地緊，不撒手。他要讓佩全先放棄。他不放棄，端方就陪他，一直陪到第二天的天亮。血還在流，順著端方的胳膊，一直流到了板凳上。最後還是混世魔王說話了，混世魔王說：「算啦。算啦。一比一。算啦！」佩全鬆開了，端方也鬆開了。兩個人的手上全是對方的手印。佩全說：「你還可以。」是在誇端方了。端方笑笑，不語。抬起胳膊，送到嘴邊去，伸出舌頭把手背上的血舔乾淨。

緊張化開了，接下來就有了熱鬧。他們開始東扯西拉。七嘴八舌之後，話題慢慢扯到了吃。這是必然的。主題終於出現了，話題終於集中起來了。這就是民主集中制的好處。民主集中制有一個十分天然的次序，先民主，然後再集中。而集中起來的就不單單是話題，還包括說話的人，也就是把一個話題集中在某一個人的嘴上。現在，端方和佩全他們都安靜下來了，只剩下混世魔王一個人在說。他不再是閒聊，而成了關於「吃」的回顧與展望，類似於形勢報告。

混世魔王在作報告。空蕩蕩的倉庫裡有了特殊的氣氛。唯一缺少的只是麥克風的回聲。混世魔王的報告著重論述了南京的冰棒。冰棒共有四種，淺綠色的，是香蕉口味，橘紅色當然是橘子口味了，咖啡色的呢，卻不是咖啡的口味，而是赤豆。它們四分錢一根，雖說比五分錢一根的奶油冰棒還便宜一分錢，口味卻不差，也許還要好，一口下去嘴巴裡立即就是天寒地凍，能嚇舌頭一大跳。

嚴格地說來，混世魔王的報告並不是回顧過去與展望未來。作爲一個南京人，他實在也沒有吃過什麼，無非就是冰棒，再不就是臭豆腐。臭豆腐有什麼好回顧的呢？沒有什麼展望的潛力。但是，這不要緊。說穿了，回顧過去和展望未來就是編故事，他考驗的不是你的經驗，而是你的想像力，還有膽量。越是有想像力，越是有膽量，故事就越是精彩、神奇。有時候，越是無中生有，越是接近虛無，故事才越是有意義，同時，才越是眞實。神奇與虛無意味著過去的輝煌，同時也意味著未來更加引人入勝。說的人解饞，聽的人更解饞。這是雙向的滋補，是共同的願望。混世魔王一邊嘸，一邊說。端方他們一邊嘸，一邊聽。吃，是多麼的美好，多麼令人憧憬，多麼可望而不可及。眞正迷人的恰恰是可望而不可及，甚至是不可望又不可及。還有什麼比吃不到的滋味更好吃、更解饞的呢。這正好印證了王家莊的一句老話：「龍肉最鮮，唐僧肉最香。」

第三章

三伏天的夜晚，巷口的水泥橋，也就是「洋橋」上躺滿了人。洋橋實在是夏夜最好的去處。天井裡沒有風，巷子裡沒有風，但是，橋上有。風行水上，哪一個莊稼人不懂得這個？風很小，只有一絲一縷，可那畢竟是風，反而加倍地珍貴，從身上滑過的時候分外涼爽，幾乎就是一次小小的驚喜。來到洋橋上的大多是孩子，還有年輕人，十分地擁擠。洋橋其實很窄，只有三塊預製板那麼寬，躺上人，橋面上其實就塞滿了。不過不要緊，不影響行人。納涼的人統統把腦袋靠在一邊，另一邊都是腿，腿與腿之間反正是有空隙的，行走的人小心一點跨過去就是了。一點也不影響行走。

人們躺在橋面上，一邊供蚊子咬，一邊說說話，再不就是仰望著星空。三伏天裡的星空眞是太好看了，夜空分外地晴朗，每一顆星斗都像棉花那樣碩大，那樣蓬鬆，一副憨樣子，靜悄悄地在天上瘋。星空廣闊無垠，簡直就是豐收的棉花地。還有流星，它們把夜空突然照亮了，像一把刀，在黑布上劃開了一道雪亮的口子。流星飛遠了，這就是說，很遠很遠的地方有一個人嚥下了最後的一口氣。每一顆流星都是一個故事，是一個死亡的故事。然而，因爲死亡離自己太遠，與悲傷無關了，成了瞬間的風景。不能不說的則是銀河。銀河眞的就是天上的一條河，它由密密麻麻的星星積累起來，一顆星就是一滴水，星光浩瀚，波光粼粼，成了名副其實的一條河，靜悄悄地流淌著銀光。銀河是莊稼人的時鐘，不同的是，它是一座大時鐘，報告的不再是一天的二十四個小時，而是一年的四季。銀河是一對巨大的指標，如果正對著南北，那就是秋收了。掛角斜過來呢，那一定是中秋，該是吃菱角的時候了。而銀河一旦正對著東西，冬天就要來到啦。這個連孩子們都懂。他們這樣唱道：

銀河南北，
收拾倉屋。
銀河掛角，
雞頭菱角。
銀河東西，
收拾棉衣。

銀河在天上，無限地遙遠。其實也不遠，就在鼻子的上面。如果你的手向上伸一下，再伸一下，再伸一下，也許就能摸到了。至少看起來是這樣。銀河安安靜靜地淌在天上，人們安安靜靜躺在橋上，王家莊的夏夜就是這樣一個基本的格局。其實三伏天的夜間並不安靜，反而比白天喧鬧多了，爲什麼呢？是因爲稻田裡的那些青蛙們。天一黑，青蛙就鼓噪起來。畢竟有些遠，澎湃，卻渺茫，然而，青蛙實在太多了，比天上的星星還要多。牠們擁擠，沒心沒肺，就會拚了命地喊叫。彷彿熱熱鬧鬧，其實還是寂寞。牠們的叫聲彙聚在一起，有了開闊的縱深，從四面八方包圍過來，又朝四面八方傳遞而去。——三伏天的夏夜正是這樣，天上的星星在熱鬧，地上的青蛙也在熱鬧，而村子裡反倒安靜了，稱得上枯寂。每個人的身影都黑咕隆咚的，像一口井，每一口井都有自己的吊桶，上，或者下，深不見底。

那些老人和婦女們大多不願意到洋橋上去。他們更願意守護在家門口的巷子裡，這裡更自在。尤其是婦女們。只要生過孩子，她們會待在漆黑的巷子裡，像男人一樣光起了背脊。她們把自己的上身脫光了，光著胸脯，端坐在黑暗裡頭，手裡拿著芭蕉扇，一邊扇，一邊拍蚊子，嘴裡還嚼著舌頭。她們的奶子掛在胸前，十分祕密地跟隨著扇子左搖右蕩。她們戲稱自己是賣茄子的。小本的生意，一共只有兩個。也沒人買，所以天天賣。

三丫的母親孔素貞也是這樣，每天晚上坐在天井裡賣茄子。孔素貞是一口特別的井，水格外地深。更糟糕的是，她這口井裡有兩只桶，第一只是她的兒子，紅旗，一大把的歲數了，至今還討不到老婆。第二只是一個閨女，三丫，年紀也不小了，到現在還沒有婆家。這兩只桶每天就懸在孔素貞的心裡，不是它上去，就是你下來。唉，鬧心了。對紅旗，孔素貞基本上是死心了，腦子少零件，都這個歲數了還跟在佩全的屁股後頭鬼混，不說他了。指望不上的。三丫則不一樣。三丫是孔素貞心頭的肉，孔素貞所有的牽掛都在她的身上了。三丫近來的舉止有些怪，再也不到洋橋上去了，每天天一黑就進屋了，上床了。

孔素貞畢竟是過來的人，有數得很，這丫頭騷了，發情了，一定是看上什麼人了。這是素貞最為擔心的時刻。素貞搖著扇子，想起了自己年輕的光景。孔素貞年輕的時候倒是享過幾天的福，生在一個本分、勤快的人家。家底子殷實，有十幾畝的水田。素貞的父母是那種能吃苦又節儉的莊稼人，吃穿上頭一直都不犯愁，每一年都有所盈餘。哪知道一解放，家裡的那十幾畝水田要了她們家的命，等劃過階級，壞事了，是地主。素貞還好，心裡頭有佛，想得開，反正這個歲數了，年輕時到底過過幾年好日子，也不虧。難就難在兒女。他們吃過什麼？穿過什麼？什麼也沒有。都是自己前世的孽。孔素貞沒有作過孽，但她過完的好日子就是孽。別人冬天沒有棉鞋，她有。別人不識字，她認得《三字經》，還背過幾十首唐詩和宋詞。這些都是孽。是孽就必有報應，萬萬沒有料到，報應到自己的骨肉上去了。這是孔素貞最揪心的地方。滿腦子都是血。現如今兒女大了，得娶吧，得嫁吧，困難了。說起來，三丫是不用愁的，一個丫頭家，橫豎嫁得出去，更何況三丫有這般的模樣。其實最難的恰恰是這個丫頭。依照孔素貞的意思，原打算用三丫給紅旗換一門親的，在施家橋，都說好了。三丫卻不答應。她看不上。三丫什麼都不說，一雙好看的眼睛就盯著天井裡的那口井，意思都在那兒。素貞看見了，心都涼了，直發毛。狠不下心來了。素貞心一軟，退回去了。這一退不要緊，兩個人的大事到現在都沒有著落。要是細說起來，倒不是偏心，素貞眞心喜歡的還是自己的丫頭。丫頭像自己。紅旗傻一點，醜一點，都不讓孔素貞傷心，孔素貞傷心就傷心在兒子的身上永遠也脫不了一副下作的奴才相，賤，一點血性都沒有。既不像媽，又不像爸，不知道從哪裡學來的。

三丫呢，反過來了，血性又嫌旺了一點，心氣又嫌高了一點。這一點都隨她這個當媽的。當年的孔素貞也是一個說一不二的主，她的父母給她說過一回親，在中堡鎮上，一個柳姓的裁縫家。素貞死活不依，就是喜歡長工的兒子王大貴，最終還是下嫁了。知女莫如母，素貞是知道的，三丫這孩子和自己一個樣，不是什麼樣的男將都可以隨便將就。看不上眼，就岔不開腿。要是「那時候」，無所謂了，當媽的由著你。可三丫你「現在」能強麼？都什麼年代了？你是個什麼東西？你三丫的褲襠不香啊。

利用歇夏的光景，三丫向她的媽媽要了幾塊錢，扯了一塊十分便宜的洋布，水紅的底子，蝴蝶花瓣的花色，替自己縫了一件花褂子。雖說是便宜貨，到底是新的，鮮刮，三丫的針線又好，上了身很得體，還是稱心如意了。三丫穿上花褂子，一天裡頭在村子裡轉悠了好幾個圈，其實也不是現寶，而是有她的小九九，想碰見端方。想讓端方看一眼。三丫拿針線的時候自己給自己下了一個賭注，要是新褂子上身的時候一出門遇上端方了，就算有了盼頭，遇不上，那就不好了。三丫沒有如願，一開頭就不順遂。其實是礙不上的。可女孩子家到了這樣的歲數總難免有一些怪異的念頭，神神叨叨的了。三丫沒有碰到端方，十分地挫敗。要是細說起來，三丫喜歡上端方的時間並不長，就是在麥收的時候。端方勤力，壯實，一點都不怕苦，不擺知識份子的臭架子，一下地就給了王家莊的姑娘們一個別樣的印象。其實三丫並沒有動過端方的心思。三丫很知趣。以她自己這樣的條件，對於條件太好的小夥子，三丫是不敢的。哪裡能輪到她呢。可事情有時候就是這樣，越是不敢，就越是會撞上。

那一天三丫正站在跳板上，往水泥船上裝麥把。端方挑著麥把過來了。端方的身子沉，腳重，一腳下去跳板就晃蕩起來，三丫沒留神，差一點被跳板顛到水裡去。端方一把揪住了三丫的胳膊，這才站穩了。三丫在回頭的時候看見了端方的笑，他笑得太特別了，事後想起來，只能用「乾淨」去形容。端方笑得眞是乾淨，和好看不好看沒有關係，就是乾淨。三丫喜歡。端方一把拉住三丫的胳膊，說：「對不起了，三丫。」三丫在王家莊這麼多年了，還從來沒有人對她說過「對不起」。這樣的言談舉止也透著一股子乾淨。三丫喜歡。「對不起」，就三個字，太動人了，簡直具有催人淚下的魔力。三丫的眼珠子到處躲，再也不敢看端方。最後，卻鬼使神差，一雙眼睛落在了端方的胸脯上。端方胸脯上的兩大塊肌肉鼓在那兒，十分地對稱，方方的，緊繃繃的。三丫的目光就那麼不知羞恥地落在端方赤裸的胸前，失神了，癡了。下巴也失去了力量。心口突然被劃開了一道口子，有一樣東西流淌過去了。很暈。到底是丫頭家，三丫知道，自己出事了。是大事。一回家就哭了一夜。

哭完了，三丫的自覺性和自制力還是占得了上風。她是不配的。端方剛剛畢業，還有無盡的前景在等著人家，不能用自己的成分去拖住人家。無論心裡頭冒出什麼芽來，三丫都要把它掐了。三丫有三丫的辦法，每天拚了命地幹活，只要還有一絲力氣，三丫都把它耗在麥田裡，然後，拖著自己的屍體回家，這樣就好多了。而到了幹活的時候，三丫總是離端方遠一點。可這樣做三丫又有幾分的不甘心，那就在沈翠珍的身邊吧。在沈翠珍需要幫手的時候，三丫就悄悄跟上去，幫一把。等於是給沈翠珍做下手了。沈翠珍偶爾和別人開玩笑，三丫在言語上也要幫上兩句腔，但是，不過分。不能過分。以三丫的身分，她是不能過分的。沈翠珍不知道三丫的心思有多深，對三丫，她是喜歡了。女人一旦到了沈翠珍這個歲數，看得順眼的姑娘其實不多了。但三丫是一個例外。這丫頭懂事，手腳又不懶，是一個周正的姑娘。沈翠珍有時候想，這孩子，怎麼就生在孔素貞家裡的呢？不過，細一想也對，人哪，就這樣，不管你有多稱心，總有一隻手要拽著你，得把你拉回來。要不然，人人都在天上飛，那還了得。

回過頭來看看，麥收的時候反倒是一段快樂的時光。現在歇下來了，三丫不好了。很不好。每天都想哭，又哭不出來。就是堵不住自己的心思。人都蔫了，沒著落。但是，扯完了花布，從中堡鎮一回來，三丫好了。手裡頭有了針線，三丫安定了，踏實了。三丫一針一線的，不再是為自己，而是在替端方拿針線了。這麼一想三丫把自己嚇了一大跳，心裡頭對自己說，你這個人哪，瘋野得很，魯莽得很，這都是哪兒對哪兒。——你呀，也滿賤的呢！這樣罵完了自己，三丫高興起來。一顆心像風一樣，一點也不著邊際，信馬由韁了。雖說還沒有和端方好好地說過一頓話，可三丫的這一頭對端方的用情卻已經很深了。不停地走神。平白無故地酸甜苦辣。很傷。人也瘦了。反而好看了。

花褂子終於上身了。三丫卻沒有遇見端方，白忙了。不好的兆頭湧向了三丫。三丫的委屈說不出，沒法說。到了晚上，三丫到底不死心，又出去走了一圈，這一回倒是碰上端方了，她聽見端方從混世魔王的那頭走了過來。她聽得出端方的腳步聲。那是與衆不同的。三丫突然就是一陣怕，緊張得透不過氣來。她立住腳，大聲說：「是端方吧，吃過啦？」端方很客氣地說：「是三丫啊，吃過了，你呢？」三丫說：「吃過了。」端方並沒有停下來，走過去了。三丫站在原來的地方，悄悄拽了拽花褂子的下襬。突然明白過來，天已經黑透了，哪裡還有什麼花褂子，無非就是一塊黑布。端方什麼也沒有看得見。三丫回到家，脫下花褂子，疊好了，放在枕頭的下面，放下蚊帳，躺下了。身子在出汗。一身的汗。熱歸熱，其實也是涼了。

一般說來，端方不到水泥橋上去。原因很簡單，他的兩個弟弟端正和網子都在橋上。端方不想和他們摻和。年齡的差距是一個方面，卻還不是最主要的。這裡頭有這樣一個區別：端方和端正是同父同母的兄弟，網子呢，同母異父，不一樣了。從骨子裡說，端方當然要對端正親一點，而王存糧和沈翠珍則對網子更好一些。這也是該派的。從名字上也可以看得出，網子，不論有怎樣的禍水，網一收，就提上來了。從外面看，這個家是一個家，暗地裡其實還是兩個家。平安無事的時候，一切都山清水秀，一旦生了事，枝枝杈杈的就出來了。端正和網子畢竟小，哪裡能明白這一層？自己玩還玩不過來呢。兩個人動不動就要吵，就要打，就要鬧，有時候一頓飯就能鬧上好幾回。其實都是無心的，但是，大人一插話，那就是有心的了，有了複雜的歧異。一句話不留意就生出了是非。所以，到了萬不得已的時候，端方反而會護著網子，沒頭沒腦地呵斥自己的親弟弟。而紅粉則要反過來，喬模喬樣地護一護端正。誰都知道這是假的，但是，人就是這樣，不能太實誠，太實誠就傻了。

有一次端正在飯桌上對網子動了手，一把把網子的飯碗打在了地上。沒等繼父說話，端方罵了一聲「狗日的東西」，一巴掌把端正推開了，不讓他吃，餓他。後來還是紅粉出面打了圓場，給端正送去了一碗紅薯飯。母親不高興了，第二天的上午她專門找了一個空隙，關照端方說：「自己的親弟弟，打幾下不要緊。不能罵狗日的。」端方知道了，「狗日的」是母親的忌諱，等於罵了自己的親爹。不能夠。端方悶了半天，說：「知道了。」這又給了端方一個小小的教訓，他們小弟兄兩個人的事，少過問總是好的。越問事情越多。

可是，有些事情你躲不過去，該來的它還是要來。傍晚的前後，端方正躺在家裡看連環畫，網子從外頭回來了。一回來就嚇了端方一大跳。網子全身都是水，神態極度地慌張，異常了。網子站在端方的身邊，一句話不說，下巴那一塊不停地抖，牙齒都數起了快板。端方看了半天，說：「怎麼了？」網子說：「死人了。」端方說：「誰死了？端正呢？」網子說：「不是端正，是大棒子。」端方鬆了一口氣。大棒子端方認識，是佩全的侄子，大前天的下午還和網子在天井裡玩弄老鼠夾，不小心夾了手，哭著回去了，很敦實的一個小子。端方說：「怎麼死的？」網子說：「淹死的。」端方說：「屍首呢？」網子說：「不知道，沒上來。」端方說：「是你喊他下河的，還是他喊你下河的？」網子不說話了。端方說：「說！」網子還是不說。端方挺出手指頭，厲聲說：「說。」網子說：「是我喊他的。」端方不說話了。端方坐下來，突然伸出手，捏住了網子的耳朵，往上拉。端方說：「從現在開始，除了我，對誰都不許說話。——誰都不許說！聽見沒有？」網子歪著腦袋，吊著，不能點頭，說：「聽見了。」端方放下網子的耳朵，網子的耳朵上立即就是兩隻紫色的指印。端方對著網子的耳朵關照了幾句，最後說：「家裡頭待著，出去一步我打斷你的腿。聽見沒？」網子說：「聽見了。」

大棒子的屍體是被漁網撈上來的，河邊上站滿了王家莊的人，連樹枝上都是，院牆上都是。王家莊的人差不多全部出動了。大棒子一撈上來他的母親就倒下去了，怎麼喊都喊不醒。佩全抱著大棒子，大棒子軟軟的，胳膊和腿都掛下來了。榆木疙瘩是大棒子的爹，他從佩全的手上接過自己的骨肉，抖動他的兒子，喊他的兒子，聲音和模樣都不像人。這時候已經是夕陽西下的時候了，殘陽如血。黑壓壓的人群一起閉起了嘴巴。佩全想起來了，突然想起來了，他問孩子們，大棒子和誰一起玩的？答案立即就出來了，是網子他們幾個。佩全走到榆木疙瘩的旁邊，對叔父耳語了一些什麼。隨即從叔父的懷裡接過屍體，出發了。河邊上的人群挪動起來，他們跟在榆木疙瘩與佩全的身後，浩浩蕩蕩擁向了端方家的家門口。

紅粉剛剛放工，也擠在人群中，沒走幾步，預感到了什麼。她衝出隊伍，繞了一個彎，搶先回到了家。父母都在，端方在，端正也在。家裡沒有一點人氣，王存糧蹲在豬圈旁邊，悶了頭吸菸。紅粉只看了一眼，不好的預感就得到證實了，轉過身子就關門。然後，靠在門後大口大口地喘息。端方走過來，一言不發，把紅粉拉開了，重新打開天井的大門。端方把扁擔、鞭子、鋤頭和釘耙放在順手的地方，說：「我不動，你們一個都不要動。」這句話是說給王存糧的。話音剛落，不遠處的拐角就傳來了駭人的腳步聲。

端方第一眼看見的不是黑壓壓的人群，而是大棒子。大棒子躺在佩全的懷裡，還是溼的。胳膊和腿都在晃。端方的心突然被一隻手揪住了，拎了起來。端方愣了片刻，跨上去一步，滿臉都是狐疑的表情，不解地問：「怎麼回事？」佩全高聲說：「網子呢？」端方說：「在家。怎麼回事？」佩全說：「怎麼回事？死人了！是網子喊他下河的！」端方堵在門口，大聲吼道：「網子！網子！」網子出來了，看見天井的大門已經被堵死了，不敢動。端方喊了一聲：「過來！」網子走了過來，端方掄起他的大巴掌，當著所有的人，當然包括王存糧和沈翠珍，摑了網子一個大嘴巴。端方的出手極重，網子直退，一直退到天井的正中央。等於給打回去了。端方大聲說：「是不是你？是不是你喊人家大棒子下河的？！」網子捂著臉，沒哭，說：「不是。」端方說：「你大聲點！」網子就大聲了，說：「不是！」端方說：「是誰喊的？」網子說：「誰也沒喊，都是自己下去的，你去問大棒子，你去問大棒子。」網子的話所有的人都聽見了，沒有人敢在這樣的時候出面作證，除了問大棒子。端方回過頭，看著佩全，說：「佩全，你都聽見了？」佩全起先只是傷心，這一刻滿腔的怒火已經沖上來了，一直燒到了頭頂。

佩全把大棒子的屍體交到榆木疙瘩的手上，大罵了一聲，抬起腳來就要往天井裡衝。端方一把拉住佩全的手腕，用足了力氣，攔住了。紅粉走了上來，尖聲對佩全叫道：「幹什麼？網子是我的親弟弟，你沖我來！」端方側過腦袋，擋住紅粉，呵斥說：「沒你的事，走開！」端方回頭對佩全說：「誰都跑不掉，佩全，我們就在這裡說。」榆木疙瘩看了一眼網子，又看了一眼大棒子，網子是活的，而他的兒子已經什麼都不是了，越發地傷心，絕望了，突然悶了腦袋撞過來，嘴裡面喊道：「狗日的網子！你來抵命！」端方擠上來一步，用腳把門關了，一條腿卻卡住榆木疙瘩。端方說：「大叔，這刻兒你說誰不傷心？要抵命，事情弄清楚了，有我。」榆木疙瘩說：「是網子喊他們下河的！」端方說：「大叔，人命關天，這句話可不能亂說。有誰看見了？」榆木疙瘩被端方問住了，不會說話了，光會抖。佩全知道自己鬥嘴鬥不過他，掙開端方的手，怒火中燒，對著端方的臉就是一拳。端方晃了一下，閉上一隻眼睛，另一隻眼睛卻睜得格外圓，鼻孔裡的兩條血熱騰騰地沖了下來。端方沒有還手。這樣的時候端方是不會還手的，面前圍著這麼多的人，總得讓人家看點什麼。人就是這樣，首先要有東西看，看完了，他們就成了最後的裁判。而這個裁判向來都是向著吃虧的一方的。端方現在最需要的就是這些裁判。還有佩全的打。被打得越慘，裁判就越是會向著他。這是統戰的機會，不能失去。

佩全看了端方一眼，又是一頓拳打腳踢。人群裡發出了叫聲，騷動起來了，呼嘯著向外面退，讓開來一塊空地。這塊空地是讓給端方和佩全的，讓他們在這裡決戰。當然了，大路和國樂還有紅旗站在最裡面的那一層，他們首先要把所有的閒人擋在外面，如果端方吃虧了，他們就不動。反過來說，萬一佩全招架不住，他們就要上去，一人抱住端方的腰，一人抓住端方的左手，一人抓住端方的右手，嘴裡說：「別打了，別打了」，端方就再也別想動了。這時候天井的大門又打開了，紅粉衝到端方的身後，說不出話來，腳尖一踮一踮的，不停地擼袖子。端方回頭踹了紅粉一腳，瞪起眼睛，第一次認認真真對紅粉唬下了臉來。端方大聲罵道：「滾一邊去！男人說話，沒你的事！」端方掉過頭來，對佩全說：「佩全，我知道我打不過你。你打。」端方扒掉上衣，佩全又是一頓拳打腳踢。

只是一刻兒，臉上和胸前都紅成了一片，血淋淋的，一張臉也變形了。佩全看著端方血紅的身子，下不去手了，不好再打了，關鍵是，不敢了。佩全對榆木疙瘩說：「叔叔，把大棒子放到他們家的堂屋裡去。」這是最厲害的一招，端方害怕的正是這個，佩全到底還是把這句話說出口了。有一點端方是清楚的，依照鄉下人的規矩，屍體一旦放進了堂屋，那就什麼也說不清楚了。榆木疙瘩抱著大棒子的屍體直往門口擠，一心要把大棒子的屍體送進去。但畢竟傷心過度，早已是力不從心。端方伸開兩條胳膊，死死地撐在門口。榆木疙瘩擠不動，只是貼在端方的身上。

這時候人群的周邊傳過來一聲嚎叫，大棒子的媽來了。密密匝匝的人群十分自覺地讓開來一道縫隙。大棒子媽直接撲到端方的跟前，端方喊了一聲「大媽」，大棒子的媽已經把眼淚、鼻涕抹到了端方的身上，在端方的身上拍得劈劈啪啪，反倒弄得一手的血，到處都是血。大棒子的媽說不出一句話來，只是跳，披頭散髮地跳，呼天搶地。端方撐住門，望著大棒子的媽，不敢看她的眼睛，心如刀絞，眼眶子一熱，眼淚下來了，嘴裡不停地喊「大媽」，卻什麼也說不出。大棒子的媽只跳了幾下，又倒下去了，躺在地上，嘴巴一張一張，只有進氣，沒有出氣。端方想去扶她，但是兩手撐在門上，不敢鬆手。大棒子媽的到來把事態推向了頂端，某種意義上說，控制住了，把事態局限在悲傷的境地上。人群安靜下來了。到了這個光景，人們才明白過來，最火爆的打鬧已經告一段落。人們唏噓不已，一起流淚了，想起了大棒子活蹦亂跳的樣子。

天慢慢地黑了，雙方僵持在端方家的門口，誰也沒有後撤的意思。天越來越黑，滿天都有了星光。人群慢慢地散去，群情激憤的場面淡下來了。王存糧和沈翠珍一直都沒敢出面，他們是知情的，傷心而又愧疚。多虧了端方在門口撐住，要不然，屍體進了門，他們又能做什麼？也不能把網子打死。天已經黑透了，王存糧和沈翠珍幾次要出面，都被端方用腳後跟踹了回來。端方今天把家裡的人都打了，算是六親不認了。沈翠珍疼在身上，心裡頭反而有數了。端方是她們家的一道牆，只要有這堵牆堵在門口，什麼也進不來的。可轉一想，想到了大棒子，想到了大棒子的娘，越發傷心了，用盡了力氣在天井裡嚎啕。沈翠珍還是要出面，端方不讓，不管母親在他的後背上怎麼捶，怎麼掐，端方不鬆手。沈翠珍急了，說：「端方，再不鬆你媽就撞死！」端方仔細看了一眼門口，佩全他們黑咕隆咚的，全部坐在地上，想必他們也沒有力氣了。端方鬆開了，沈翠珍拿著被面，找到了躺在地上的大棒子，一邊嚎哭，一邊替大棒子裹上。這一來大棒子的媽又被撩起來了，兩個女人的啼哭傳遍了王家莊的每一個角落。大棒子媽一把揪住了沈翠珍的頭髮，終於沒了力氣，滑下來了。端方喊過紅粉，小聲讓她把家裡的雞蛋全部拿出來，放在籃子裡。端方提著籃子，走下來了。他把籃子放在佩全的腳邊，從地上抱起大棒子，對榆木疙瘩說：「大叔，先讓大棒子回家吧。」

大棒子躺在了自家的堂屋裡，頭對著大門，平放在門板上，腦袋旁邊放著兩盞長明燈。端方站在大棒子的身邊，長明燈的燈光自下而上，照亮了端方的臉。端方的臉被佩全打得不輕，全部腫脹起來了，眼眶子鼓得老高，既不像端方，也不像別人，幾乎不像人。而身上的血早就結成塊了，又被汗水泡開了，一小塊一小塊地黏在胸前。看著都讓人害怕。屋子裡擠的全是閒人。十分地悶熱，澳糟得很。而門口也被人堵死了，屋子裡不通風，實在透不過氣來。端方望著門板上的大棒子，已經用被面子裹得嚴實了，只露出了一張臉。大棒子平時看起來不高，現在躺下了，差不多也是個大人了。可這孩子就這麼沒了。端方望著大棒子的臉，突然就是一陣難過，想抽自己的耳光。端方在心裡說：「大棒子，哥哥不是東西，哥哥對不住你了！」心裡頭正翻騰，胳膊被人捅了一下，是三丫。三丫給端方遞上來一塊毛巾，端方接過來，把上身擦了。三丫又遞上來一件褂子，看起來是三丫特地替他回家拿來的。端方的心思不在這裡，連看都沒看她一眼。

夜已經很深了，所有的閒人都走光了，榆木疙瘩、大棒子媽、大棒子的弟弟、妹妹、佩全、端方、端方的父母，枯坐在堂屋的四周，中間躺著什麼都不是的大棒子。除了大棒子的母親有一搭沒一搭地哭，再也沒有一點動靜。想來大棒子的母親也哭不動了。沒有人說話。長明燈亮著，所有的眼睛都望著長明燈，視而不見，散了光，憂鬱而又木訥。就這麼乾坐著，不吃，不喝，光出汗。端方想，看來不會再有什麼大的動靜了，人累到一定的時候，就會特別地安靜，想來不會再有什麼舉動了。

天亮了。伴隨著天亮，佩全突然來了精神。他提出了一個要求，一定要網子過來，給大棒子磕頭，要不然不下葬。端方其實也沒力氣了，腦子裡一片空。可佩全剛剛開口，端方的腦子一個激靈，清醒過來了。端方說：「不行。」端方說得一點都不含糊，不行。除非有人出面作證，是網子把大棒子喊下河的。僵局再一次出現了，佩全堅持，端方不讓。端方是不會讓的，即使佩全用他的菜刀對著他的腦袋劈過來，端方也不會讓。這一步要是讓下來，所有的努力就白費了。關鍵是，等於認了。這就留下了後患。端方不能。

三伏天的天氣實在是太熱了，僵持到下午，大棒子的身上已經飄散出很不好的氣味了。氣味越來越重，實在令人揪心。端方咬著下嘴唇，咬得很緊，沒有任何鬆口的意思。端方在等，他在等待裁判。裁判一定會出現的，這個用不著擔心，端方有底。轉眼又到了傍晚，裁判終於出現了，是四五個德高望重的老人。他們來到大棒子家的天井，反過來勸大棒子的爹，勸大棒子的媽。天太熱，不能再拖了。可憐可憐孩子吧，不能再拖了。大棒子媽在聽。不知道有沒有聽明白。但是，她側著臉，在聽。大棒子的媽很長地吸了一口氣，用她最後力氣發出了一聲嚎啕。這一聲無比地淒涼，眞的是撕心裂肺。所有的人都哭了，端方，德高望重的老人，都哭了。端方流著淚，知道了，事情了結了。徹底了結了。他叫過了母親，讓她回去，讓她回去搬運木料，他要送大棒子一口棺材。母親快到門口的時候，端方叫住母親，讓她再從雞窩裡捉兩隻下蛋的老母雞來。母親照辦了。木料和兩隻蘆花雞剛剛進了大棒子家的大門，大棒子的媽就軟了。端方喊來了木匠。又一個殘陽如血。王家莊的上空突然響起了斧頭的敲擊聲，斧頭的敲擊聲巨大而又沉悶，喪心病狂。

晚飯之前端方從亂葬崗回來，天色已是將黑。天井剛剛掃過，灑上水了，是那種大亂之後的齊整，十分清爽。桌凳放在天井的正中央，是晚飯前的光景。王存糧失神地坐在那兒。端方走進廚房，母親正在鍋灶的旁邊，往牛頭盆裡頭舀粥，怔怔地看著兒子的臉。端方什麼都沒說，拿起葫蘆瓢，在水缸裡舀了一瓢水，一口氣灌進了喉嚨。喝完水，端方回到天井，差不多虛脫了，再也掙不出一點力氣。端方沒有走到桌邊，而是靠著廚房的牆，滑下去了，一屁股坐在了牆角。王存糧走到端方的身邊，蹲下來，不知道說什麼，卻掏出了香菸。不是菸鍋，是紙菸，豐收牌的。九分錢一盒。存糧拆了菸盒的封，抽出一根，叼上了，又抽出一根，放在地上，就放在端方的兩隻腳中間。端方望著地上的紙菸，停了片刻，接過繼父手上的洋火，給繼父點上了，自己也點上了。這是端方有生以來的第一支香菸。吸得太猛，嗆住了。父子兩個都點上了菸，再也沒有說什麼，就在牆角，一口一口地吸。

網子一直躲在屋子裡，豎著耳朵，聽天井裡的動靜。聽了半天，安穩了，壯著膽子走出了堂屋。王存糧望著他的親兒子，突然吼叫了一聲：「跪下！」網子不是自己跪下的，而是被爹爹的那一聲吼叫嚇得跪下的。網子跪在天井裡，瞪著眼睛，無助地望著他的母親。母親正站在廚房的門框裡面，神情木訥，也不敢動。王存糧盯著網子，越看越替大棒子傷心，越看越爲自己的兒子生氣，突然站起來了，要動手。王存糧從來沒有碰這個小兒子一巴掌。捨不得。今天他要動手。今天他要給他來一點家法。網子顫抖了。母親也顫抖了。端方望著手裡的香菸，說話了，說：「爹，不要打他。」王存糧停住了，回頭瞅了一眼端方，端方的眼睛腫得只剩下最後的一道縫隙。端方說，「不要打他。」他的聲音很輕，然而，在這個家裡，第一次具備了終止事態的控制力。

端方對網子說：「起來。」網子看了看他的父親，又看了看他的大哥，不知道該聽誰的，不敢動。王存糧瞪起了眼睛，高聲說：「個小畜生！哥叫你起來，還不起來！」網子起來了，一個人悄悄走進了廚房，站在了母親的身後。母親給端上牛頭盆，來到了天井，順眼看了一眼牆角的父子。沈翠珍注意到端方夾著菸，卻沒有吸，腦袋枕在牆上，嘴巴張得老大，已經睡著了。王存糧把端方手裡的半截子香菸取了下來，在地上掐掉，嘆了一口氣，小聲說：「龍生龍，鳳生鳳。」沈翠珍聽見了，懂他的意思了。心口一熱，要哭。手裡晃了一下，被稀飯燙著了。沈翠珍放下牛頭盆，把大拇指頭送到了嘴裡，說：「吃晚飯了。」王存糧弓了腰，拍拍端方的膝蓋，說：「吃晚飯了。吃了再睡。」

第四章

一直努力著爲端方做媒的大辮子帶來了好消息，卻不是時候。女方的母親也是，別的倒不急，一定要先把端方拉過來，「相」一下。沈翠珍有些爲難。眼下的端方鼻青臉腫的，臉上的傷還淤在那兒，怎麼見面呢。沈翠珍說，端方現在的模樣「絕對不是他眞實的水平」。大辮子不說話，想了想，說：「起碼要看一眼相片吧。」這可把沈翠珍難住了，端方哪裡有相片？他這樣的家境，哪裡拍得起。好在沈翠珍是一個活絡的女人，有主意了，立即把端方的高中畢業合影翻了出來，用指甲在端方的下巴那兒劃了一道很深的痕。大辮子接過畢業照，雖說一眼就找到了端方，畢竟是合影，小模小樣的，臉上的七孔也不清晰，看不出什麼來。大辮子接過端方的高中畢業照，笑了，說：「翠珍哪，你眞是有主意，做女人眞是屈了你這塊料了。」

但是女方就是死心眼，在「先看人」這個問題上不肯通融。大辮子把端方的畢業紀念照退回到翠珍的手上，重複了女方的意思。翠珍自言自語說：「怎麼會有這樣不通物理的人家？」心裡頭已經冷了一大半。大辮子看著翠珍的臉色，心裡說，你沈翠珍光生了三個兒子，到底沒有親生的閨女，哪裡能懂得丈母娘找女婿的謹愼。翠珍不放心地說：「大辮子，你沒有說端方挨打的事吧？」大辮子說：「那件事多晦氣，提它做什麼？沒提。一個字都沒提。」翠珍想，大辮子到底是大辮子，說話辦事就是牢靠，是個妥當人。大辮子說：「見還是不見？我要回話呢。」翠珍沒有說話，回房間去抓了十個雞蛋，塞到了大辮子的手上，笑著說：「大辮子，下次還要麻煩你。」大辮子客氣了一回，聽出意思來了，這件事拉倒了，就擱在這兒了。翠珍這個人她大辮子是知道的，別看她嫁過兩次男人，回頭草她還不吃。是一頭母強驢子呢。

端方現在的模樣的確不是他「眞實的水平」，一身一臉的傷，難免要往合作醫療那邊跑。跑多了，換藥反而是其次，倒成了喝汽水了，順便再和興隆聊聊。興隆好歹當過兵，見過大世面，談吐裡頭總有一些與衆不同的地方。概括起來說，就是一門心思建議端方去當兵。總是待在王家莊，「不是把自己待成一棵樹，就是把自己待成一頭豬。」興隆這般說。還有一句話也是興隆一直掛在嘴上的：「好歹弄一把衝鋒槍玩玩，弄好了還能弄一把手槍玩玩。」這句話端方愛聽，主要是好玩。興隆偏偏不說「提幹」，就是要說「弄一把手槍玩玩」。一來二去，端方的心思慢慢地被他說動了。是啊，弄一把手槍玩玩，挺好的。

沒想到吳蔓玲在這個下午走到合作醫療來了。吳蔓玲和混世魔王一樣，也是南京來的知青，可現在人家已經是王家莊的支部書記了。要是細說起來的話，端方和吳蔓玲並不怎麼熟，幾乎沒有單獨地說過什麼話。爲什麼呢？因爲這兩年端方一直在中堡鎮，又不怎麼回家，打交道的機會自然就少了。

兩年前呢，兩年前端方的個頭還沒有躥上來，看上去就是一個營養不良的少年，又瘦又小，吳支書哪裡能注意到他。所以，雖說都是王家莊的人，兩個人其實很生分。吳蔓玲是挺著她的手指頭進來的，她的手指被什麼東西劃破了，正在流血。吳蔓玲的臉上一直在微笑，看起來這一點點小傷對她這個鐵姑娘來說實在也算不上什麼，家常便飯了。吳蔓玲跨過了門檻。引起端方注意的卻不是她手上的血，而是吳蔓玲的腳，準確地說，是吳蔓玲的腳丫。她赤著腳，腳背上沾了一層泥巴，一小半已經乾了，褲管一直捲到膝蓋的上方。端方注意到，吳蔓玲烏黑的腳趾全部張開了，那是打赤腳的莊稼人才會有的狀況。吳蔓玲的腳丫給了端方無比深刻的印象。端方站了起來，恭恭敬敬地說：「吳支書。」

吳蔓玲瞥了一眼端方，笑起來，說：「是端方吧？——個端方伙，學的哪塊的，不喊吳大姊，還無支書有支書的呢。」

端方嚇了一大跳。倒不是吳蔓玲一口喊出了他的名字，而是她的口音，她說話的口氣。吳蔓玲一點南京腔都沒有了，一嘴王家莊的話，十分地地道，簡直就是王家莊土生土長的一個村姑。吳蔓玲看了一眼端方臉上的傷，說：「佩全這個狗東西，下手那麼重。好長時間不說他了。」端方連忙說：「都過去了。」吳蔓玲笑咪咪地，輕聲說：「不學好。有力氣不下田幹活，打架！什麼時候給你們辦個學習班，好好給你們緊一緊發條，收收你們的賤骨頭。」端方知道吳支書這是在批評了，但是，口氣是親的，帶有家長裡短的熱情，是軟綿綿的一巴掌，心裡頭反而很受用。沒想到吳蔓玲這麼平易近人，一說話就春風撲面，能給人留下難忘的印象。就這麼說著話，吳蔓玲已經親自給傷口消過毒，灑上消炎藥，蒙上紗布，自己給自己包裹好了。一點也沒有麻煩興隆。

一切都妥當了，端方以為吳蔓玲會坐下來，慢慢說兩句閒話的。卻沒有。吳蔓玲沒那個閒功夫。風風火火地進來的，風風火火地又走了。端方望著吳蔓玲的背影，突然想起來了，吳蔓玲其實比自己也大不了幾歲，可人家說話辦事已經像一個長者了，可以說很威嚴，也可以說很慈祥，不僅不討厭，反而更輕鬆、更活潑、更有趣。端方以前一直以為吳蔓玲是一個傲慢的人，現在看起來一點也不。一口地道的鄉下口音已經充分說明這個問題了。但是，有一個問題倒把端方迷惑住了，吳蔓玲好聽的南京話哪裡去了呢？還有，她好看的模樣又是到哪裡去了呢？

看見吳蔓玲走遠了，興隆拿出汽水，自己一瓶，端方一瓶。興隆喝了兩口，臉上掛上了意味深長的微笑，突然說：「端方，你可要對人家好一點。」

這句話有點沒頭沒腦了，不知道從哪裡冒出來的。

端方問：「對誰好一點？」

興隆的嘴巴往外努了努，顯然是指吳蔓玲了。

端方不明就裡，問：「爲什麼？」

興隆說：「你還想不想當兵去？」

端方說：「想啊。」

興隆說：「還想啊。人家不鬆口，你當什麼兵？傻小子，你記住了，你的命就在她的嘴裡，可以是她嘴裡的一句話，也可以是她嘴裡的一口痰。」

爲了更加直觀地解釋這一點，興隆啐了一口，吐向了門外。興隆的痰沒能飛遠，在門檻的內口掉下來了，趴在地上，像一攤雞屎。

吳蔓玲是一九七四年的三八婦女節當上王家莊的大隊支部書記的。說起來也眞是，王家莊在二月二十一號那一天出了一件事，原來的支部書記在二月二十一號被人堵在了床上。吳蔓玲三月八號就續上去了，一切都水到渠成。原先的支部書記叫王連方，一個男將，面相滿厚道的一個人。然而，老話是怎麼說的？男人的面相有兩張，一張掛在臉上，一張躲在褲襠。一般來說，可以相信的並不在臉上，反而躲在褲襠。就說王連方吧，王連方的那張臉特別地老實，很本分，甚至還有那麼一點憨。誰也想不到他是個「憨臉刁」，褲襠裡的小二子可刁滑了。王連方在女人的面前有一手，從不使蠻，不玩霸王硬上弓的那一套，相反，可憐巴巴的。他要是喜歡上哪個新媳婦了，往往會特別地客氣，方方面面都照顧。逮準了機會，笑咪咪地對人家說：「幫幫忙，幫幫忙哎。」所謂「幫幫忙」，說白了，其實就是叫婦女們脫褲子。「幫幫忙」是王連方的一個口頭禪，十分地文雅、十分地隱蔽、聽上去像從事正經八百的工作。事實上，在某些特定的時候，婦女們就是「工作」，赤條條的，顫抖抖的，放在被窩裡面，讓王連方去「忙」。王連方究竟讓多少婦女們「幫」過「忙」，誰也不知道。有一首順口溜在私下裡是這樣流傳的：

王連方，實在忙，
到處都是丈母娘。
丈母娘，也姓王，
名字就叫王家莊。

可是，王連方被勝利沖昏了頭腦。作死了。你的小二子再忙，你也不能叫軍嫂給你幫啊。那不是往槍口、往炮口、往坦克上撞麼？他偏偏撞上了。結果呢，被軍嫂的婆婆堵在了床上。王連方的政治生命當即就粉身碎骨。

王連方「下去」了，吳蔓玲呢，「上來」了。說起吳蔓玲來，鄉親們的話可就多了，她的事蹟可以說上一籮筐，一笆斗，說不完的。剛剛來到王家莊，吳蔓玲就喊出了一句口號，也就是最著名的「兩要兩不要」：要做鄉下人，不要做城裡人，要做男人，不要做女人。吳蔓玲是這樣說的，也是這樣做的。隨便舉一個例子，第一年的冬天，隊長安排生產隊的男將們去挑大糞，吳蔓玲不同意，站起來了。她也要挑。生產隊長難辦了。其實隊長這樣是有道理的，挑大糞可不是一般的活，累不說，關鍵是太髒。大糞哪裡是什麼好東西？別看它在茅坑裡頭不顯山、不露水，你要是眞的動了它，糞舀子一攪和，它的厲害出來了，能臭出去三里地，張牙舞爪，狗都不理。女人們哪裡吃得消。

吳蔓玲偏偏不信這個邪，她堅持說：「男同志能做到的，我們女同志也一定能夠做到。」這句話其實是毛主席說的，可是，經吳蔓玲這麼一說，你感覺不到她在背誦毛主席語錄，就像是她說的，脫口就出來了。這起碼能說明兩個問題：第一，毛主席這個人說話向來是靠船下篙的，要麼不說，要說就說出廣大婦女同志們的心裡話；第二，吳蔓玲學習毛主席語錄已經學到骨子裡，她並沒有把毛主席的話當作山珍海味和大魚大肉，就是家常便飯，所以，落實在了平平常常的行動上。吳蔓玲眞的去了，就一個女將，夾在男人堆裡，在臭氣熏天的道路上健步如飛。當然，事情也是不湊巧，也許是用力過猛，也許吳蔓玲自己也沒有當回事，她的身上提前了，來了。吳蔓玲渾然不覺，還在和男將們競賽呢。還是一個小男孩發現了吳蔓玲的不對，他叫住了吳蔓玲，說：「姊，你的腳破了，淌血呢。」吳蔓玲放下糞桶，回過頭去，看到了大地上血色的腳印。大夥兒都圍過來了，吳蔓玲脫下鞋，看了半天的腳，沒有發現不妥當。隊長這才注意到血是從吳蔓玲的褲管裡流下來的。隊長是個已婚的男人，猜出了八九分，卻又不好挑明了，只能含含糊糊地關照吳蔓玲，讓她先回去。吳蔓玲的小臉羞得通紅，可是，聽聽人家是怎麼說的？吳蔓玲：「輕傷不下火線。走，把這一趟挑完了再說。」隊長後來逢人就念叨吳蔓玲的好，說小吳「這丫頭是個潑皮」！

小吳才不是潑皮。在王家莊，小吳其實是一個最和氣、最好說話的人了，對每一個人都好。不論是老的還是小的，見人就笑，沒話也有話說。即使在路上遇到了，她也要招呼一聲，「阿吃過啦？」親切，熱呼，完全是一家子的模樣。小吳不只是熱情，爲了儘快地拉近「和貧下中農的距離」，她開始學習了，學習王家莊的土話。在別的知青，因爲語言不通還在用手比劃的時候，吳蔓玲早就融入進來了，她的舌頭也悄悄地拉直了。「是」不再是「是」，而是「四」，「吃」不再是「吃」，而是「刺」。她把「統統」說成了「哈巴郎當」，把小男孩說成了「細麻症」。她還學會了罵人，會說你這個「倒頭東西」。偶爾還出粗口。她的粗口極可愛，不僅不討厭，不下流，相反，是不見外，是親，完全是童言無忌的好玩。同樣是一句粗話，別人說了，會翻臉，弄不好還會動手。可小吳說了不會，不僅不會，人家還會笑，樂出一臉的魚尾紋和牙花。就覺得這孩子生錯了地方，她怎麼能是南京人呢，不可能哪。她是我們王家莊的親閨女哎。

反過來，鄉親們在小吳的面前一樣是口無遮攔，有時候都到了七葷八素的地步，想說什麼就說什麼，想拿誰開玩笑就拿誰開玩笑。「小吳」又不是外人，再客套反而說明自己把人家看外了。有時候還拿小吳的婚姻大事來逗樂子。人多的時候，氣氛好的時候，上了歲數的女人們就會拿小吳來逗樂子：「小吳啊，該嫁人了吧，該有對象了吧？別看王家莊沒有別的好東西，好小夥還是有的。你挑，隨你挑！挑剩下來的再給別人。」大夥兒其實都是有數的，小吳怎麼可能嫁在王家莊？怎麼可能呢，王家莊這個小雞盛不下的。但小吳在這樣的時候顯得特別地懂事，虛晃一槍，反而低調了。小吳說：「誰會要我呀，我們的隊長不是說了嘛，我是個潑皮！母老虎呢。誰肯要我呀！」這樣說得多好，把問題踢回去了，又不傷鄉親們的臉面，要不鄉親們怎麼就喜歡她的呢。不怕不識貨，就怕貨比貨。你再看看混世魔王，同樣是知青，同樣是南京來的，有一次人家和他開玩笑，要把村子東邊的王海英說給他。混世魔王一點表情都沒有，好半天才用南京話慢悠悠地說了三個字：「歇歇吧。」氣得人家海英子差一點上了吊。海英子從此添出了一個十分不光彩的綽號，「歇歇吧」。太傷人了，一家人到現在都不理他。

小吳的婚事當然是不用愁的。她的條件擺在這兒。可話也不能這麼說，放到過去，這句話是對的。可是，小吳當上大隊支部書記之後，情形還是有點變化了。一，這幾年知青們大都走了，返城的返城，當兵的當兵，進工廠的進工廠。王家莊的知青也就剩下兩個人，吳蔓玲，還有混世魔王。她和誰談去？早幾年小吳倒是可以談的，可人家一門心思撲在政治前景上，戀愛當然只能放下來了。這個是必須的，哪有一邊談著戀愛一邊要求進步的呢，那不是腳踩兩隻船麼。這一來在知青的這一頭小吳其實也就斷了線了。二，農家的子弟肯定配不上。這是明擺著的，不用說了。三，城裡人配城裡人。可小吳在王家莊有這樣的前景，現在返城，虧了，那麼多年的苦可不就白吃了？四，這一條最重要了，小吳畢竟做上了村支書，沒有相應的條件，誰有資格娶她？噢，一個支書，嫁給一個普通黨員，或者說，一個黨員，嫁給一個普通老百姓，誰敢娶呀？吃了豹子膽了。下了台的王連方有一次說起吳蔓玲，講了一句肺腑之言。王連方說：「就算是吳蔓玲脫光了，躺在那兒，王家莊也沒幾根雞巴能硬得起來。」王連方這個人就這樣，下台了，說話就怪。但是，在這個問題上，他說得倒也實在。話粗，理不粗。

吳蔓玲當上支部書記之後，有關婚姻問題的玩笑就沒有人再給她開了。倒不是小吳當了支書有了架子，不是。小吳這樣的人是不會端架子的，相反，是王家莊的人不忍心了。誰能想得到，那麼開朗、那麼熱情的小吳會在這個問題上出那麼大的洋相呢。

那還是去年春節的事了。依照吳蔓玲的計畫，她原本該回一趟南京。然而，志英要出嫁了。說起來志英和吳蔓玲可不是一般的關係。好到什麼程度呢？在一張床上睡過三個冬季。可以說是一對親姊妹。平日裡吳蔓玲都已經喊志英她媽「四姨娘」了。

剛剛過了元旦，志英到吳蔓玲的這邊，問吳蔓玲過春節的時候回不回南京。吳蔓玲說，今年當然要回去了。志英的那一頭就不說話了。吳蔓玲以為志英要請她從南京捎什麼東西，志英光搖頭，還是不說話。吳蔓玲說，是不是沒錢？沒錢我叫我媽寄過來就是了。志英說，不是的。志英說，她要出嫁了，男方已經把日子定下來了，就在大年的初二。志英低著頭，說，她出嫁，怎麼說也要請蔓玲姊去「坐桌子」。「坐桌子」就是吃喜宴的意思。志英是個實在的人，說，倒也不完全出於咱們兩個的交情，還有一個說不出口的原因。志英說，她媽說了，一個姑娘家，結婚的喜宴上連一個村幹部都沒有，菜再多、酒再好，總是寒磣，總覺得理不直、氣不壯。過門之後被婆家人欺負也說不定。

吳蔓玲是村支書，有她在「桌子」上「坐」著，這個陣就壓住了，當然是別樣的風光。志英的媽不好意思對小吳說，還是叫志英來了。這一層意思一定要關照到，要不然，小吳走了，這個婚就結得寡味了。吳蔓玲一口就答應下來了。應當說，志英結婚的那一天場面非常地大，一邊是新娘子，一邊是村支書，可以想見了。最關鍵的是，因為吳蔓玲的出席，所有的村幹部都來齊了，像召開了一次村委擴大會。主席上全是村幹部，可以說是一個超級豪華的陣容。人都到齊了，村幹部按照職務的高低各自找到了自己的席位，坐好了。吳蔓玲在熱烈的掌聲之後發表了講話。她說，她本來是回南京的，但是，志英的喜宴，她不能不來；她說，她本來是不喝酒的，但是，志英的喜酒，她不能不喝。吳支書端起酒杯，支部都端起了酒杯，向志英的爸爸、媽媽、新郎官、新娘敬酒。這樣的場景是一個兆頭，一杯酒沒下肚，就已經是高潮了。敬過酒之後吳蔓玲特地把「四姨娘」扯到一邊，拉到房間裡去，從中山裝的上衣口袋裡掏出五塊錢，算是給志英的「份子」。吳蔓玲的身上原本只有一張五塊的紙幣，想了想，還是把大隊會計叫過來，換成了五張一塊的。這樣一來就有了厚度，好看多了。志英的媽媽哪裡肯要。吳支書爲了喝志英的喜酒，連南京都沒有回，她對志英的這分情誼可以說深重了，哪裡還能再要她的份子。不能夠哇！更何況又是這麼大的數額。「四姨娘」的胳膊亂動，怎麼說也不能要。就這麼僵持住了，吳蔓玲一方面念著志英媽這麼多年來對她的好，一方面也眞的想家，動了眞情了，故意拉下臉來，說：「四姨娘！在王家莊，你就是我的媽了。」吳蔓玲說：「拿著。」志英的媽怔了一下，眼眶子當即就紅了。拿了。志英媽突然握住了吳蔓玲的手，捂在掌心裡，捂緊了，說：「閨女，這些年你受苦了，當媽的都看在眼裡，心疼啊閨女！」吳蔓玲笑著，轉過了臉去。志英媽說：「閨女，將來你就是嫁到天邊去，我也要拖著我的老腿去吃你的喜酒去。」這是一個母親對女兒婚姻大事的牽腸掛肚才有的誓言。她的手是那樣地緊，有了母親的千叮嚀，萬囑咐。是苦口婆心的託付了。吳蔓玲沒有說話，她知道自己一說話就會哭出來的。她點了點頭。想了想，又點了點頭。哎。她說。

這是吳蔓玲作爲支部書記第一次坐桌子，熱鬧了。事實上，吳蔓玲很快就成爲這場喜宴的主角了。新娘子被撂在了一邊，成了她的綠葉。所有的人都向她敬酒，一撥又一撥。又因爲她是個女同志，現場人們就編出了女人特別能喝的順口溜，諸如「女人上馬，必有妖法」，「女人喝酒，勝人一籌」。王家莊的人喝酒就是這樣，喝酒是次要的，主要是利用酒向別人表達「敬意」。所以，就要不停地「敬」。打衝鋒一樣。既然是「敬」，那就不是一般地喝了，你就必須得接受。否則是不好的。而一個「敬」了，別人就不好不敬。換句話說，你接受了一個人的「敬」，你就不能拒絕別人的「敬」。吳蔓玲不能喝，主要還是缺少酒席上的經驗，對王家莊的「喝酒經」又不熟悉，喜宴還沒到一半，吳蔓玲就高了。滿臉都是逼人的紅光，兩眼亮晶晶的，像做了賊，可一點都不心虛。而臉上掛著毫無內容的笑，想收都收不回去。現在，志英來了。志英把新郎官一直拉到吳支書的面前，他們要「共同敬支書」一杯。

吳蔓玲捏著酒杯，站起來了。依然在笑。她突然提高了嗓子，問了新郎官一個問題：「能不能對我們志英好？」新郎官是個憨實的小夥子，也沒有見過這麼大的場面，滿臉同樣被酒燒得通紅。被吳蔓玲這麼一問，愣住了。窘得厲害。不停地抿嘴。吳蔓玲卻不依不饒，追著問：「能不能？」新郎官偷偷地瞥了一眼志英，這一瞥有意思了，目光又自豪又滿足，又奉承又巴結，近乎愚蠢，近乎低能。是癡呆的那一類。就好像志英是一個下凡的仙女，被他逮著了，簡直得了天大的便宜，幸福得不知道怎樣才好。新郎官突然仰起了脖子，十分莽撞地一飲而盡，大聲說：「忠不忠，看行動！」口氣裡頭有了不著邊際的披肝瀝膽，是無限的忠誠，發自眞心的豪邁。大夥兒爆發出一陣哄笑。吳蔓玲沒有笑，沒有。小夥子偷看志英的那一瞥被吳蔓玲看見了，全在吳蔓玲的眼裡。吳蔓玲看出來了，小夥子喜歡志英，很愛，不要命的那種愛，把志英當成寶貝疙瘩了，肯爲志英去死。

志英長得實在不怎麼好，也不是一個多麼出色的姑娘，比自己差得太多了。可小夥子怎麼就那麼寶貝她，那麼在乎她？還要偷偷地看她。吳蔓玲感動了。有了嫉妒的成分，有了自我纏綿的成分。相當地刺骨，一下子戳到了心口。這麼多年了，從來沒有小夥子用這樣的目光看過自己。從來沒有。吳蔓玲那顆高傲的心被什麼東西挫敗了，湧出了一股憂傷，汪了開來。周圍的人哪裡能知道吳志書瑣碎的心思，仗著酒性，還在那裡起哄。吳蔓玲端著酒杯，目光卻已經散了。酒已經上來了，吳蔓玲還在那裡纏綿，把自己繞進去了。越繞越緊，越繞越深。一屁股坐了下去。彷彿遭到了重重的一擊。一個人陷入了恍惚。孤寂，而又頹唐。眼眶裡憑空汪開了一層厚厚的淚。很厚，很危險。志英看在了眼裡，知道吳蔓玲醉了。放下酒杯，走到蔓玲的身後。志英摁住了蔓玲的肩膀，說：「蔓玲姊。」酒席突然就寂靜下來。志英說：「蔓玲姊？」所有的人都放下了酒杯，一起望著吳蔓玲。吳蔓玲早已是旁若無人，眼淚奪眶而出。吳蔓玲沒有哭，一點聲音都沒有，就在那裡流淚。淚珠子特別地大，掉得特別地快，斷了線一樣。

吳蔓玲什麼都沒有說，這個鐵姑娘什麼都沒有說，但是，當著這麼多的人，其實什麼都說了。她不是一個鐵姑娘。她不是男的。她是女的。她是一個姑娘。她是個南京來的姑娘。好在王家莊的鄉親們都喜歡吳支書，知道她的心口有傷。其實呢，吳蔓玲酒一醒，把什麼都忘了。可是，王家莊的人不能忘。他們還是和以往一樣和她說笑，但是，「那個」話題再也不提了。大夥兒都從「那兒」繞過去了。約好了似的。這一點吳蔓玲反倒是不知情了。

當上支部書記之後，吳蔓玲把她的床鋪搬到了大隊部。大隊部設立在第二生產隊的打穀場後面，和打穀場只隔了一條河，其實是一個大會堂。最頂端有一個舞台，每年的冬天，尤其是春節的前後，舞台上都要上演文娛節目，三句半，對口詞，或表演唱，當然主要還是爲了配合宣傳。中央的精神每年都要變，其實這也不要緊。再怎麼變，無非是有幾個政治人物倒楣了。無所謂的，演出的時候把他們的姓名換掉，剩下來的都一樣。一樣地演，一樣地唱。

與東邊的舞台相對，最西邊則是一間廂房，是大隊裡存放擴音設備的地方。吳蔓玲的家現在就在西廂房了。村子裡有高音喇叭，支部書記做指示，發通知，處理重大的問題，吳蔓玲一般都在家裡進行。作爲王家莊新一代的領路人，吳蔓玲更注重教育。毛主席說，重要的問題是教育農民。吳蔓玲便把她的工作集中在了教育上。所以說，從當上支部書記之後，她就把農民組織起來了，不是看戲，而是辦起了掃盲夜校。掃盲夜校的主要工作是識字，識字當然就要喊「萬歲」。整整一個冬季，大隊部裡淮劇和揚劇的唱腔沒有了，二胡和笛子的聲音沒有了，經常響起的卻是「萬歲」的呼聲。從人萬歲，到政黨萬歲，從國家萬歲，到軍隊萬歲。反而比早幾年還熱鬧。

大隊部的前面有一塊不小的空地，有幾棵很高、很老的槐樹。一到夏天，地上就有大片大片的蔭涼。這一來就成了左鄰右舍聚集的地方。比方說，吃中飯的時候，許多人都會捧著他們的飯碗，來到老槐樹的下面，蹲下來，一邊吃，一邊說，像一個食堂。一般來說，端著飯碗站在蔭涼裡吃飯的不外乎這樣幾個人，廣禮，廣禮家的，金龍，金龍家的，八爪子，八爪子家的，都是大隊部的鄰居，老主顧了。吳蔓玲剛搬過來的那陣子還是在西廂房裡吃飯，吃著吃著，覺得不妥當。這樣做等於把自己和群眾隔離開來了，屬於自我孤立。便也端著飯碗，來到了蔭涼下面。因爲碗小，進進出出地盛飯不方便，吳蔓玲乾脆換了一只大大碗公，夾上鹹菜，這一來方便多了。吳蔓玲端著大大碗公，和鄉親們一起蹲在地上，幾乎像一個叫花子。開始當然不習慣，許多動作不是一下子就能做出來的。但是吳蔓玲有一個長處，什麼都能夠學習，什麼都能夠克服，慢慢地也就習慣了。習慣了，就特別地自然。

吳蔓玲蹲在地上，吃得相當快，比一般的莊稼人吃得還要快。在吃飯這個問題上，吳蔓玲已經練就了一身過硬的本領，可以用多、快、好、省進行理論上的概括。吳蔓玲幹活不惜體力，可以和最強壯的男將拚個高低，所以，這幾年的飯量已經到了驚人的地步。這就要求她吃得快。吳蔓玲這一身過硬的功夫還是她在農忙的季節練成的，農活那麼忙，哪有時間在飯桌上磨蹭？但是，吃飯就是這樣，只要你快起來了，即使你什麼事都沒有，你也慢不下來，你的吃飯就是一次小小的戰鬥。吳蔓玲一手捧著大大碗公，一手拿著筷子，在大大碗公裡進行地道戰、麻雀戰，運動戰、殲滅戰，四處出擊，四面開花，一邊吃，一邊轉。滿滿尖尖的大大碗公，三下五除二，一轉眼就被吳蔓玲消滅了。而吃完了過後，吳蔓玲並不急於回到西廂房，而是撐著自己的大腿，站起來，打兩個飽嗝，再把右手握成空拳頭，翹出小拇指，剔剔牙。一邊剔，一邊和鄉親們聊聊天。因爲吃得過飽，吳蔓玲會把大大碗公放在地上，把筷子架上去。這一來好了，兩隻手空了下來。那就撐在腰的後頭吧，兩條腿作出「稍息」的姿勢，舒服了。這是吳蔓玲一天當中最清閒的時刻，也是最滿足的時刻。

大中午的，天特別地熱。這一天的中午大夥兒正在樹陰的底下吃中飯，廣禮、廣禮家的，金龍、金龍家的，八爪子、八爪子家的，吳蔓玲，還有一些孩子，都蹲在地上，閒聊，說一些有鹹有淡的話。非常地悠閒了。吳蔓玲已經吃好了，正在剔牙。這時候不遠處走來一個過路的，身上背了一張很大的玻璃鏡匾。陌生人來到樹蔭下面，鬆了一口氣，十分小心地把玻璃鏡匾斜靠在樹根上。鏡匾上畫了一對喜鵲，還有一行紅字：「上梁志禧」。金龍開始和陌生人搭訕了，打聽清楚了，原來是李家莊的，親戚家起房子，送賀禮去的。廣禮和過路人說著閒話，吳蔓玲走上去了。鏡子吳蔓玲平日裡從來不照鏡子，吳蔓玲不喜歡。可今天吳蔓玲倒要看看，自己是不是又黑了。鏡子有一個人，把整個鏡匾都占滿了，吳蔓玲以爲是金龍家的，就看了一下旁邊，打算叫她讓一讓。

可是，吳蔓玲的身邊沒有人，只有她自己。回過頭來，對著鏡子一定神，沒錯，是自己。但是，吳蔓玲不相信，重新確認了一回。這一回確定了，是自己，千眞萬確了。吳蔓玲再也沒有料到自己居然變成了這種樣子，又土又醜不說，還又拉掛又邋遢。最要命的是她的站立姿勢，分著腿，叉著腰，腆著肚子，簡直就是一個蠻不講理的女混混！討債來了。是什麼時候變成這種樣子的？哪一天？吳蔓玲的心口當即就涼了，拉下了臉來。這時候金龍家的靠了過來。這個缺心眼的女人對著鏡匾的喜鵲說：「小吳，你這個母喜鵲到現在還沒有公喜鵲呢。」天地良心，吳蔓玲其實並沒有聽見她的話。可吳蔓玲「倏」地轉過身，掉頭就走。一個人回大隊部去了。

吳蔓玲的舉動讓金龍家的下不了台了。小吳這個人歷來厚道，從來不對人這樣的。顯然，是金龍家的冒失了，說話說走了嘴。金龍端著飯碗，悶了半天，歪著腦袋責問自己的婆娘：「你發的什麼騷？」

金龍家的知道自己的嘴巴惹了禍，不敢吭聲。但是當著這麼多的人，臉面上下不來，小聲說：「吃屎了，一開口就噴糞。」

金龍一聽到這話更來氣，走上去一步，說：「你發什麼騷？」

過路人看了他們一眼，背上鏡匾，走了。廣禮歪在樹根上，怕他們夫妻倆眞的傷了和氣，只能出面打圓場。廣禮一邊嚼一邊說：「金龍，也不怪你老婆。就一句玩笑話。算了。」

金龍就覺得自己對不起吳支書，正在火頭上，對廣禮說：「什麼算了？關你屁事！」

廣禮怔了一下，說：「金龍，你老婆說得不錯，我看你眞的吃屎了，不知好歹嘛你。」

金龍家的聽見廣禮這樣數落自己的男將，連忙接過廣禮的話，理直氣壯了，衝著廣禮說：「你才吃屎！是你在吃屎！」

廣禮家的蹲在一邊，一直沒有動靜。聽見金龍家的把屁放到了丈夫的臉上，終於開口了，慢聲細語地對著金龍家的說：

「還說什麼呀。自家的男將都說你騷，不冤枉。別人冤枉你，他不會冤枉你。還說什麼呀。」

金龍只打算教訓一下自己的老婆，眼見得別人都來奚落她了，哪裡嚥得下去。自己的老婆口齒笨，哪裡能有廣禮家的那樣光鮮，急忙調轉了槍口，對廣禮家的說：「廣禮家的，你說清楚，到底誰騷？」

廣禮家的四兩撥千斤了，說：「還說什麼呀。你都說得清楚了。你也是的，家醜不可外揚，怎麼能這樣說自己的老婆！」

這話氣人了。金龍火冒三丈，大聲喊道：「她是我婆娘，這話我說得，你說不得！」

廣禮家的不和金龍比嗓子，輕飄飄地說：「你當然能說。你最了解情況嘛。」

這句話把金龍噎住了，說不出話來。金龍撇下廣禮家的，對著廣禮挺出了手指頭，警告說：「廣禮，你聽見了？你婆娘說的可是人話？」

廣禮反而笑了，說：「是你了解情況嘛。你不了解誰了解？」

金龍這一回眞的急了，瞪起了眼睛，說：「我打你個狗日東西！」

廣禮往後退了一步，一臉的壞笑。

金龍惱羞成怒，說：「我打你個狗日東西！」

聽到了動靜，吳蔓玲重新走出來了。頭髮已經梳理過了。然而，心情很不好。但越是心情不好，越是像村支書。吳蔓玲堵在金龍的面前，說：「你給我住手。」

哪裡還勸得住，金龍還要往上撲。吳蔓玲嚴厲地說：「金龍！你給我住手！」

金龍不動了，又說不出什麼，氣得直喘，只是眨巴眼皮子，眨巴了半天，說：「小吳，對不起你，你別往心裡去。」

吳蔓玲糊塗了，說：「什麼對不起我？誰對不起我了？」

金龍用手指了指樹根底下的玻璃鏡匾，想把話題扯回到「喜鵲」上去，給吳支書解釋一下。卻發現玻璃鏡匾已經不在了，而過路的人早就走遠了。金龍越發不知道說什麼了，直跺腳，對著自己的老婆厲聲呵斥道：

「還不去洗碗！」

廣禮是一個機靈的人，當即給自己的老婆使了一個眼色。廣禮家的拽了拽金龍家的，說：「走吧。」金龍家的摔開廣禮家的，卻還是跟著廣禮家的走了。

吳蔓玲一臉的疑惑，對廣禮說：「怎麼回事？」

廣禮說：「沒事了。」

吳蔓玲卻犟了，其實是多心了，她認準了他們在說她的壞話，說她難看了。吳蔓玲說：「廣禮，你不說實話是不是？」

廣禮隨口就扯了一個謊，說：「嗨，和你沒關係，是說鬧鬼的事情。」

吳蔓玲說：「哪裡鬧鬼？」

廣禮說：「大隊部鬧鬼。」

吳蔓玲說：「大隊部鬧什麼鬼？」

廣禮想了想，笑笑，打哈哈了，說：「都是胡說。嗨，胡說。」

第五章

榆木疙瘩養成了一個毛病，每天都要花很長的時間盯著沈翠珍送過來的那兩隻蘆花雞。只要閒下來，榆木疙瘩就要點上他的旱菸鍋，坐在門檻上，對著那兩隻蘆花雞發愣。榆木疙瘩沒什麼本事，人老實，要不然大夥兒怎麼會喊他榆木疙瘩呢。可有一樣，榆木疙瘩在伺弄家禽方面是個行家。對雞的脾性，榆木疙瘩很了解了。雞喜歡合群，所有的家禽都喜歡合群。別看牠們整天散落在外面刨食，其實是「一家一家」的。白天裡刨完了食，天一黑，牠們自己會往「家裡」走，永遠都錯不了。一旦來了新夥伴，你不能放，一放就跑了。關鍵是要擺在家裡「悶」。「悶」上一些日子，就好了。在這一點上家畜就不一樣。家畜們生性孤傲，自尊而又自大，往往守得住寂寞。比方說，牛，比方說，驢，牠們自得其樂。該忙的時候忙，該閒的時候閒，眞正做得到獨來獨往。

大棒子去了，但兩隻蘆花雞來了。剛開始的那幾天，兩隻蘆花雞有點怯，光知道躲在角落裡，側著腦袋，一愣，又一愣，不敢和別的雞搶食。慢慢地熟悉了，好了。現在已經合群了。對榆木疙瘩來說，牠們不光是兩隻雞，也還是大棒子。望著牠們，也等於看見大棒子了。榆木疙瘩對這兩隻蘆花雞特別地愛惜，甚至都到了護短的地步。要是有哪隻雞敢欺負牠們，榆木疙瘩會把那隻惹事的雞捉過來，刷它的尖嘴巴。一邊打還一邊罵，日親媽媽的。

這兩隻蘆花雞算是被榆木疙瘩「悶」過來了，但是，卻不願意在榆木疙瘩的家裡下蛋。一有空就偷偷跑回端方家的草垛子上，下完了蛋再回來。回來就喊：咕咕嘎——，咕咕嘎——，咕咕、咕咕嘎——。這是告訴牠的主人，牠下了蛋了。榆木疙瘩的心很細，花了一整天的工夫盯梢牠們，答案找到了，就在端方家的草垛子上。這兩個東西吃裡扒外了。榆木疙瘩特別地恨。他拿著溫熱的雞蛋，來到佩全的面前，把情況向佩全說了。佩全什麼都沒有說，佩全那一天把端方打成那樣，端方一直不肯還手，心裡頭對端方反而有了幾分的怵。佩全說：「算了。把兩隻雞賣了吧。」榆木疙瘩的脖子歪了，說：「不賣。」

紅旗卻嚥不下這口氣。老實說，在處理大棒子的事情上，紅旗就一直沒有嚥得下這口氣。大棒子死了，網子還活蹦亂跳，憑什麼呀？少說也得讓他吃點苦頭。紅旗對佩全一直都是忠心耿耿的。沒有理由，紅旗就喜歡這樣。紅旗喜歡對一個人忠心耿耿，這樣心裡頭舒服，日子過起來也踏實。紅旗永遠都要跟在佩全的後頭，做佩全手下的積極分子。紅旗決定爲佩全做點什麼，當天下午就把網子收拾了。紅旗用麻袋悄悄套住了網子的腦袋，摁在牆角，一頓拳打腳踢。誰都沒有看見。網子的鼻子和腦袋都破了，哭著回家了。王存糧把網子拉到自己的跟前，甕聲甕氣地問：「誰幹的？」網子說不出。網子說他的腦袋被人用麻袋蒙住了，什麼也看不見。王存糧憋了三四口氣，到底憋不住了，衝到牆角就操起了扁擔。好在端方在家，一把拽住了。死死地摁住了。

端方說：「你找誰去？」

王存糧說：「我找榆木疙瘩！」

端方說：「不是他。」

王存糧說：「不是他是哪個？」

端方說：「不是他。」

王存糧梗起腦袋，說：「不是他是哪個？」

端方說：「反正不是他！」

網子被人暗算了，最傷心的當然還是沈翠珍。對網子來說，這樣的處境其實很危險了。沈翠珍望著網子頭上的血，衝到了天井的外面，突然就是一聲嚎哭。她對著空無一人的巷口，一邊哭，一邊罵。紅粉也出來了，站在後媽的旁邊，沒有哭，嗓子卻比後媽還要大。這一對平日裡不和的母女終於走到了一起，齊心協力。她們對著天，對著地，對著空洞洞的巷口詛咒痛罵。紅粉的詛咒刻毒而又凶猛，威力巨大，卻沒有一個人出面，沒有一個人接她們的話茬。連一個勸的人都沒有。

到了晚飯時分沈翠珍和紅粉才平息下來。不平息下來又能怎麼樣呢？其實她們有數，這件事和榆木疙瘩家有關。一定有關。但是，沒有證據，你就不能血口噴人。王存糧不吭聲了，紅粉不吭聲了，沈翠珍也不吭聲了。但是不吭聲並不等於事情過去了，相反，只是一個開始。一家子都明白這樣的道理，這件事要是處理不好，麻煩的日子還在後頭，說不定網子或端正還會有什麼凶險。老話說得好，不怕賊偷，就怕賊惦記。要是總被人惦記著，日子是沒法過的。端方沒有說話，卻有了堅定的主張。這件事不能就這麼算了。他一定要讓王家莊的人看看，惹到他端方的頭上，究竟能落到什麼好。這件事必須了斷，今天就了斷。

吃晚飯的時候，端方給網子盛了一碗稀飯，自己也盛了一碗，交代了幾句，出去了。沈翠珍看了一眼端方，心裡頭極不踏實，說：「你做什麼去？」端方什麼也不說。沈翠珍又追了一句：「你做什麼去？」端方還是什麼都不說。端方帶著網子，手裡頭端著碗，四處瞎逛，最終來到了河邊。端方終於看見了佩全了，大路、國樂和紅旗他們都在。這就好，端方對自己說。佩全他們圍成了一小圈，每個人都端著各自的晚飯碗，正在說話。端方走上去，笑著和佩全打了一個招呼。佩全沒有料到端方會和自己這般客氣，有些詫異，連忙笑了笑。端方順便和大路也打了招呼，還有國樂，還有紅旗。端方注意到一個小小的細節，端方和紅旗打招呼的時候紅旗向佩全的身後挪了一小步。端方看在眼裡，都看見了。

佩全剛想和端方說些什麼，卻看到了網子腦袋上的傷。網子傷得不輕。佩全眨巴了幾下眼睛，雖說不知情，卻猜得出發生了什麼，拿眼睛看四周的幾個人。端方順著佩全的目光打量過去，佩全和端方的目光在每個人的臉上掃了過去。一遍掃下來，佩全的心裡有了幾分的數，端方的心裡同樣有了幾分的數。但是，誰都不提，就當沒這檔子事。端方吃完了，把手裡的碗筷遞到網子的手上，叫網子拿回去。端方看著網子走遠了，來到佩全的身邊，一隻手搭在佩全的肩膀上，好像有什麼重要的事情要商量似的。端方和佩全一起走出去四五步，從佩全的手上取下飯碗，放在了地上。佩全不知道端方要做什麼，很不自在地笑了笑，說：「做什麼？」

端方說：「佩全，你也看見了，我們家網子被人打了。」

佩全說：「不是我。」

端方說：「我知道不是你。這種事你做不出。」

佩全說：「那你來找我做什麼？」

端方說：「我們家網子是被狗咬的。」

佩全笑了，說：「你找狗去啊！」

端方沒有再說話，突然弓起膝蓋，十分兇猛地撞在了佩全的小肚子上。大路、國樂和紅旗都還沒弄明白發生了什麼，佩全已經倒在地上了。端方的這一下可是使足了力氣，佩全又是飽肚子，疼得說不出話，氣都喘不出。「找狗去？」端方大聲喊道，「找狗去我丟不起那個人！——老子要打的就是狗的主人，老子打你！狗咬一次人，我打你一次，咬兩次人，我打你兩次！」

端方喘著氣，說：「佩全，不服氣你起來。」

大路、國樂和紅旗都圍上來了。端方沒有走，就站在他們的中央。他在等。他是有準備的，腰裡頭帶了傢伙。他想好了，不管是誰，不管吃了誰的苦頭，他都不理。他今天只盯著一個人，那就是佩全。他在等佩全站起來。佩全終於起來了，他沒有撲到端方的身上去，只是弓著腰，在那裡喘氣。看起來他一時半會兒是還不了手了。端方也沒有再動手，卻把紙菸掏出來了，叼了一根，給了紅旗一根，給了大路一根，給了國樂一根。最後，給了佩全一根。佩全沒接。端方的手就舉在那兒，最終，還是接過去了。紅旗從端方的手上搶過火柴，幫大夥兒點上了。沒有人說話。一幫人就那麼悶著腦袋，認認眞眞地吸菸。香菸眞是個好東西，是男人就應該叼上它。

就這麼抽著菸，端方把話題又開了，開始了說笑，網子的事一個字都沒有再提。端方對佩全客客氣氣的，佩全對端方也客客氣氣的，都像是多年的朋友了。不過周圍的人看得出，端方今天在佩全的頭上拉屎了。不僅把屎拉了，甚至把尿尿了，甚至把屁放了。佩全這一回完全跌軟了，是個蠟燭坯子，散了一褲襠的雄。

臨了，端方把菸頭掐滅了，丟在了一邊。端方說：「佩全，過去的事我們都不再提。我對天發誓，從今往後，我不惹你。你呢，也不要惹我。」端方通情達理了，說，「我們就算清了。好不好？」

佩全說：「好。」

端方說：「你想好了，我再問你一遍，好不好？」

佩全看了看四周，斬釘截鐵了，說：「好！」

端方說：「你們都姓王，——大夥兒說呢？」

大夥兒說：「好。」

王存糧一直站在一棵樹的後面，沒有出面。但是，他都看見了，他都聽見了。王存糧無比地寬慰，突然就想起了一句老話，養兒如羊，不如養兒如狼。

端方在外面逛了一圈，回到家的時候天已經黑了。沒想到三丫在他的家裡，正在和紅粉說話。沈翠珍和紅粉今天傍晚在巷子裡罵了半天，沒有一個人出面，沒有一個人來串門，沒想到三丫過來了，看起來這孩子倒是一個熱心腸的人。沈翠珍剛剛和三丫說了幾句網子的事，紅粉卻從箱子底下把自己的衣裳端出來了。三丫是知道的，紅粉今年的年底要出嫁，這些日子一直忙她的嫁衣，便對沈翠珍笑了笑，把話題轉到針頭線腦上去了。沈翠珍瞥了一眼紅粉的衣裳，一個人到天井去了。說起紅粉的嫁衣，沈翠珍滿傷心的。到底母女一場，沈翠珍從心底裡希望自己能夠替女兒把好這一關。紅粉不讓。就是不讓。沈翠珍趁紅粉不在家的時候偷偷地瞄過幾眼，針線粗得像狗啃的。唉，女兒的嫁衣太難看了，她這個做母親的臉往哪裡放。沈翠珍不好說，也不敢說。就覺得丟人。

三丫跑到端方的家裡來，是因爲她和母親又吵架了。當然還是因爲三丫的婚事。三丫又把一個提親的人給回了。看還沒看，也不知道人家能不能看上她，她就把人家回了。從歇夏開始，孔素貞就一直在外面托人，好不容易又說了一個，三丫輕飄飄地就打發了。做女兒的哪裡能體會做母親的心思。做母親的沒有別的，無非是希望自己的孩子有個著落，趕緊把終身的大事定下來。可三丫這一頭也有三丫的苦衷，主要是自尊心被傷得太深了。給三丫做媒的一般都知道三丫家的情況，商量好了似的，介紹過來的不是地主的兒子，就是漢奸的侄子，再不還鄉團團長的外甥。三丫有一個感覺，天底下所有做媒的人都不是在給她說媒，而是合起夥來把她三丫往糞坑裡推。

好，你推，我還不見了！統統不見！孔素貞急了，問三丫：「你當你是誰呀？」聲音雖然小，挖苦的意思全有了。三丫說：「還能是誰，你孔素貞的閨女。」話裡頭有怨了。孔素貞說：「不是吧，我看你是金枝玉葉。」三丫說：「全托了你的福了。」這句話露骨了，孔素貞想，怪罪自己的意思全有了。——可這句話她能夠說麼？做母親的又不是陰陽先生，哪裡能知道哪一塊雲底下是風，哪一塊雲底下有雨？早知道是這樣，就是把×縫起來也不會生出你們來。

孔素貞傷心了，說話的聲音雖輕，但是，話重了。孔素貞說：「人之初，性本善。丫頭，你的心餵狗了。」三丫知道自己的母親冤，可最冤的還是自己。這麼一想也傷心了，話也一樣地重了。三丫說：「你的心餵了我，你怎麼知道我就不是一條狗。我生下來就是一條狗。」這句話是一巴掌，打在了孔素貞的臉上。孔素貞氣急敗壞，說：「你是狗就好了。你要真的是狗，公狗會追著你的屁股轉。何至於我來操這分心？」母親看來是氣急了，終於戳到了三丫最疼的地方。三丫盯著自己的母親，眼眶裡閃起了淚花，突然笑了，說：「我求你別說了，媽，你別說了，幫幫忙吧。」三丫的話是有出處的，點在了孔素貞的死穴上。多年以前父親王大貴上了水利工地，前腳出去，支書王連方後腳就跟進來了，請孔素貞給他「幫幫忙」。素貞幫了。幫了許多次，三丫撞上過一回。這會兒三丫把「幫幫忙」這三個字端出來，嗓子雖然不大，在孔素貞的那一頭卻是迅雷不及掩耳。孔素貞愣在那裡，點上了大貴的菸鍋。孔素貞望著手上的菸，好半天，說：

「丫頭，等你眞的做了女人，當了媽，你會到我的墳上去，爲你的這句話專門給我磕九個響頭。」

三丫捧著紅粉的嫁衣，嘴裡頭一直在誇耀紅粉的針線，卻有些心不在焉了。她不停地往外瞟，端方就是不進來。三丫已經看出來了，端方就像沒有三丫這個人似的。他是故意的呢還是忽略了呢，他是驕傲呢還是害羞呢，三丫沒有把握。沒有把握其實也沒什麼，端方的驕傲是迷人的，端方的害羞就更加的迷人了。

一個人到了走投無路的時候，往往會走險。賭。拿一生去賭。三丫想了三四個晚上，決定賭。賭輸了她這一輩子就決定不嫁了。去他媽的，無所謂了。事關命運，三丫做得出。其實三丫並不是一個拘謹的姑娘，小時候又特別地受寵，能說，會跳，活潑得很。上樹，下河，男孩子敢做什麼，三丫就敢做什麼。但是，剛剛懂事，剛剛知道家世，三丫就徹底洩了氣。也好，三丫倒成了一個文靜的姑娘了，也省得別人再說她是假小子。然而說到底，文靜是做給別人看的。女孩子的內心，畢竟還是由別人看不見的那個部分組成的，到了綻放的時刻，你以爲她的一枝一葉都羞答答的，其實，是橫衝直撞。

三丫沒有偷偷摸摸，直白得近乎搶劫。大白天的，她把端方攔在了合作醫療的大門口。三丫叫過端方的名字，沒有繞彎子，輕聲說：「晚上我在河西等你。」色膽包天了。不亞於晴天裡的霹靂。三丫一說完就走。端方一個人站在合作醫療的門口，像一個白癡望著三丫的背影。三丫已經走遠了，端方永遠都不會知道，三丫的心臟在巷口的拐角已經跳成了什麼樣，用巴掌捂都捂不住，用繩子捆都捆不住。

端方站在合作醫療的大門口，在某一個剎那，腦子裡並不是三丫，突然跳出來的卻是他的高中同學趙潔。這個感覺特別了。像初癒的傷口，不痛了，卻癢得出奇。端方渴望伸出手去撓一撓身上的癢，卻找不到。但是有一點是肯定的，伴隨著這一針的癢，趙潔的形象一點一點地模糊了，取而代之的是三丫。那個讓他魂牽夢繞的趙潔，就這麼輕易地打發了。晚上，我在河西，等你。

吃完了晚飯端方就跳到了河裡，他要在河裡洗一個澡。屋後的這條大河現在不再是河，對端方來說，它成了巨大的澡堂，屬於端方一個人。河水被夏天的太陽曬了一整天，表面上已經很溫熱了，在夜色降臨的時分升起了一層薄薄的霧，這一來就更像一個澡堂了。而河底的深處依然十分地清涼，這就是說，端方洗了一個熱水澡，同時又洗了一個涼水澡，這個感覺相當地酣暢，近乎奢侈，有了放浪的跡象。端方在水裡頭折騰，其實是在消磨時間，等天黑。天黑得相當慢，其實也相當地快。天到底黑下來了，端方帶著一身的肥皂氣味，悄悄來到了河西。河西是一條筆直的大堤，大堤的兩側栽滿了泡桐，彷彿一條黑洞洞的地下隧道。天慢慢地黑結實了，頭頂上的泡桐樹葉沙啦啦地響個不停，地上卻沒有一絲一毫的風。哪裡是樹欲靜而風不止，完全是風欲靜而樹不止，像不可收拾的顫抖。

三丫突然出現在端方的面前，準確地說，三丫粗重的鼻息出現在端方的面前。她的鼻息像小母驢的吐嚕。兩條濃黑的身影就那麼立在大堤上，誰也不敢貿然做出任何的舉動，都有些駭人了。兩個人就這麼站著，就好像他們的生活一直都在等待，等待的就是此時，就是此刻。三丫的果斷和勇敢在這個時候體現出來了，她不想再等了。三丫直接撲進了端方的懷抱。一點過渡都沒有，直接把等待變成了結果。三丫的臉龐貼在端方的胸前，一把摟住端方的腰，箍死了，往死裡摳。

這是端方的身體第一次和女孩子接觸，端方不敢動。端方已經找不到自己的呼吸。找不到不要緊，那就用嘴呼吸。三丫仰著臉，她的小母驢一樣的吐嚕打在端方的臉上。端方用他粗礪的大手把三丫的臉蛋子托起來了。這是三丫的臉，像一個橢圓的蛋子。端方把三丫的臉蛋子托在掌心，不知道下一步該怎樣才好了。突然悶下腦袋，把嘴唇摁在了三丫的嘴唇上。端方自己也沒有料到自己的動作會如此地精確，比雪花擊中大地還要精準。他們忙裡偷閒，開始呼喚對方的名字。三丫。端方。三丫。端方。三丫。端方。端方不知道自己究竟要說什麼、究竟要幹什麼。不知道。不知道就用力氣。

端方孌了，三丫喘不過氣來。她要換氣，只能張開了嘴巴。三丫把她的嘴巴一直張到了極限，附帶發出了絕望的卻又是忘乎所以的嘆息。她想叫。她要叫。三丫的嘴巴剛剛張開，端方卻無師自通，他的舌頭以最快的速度占領了三丫的嘴巴。他們的舌尖像兩條困厄的黃鱔，攪和起來了，充滿了韌性和爆發力。他們立即從對方的舌尖上發現了一個永遠都無法揭示的祕密，這是一個驚人的祕密，驚天動地的祕密。奇異的感覺一下子鑽進了端方的心窩。幾乎在同時，兩個人都打了一個激靈，這是一個高度危險的感受，著實把他們嚇著了。他們停頓下來。然而，危險並沒有發生，好好的，什麼危險也沒有。虎口脫險了。死裡逃生了。劫後餘生往往會反過來激發人們的勇氣，只想著再來。再來。再來一次，再危險一次。再驚天動地一次，再死裡逃生一次。他們不再是親嘴了，幾乎是搏鬥。他們張開嘴，像撕咬，恨不得把對方一口叼在嘴裡，嚼碎了，嚥下去。他們在輕輕地咬，惡狠狠地吮吸，好像不這樣就不能說明任何問題。

「端方，為了這個晚上，死都值得！」

「怎麼能死。還有明天，還有後天，還有大後天！」

第二天的晚上他們沒有到河西去。不管怎麼說，河西畢竟是露天，他們不喜歡。現在，他們最喜歡和最需要的是一間房子，只要有四面牆，哪怕是牛棚，哪怕是豬圈，能夠把自己十分妥當地包圍起來，那就好了。端方到底是端方，有主意了，他把三丫帶到了王家莊小學的教室，他當年讀小學的地方。眼下正是暑假，學校裡空曠得很，寂靜得很，像一塊墓地，所有教室的門窗都封得死死的。端方悄悄潛入了學校，決定爬窗戶。推了幾下，沒耐心了，一拳頭就把窗戶上的玻璃捅開了。玻璃的破碎聲突兀而又悠揚，在寂靜的黑夜裡劃開了一道道不規則的長口子。端方蹲下身子，機警地聽了一會兒，什麼動靜也沒有。端方悄悄拉開了插銷，抱起三丫，把她塞進了教室，然後，貓著腰，進去了。整個過程神不知，鬼不覺。端方重新關上窗戶，現在，一切都妥當了。教室變成了天堂，是漆黑的、無聲的天堂。在天堂裡，漆黑是另一種絢麗，另一種燦爛，是看不見的光彩奪目。

端方和三丫都看不見對方，但是，臉上都掛上了勝利的微笑，因爲無聲，理所當然地就成了夜的一個部分。他們又開始親嘴了。迫在眉睫。卻沒有找對位置。也就是三四下，找準了。一上來就全力以赴，有點像最後的一搏，是那種鞠躬盡瘁的勁頭。他們不是親嘴，是吃。可是，吃不飽，越吃越餓。端方毫無緣由地揪住了三丫的奶子。端方揪住它們，就好像三丫的奶子不再是奶子，而是救命的稻草，一撒手就沒命了，一撒手就掉進了無底的深淵。三丫聽到了端方吃力的喘息，知道了，端方他喜歡這個地方，端方他需要這個地方。三丫捂住端方的手，把端方的雙手挪開了，低下頭，開始解她的鈕扣。三丫的胸脯光潔挺拔，是她驕傲的地方，是她最爲光榮的隱祕，只可惜，端方看不見了。如果端方看見了，他一定會加倍地喜愛，加倍地珍惜。三丫的這一塊地方是她的聖地，既然端方喜歡，三丫就給他。她什麼都捨得。

三丫把她的花褂子脫了下來，掛在了端方的肩膀上。端方雖然看不見，但是，知道了，三丫的上身已經是一絲不掛。端方害怕了，三丫的舉動太過珍貴了。三丫把嘴唇一直送到端方的耳朵邊，不是用聲音，而是用顫抖的氣息問他：「端方，喜歡不？」端方用同樣顫抖的氣息做出了動人的回應：「喜歡。」三丫特別地感動，可以說喜極而泣。端方的回答使三丫得到了格外的鼓舞，三丫說：「都是你的。」這句話大膽了。可以說義無反顧。端方依靠三丫的語氣清晰地看見了三丫的表情，是大無畏才有的鎮定。三丫的鎮定有感人心魄的震撼力，端方的心裡突然害怕了。

端方說：「三丫，你怕不怕？」

三丫說：「我怕。你呢？」

端方說：「我也怕。」

三丫仰起頭，說：「其實我不怕。只要有你，我什麼也不怕。」

三丫替端方把上衣扒開了。她愛這個地方，這是她情竇初開的地方。他們的胸口貼在了一起了。這是一次絕對的擁抱。它更像擁有。不可分割。是血肉相連。如果分開來，必然會伴隨著血光如注。他們心貼心，激蕩，狂野，有力。然而，兩個人都覺得安寧了，清澈了，感傷了，無力了。他們的胳膊是那樣地綿軟，有了珍惜和呵護的願望。他們感覺到了好。想哭。沁人心脾。端方撫著三丫的兩個奶子，對這個好了，就擔心冷落了那個，剛剛安慰了那個，又擔心冷落了這個。手忙腳亂了。寧靜重新被打破了，清澈同樣被打破了，激蕩和狂野又一次占得了上風。端方用他的嘴巴含著三丫的乳頭，頑強地吮吸。端方每吸一口三丫都要感到自己的身體被抽出去一樣東西，慢慢地空了，飛絮那樣，成了風的一個部分，有了癱軟或迷失的跡象。而端方越來越有力氣，渾身的力氣都集中在了某一個特殊的地方。端方一把就把三丫的褲子扯開了，壓在了三丫的身上。三丫知道，時候到了，這樣的時候終於到了，到了自己用自己的身子去餵他的時候了。三丫什麼都沒有，只有自己的身子。只有身子才是三丫唯一的賭注。三丫不會保留的，她要把賭注押上去，全部押上去。但三丫並沒有馬上配合他。她把兩條腿並在了一處，弓起來，用膝蓋死死地護住了下身。三丫把她的嘴巴一直送到了端方的耳邊，想對端方說些什麼，想了半天，還是不知道說什麼。三丫悄聲說：「端方，親我一下。」

端方就親了一下。

三丫說：「再親我一下。」

端方又親了一下。

三丫的淚水奪眶而出。三丫說：「端方，再親我一下。」

可端方等不及了。他掰開了三丫的大腿，摁住了，頂了進去。三丫死死抓住了端方的胳膊，說：「哥，三丫什麼都沒有了。你要對她好。」

第六章

是沈翠珍發現端方身上的紅疙瘩的。最先是在臉上，一臉。脫下衣服一看，沈翠珍慌了，端方渾身上下沒有一塊好地方，全是密密麻麻的紅疙瘩。一張皮簡直就是一個馬蜂窩，瘆人了。沈翠珍的頭皮一陣發麻，額頭上暴起了雞皮疙瘩，以為端方得了什麼急病了。沈翠珍摸了摸兒子的額頭，並不燙。問他哪裡不舒服，端方不耐煩了，臉也紅了，把母親撣在了一邊：「沒你的事。」沈翠珍只能閉嘴，什麼也不再說，什麼也不再問了。尋思了一下，想起來了，這孩子差不多一夜都沒有回來，看來是讓蚊子咬的了。沈翠珍放心了，心裡頭也就有了底了。沈翠珍是過來的人，一個人被蚊子叮成這樣了，他都能熬得住，他都不知道癢，答案只有一個，做賊了。不是偷雞，就是摸狗。

和誰呢。沈翠珍一邊餵豬，一邊想。心裡頭說不上是生氣還是高興，滿矛盾的，滿複雜的。按理說，兒子有這般的能耐，當媽的倒是小瞧了他了。可是，和誰呢？也沒見著這孩子和哪個姑娘有來往啊。也就是三丫來過幾趟。不會是三丫吧？不會的。端方再糊塗，算得清這筆帳。沈翠珍費思量了。讓村子裡的姑娘在腦子裡頭排隊。排了一遍，又排了一遍，沒捋出什麼頭緒。怎麼一點點的苗頭都沒有的呢。沈翠珍突然歪過了腦袋，不停地眨巴眼睛。等她把這幾個月來的日子放在指頭上扳過一遍，結論出來了，三丫。是三丫。只能是三丫。上了這個小狐狸精的當了。別看她那麼老實，越是老實的丫頭就越是有主張，是悶騷的那一類。老實的丫頭要是媚勁上來了，膽子大得能嚇你一個跟頭，沒幾個男人能扛得住。沈翠珍直起腰來，對自己說，個小婊子，下手倒是快，三下五除二就得手了。你也不看看你自己是個什麼東西，配不配！這麼一想沈翠珍冤枉了，自己吃了千般罪、萬般苦，好不容易把端方拉扯到這麼大，眼睛一眨，居然給她弄跑了，都替她忙了！個×丫頭！沈翠珍動了肝火，順手給了豬圈裡的小母豬一巴掌，嘴裡頭罵道：「餓死鬼投的胎呀！」

兒子一定是上當了，一定的，上當了。一定是中了小騷貨的迷魂陣了。端方你糊塗哇，就算你想偷個腥，解個饞，你也不能碰三丫啊。公狗上母狗的身還知道先聞一聞呢，三丫你能碰嗎？啊，躲都來不及。那是個毒蘑菇，是個瘟神，碰上她你要倒八輩子的楣，能碰嗎？啊！不行，得叫過來，問問。但是，話到了嘴邊，沈翠珍又嚥了回去。急猴猴地拷問自己的兒子做什麼？兒子是清白的。自己的兒子自己有數，端方一定是清白的！要找就找那個狐狸精！沈翠珍解開自己的圍裙，拔腿就往外走。走到一半，理出頭緒來了，問什麼？到三丫的家裡看一眼就全清楚了。如果三丫的臉上沒有特殊情況，那就不是她了，也免得冤枉了人家。如果是，三丫，也別怪我沈翠珍不想成全你。這麼一想沈翠珍的心裡踏實多了。不過轉一想，沈翠珍還是不放心了，萬一呢？萬一是的呢？還麻煩了。年輕人偷雞摸狗這種事，你要是硬撮合，那眞是小母狗配公牛，這邊不下腰，那邊不起蹄；反過來說，他一旦嘗到了甜頭，你想再拉住他，他這個牛鼻子就不一定能拽得過來了。

沈翠珍捋了捋頭髮，拽了拽上衣的下襬，走進了三丫家的天井。一般來說，沈翠珍是不到別人的家裡串門的，更不用說到孔素貞的家裡了。突然站在孔素貞的家門口，就有點事態重大的樣子，容易使人想起「無事不登三寶殿」這樣的古話。孔素貞正坐在苦楝樹的蔭涼底下剝毛豆，一抬頭，看見沈翠珍站在天井的門口，已經猜出了八九分。因爲雙方都明白，又都是做母親的，所以客氣得就有點過度，有了比較虛的成分。其實是拘謹了。兩個女人都從對方的客氣裡產生了極其不好的預感，但是笑得太倉促，笑容一時也收不回去，只能掛在臉上。沈翠珍是假裝路過才走進天井的，眞的進了門，倒發現自己冒失了。許多話原來還是說不出口的。你總不能剛剛見了素貞的面，劈頭就問，素貞哪，我們家端方昨天夜裡被蚊子咬了，你家三丫也被蚊子咬了吧？你喊出來讓我看一看好不好？說不出口。要是細說起來，沈翠珍和孔素貞平日裡的交道並不多，但孔素貞這個女人沈翠珍是知道的，說話辦事向來都講究板眼，又識字，是懂得人情物理的人。雖說成分不好，村子裡的人對她還是敬重的。沈翠珍對她當然也就要高看三分。親家可以不做，但屁只能放在自家的褲子裡，不能噴到人家的臉上去。

沈翠珍和孔素貞都坐在苦楝樹的底下，雙方都謙和得很，顯然是沒話找話。但是，所有的話又都是繞著走的，反而像是迴避。既然沈翠珍不肯首先把話題挑破了，孔素貞也就順著杆子爬和翠珍一起裝糊塗。但是孔素貞嘴上糊塗，心裡卻不糊塗，知道了，三丫昨天晚上會的是端方，這一點是確鑿無疑的了。三丫呀，你心比天高，也不怕閃了脖子？心比天高不要緊，你不能身爲下賤；身爲下賤也不要緊，你就不能心比天高。兩頭都攤上，三丫，你的活路就掐死了。這麼一想孔素貞的心就沉到了醋缸底，有了說不出的酸。千不該，萬不該，她三丫不該生在這樣的家裡。苦了這孩子了。孔素貞想，還是把話挑破了吧，等著沈翠珍把這門親事給退回來，傷了和氣在其次，臉也就沒地方放了。

孔素貞說著話，臉上和嘴裡都十分地周到，心裡頭卻已是翻江倒海。素貞想，翠珍，都是當媽的人，你也用不著急，你的意思我都懂。承蒙你和我說話的時候臉上還帶著七分笑，算是給了我臉面，我不會讓你白跑這一趟。我不會答應三丫和你們家端方好的。這個主我還能做得。別說你不肯，我也不肯。我們沒那個命，我們討不起這樣的晦氣。又扯了一會兒鹹淡，孔素貞終於把話題繞到了紅粉的身上去了。孔素貞裝著想起了什麼，笑起來，說：「翠珍哪，聽說紅粉冬天就要出嫁了，嫁得滿遠的，是不是這樣？」話題一扯到紅粉，沈翠珍禁不住嘆了一口氣，說：「是啊。瞎子磨刀，看見亮了。」孔素貞誠心誠意地說：「翠珍，你這個後媽也眞是不容易。」聽見孔素貞說這樣的話，沈翠珍總算找到了一個知音，伸出手去在孔素貞的膝蓋上拍了兩三下。

沈翠珍說：「是啊，從小就聽老人說，可憐天下父母心，就是不懂。這父母的心怎麼就可憐的呢？不到了這一步，哪裡能曉得。可憐見的。做父母的最操心的就是兒女的婚事了，就怕有什麼閃失。」孔素貞把話接過來，話中帶話了，說：「翠珍哪，還是你有眼光。要我說，是女兒家就該嫁得遠遠的，越遠越好！嫁遠了，反而親。放在眼皮底下做什麼？」孔素貞說到這兒，沈翠珍就全明白了，心放下了，目光也讓開了。人家素貞把話都說到這個分上了，她沈翠珍還聽不明白，那可眞是吃屎了。素貞，你的情我領了。沈翠珍眼眶子一熱，反倒不知道說什麼好，想再說幾句，實在又找不出合適的話。胸口裡頭反而湧上了一股說不出的滋味。心裡想，眞是個通情達理的人。好人，好人哪。要不是成分不好，這樣的親家母打著燈籠也找不到。沈翠珍清了清嗓子，說：「大妹子，到時候一定來吃紅粉的喜酒。」就打算離開了。沈翠珍剛走到門口，孔素貞想了想，說：「大妹子，那就什麼都不用說了。」沈翠珍聽得出來，孔素貞這是讓她保密了。這個沈翠珍當然知道，又不是什麼光芒萬丈的事，還說它做什麼。沈翠珍答應了，說：「不說了。到時候來吃紅粉的喜酒。」

沈翠珍從孔素貞的那裡得到了承諾，走了。好像什麼事都沒有發生，只是早早預約了一個吃喜酒的客人。其實是有了收穫，放心了。孔素貞說話向來算數，說一句頂一句，這一點沈翠珍是知道的。沈翠珍最敬重素貞的其實正是這個地方。有些人說話一句頂十句，頂百句，頂千句，又是雷閃又是雷鳴，牛氣烘烘，其實是放屁，熏了耳朵還能再臭鼻子。素貞就不一樣了，丁是丁、卯是卯，一字一句都紅口白牙。這麼一想沈翠珍反倒有些心酸了，有了說不出的愧疚，覺得自己對不起人了，腳板底下格外地快，三步兩步就離開了。

孔素貞一個人枯坐在天井裡，就那麼望著地上的毛豆殼，點上了旱菸鍋，很深地吸了一大口。想起這些日子自己的女兒又是剪、又是縫、又是照鏡子、又是拿肥皂咯吱咯吱地搓，真有點欲哭無淚。三丫，我苦命的孩子，你枉費了心機了你。

孔素貞滅了菸鍋，來到了東廂房。三丫還躺在床上，背對著床沿。她的眼睛睜在那兒，眼睫毛一眨一眨的，看得出，是在回味她的心事，正做著睜眼夢呢。孔素貞靜靜地扶住床框，坐下來，不知道該說什麼才好，鼻子卻已經酸了。只能伸出手去，拍了拍三丫的屁股。「三丫，」素貞說，「你起來。」

三丫的那頭沒有一點動靜，孔素貞又在三丫的屁股上拍了一巴掌，說：

「媽和你說說話。」

三丫就是不願意回頭。她一臉的紅疙瘩，怎麼見人？她不願意讓人看見，哪怕是自己的親媽。

孔素貞吸了一回鼻子，說：「三丫，媽和你說說話。——聽見沒有？」

三丫說：「不要煩我。」

孔素貞說：「三丫，你要是不願意，你就當沒你這個媽，就拿我當一回姊，聽我說一句。」

這句話三丫不能不聽了，只能轉過身來。一臉的紅疙瘩就那麼呈現在孔素珍的眼皮子底下。孔素貞閉上眼睛，側過了下巴。孔素貞把三丫的手拿過來，放在手掌心裡，反反覆覆地搓。說不出話。終了，還是直截了當，把話挑明了。孔素貞對著女兒的手說：「三丫，聽我一句話，不要和端方好。」

三丫的胳膊顫了一下，縮回去了。三丫再也沒有料到母親一開口就說出了她的祕密，滿臉都漲得通紅，兩顆眼珠子閃閃發亮，到處躲，極度地恐慌。孔素貞瞥了一眼，心裡說，天殺的，是眞的了。心裡禁不住念佛，沒敢看第二眼。心口像是被什麼捅了。

孔素貞說：「三丫，不要和端方好。」

三丫沉默了好半天，知道瞞不過去，最終抬起了眼睛，盯住了自己的母親，說：「我不。」

孔素貞央求說：「不要和端方好。」

「爲什麼？端方哪裡不好？」

孔素貞說：「端方好。」

「那爲什麼？」

那爲什麼？你說那爲什麼？這丫頭眞是昏了頭了。孔素貞還能說什麼。孔素貞說：「丫頭，你起來，你看看窗外的河，再看看河裡的浪。」這句話岔遠了。她和端方的事怎麼會扯到河裡去？怎麼會扯到浪上去？三丫頭沒有抬，孔素貞卻說話了。孔素貞伸出一隻指頭，指著三丫，說：「三丫，聽我說。自打我嫁到王家莊的那一天起，這條河就在這裡了。河裡的浪天天在往岸上爬，我沒看見一條浪爬到岸上來。你問我爲什麼，我現在就告訴你，端方在岸上，你在水裡！

知道嗎，你在水裡！」

三丫緊緊地盯著她的母親，一動不動。

「丫頭，你還不明白？」

「我不。」

「我求求你了。」

三丫一屁股坐了起來，說：「我不。」

孔素貞豁出去了，大聲說：「三丫，你可不知道這裡頭的苦——到時候你就來不及了。」

三丫悶了半天，也豁出去了，沒頭沒腦地說：「已經來不及了。」

「來得及。聽我的話，來得及的。」

三丫的心一橫，說：「我已經是他的人了。」

「什麼時候？」

「昨天夜裡。」

這一回滿臉漲得通紅的不是三丫，而是孔素貞。孔素貞的臉立刻漲紅了，慢慢又青紫了。孔素貞揚起巴掌，一古腦兒就要抽下去。只抽了一半，卻狠刀刀地落在了自己的臉上。孔素貞說：「阿彌陀佛！阿彌陀佛！菩薩，菩薩！你開開眼，你救救我的女兒！」孔素貞突然站起身，手指頭直挺挺地頂住了女兒下作的鼻尖，上氣不接下氣。咬牙切齒了。孔素貞用鼻孔裡的風說：「丫頭，你再不夾得緊緊的，看我撕爛了你！」

三丫和端方睡過了，孔素貞出格地心痛。孔素貞了解自己的女兒，這丫頭死心眼，只要被誰睡了，就鐵了心了，認準了睡她的男人將是她終身的依託。要是落了空，即使再嫁人，心裡頭也要爲這個男人守一輩子的寡，再也別想拐得過彎來。孔素貞眞正揪心的正是這個地方。

還有一點也是孔素貞不能不擔心的，女孩子家，不管熬到多大的歲數，只要沒被男人碰過，再騷也騷不到哪裡去。睡過了，嘗到了甜頭，那就壞了。大白天孔素貞並不擔心，擔心的是晚上。別看這丫頭大白天四平八穩的，她會裝，裝得出來，也裝得像。到了晚上，一旦不想裝了，她的瘋勁和騷勁就全都上來了。瘋勁和騷勁一上來，沒有三丫做不出的事情。

難就難在深夜。孔素貞抱起她的枕頭，睡到三丫的這邊來了。兩個人不說一句話，躺在草席上，其實都難眠了。卻裝著睡得很香。爲了有效地看住三丫，孔素貞讓三丫睡在裡口，而自己則睡在外沿。某種意義上說，三丫其實是睡在母親的懷裡了。要是細細地推算起來，自從三丫會走路之後，母女兩個就再也沒有在一張床上睡過了，現在倒好，又活回去了。在漆黑的夜裡，孔素貞時常會產生一絲錯覺，認定了三丫還是一個吃奶的孩子。小時候的三丫是一個多麼招人憐愛的孩子，每一次吃奶都吼巴巴的，解鈕扣稍慢一步都來不及，張大了嘴巴，小腦袋直晃，一口叼住了，鼻子裡還呼嚕呼嚕的。吃完了也不撒手，直到一頭的汗，銜著孔素貞的乳頭就睡著了。睡著了就睡著了吧，還一臉的不買帳，一副白吃白喝的幹部模樣，豪邁死了，霸道死了，眞是死樣子。這樣的回憶讓孔素貞心碎，想想三丫的年紀，想想三丫的婚姻，再想想三丫眼前的處境，孔素貞就忍不住伸出手去，用心地撫摸女兒的後背。然而，這樣的舉動在三丫的那一邊絕對是不討好的，三丫認定了母親是在查她的崗，沒安什麼好心。三丫抓起母親的手腕，不聲不響的，把母親的胳膊挪到了一邊。孔素貞算是看見了她們這一對母女的命脈了，是前世的冤家。冤家呀！

是的，難就難在深夜。一到了深夜，三丫特別地思念端方，想他。不光是心裡想，身子也在想。三丫想忍，身子很卻不聽話，倔強了，就好像身子的內部有了一頭小母牛，爲了一根草，完全不會顧惜鼻子上的那塊肉。三丫悄悄伸出手去，撫住了自己的奶子，輕輕地、仔細地、全心全意地，搓。乳頭即刻就翹起來了，硬硬的，想要。要什麼呢？說不上來。是一種盲目的、執拗的要。這樣的滋味眞的叫人絕望，它是那樣地切膚，卻又是那樣地遙不可及，它熱烈，凶猛，卻空洞得厲害，你愈是努力，你就愈是虛妄，失之毫釐，卻謬以千里。三丫在黑暗當中張開了嘴巴。她在喘息。她的喘息有點吃力了，腹部的起伏也有了難以忍耐的態勢，而兩條腿也不安穩了，十分祕密地扭動，不知道是岔開來好還是夾緊了好，沒主意了。僵硬而又蓬勃。

孔素貞念了一聲佛，突然起來了。點上了煤油燈。煤油燈的燈芯像一個小小的黃豆瓣，微弱得很，卻照亮了三丫的臉。三丫的瞳孔迸發出奇異的光芒，咄咄逼人。三丫只看了母親一眼，眼珠子立即讓開了，上眼皮也垂了下去，睫毛掛在那兒。孔素貞一把抓過三丫的手腕，說：「丫頭，媽帶你到一個地方去。」三丫不知道母親在說什麼，脫口問：「帶我到哪兒？」孔素貞卻笑了，說：「一個所有的人都想去的地方。」

母親拉著三丫，走進了堂屋，一直走到條台的邊上。孔素貞擱下油燈，隨即從條台的正中央把神龕搬出來了。神龕裡供著毛主席的石膏像。孔素貞用雙手把毛主席請了出來，裹好了，挪到了一邊。母親看了女兒一眼，卻又從神龕的背後抽去了一塊木板，祕密出來了，木板的後背露出了一尊佛像。母親變戲法似的，對著佛像悄悄燃上了三炷香，插上了，拉著三丫退了下來。孔素貞搬出兩張蒲團，示意女兒坐。三丫望著她的母親，母親陌生了，像換了一個人，微笑著，一臉的安定，一臉的慈祥。三丫警惕起來，說：

「你要幹什麼？」

母親「呼」地一下熄了燈，坐在了蒲團上，盤好了。輕聲說：「丫頭，聽媽的話，閉上你的眼睛。」母親說：「我帶你去一個好地方。」母親說：「那是一個乾淨的地方，一塵不染，到處都是金光，到處都是銀光。你知道那裡的大地是用什麼鋪起來的？是七樣寶貝，金、銀、琉璃、水晶、海貝、赤珠、瑪瑙，那裡的樓閣也都是用金、銀、琉璃、水晶、海貝、赤珠、瑪瑙裝飾起來的。那裡還有一個用七種寶貝修建起來的水池子，水清見底，池子裡種滿了蓮花，蓮花有輪子那麼大，能發光——丫頭，你看見了嗎？還香。眞是香啊——丫頭，你聞見了嗎？那地方還有許許多多的鳥，白鶴、孔雀、鸚鵡，還有一身兩頭的共命鳥，牠們不停地唱，都是最好聽的歌——丫頭，你聽見了嗎？那地方不分白天黑夜，天天都下雨，雨珠子就是花瓣，那可是曼陀羅的花瓣哪。到了那兒，一切煩惱就全都沒有了。——那是哪兒呢？那就是極樂世界。」

母親說：「丫頭，我要帶你去。」

母親說：「彼佛國土常作天樂黃金爲底晝夜六時雨天曼陀羅華其土衆生常以清旦各以衣裓盛衆妙華供養他方十萬億佛即以食時還到本國飯食經行舍利佛極樂國土成就如是功德莊嚴。」

三丫站了起來，輕聲，卻無比嚴厲地說：「孔素貞！」

母親說：「罪過。你怎麼能打斷我，我在誦經。」

三丫說：「你搞封建迷信，我要到大隊部告你去！」

母親說：「你是假的。我是假的。大隊部是假的。王家莊也是假的。今天是假的。明天還是假的。只有佛才是眞的。」

當然，孔素貞並不敢大意，當天夜裡就把三丫鎖起來了。

第七章

第四生產隊的打穀場在河東。過了河東，就沒有住戶了。然而，顧先生的家就安置在那裡。把顧先生的小茅棚說成「家」，顯然是一個過於堂皇的說法了。顧先生沒有家，就他一個人。說起來，顧先生還是一九五八年來到王家莊的，都十八年了。剛來的時候還是一個小夥子呢。居然是右派。「右派」是什麼樣的一個科技手段呢，王家莊的人弄不清楚了。還是年輕的顧後，也就是後來的顧先生了，他自己解釋清楚的。顧後站在棉花地裡，伸出了他的巴掌，十分耐心地把他的五個手指頭一根一根地合成了拳頭：「地、富、反、壞、右。」而後，又十分耐心地把他的拳頭一根一根地扳回到巴掌：「地，地主。富，富農。反，反革命。壞，壞分子。右呢，就是我，右派。」噢——，王家莊的人明白了，原來是個壞東西。還細皮嫩肉的呢。

王家莊的人對顧後最深的印象當然不是細皮嫩肉，而是他的字。自從顧後來到王家莊之後，王家莊到處都是字。是標語。在積極勞動之餘，顧後定期要到大隊部去，提著一個石灰水的水桶，翻一翻《人民日報》，從《人民日報》上挑出七八句話來，看見牆就刷。天地良心，莊稼人是不怎麼關心國家大事的，北京發生了什麼，莊稼人不知道。其實也不想知道。但是，自從有了顧後，好了。「國家」一有了運動，圍牆上的標語就體現出來了。顧後這個人使王家莊和北京的距離一下子就拉近了。別的就不說吧，就說今年的春天，「反擊右傾翻案風」，那幾個字就是顧後寫的。顧後寫的是魏碑，那個「反」字寫得尤其漂亮。「反」這個字有一個特點，基本上都是由「撇」和「捺」這兩個筆畫構成的，天生就有一股子殺氣，靜悄悄地就虎虎生風了。再加上魏碑霹靂的稜角，像大刀一樣，像利劍一樣，是燒光殺光、片甲不留的氣概。顧後的字寫得實在是好哎。

爲什麼要把顧後叫成「顧先生」呢？有原因的。一九六五年，也就是顧後來到王家莊的第七個年頭，王家莊小學的一位女教師回家生孩子去了。經王家莊小學申報，王家莊支書批准，決定了，女教師的課由顧後來代。顧後一得到這個消息就淚流滿面。這不是代課，是新生。一，黨願意把教書育人這樣光芒四射的任務放在了顧先生的肩膀上，是天降的大任。可見黨對知識份子是並沒有趕盡殺絕，還是愛護的。二，顧先生的改造是自覺的，努力的，刻苦的，顧後自己也渴望能得到一個評判的標準，就是苦於找不到。現在好了，顧後走上了講台，答案有了，看起來黨對顧後的改造是肯定的。等於是給顧後發放了一張合格證。顧先生失眠了。床前明月光，疑是地上霜，舉頭望明月，低頭思念黨。顧先生擦乾了眼角的淚，肩膀上的擔子沉重了。

這麼多年來顧先生一直在低頭勞動，心無旁騖。他一點都不知道自己對教育事業是多麼地熱愛，現在，知道了。他「忠誠黨的教育事業」，執著，死心眼，瘋狂。一做上教師之後，顧先生就有了使不完的力氣，比罱泥、挖墒、挑糞、耕田還要勤力，神經質了，怎麼使也使不完。顧先生平時是不說話的，是一個悶葫蘆。只要能不說，他絕不多說一句話，絕不多說一個字。現在，換了一個人，換了人間。他是一頭驢，拉起自己的兩片嘴唇就跑，從不鬆套。他的嘴唇現在就是兩爿磨盤，什麼東西都能磨碎了。他恨不能拿起一只漏斗，對著孩子們的耳朵，把磨碎了的東西一股腦兒灌到孩子們的耳朵裡去。顧先生教的是複式班。所謂複式班，就是一個班裡有好幾個年級。顧先生先用十五分鐘教一年級的加法，再用十五分鐘教五年級的語文。臨了，再拿出十五分鐘來做機動，把話題扯到課本的外面去，做科普，說理想，談未來，批判並詛咒美國和蘇聯。顧先生還把學生拉到課堂的外面去，借助於陽光的影子，運用「畢氏定理」來測量梧桐樹和苦楝樹的高度。由於顧先生不懈的努力，王家莊的每一棵樹都得出了科學的、準確的身高。當然，顧先生最關心的還是孩子們的思想。這才是重中之重。他要給他們灌輸馬克思主義：

> 但對於社會主義的人，這全部所謂世界歷史不外是人類經過人的勞動創造了人類，作爲自然底向人的生成，所以他關於他經過自己本身的誕生、關於他的發生過程有著直觀的無可反駁的證明。因爲人類和自然底實在性，因爲人類對人類作爲自然底定在和自然對人類作爲人類底定在已經實踐地、感性地、直觀地生成了，所以對一個異樣的存在的疑問，對那在自然和人類之上的存在的一個疑問——這個疑問包含著自然和人類底不存在——已經在實踐上成爲不可能了。無神論作爲這種不存在並且通過這個否定來設定人類底定在；但社會主義作爲社會主義再也不需要這樣一個媒介了；它從人類底理論地實踐地感性的意識和從自然作爲本質開始。它是人類底積極的不再經過宗教底揚棄來媒介的自己意識，如同那現實的生活是積極的，不再經過私有制揚棄即共產主義來媒介的人類的現實性一樣。共產主義是肯定作爲否定底否定，所以是人的解放和複元底現實的、對於後繼的歷史發展必要的基因。共產主義是最近將來底必然的形象和強勁的原理，但共產主義照這樣現在還不是人的發展底目標——人類社會的形象。

一講到馬克思主義，顧先生成了傳道士。他在佈道。婆婆媽媽地竭盡了全力。可孩子們不懂。眞的不懂。不懂那就重複，一遍不行，兩遍，兩遍不行，十遍，十遍不行，七十遍。「眞理是不怕重複的」，顧先生對流著鼻涕的孩子們說，「眞理就是在重複當中顯現並確認其本質的。」這一來，課堂上的紀律就成了問題。顧先生管不住。流汗了。管不住顧先生就做家訪，找家長去。「我要告訴你爸爸！」顧先生說：「我要告訴你媽媽！」當著孩子的面，他在家長的面前哭了。顧先生的淚水驚心動魄，具有心驚肉跳的效果。孩子們覺得他可憐，乖巧了。可孩子們還是不懂。「這樣吧，」顧先生說，「你們先背，先把它存放在腦子裡，等你們長大了，它就是你們身上的血。它會在你們的血管裡熊熊燃燒，變成火把和燈塔。你的一生將永遠也不會迷失。」經過漫長的、艱苦卓絕的努力，好了，終於有人背誦出來了。讓顧先生百思不得其解的是，能夠背誦出來的反而是低年級的孩子，那些一年級和二年級的同學。這是反常識、反邏輯的。然而，是事實。顧先生把這些孩子組織起來，成立了一個小小的「馬克思主義宣傳小分隊」。

顧先生把孩子們帶到了田頭、路邊、打穀場的周圍。他迫不及待。他要讓他的孩子們「表演馬克思主義」。孩子們的聲音很小，主要是害羞，背得又太快，聲音就含糊了。可再含糊也不要緊，要緊的是，孩子們的聲音是最正宗的馬克思主義。它原汁原味，來自遙遠的德意志，來自隆隆的十月炮聲和無數革命先烈的鮮血，它使不可企及變成了生活裡的一個場景，就在孩子們的嘴裡，帶有吟詠和謳歌的況味，帶有洗禮和效忠的性質。家長們震驚了。他們站在一邊，把豐盛的魚尾紋翹在了眼角，張開了缺牙的嘴巴。固定住了。那是喜上心頭的表情，是望子成龍的最終成就，愚昧，但滿足。孩子們在他們的眼裡欣欣向榮。要知道，那可是馬克思主義哦，就連公社書記、縣委書記也不一定背得出。不一定的。而他們的孩子們卻早已是滾瓜爛熟。這是鐵的現實。

驚風雨，泣鬼神。家長們來到了學校，對校長說：「不管女教師什麼時候回來，這個右派不能走。」

顧先生作爲「先生」的生涯其實並不長，終止於一九六七年的冬天。爲什麼呢？清理階級隊伍了。顧先生不知道，他其實還是賺了，在學校裡多待了一些日子。早在一九六六年之前，毛主席就非常沉痛地告誡全黨和全國各族人民：「千萬不要忘記階級鬥爭。」從毛主席說話的口氣就應該聽得出來，他老人家苦口婆心了。他老人家早已是仁至義盡，遲早要動手。聽得出來的。不知道他老人家有沒有拍桌子。到了一九六七年的夏天，毛主席擼起了袖口。可爲什麼顧先生還能在王家莊小學一直待到冬天呢？這就是你們不了解毛主席了。毛主席不光是中國人民和世界人民的偉大領袖，他還是一等一的莊稼人。夏天莊稼還青在地裡，毛主席怎麼也不會讓莊稼人的兩隻手閒下來的。等大米進了倉，棉花進了庫，他老人家的心也就踏實了。這個時候再抓革命，一抓就靈。

顧先生被清理了。所謂清理，說白了也就是批鬥。起碼，在王家莊是這樣。批鬥會是在王家莊小學的操場上召開的，一開始氣氛就相當地好，像熱鬧的、成功的酒宴。喝酒，大家都喝過的，一開始總是謙讓著，客客氣氣的。其實呢，每個人都做好了後發制人的積極準備。到了關鍵的時刻，再端起酒杯，給予最後的一擊。等每個人都喝得差不多了，這時候有意思了，人人都覺得別人醉了，只有自己一個人清醒，少說還有半斤酒的酒量。這個時候的人最愛動感情，好的感情和壞的感情都來得快。一會兒是報答不完的恩情，一句話不對，又成了徹骨的仇恨，順著酒的力量氣吞山河。白刀子進，紅刀子出。都是憑空而來的，影子都沒有。但酒讓虛妄變得眞實。是眞的，到了催人淚下和遏止不住的地步，不說出來就鬧心，一輩子都對不起自己。要說。要大聲地說。要搶著說。要掄著說。要流著眼淚呼天搶地地說。要拍桌子、打板凳地說。毛主席說過一句話：「革命不是請客吃飯。」這句話說得不好。在王家莊的人看來，革命和喝酒其實是差不多的。一回事。

批鬥會開得好極了。就是沒有人注意到佩全。其實小東西已經走到台子上來了。顧先生跪在地上，低著頭，胸前掛著一塊小黑板，肩膀上還摁著兩根擀麵杖。佩全來了，他從孔素貞、王世國、王大仁、于國香、楊廣蘭的面前從容地走過去，最終，在顧先生的面前停住了。什麼都沒有說，直接從懷裡抽出菜刀，對著顧先生的腦袋就是一下。操場上立時安靜下來了。人們看著顧先生的血高高地噴了出去，像一道單色的彩虹。顧先生沒有立即倒下去，他抬起了頭來，睜著眼睛，紅豔豔地望著佩全。眨巴著，望著他，就好像剛才一直在做夢，這一刻，醒過來了。好像一點也不曉得疼。顧先生的嘴巴動了一下，看起來是想對佩全交代些什麼，到底也沒說成，栽下去了。直到這個時候人們才想起來把佩全摁住。可小東西是泥鰍，哪裡摁得住。佩全一邊掙扎一邊尖叫：「我背不出！我不背！我就是背不出！我就是不背！」

顧先生沒有死。卻死活不肯回到學校，放鴨子去了。雖說不再做老師了，有一樣，顧先生對自己的要求一點也沒變，還是和以往一樣地嚴。說苛刻都不為過。舉一個簡單的例子，放鴨子當然是和鴨蛋聯繫在一起的，說起來也許都沒人相信，顧先生從來沒有吃過集體的一隻鴨蛋。從來沒有。顧先生饞不饞？饞。可每當顧先生嘴饞的時候，他就要舉起一隻鴨蛋，對著陽光提醒自己：這不是一隻普通的鴨蛋，它是集體的，是公有制一個橢圓的形式，它所體現出來的是公有制偉大和開闊的精神。一吃，它的「性質」就變了，成了私有的、可恥的個人財產，變成了糜爛的感觀享受。所以不能吃。饞是敵人，身體也是敵人。改造就是和敵人——也就是自己，做堅持不懈的鬥爭。

關於鴨蛋，不幸的事情還是發生了。

顧先生剛剛放鴨不久，一個人突然出現在了顧先生的面前。姜好花，女，一個寡婦。說起來姜好花和顧先生的事情眞的不一般，浪漫。先看看開頭吧。那一天顧先生正在小舢板上放鴨，河的對岸突然出現了一個人，手裡拿著一面水紅色的方巾，對著顧先生搖晃。故事的開頭先聲奪人了。顧先生知道，是有人要過河了。放鴨的替路人擺個渡，原也是極其平常的事。顧先生把小舢板划過去，看清楚了，原來是姜好花。顧先生和姜好花並不熟，從來沒有說過話。可畢竟是王家莊的人，好歹還是認識的。那就幫一幫人家吧。整個擺渡的過程都波瀾不驚。小舢板靠邊了，姜好花站直了身子，打算上岸。戲劇性的場面就是在這個時候出現了，姜好花突然揚起了拳頭，對準顧先生的後背就是一下。「咚」的一聲，相當重，跟復仇似的。顧先生吃了一驚，回過頭，姜好花的胳膊還揚在那兒，笑著，拳頭捏得緊緊的，下嘴唇同樣咬得緊緊的，做虛張聲勢的威脅，卻沒有再打。這個舉動特別了，款款的，別致起來了。是那種急促的、同時又悠揚的調子。顧先生從來沒有領略過。顧先生還沒有來得及仔細地領會，姜好花縱身一躍，上岸了。走了。小舢板在左晃右動，顧先生也在左晃右動。紅杏枝頭春意鬧。王國維說得沒錯，這一「鬧」字，意境全出矣！最有意思的是，從頭到尾沒有一句話、一個字。還是王國維說得好：不著一字，盡得風流。

顧先生「鬧」了。相當「鬧」。接下來的日子卻再也沒有了姜好花的蹤影。這就更「鬧」了。顧先生的心裡起碼放了九百隻鴨子。「鬧」了好幾天，顧先生也就在水面上照著自己的影子，苦笑笑，不「鬧」了。五天之後，姜好花卻以一種更加迷人的方式出現了，幾乎是鄉村傳說中小狐仙才有的方式。

這個傳說是這樣的，說，一個光棍，討不到老婆，卻從獵人的手中救了一隻火紅色的小狐仙。等他回到家，卻發現火紅色的小狐仙早已待在他家的灶堂裡了，一滾，米飯有了，再一滾，菠菜豆腐湯又有了。從此，光棍漢和這個火紅色的小狐仙一起過上了幸福的日子，幸福的日子萬（呀）萬年長。五天之後，沒想到顧先生也遇到這樣一隻火紅色的小狐仙了，剛進了小茅棚，顧先生打開鍋蓋，意外地發現了一個驚人的祕密——米飯已經煮好了。熱燙燙的米飯伴隨著鍋蓋的打開，發出了輕微的「啊」的一聲。像深情的嘆息。而菠菜豆腐湯也是現成的。顧先生放下鍋蓋，四處看，連灶堂裡都看了，沒人。顧先生再不解風情，這裡的奧妙他也能猜出幾分。顧先生感動了，關鍵是，姜好花不是一般的女人，是一個寡婦。這就更加地不同尋常了，帶上了同是天涯淪落人的溫暖和淒涼。顧先生不「鬧」了，心口裡是踏踏實實的幸福，還有感傷。飯是噙進去了，淚水卻淌了出來。

當天晚上顧先生就用肥皂洗了澡，靜靜地守候著姜好花的到來。眞是一波未平，一波又起，姜好花，她沒有來。八天之後，顧先生早已是心灰意冷，峰迴路轉，姜好花卻「轟」地一聲出場了。她是在深夜時分摸到顧先生的小茅棚的。爲伊消得人憔悴，踏破鐵鞋無覓處，那人卻在燈火闌珊處。顧先生點上燈，注意到姜好花的頭髮梳過了，通身洋溢著用力清洗和精心拾掇的痕跡。這一來她的身上就帶上了一種無畏和堅毅的氣質，容易使人聯想起電影上那些正面的、地下的、不屈不撓的巾幗英豪。姜好花看了顧先生一眼，到底是個俐落的人，上來一步，「呼」地一下，燈滅了。黑夜的顏色一下子膨脹開來。

「書呆子，說實話，想不想？」

「想。」

「想什麼？」

「想你。」

「想我什麼？」

顧先生不敢說了。

「看來你是不想。」

「我想！」

「想什麼？」

「想你的身子。」

「想它做什麼？」

顧先生又不敢說了。

「想它做什麼？」

「想睡。」

「眞想假想？」

「眞想。」

「敢不敢？」

「敢。」

「眞敢假敢？」

「眞敢。」

姜好花不吱聲了，站在顧先生的面前，靜靜地等。等了半天，顧先生還是沒有動靜。姜好花說：「顧先生，我看你眞是個放鴨的，光剩下嘴硬。」

話已經說到這個份上了，水到渠成了。顧先生在黑暗之中把姜好花摟過來了。一摟過來顧先生就有了一個驚人的發現，姜好花光溜溜的，兩隻茄子對稱地掛在那兒，一個比刀山還要高，一個比火海還要燙。別看姜好花長得不怎麼樣，一對奶子卻有無限好的風光，擁有不可思議的震撼力。顧先生的手指捏著姜好花的乳頭，剛剛鼓起來勇氣卻又怯了，手指頭不停地哆嗦。姜好花說：「顧先生，你這是發電報哪。」顧先生被姜好花的這句話逗得開心了，頓時放鬆了。別看這個女人沒文化，卻懂得幽默，說明人家腦子靈光。顧先生一把抱起姜好花，平放在了床上，急猴猴的，恨不得立即就遂了心願。姜好花卻把大腿收了起來，死活不依。這一下顧先生就不知道怎麼辦了。這裡頭沒有邏輯，同樣沒有科學和思想，顧先生不知道怎麼辦了。姜好花已經看出來了，別看這個書呆子一肚子的學問，床上可是個外行，可以說是一個白癡。姜好花只好再一次張開了她的大腿。顧先生就趴上去了。可姜好花立即又夾緊了。姜好花說：「顧先生，你先答應給我一件事。」這是顧先生意料之中的，他知道姜好花想說的是什麼。顧先生的襠部硬梆梆的，心卻已經軟了，背誦課文一樣說：

「我都答應你。我都調查好了，你三代貧農，不識字，五年前死了男將。我不嫌你是寡婦，我對你七歲的兒子好，我對你五歲的女兒好，我娶你。我保證娶你。」

姜好花躺著，卻把一隻手搭在了顧先生的肩膀上。姜好花說：

「我不要你娶我。」

「那也行。你要什麼？」

「我要鴨蛋。」

顧先生說：「你說什麼？」

姜好花說：「你給我鴨蛋。」

這一回顧先生聽清楚了。不說話。一直不說話。顧先生突然一拍床板，大義凜然了。顧先生說：

「我寧可不日！」

這是姜好花萬萬沒有想到的。誰能想到呢？黑暗裡的氣氛尷尬了。有點無法收場的意思。姜好花多少有些慚愧，慢慢地，抬起了她的屁股，在往上頂。一下又一下的，在往上頂。而每一下都能碰到顧先生最致命的地方。這樣的滋味顧先生從來沒有嘗過，眉梢都吊起來了，毛孔都豎起來了，嘴裡頭直哈。想下床，又捨不得。伴隨著姜好花的顛簸，顧先生的眼睛一點點地直了，最後，張大了嘴巴。說時遲，那時快，頂不住了，一古腦兒就射了出去。伸出手去一摸，姜好花的肚子上汪了熱熱的一大灘。顧先生傻了。出大事了。顧先生懊喪已極，說不的！說不的！說不的！

洩了精也就洩了氣。顧先生再也沒有了剛才的豪邁，恍惚了。他小心翼翼而又結結巴巴地問姜好花：「你，不會，懷上吧？」這句話氣人了。好笑了，好玩了。眞是個書呆子，二百五！姜好花正是難忍的時候，又氣又惱，沒好氣地說：「不知道。你做的事，怎麼問我。」這麼一聽顧先生洩底了，一身的汗。彷彿不是他把精液射了出去，而是相反，是精液依靠瘋狂的後座力把他給扔了出去，像一顆炮彈，飛了出去。顧先生一屁股癱在了床上。姜好花沒有擦，從床上爬起來，點上燈，直接拿鴨蛋去了。顧先生發現姜好花不是在拿，而是在拔。是連根拔起的印象。

顧先生坐在床上，心情極其地沉痛，當即總結出兩條：第一，心應該硬，不能軟，第二，雞巴應該軟，不能硬。這是兩個基本的經驗，任何時候都不能忘。

顧先生爲他的這一次體外射精付出了九個月的精神負擔。就在這九個月的前五個月當中，姜好花隔三岔五地來拿鴨蛋。還好，並不多，每次也就是四五個。顧先生沒有阻攔。他不敢。他在這個連自己的名字都不會寫的女人面前畏懼和卑微得像一條蚯蚓。可恥啊，可恥。悲慘哪，悲慘。他妥協了，投降了，背叛了。他是叛徒。他不僅僅在個人的生活作風上陷入了泥淖，他還背叛了集體、信任與公有制。可恥啊，可恥。五個月之後，姜好花不來了。但是，損失是慘重的，代價是巨大的。總共是一百四十六個鴨蛋。這就是說，顧先生投降了一百四十六次，背叛了一百四十六次，而墮落，卻是一百四十七次。死有餘辜，死有餘辜！顧先生想到過死，可是，對顧先生來說，這個時候的死亡是可恥的。如果現在死了，誰來贖罪？洗刷靈魂的工作將交付給誰？他在墮落。這墮落是清醒的，因而是雙重的墮落。如果用死亡去逃避這種清醒的墮落，則是三重的墮落！洗刷的途徑只有一個，那就是閱讀，閱讀馬、恩、列、史、毛。光閱讀是不夠的，要背誦。

端方和三丫剛剛開了一個頭，還睡了，可總共也就是兩天。兩天之後，三丫不見了。三丫像秋後的螞蚱一樣，在王家莊的大地上徹底地消失了。你就是變成蜘蛛，趴在地上，也找不到她的蹤影。「我喜歡三丫麼？」端方這樣問過自己，端方不知道。端方不想在這個問題上太傷腦筋。但端方的身子要她。他要睡她。想來這就是喜歡了。然而，又睡不到。這一來急人了，端方宛如一隻無頭的蒼蠅，到處飛，卻再也找不到那只有縫的雞蛋。

端方就想找一個人聊聊，好好聊聊。鬼使神差，端方來到了河東。他來到了小茅棚的前面。顧先生卻還沒有回來。還好，顧先生小茅棚上的鎖已經壞了，只是一個假相，端方一拽就拽下來了。那就坐下來，慢慢地等著吧。茅棚相當矮小，沒有窗戶，所以暗得很，悶熱得很，卻格外地整潔。每一樣東西都有它固定的位置，既有爲上一次家務做總結的痕跡，又有爲下一次家務做等待和做預備的跡象。讓端方感到驚奇的還是那些鴨蛋，它們被顧先生碼得十分地規整，大頭向下，小頭向上，橫平豎直，彷彿照片上我人民解放軍的儀仗隊，有了肅穆和森嚴的氣象。僅僅從這麼一個小小的細節就可以看出來，顧先生對集體的鴨蛋懷有多麼深厚的情感。當然，最顯眼的還是顧先生的書，都是革命領袖的著作。端方拿起來，翻了幾頁，又放下了。

顧先生再也沒有想到端方會在家裡等他。家裡來客人了。雖然都在王家莊，對顧先生來說，差不多是天外來客，是越過了千山萬水的艱難跋涉才過來的。顧先生很高興。但同時又有些疑慮。好好的，端方爲什麼要到我這兒來呢？邏輯上缺少最起碼的依據。他來幹什麼呢？顧先生小心了。當然了，高興還是主要的，顧先生就笑。不過顧先生的笑容有些特別，來得快，去得也快，來去匆匆的，呈現出愚魯、荒蠻和控制不住的跡象。想來還是孤獨得太久了，心情和表情一時半會兒還對不上號。顧先生就這麼一抽一抽地笑著，心裡面卻透亮，什麼也不說。

端方突然覺得自己今天貟的冒失了，有點病急亂投醫的意思。怎麼想起來來找顧先生的呢？顧先生高興歸高興，就是不說話。即使說了，也就是幾個字。連不成句子。端方一門心思都在三丫身上，就想和顧先生聊聊三丫，怎樣開口呢？難了。他不說話，自己也不好說什麼了。兩個人就這麼坐著，憋著。憋了半天，端方冷不丁說：「顧先生，你談過戀愛吧？」顧先生愣了一下，突然就有了風雲突變的驚覺。他盯著端方，兩隻眼睛裡是那種和他的神情不相配套的機警。他開始擔心端方是姜好花派過來的了。好半天，顧先生囁囁嚅嚅地說：「一百四十六。」完全是驢頭不對馬嘴了。

「什麼一百四十六？」

顧先生再一次不吭聲了。這一次的時間特別地長。最終，顧先生站了起來，抬起頭，揚起了眉毛，說：

在這裡外在性不應當作爲自己表現著的並且對光明、對感性的人類洞開了的感性世界來了解，這個外在性在這裡應當採取其拋出或脫讓的意思，即不應當存在的一個錯誤、一個缺陷底意思。因爲眞實者永遠仍是這理念。自然只不過是理念底另樣存在底形式。並且因爲抽象的思維是本質，所以，凡對思維是外在的，那麼，按它的本質來說，是一個僅僅外在的東西。同時這位抽象的思維者承認感性是自然底本質，和在自己裡面紡織著的思維相對立的外在性。但同時他把這個對立說成這樣，就是說，自然底外在性是自然和思維底對立，是自然底缺陷，就是說，只要自然自己和抽象區別著，它就是一個有缺陷底事物。一個不僅對我、在我的眼睛裡有缺陷的、一個自己本身有缺陷的事物，在自己外面有著它所缺乏的東西。這就是說，它的本質是一個和它本身不同的東西。所以自然對抽象的思維者必須因此揚棄它自己本身，因爲自然已經被思維設定爲一個按潛能說來是被揚棄的事物。

精神對我們有自然做它的前提，而精神是這個前提底眞實性，因而是這個前提底絕對的第一性的東西。在這個眞實性中自然消失了，並且精神把自己作爲那個達到了自己的向己存在的理念來表達了，這個理念底客體和主體都一樣是概念。這個同一性是絕對的否定性，因爲在自然裡面概念有著它的完全外在的客觀性，但把它的這個外在性揚棄了，並且這個概念在這個外在性裡面成了自己和自己同一，所以概念只有作爲從自然中複歸才是這個同一性。

端方被顧先生的這一大段話弄得雲裡霧裡。端方輕聲地問：「顧先生，你在說什麼？」

顧先生轉過身去，從書架上抽出了一本書，遞到了端方的手上。是馬克思的著作，《經濟學——哲學手稿》，一九六三年，北京，人民出版社出版。定價：零點四二圓。封面上有馬克思的側面像。他鬈曲的頭髮。他濃密的鬍鬚。他緊蹙的眉頭。他憂慮的目光。他飽滿的天庭。他明淨的額。

顧先生說：「一百六十四。我說的就是這本書的第一百六十四頁。」

這一個大段落的背誦挽救了顧先生，端方還沒有來得及說話，顧先生一下子活絡了，他的熱情從天而降，如黃河之水天上來。既然黃河之水天上來，那就必然是奔流到海不復回。顧先生的口齒俐落了。他對戀愛不感興趣。他對女人不感興趣。他感興趣的是人類、國家、社會、政黨和階級，也許還包括軍隊。他的談話一下子帶上了政治報告的色彩，帶上了普及與提高的嚴肅性與迫切性。端方就弄不明白顧先生的記性怎麼那麼好，他的談話一直伴隨著這樣的插入語：馬克思說，普列漢諾夫說，盧森堡說，史達林說，毛主席說，甚至，胡志明說，金日成說。這就是引用了。因爲大量的引用，端方相信，顧先生雖然在說，其實什麼也沒有說，他只是在背誦。但領袖的聲音是迷人的，充滿了耐力，充滿了爆發力，有硝煙的氣味，有ＴＮＴ的劇烈火光。顧先生壯懷激烈。顧先生還特地提到了未來。顧先生說：「馬克思說：『我們得到的將不是自私而可憐的幸福，我們得到的將是整個世界。』」

顧先生激情彭湃的講話大約有四十五分鐘。四十五分鐘之後，他停下來了，坐下來了。臉上的表情卻意猶未盡。笑咪咪的。沉醉了，嘴角在含英咀華。顧先生最後說：「我要感謝黨把我送到王家莊來。我相信，再給我在王家莊待上十年，我將成爲一個百分之百的、黨外的布爾什維克！」

端方離開之後顧先生並沒有立即就睡，他要做一項工作。雖然顧先生平日裡幾乎不說話，可顧先生還是養成了一個良好的習慣，不管和誰交流過了，對誰說了什麼，事後都要回憶一番，檢討一番。想一想，有沒有哪句話有問題。他的記憶力是驚人的，只要是自己說過的，哪怕是一個噴嚏，他都能夠回憶得起來。用馬克思——也許是黑格爾——的話說，這就叫「自我觀照」，用曾子的話說，這就叫「三省吾身」，用孔夫子的話說，這就叫「愼獨」。顧先生呢，給自己的祕密行爲取了一個相當軍事化的名字，叫做「給思想排地雷」。

顧先生的「排地雷」是仔細的、嚴格的。像一個受命的軍人，完全符合一個被改造的人應有的姿態。顧先生把自己和端方的話重新回顧了一遍，放心了，沒有任何問題，沒有一顆地雷。顧先生睡著了，這個十年之後百分之百的、黨外的布爾什維克，十分放心地睡著了。

第八章

三丫被反鎖在家裡，安穩了。但三丫的安穩是假的，反而使鬥爭升級了。她有她鬥爭的哲學與武器。三丫不吃了，不喝了，絕食了。這是最沒有用的辦法，卻也是一個死心塌地的殺手鐧，我就是不吃，你看著辦。你總不能眼睜睜地看著我餓死。孔素貞的這一頭倒沒有慌張，素貞想，好，丫頭，你不吃——拉倒！不是我不讓你吃的，是你自己和灶王爺過不去。我倒要看看，是你硬，還是灶王爺的手腕子硬。想和灶王爺唱對台戲，你板眼還沒數準呢。餓一餓也好。古人是怎麼說的？飽暖思淫欲，等你耗空了，餓癟了，你再想騷也就騷不動了。到那時我再收拾你也不遲，遲早要殺一殺你的銳氣。不吃？你不吃我替你吃，我就不相信我還撐死了。我還不信了我。

三丫不吃不喝，孔素貞不愁。孔素貞愁的是怎樣儘快地把三丫拉到佛的這條路上來。只要三丫見了佛，信了佛，她的心裡就有了香火，慢慢地就安逸了，接下來什麼事都會順遂。孔素貞能把日子一天一天地熬到現在，靠的就是心中的香火。要不然，這麼些年的羞辱，早死了幾十回了。雖然國家嚴令不許信佛，但佛還是有的，佛還是要信的。可是，無論孔素貞怎樣偷偷地磕頭、燒香、許願，三丫就是不信。油鹽不進。看起來這丫頭的緣分還是未到，要不就是她沒有慧根了。這樣拖到第三天的下午，三丫的動靜來了，好好地，無端端地微笑了，還十分地詭祕，甜滋滋的。孔素貞以為丫頭想開了，說：「丫頭，想吃了？媽給你做一碗麵疙瘩。」三丫支起自己的胳膊，要起來，卻沒有起得來。三丫望著自己的手指頭，文不對題地說：「我該餵奶了。」孔素貞愣了一下，說：「丫頭，你說什麼？」三丫卻笑，細聲細氣地說：「乖。」孔素貞心裡頭一凜，趴到三丫的跟前，把自己的腦袋一直靠到三丫的鼻尖。孔素貞慌慌張張地說：「丫頭，你看著我。」三丫緩慢地抬起眼睛，瞳孔卻不聚光，就這樣和孔素貞對視了，十三不靠，像煙。孔素貞倒抽了一口冷氣，拉緊三丫的胳膊，連聲說：「丫頭啊，不能嚇你媽媽。」三丫在微笑，幸福得缺心眼了。

三丫被鬼迷住了，一定是被鬼迷住了。這個鬼不是別的，只能是狐狸精。孔素貞平日裡只相信佛，佛是正念，按理說不應該相信這些，可事到如今，信與不信都很次要了，當務之急是趕緊在家裡把狐狸精捉住，趕走。這樣三丫才能有救。情急之下還是想到了許半仙。這還難辦了。

孔素貞和許半仙不和。用孔素貞的話說，「押的不是一個韻。」要說，許半仙在王家莊可是一個乒乒乓乓的人物了。這個女人一個大字都不識，卻有一肚子花花綠綠的學問，黑、白、紅、黃，什麼都懂，什麼樣的道理她都可以對你說一通。尤其精通的是天、地、鬼、神。要是細說起來，這些都是她的童子功了。

許半仙年幼的時候就跟在她的父親後面浪跡江湖，沒有一分地，沒有半間屋，就靠一張嘴巴養活了自己的嘴巴。她什麼都不是，唯一的身分就是人在江湖。江湖哺育了她。許半仙從小就磨鍊出了一種常人罕見的卓越才華，除了睡覺，一張嘴永遠在說，一直在說。見人說人話，見鬼說鬼話，上什麼山，砍什麼柴，下什麼河，喝什麼水。王家莊還有誰沒有聽見過許半仙說話呢，她不只是利索，還正確，永遠正確，完全可以勝任縣級以下的黨政幹部。

既然許半仙一直站在正確的一面，那錯的只能是別人。而這一點她「早就看出來了」，「早就說過了」，「你們就是不信」。所以，這麼多年來，許半仙一直是王家莊的積極分子，什麼事都參與，什麼事都少不了她。但是，許半仙對人間的事其實是不感興趣的，只能說，是強打精神。她眞正感興趣的不是人，而是鬼，是神，是九天之上和五洋之下。在與人鬥的同時，許半仙與天鬥，與地鬥，與鬼鬥，與神鬥，與夜間出沒的赤腳大仙和狐狸的尾巴鬥。許半仙呼風喚雨，馭雷駕電，從八千里高的高空一直鬥到八千里深的地獄，從五百年前一直鬥到三百年後，最關鍵的是，許半仙依靠難以理喻的、空前絕後的智慧，神祕地、不可思議地、無師自通地掌握了鬥爭的武器，也就是語言。她精通天語，能夠與上蒼說話，她精通地語，能夠與泥土說話，她同時還精通鬼語、神語。經過她的開導、勸說、許諾、威逼和恐嚇，赤腳大仙與狐狸精屁滾尿流，一直躲在某一個黑暗的角落。在許半仙長期的和愉悅的鬥爭中，王家莊一天一天地好起來了，而狐狸精和赤腳大仙們則一天一天地爛下去了。許半仙戰無不勝，是一個常勝的將軍。某種意義上說，許半仙的存在捍衛並保證了王家莊，她使王家莊的許多人有了寄託，有了安全，有了私下的、祕密的精神保障。

孔素貞偏偏瞧不起許半仙。甚至可以說，結下了梁子。在孔素貞的眼裡，這個女人「不是她娘的正調」，一點周正的樣子都沒有。四十開外的人了，沒做過一樣正經的事體。完全是一個女混混，女流氓。把式樣子，連走路都走不好，橫七豎八，胳膊和腿東一榔頭西一棒，不是母螳螂，就是雌螃蟹。孔素貞看不慣。不理她。在孔素貞看來，這個女人一不下地，二不務農，三不顧家，是一個連討飯都討不好的邋遢貨。還好吃懶做，坑蒙拐騙，完全靠裝神弄鬼來騙吃騙喝，天生就是一個寄生蟲，屬於地痞，應當受到國家和人民的專政。可是，有一樣孔素貞是比不了的，許半仙窮。比貧農還更勝一籌，在劃分成分的時候被定爲了「雇農」。這一來她在政治上就有了先天的優勢，成了人上人了。最讓孔素貞忍受不了的是許半仙在批判孔素貞的大會上胡吹、亂說。一有批鬥會，她就來了，唱戲一樣，數來寶一樣，活嘔屎，亂放屁。還有鼻子有眼的，弄得像眞的一樣。她就是有這樣的本領，就算是放屁，她也能比旁人放得響，還合輒押韻，臭，悠揚，有要命的鼓動性。大夥兒都喜歡。可別看許半仙那樣風光，孔素貞又是這樣不濟，在做人的這一頭，孔素貞比許半仙還是多了一口氣。這個沒辦法，打娘胎裡頭帶來的。這一點底氣孔素貞是有的，許半仙想必也知道。

孔素貞和許半仙眞正結下粱子還是在文化大革命剛剛開始的那會兒。那會兒破四舊抓得緊，佛事一下子做不起來了。但是，在王家莊，一直有個地下的組織，在還俗和尙王世國的帶領下，偷偷摸摸地堅持做佛事。他們有祕密的串連，每過一些日子，她們就要鬼鬼祟祟地集會，鬼鬼祟祟地約定了夜裡的時辰、地點，再鬼鬼祟祟地燃香，鬼鬼祟祟地化紙，鬼鬼祟祟地磕頭，鬼鬼祟祟地做供奉。許半仙不知道從哪裡嗅到了蛛絲馬跡了，要參加。許半仙說，她也是聞著香火長大的。孔素貞心裡頭一陣冷笑，心裡頭說，你聽聽，她也是「聞著香火長大的」，香火是供奉給佛的，你怎麼能聞？旁門左道的馬腳露出來了。孔素貞在稻田裡找到了王世國，把他拉到了水渠的邊上，表態了，不能夠。這裡頭孔素貞其實是夾了一點私心的。孔素貞拉下臉來，說，許半仙心底子齷齪，不是一個虔誠的人。可以說是賭氣了。說到底也不是賭氣，而是怕這個女人的舌頭太長，把好端端的事情給敗露了。那就什麼也做不成了。

孔素貞這輩子也不想與許半仙這樣的邋遢婆娘搭訕。一句話都不想和她搭訕，瞧不起她。可是，世事難料哇，誰能想到三丫給鬼迷住了心竅呢。老話是怎麼說的？山不轉，它水轉。有什麼辦法呢？孔素貞厚上臉，求她去了。人的脖子爲什麼要長這麼細？就是爲了好讓你低頭。那就低吧。許半仙在巷口，又在一條凳子上，兩條腿分得很開，正吼巴巴地啃著玉米稈子。玉米的稈子有什麼好啃的呢？這就要看了。如果光長稈子不結玉米，養料就跑到稈子裡去了，很甜，滋味比甘蔗也差不到哪裡去。許半仙一邊咬，一邊嚼，渣子吐得一地。可能是牙縫被塞住了，正在用指甲剔牙，吊著鼻子，歪著眼睛，滿臉的皺紋都到一邊開會去了。孔素貞望著她，想起了三丫，斂住一身的傲，開口了。孔素貞尊了一聲「大妹子」。許半仙張大了嘴巴，左看看，右看看。孔素貞笑著說：「喊你呢。」許半仙吐了一口，十分麻利地從板凳上蹦起來，一臉的笑，抽出屁股底下的凳子，用衣袖擦了一遍，遞到孔素貞的身邊。孔素貞說：「大妹子你坐。」孔素貞到底講究慣了，人倒了，架子不散，即使在低聲下氣的時候也還是拿捏著分寸。孔素貞說：「大妹子，有事情要請你幫忙呢。」許半仙說：「只要能做得到。」

孔素貞嘆了一口氣，不知道怎麼開口。

許半仙說：「身子不爽？」

孔素貞說：「非也。」

許半仙琢磨了孔素貞半天，不明白。

孔素貞說：「怕是家裡頭不乾淨，有了髒東西。」

許半仙把眼皮子翻上去，眨巴過了，明白了。——「髒東西」是什麼，別人不明白，她一聽就懂了。許半仙丟下半截子玉米稈，挺出手指頭，指了指巷口，說：「帶路。」

許半仙剛走進孔素貞的院子，孔素貞即刻就把天井的大門掩上了，閂了。進了東廂房，孔素貞說：「是三丫。」許半仙走到三丫的跟前，看了兩眼。孔素貞說：「已經兩三天不吃東西了。盡說胡話。」許半仙問：「是吃不下還是不肯吃？」孔素貞說：「不肯吃。」許半仙問：「爲什麼？」孔素貞不說話了。許半仙的表情早已經很嚴厲了，幾乎是命令，說：「姓孔的，可不能瞞我。說出來聽。」孔素貞只好說了，事情也不複雜，端方想和三丫好，孔素貞不同意，丫頭就不吃飯。就這樣。許半仙聽著，聽著，好好的，卻來了大動靜，腰杆子卻慢慢地僵了，直了，直往上挺。最要命的還是她的眼皮子，全翻了上去，眼珠子白得嚇人。「嘩啦」一聲，癱在了地上。這一切來得太過突然，一點預備都沒有，一點過渡都沒有，厲鬼實實在在地已經附在許半仙的身上了。許半仙在三丫的東廂房裡四處打滾，疼極了的樣子，快要死了。剎那之間孔素貞就相信了，不是自己多疑，家裡頭確實「不乾淨」，是眞的有鬼。恐懼一下子襲上了孔素貞的心頭。

許半仙躺在地上，打滾。但這一刻兒她已經再也不是許半仙了，你既可以把她看成這個世界的終結，又可以把她看成另一個世界的起始。她是陰陽兩界神祕的交會，一半屬於陽間，一半屬於地府。一半屬於人，一半屬於神，一半屬於鬼，一半屬於仙。複雜了。但有一點可以肯定，許半仙開始了她的殊死搏鬥。她低聲地呼叫著另一個世界的口號，那是一種類似於貓叫和驢叫的語言，陰森，並且顫抖。她不光叫，同時還用煙火、芝麻、草紙、大麥、麻繩、筷子、鞋底、唾沫、馬桶蓋和各種各樣離奇古怪的手勢做武器，把它們團結起來了。團結就是力量。許半仙用這股宏偉的、無堅不摧的力量與「髒東西」開始了一場猛烈的拚殺。堂屋裡煙霧繚繞，灑滿了亂七八糟的碎末。許半仙把孔素貞家的大米舀了出來，白花花地撒在了地上，然後，用火鉗子在大米上比劃，畫出了許多古怪的、神祕的線條和圖案。依照這個圖案，許半仙精確地破譯了厲鬼的方向和位置——在一個牆洞裡，就靠近房門的左側。從表面上看，那只不過是一個普通的老鼠洞，其實不是。許半仙捂緊了牆洞，慢慢張開了巴掌，運足了力氣，全力以赴，依靠掌心強有力的吸引，厲鬼被一點一點地、卻又是無影無蹤地吸出來了。

從許半仙的動作來看，厲鬼的身體是條狀的，類似於一根繩，類似於一條蛇，或者黃鱔。當然，要長得多。許半仙把厲鬼的身體繞在胳膊上，開始了她的詛咒。她的詛咒同樣類似於貓叫或者驢叫，其實是宣判了。從許半仙的表情和語氣來看，她判處的是死刑。綁赴刑場，不需要驗明正身，立即執行。她的瞳孔裡流露出了專政的堅決。許半仙突然跳了起來，打太極拳一樣，把厲鬼的身子拉長了，拉得更長。然後，把它的身子打成了一個結。是死結。牢牢地，打上了。厲鬼在地上呻吟，孔素貞已經聽到厲鬼的尖叫了，因爲許半仙正在爲厲鬼的呻吟配音。許半仙一不做、二不休，她拿出了一根針，把厲鬼的嘴縫上了。經過一番高科技的擠壓，厲鬼的身體一點一點地變小了，小到一只鈕扣的程度。許半仙從衣服上面扯下一只鈕扣，手裡的針線在鈕扣的四只洞眼裡迅疾地穿梭，最終，厲鬼被活生生地縫到鈕扣的洞眼裡去了。到了這個時候，許半仙歇下來了。她打了一個嗝，這個嗝是一個標誌，說明她恢復人形了。她又是人了，又是許半仙了。一頭的大汗。孔素貞極不放心，十分巴結地說：「大妹子，大妹子？」許半仙坐到凳子上，蹺好二郎腿，說：「倒茶。加糖。加紅糖。」

這是人話，孔素貞聽懂了，立即照辦。許半仙卻沒有喝，而是把嘴裡的紅糖茶噴了出去，霧一樣，洇開來了。孔素貞的注意力現在在那隻鈕扣上。不放心地問：「大妹子，把鈕扣燒了吧。」許半仙說：「糊塗。不能燒。不能用一般的火。有專門的火。一般的火越燒，它的力氣越大，反而留下了後患。」

許半仙把鈕扣放進口袋，準備治療三丫了。這是一項更爲細緻、更爲繁雜的工作。孔素貞到底不放心，指了指老鼠洞，提醒許半仙，說：「要不要堵上？」許半仙說：「不要。那是一間空房子。」孔素貞還是不放心，又不好多說，面有難色的樣子。許半仙從頭上拔下了一根頭髮，燒了，對準老鼠洞吹了一口氣。許半仙說：「行了。」

三丫正在昏睡。許半仙看了三丫一眼，當場就找到了問題的癥結，三丫的頭被厲鬼「動了氣」，很疼。所以迷住了。許半仙後退了一步，站得遠遠的，她要給三丫「拔」。簡單地說，就是把三丫腦袋裡的「疼」給「拔出來」。許半仙的雙手在空中對準三丫的腦袋摸了幾下，找準位置了。開始了。她拔一下，甩一下，再拔一下，再甩一下。就這樣拔了上百下，甩了上百下，三丫腦袋裡的「疼」被許半仙拔出來了，甩得滿滿的一地。孔素貞立一旁，十分擔憂地看著。許半仙命令她出去。孔素貞不肯。許半仙說，「小心我把『疼』甩到你的身上去。」孔素貞想了想，還是出去了。許半仙端起了茶碗，把她的嘴巴一直貼到三丫的耳邊，悄悄說：「三丫，端方叫我來。他讓我給你送紅糖來了，你嘗嘗，甜不甜。」許半仙把手指頭伸到了紅糖茶的茶碗，蘸了一下，隨即把指頭塞到三丫的嘴裡。三丫咂了咂嘴，甜的。三丫的眼睛一點一點地睜開了，一點力氣都沒有了，喘著氣，說：「端方呢？」許半仙抹了一把眼淚，說：「好閨女，他好好的。」許半仙抱起三丫，把三丫的腦袋擱在自己的胳膊彎裡，說：「端方讓我告訴你，你要聽話。來，咱們喝。丫頭，你怎麼也不想想，你死了，端方還怎麼活？」許半仙傷心了，眼淚吧嗒吧嗒的，直往三丫的臉子上砸。三丫一陣揪心，撐起身子，努力了，用她的嘴唇找碗，竭盡全力，喝了。

孔素貞進門的時候三丫正躺在許半仙的懷裡，一口一口地，靜悄悄地，喝。乖得像一個嬰孩。三丫喝完了，正在喘息。孔素貞的眼睛就這麼和女兒的目光對視上了。一個小時之後，三丫望著自己的媽媽，吐出了兩個字：「媽，吃。」

孔素貞熬的是麵糊糊，滿滿地盛了一大碗公。端了進來。許半仙看見了，把大大碗公重新端回了廚房，回鍋了。許半仙對著大鐵鍋吐了一口唾沫，再一口，又一口，一共九口。攪拌過了。

這是有講究的，她的唾沫裡頭有深刻的保障和神祕的安全性。許半仙這才盛了小半碗，嚴厲地對孔素貞說：「就這些。你要數好了，分七十二口吃下去，多一口不行，少一口也不行。」孔素貞的心口一陣熱，反而把碗放下了。回到房間，從床底下掏出了一張壹塊錢的現鈔，已經發霉了。孔素貞把發霉的壹塊錢現鈔塞到了許半仙的手上。許半仙拉下臉來，說：「素貞，你這是哪一齣？」孔素貞說：「大妹子，你的大恩大德，我沒法謝你。」許半仙推開了，說：「收起來。」孔素貞急了，連忙說：「你這是做什麼？」許半仙淡淡地說：「普渡衆生，就是爲人民服務，怎麼好收你的錢！」

許半仙從厲鬼的手上把三丫的性命搶了過來。三丫到底年輕，沒幾天的工夫也就恢復了。但是，恢復過來的也不只是力氣，還有她滿腹的心事。三丫倒是肯吃飯了，骨子裡頭卻是這樣的一種心思，她吃飯不是爲了自己，說到底還是爲了端方。許半仙說得對，「你死了，端方怎麼活？」爲了端方，三丫什麼都可以做，又何況幾碗飯呢。然而，好幾天過去了，三丫再也沒有端方的消息。而端方也沒有托許半仙帶話過來，這就很叫人惆悵了，越想越叫人不安。三丫又開始了致命的焦躁。三丫終於忍不住，趁著許半仙過來探望，她把許半仙拉到了一邊，悄悄說：「許姨，端方呢？他怎麼樣了？怎麼也不帶個話兒過來？」許半仙什麼都沒有說，卻命令孔素貞出去。等孔素貞走遠了，許半仙從三丫的家裡找出了兩樣東西，菜刀，還有錐子。「咣噹」一下拍在三丫的面前。三丫說：「許姨，你這是做什麼？」許半仙大聲說：「你不是想死麼？」許半仙巨大的脾氣可以說突如其來，一點徵兆都沒有。三丫說：「許姨，你這是做什麼？」許半仙說：「呆丫頭，你還當眞了？你死！我幫你，是劈死你還是捅死你？！——反正比餓死痛快！我可告訴你，你死了，這個世界什麼也不缺，天還在高處，地還在低處，哪兒都是好好的。你死，往脖子上一抹就行了。我要是攔著你，我是你生的！」三丫坐在床框上，盯著許半仙，慢慢地，似乎被說「動」了。

三丫的目光一點一點地暗淡下去，胸脯卻活躍起來，鼓動了，迅速地挺出來，又迅速地沉落下去。與之相配的是三丫的鼻息，粗得很，直往外噴。三丫把手扶在了箱子上，許半仙以爲三丫要動刀子了，三丫卻沒有，站起了身子。三丫一個人走出房間，卻去了廚房。揭開鍋蓋，操起鍋鏟，就著鍋，鏟起鍋裡的山芋飯。一古腦兒捂在了嘴上。三丫拚了命地往嘴裡塞，噎住了，眼淚水都溢出來了。三丫回過頭來望著許半仙，突然笑了。橙黃色的山芋黏在三丫的嘴上，臉上，酷似一條正在吃屎的狗。三丫含含糊糊地說：「我偏不死。我要吃。我偏偏就不死。」

「丫頭，我告訴你，」許半仙靠在廚房的門框上，說：「我偏不死。我就是要吃。我偏偏就不死！」許半仙像數快板一樣，說一聲，拍一下巴掌：「天作孽，尤可活，自作孽，不可活。願在世上挨，不往土裡埋。好男不和女鬥，好女不和飯鬥。富貴不能淫，威武不能屈。人在岸上走，船在水中游。捨得一身剮，敢把皇帝拉下馬。進一步地動山搖，退一步海闊天空。男人嘴饞一世窮，女人嘴饞褲帶鬆。做一天和尚撞一天鐘。車到山前必有路，船到橋頭自然直。一萬年太久，只爭朝夕。偏不死。我氣死你！丫頭我告訴你，好死不如賴活，尋死不如闖禍！我偏不死，就要吃。我就要吃，我偏不死！」

三丫被鎖在家裡，一點都不知道王家莊發生了什麼。其實，一件大事正在向王家莊逼近：要地震了。伴隨著地震的來臨，王瞎子突然成了王家莊的風雲人物了。村子裡的人一下子想起來了，可不是麼，王家莊是有個王瞎子的，老光棍，五保戶呢。要是細說起王瞎子這個人，有意思了。這個人相當地具體，即使是一個孩子都可以準確地、生動地描述他的形象：肩膀斜斜的，弓著背脊，兩隻眼睛宛如臉上的兩個洞，深深地凹陷在鼻梁的兩側。而眉毛離得很遠，很高，有事沒事都要一挑一挑的。可是，這個人同時又是那樣地模糊，近乎虛無，你要是問他叫什麼名字，沒有人知道，似乎天生就叫「王瞎子」；你要是再進一步，問他多大歲數了，這個就更難了，反正也就是五十出頭，八十不到吧，有一把歲數了。王瞎子在王家莊屬於這樣的人：有，也像沒有，沒有，其實又有。他要是哪一天死了，你會說：「死啦？」於是大家都知道了，王瞎子死了。

不過王瞎子還沒有死，活得好好的。人們怎麼突然議論起王瞎子來的呢？主要還是有關地震的消息傳來了。消息一到，王瞎子就出現了。反過來說也一樣，王瞎子剛剛出現，地震的消息就傳播開來了。王家莊的人們始終有這樣的一個印象：王瞎子是和天文與地理，也就是和地震緊密聯繫在一起的，就好像這麼些年王瞎子一直在外面飄蕩，一直在從事天文與地理的研究，一有了成果，就回來了。當然了，這只是一般性的感覺，事實上，王瞎子哪裡也沒有去，一直就在王家莊。但人們還是集中在洋橋的橋頭，把王瞎子圍住了，聽他講地震的事情。

關於地震，王瞎子有一套完整的、系統的理論，可以分成地質、地貌、地表、運動等幾個邏輯嚴密的學術分章。簡單地說，王瞎子認爲，大地最早是中國人發明的，並不大，然後，一點一點往外長。因爲越長越寬，越長越長，這樣就生長出了許許多多的國家，也就是「外國」。現在還在長著呢。每長到一定的時候，最中心的地段——也就是中國——就會承受太大的力量，「咔嚏」一聲，就是地震了。地震是好事，它表明了中國對世界又作出了一份偉大的貢獻。這就是地震的原因。那麼，地震來了是什麼樣子的呢？王瞎子問。王瞎子自答了。他說，地震來的時候，大地就會像水面一樣，嘩啦啦嘩啦啦地波動。這個時候你不能慌，你要躺在地上，鼻子朝上，大口大口地吸氣。如果你不會游泳，不要緊，你跟在牛的後面，抓住牛的尾巴，一切就都好了。沒事的，沒事。

王瞎子的理論僅僅用了一個小時就在王家莊傳播開來了。人們是驚慌的，但同時又特別地自豪。道理很簡單，王瞎子的學說伴隨著強烈的民族感情，具有愛國主義的傾向，這一來王家莊的人們就喜歡了。一般來說，不管是什麼東西，只要和民族感情與愛國主義扯上邊，王家莊的人們就堅決擁護。在這一點上絕不含糊。地震在大的方向上是革命的，進步的，先進的。王瞎子的學說已經充分地闡明了地球的來歷，揭示了歷史的眞相：地球不是別的，它是中國人民勤勞、智慧的結晶；地震是中華民族爲人類所作的犧牲；地震悲涼，高尙，具備了國際主義的胸懷。作爲一個中國人，承受地震是值得的。如果「英特納雄耐爾」（國際共產主義）一定能夠實現，那麼，就讓地震來得更猛烈些吧！

吳蔓玲剛剛從中堡鎭開完了地震工作電話會議，一回到王家莊就聽到了遍地的謠言。經過一個下午的傳播、加工，王瞎子的新理論已經面目全非了。比方說，關於地震，村民們是這樣說的，前不久剛剛在北京召開了一個國際會議，會議決定地震。就在作出地震這個重要決定的時候，中國代表舉手發言了，中國代表再三懇求把地震放在中國。因爲中國的地大；因爲中國人民在與天鬥、與地鬥的過程中積累了豐富的鬥爭經驗。這個工作必須要由我們來承擔。中國人民只要團結起來，完全可以把地震打倒在地，再踏上一隻腳，叫它永世不得翻身。吳蔓玲聽到這樣的傳言非常生氣，經過及時有效的排查，找到根由了，謠言的總司令是王瞎子。

吳蔓玲拍了桌子，叫人把王瞎子「抓起來」，「帶到大隊部！」考慮到王瞎子是個瞎子，沒有綁他。正因爲沒有綁，王瞎子得意了，款款的，不慌不忙的，把自己弄成了奔赴刑場的革命烈士。他的身後跟了一大群的人，像擁擠而又肅穆的遊行隊伍。王瞎子走到吳蔓玲的跟前，就像是看見了一樣，停住腳，站穩了。大隊部圍滿了人。當著衆人的面，吳蔓玲對著王瞎子就是一陣厲聲呵斥。她警告王瞎子，他要是再敢「胡說八道」，就把他「關起來」！王瞎子抬起頭來，閉著眼睛笑了。他的笑容裡有了挑釁的內容，同時還有了打持久戰的精神準備。王瞎子反問吳蔓玲，說：「請問吳支書，那你說說看，地球是從哪裡來的？」這個問題大了，帶有空穴來風的性質。吳蔓玲一時沒能說得上來。好在吳支書是一個處亂不驚的人，她穿過大隊部門前的廣場看了看河裡，顧先生划著他的小舢板，過來了。吳蔓玲派人把顧先生叫上來了，拖到了王瞎子的面前。

聽完了情況介紹，顧先生開口了，一開口就顯示出了他的立場。他是堅決站在小吳支書這邊的。顧後說，王瞎子的話「是錯誤的」。顧先生抬起頭來，開始科普了，他打起了手勢，把雙手抱成了一個球，說：「簡單地說，科學地說，地球，它是圓的。」

王瞎子說：「放屁。」

顧先生的臉一紅，說：「你不要罵人。」

王瞎子說：「我沒有罵人，你就是放屁。」

顧先生說：「這是科學，你是不懂的。」

王瞎子轉過臉來，他要爭取群衆。他問大夥兒：「他說地球是圓的，誰看見了？」人群裡一陣騷動。顧後在等。他要等大夥兒安靜下來。顧後說：「你不知道，這個是看不見的。誰也看不見。」

王瞎子輕描淡寫地說：「看不見你還說什麼？眼見爲實。沒看見就是放屁。」

顧先生的自尊心受到了傷害，這有點有理說不清了。他瞥了一眼吳支書。顧先生怎麼也弄不明白，他的理論水平不低，怎麼和貧下中農一交鋒他就被動的呢？顧先生很生自己的氣，同時也生王瞎子的氣，嗓子大了：「地球就是圓的！你說地球不是圓的，你看見了？」

吳支書背著手，笑了。這就對了嘛。這就叫以其人之道，還治以其人之身。不過顧先生的這句話有點不厚道了，對一個瞎子，這樣說總歸是不厚道的。看起來這個書呆子是氣急敗壞了。

王瞎子沉默了，慢慢抬起了下巴。因爲眼睛是閉著的，所以，他的下巴就格外地傲慢，格外地有力，體現出捍衛眞理的絕對勇氣與絕對的決心，是誓不甘休的。王瞎子平靜地說：「我看見了。」

顧先生沒有料到王瞎子會說出這樣的話來，這不是要流氓麼？這不是滾刀肉麼？這不是要潑皮麼？顧先生很尷尬了，越發不厚道了，連說話的口氣都挖苦了。顧先生也要爭取群衆，對王瞎子說：「你看見了，那你告訴大夥兒，我是胖子，還是瘦子？——你說！」

王瞎子挑了挑眉毛，說出了一句石破天驚的話來：「我看見你的身上有鴨屎的氣味！」

人群裡爆發出了笑聲。是開懷的大笑。這就是說，王瞎子的統戰成功了，同時，把現場的氣氛推向了高潮，一下子占據了上風。在王家莊，有這樣的一個傳統，誰說得對，誰說得錯，這個不要緊，一點都不要緊。要緊的是，誰有能力把說話的氣氛掌握在自己的手中。誰掌握了氣氛，誰的話就是對的。眞理就是氣氛。眞理就是人心。王瞎子知道自己勝利了，卻得理不饒人，痛打落水狗了。他追問說：

「你身上有沒有鴨屎的氣味？有沒有？有沒有？」

王家莊的人們一起起哄了。顧先生站在那裡，又羞，又氣，又急，不會說話了，不知道該說什麼才能夠回應王瞎子。這個問題馬克思沒有說過，就連毛主席也沒有說過。吳蔓玲放下胳膊，抱起來了。她把眼前的一切都看在眼裡，失望極了，搖了搖頭，失望極了。心裡頭想，知識份子不行，指望不上的。秀才造反，十年不成，看起來一點也不錯。

吳蔓玲接過話來，沖著王瞎子大聲說：「現在的首要任務是防震、抗震，是黨的任務，全國的任務，聽你的，還是聽上級的？」

王瞎子四兩撥千斤了，低聲反問說：「我什麼時候說不防震、不抗震的？我什麼時候說的？我是個五保戶，是王家莊養活了我。就算是地震把我震到了美國去，我還是要說，王家莊好！」

王瞎子的這幾句話說得好，還動了感情，深入人心了。吳蔓玲審時度勢，帶頭鼓起了掌。大夥兒也一起鼓掌。大隊部的門前響起了熱烈而又持久的掌聲。這次自發的群衆會議在意想不到的情景下達成了一致，無疾而終。大會到此結束。

這次會議之後，王瞎子成了眞正的權威。在未來的日子裡，人們時常能看到這樣的情景，關於地震，人們並沒有團結在大隊部的周圍，罕見了——而是自發地、自覺地來到了王瞎子的茅棚子前面。他們更願意相信王瞎子。這一來，吳蔓玲被動了，她的指示沒有人回應。不管吳蔓玲在高音喇叭裡怎樣號召社員同志們搭防震棚，人們就是不聽。——他們會游泳，當地震來臨的時候，從家裡頭「游」出去就是了。吳蔓玲沒有辦法，只能召開現場大會，效果還是不顯著。這麼大熱的天，誰願意在防震棚裡頭活受罪呢？當然，時間久了，也沒有震，人們對地震也就進一步淡漠了。吳蔓玲想了想，還是搬回到大隊部去了。

第九章

搬是搬回來了，吳蔓玲卻也把自己的心病搬進了大隊部。這個心病就是「鬧鬼」。前些日子因爲住防震棚，大夥兒的日子過起來也就沒那麼精細，有事沒事就喜歡坐在一起，拉呱，夜深人靜的，難免把話題扯到「鬼」上去了。這也是莊稼人的傳統了，一邊納涼，一邊聊「鬼」，挺好的。居然把大隊部鬧鬼的事給翻了出來。這件事是怪不得廣禮的，是吳蔓玲自己把這件事挑起來的。吳蔓玲說：「廣禮呀，那一天你說大隊部鬧鬼，吞吞吐吐的，眞的還是假的？」廣禮說：「當然是眞的。」吳蔓玲說：「說過來聽聽嚏。」廣禮說：「你怕不怕？」吳蔓玲笑了，說：「我可是唯物主義者，不信鬼，不怕鬼，說過來聽聽。」其實話題說到這兒，廣禮家的給廣禮遞過一個眼色的，不巧，是在夜裡頭，廣禮沒有看見，話匣子一下子就打開了。

鬧鬼的事情說起來話長了，還是解放前了。那時候還沒有大隊部呢，是一個土地廟。怎麼會鬧鬼的呢？土地廟的門前殺了一個人：王二虎。當年王家莊的一個暴發戶。王二虎有多少錢呢？這麼說吧，你到赤腳醫生王興隆家走一趟就知道了，那三間大瓦房就是王二虎留下來的。王二虎這個人，怎麼說呢，人倒也不壞，就是太有錢，太活絡，膽太大，什麼生意都敢做。日本人來了，他也不避諱，還跟高麗棒子們拍拍打打的。一九四五年，日本人投降了。日本人一走，仗還得接著打呀。爲了調動窮苦人的積極性，怎麼辦呢？打土豪，分田地。土改了。一土改王二虎壞了，除奸小分隊得到了密報，王二虎原來是漢奸。小分隊當天夜裡就把王二虎摁在被窩裡，嘴裡塞了一塊抹布，五花大綁，拉到了土地廟的門前，一拉過來就用鍘刀鍘了。王二虎的腦袋在地上滾了四五個圈，最後被一塊磚頭擋住了。還皺著眉頭，咂嘴。

後來有人說，王二虎冤。他這個漢奸其實也就是賣給了日本人二百斤大米。因爲冤，就變成鬼。這個鬼特別了，只有腦袋，沒有身子。到了下雷雨的夜晚，只要天上的閃電一亮，鬼以爲是鍘刀，就出來了。就一顆腦袋，還有一張臉，懸在半空中，隨風飄。一見到人，它就要盯著你，問：「我的身子呢？」好多老人都見過。但你不能對他說實話，你要說：「被狗吃了！」王二虎就走了。

吳蔓玲搬回到了大隊部，一到了夜裡總是想著王二虎，那顆孤零零的腦袋也就飄進來了。是的，吳蔓玲是一個唯物主義者，不信鬼。但是，吳蔓玲顯然忽略了這樣的一個基本事實，唯物主義只有在太陽的下面才有它的爆發力，一到了夜晚，當「物質」被黑暗吞噬之後，唯物主義也就成了夜的顏色。像魂，不像「物」。大隊部是巨大的，這巨大的、黑色的空洞會強烈而又有效地把吳蔓玲包裹起來，像她的皮膚。這一來吳蔓玲的恐懼就切膚了，洋溢著陰森森的氣息，很抽象。

但陰森就是這樣一種東西，越抽象，才越具體。有時候能具體到王二虎的表情上去，他緊皺的眉頭，還有他的咂嘴。更加糟糕的是，大隊部做過臨時的倉庫，存放過糧食，牆角的四周幾乎全是老鼠洞。完全可以這麼說，是綿延不斷的老鼠洞支撐了大隊部堅固的基礎。一到了夜間，老鼠們出來了，神情莊重，氣宇軒昂。牠們聚集在一起，先是開大會，再是開小會，然後就是分組討論。這討論是公開的，又是祕密的，嘰嘰喳喳，轟轟烈烈。牠們爭吵、哄搶、囤積、磨牙、廝殺，附帶還要從事繁忙的性活動，大呼小叫。幾乎就是「鬧鬼」的聲音。吳蔓玲恐懼已極，卻又沒法說。一個唯物主義者怎麼可以說自己「怕鬧鬼」呢。吳蔓玲就買來了一支手電筒，放在了枕頭邊上。每一天臨睡之前還要把高音喇叭的麥克風拉到床前。萬一有什麼風吹草動，吳蔓玲就會立即打開她的手電筒，同時打開高音喇叭的開關，對著麥克風大聲地喊一聲：「被狗吃了！」

鬧地震的日子裡，混世魔王一直待在房間裡，沒有搭防震棚。主要還是因為懶。混世魔王也眞是好本事，這麼大熱的天，他在房間裡就是待得住。這裡坐坐，那裡躺躺，瞪著一雙大而無光的眼睛，不曉得他在想什麼。到了吃飯的時候，他就拿點米，拿點山芋，加上水，燒熟了，然後，就著鹽，把山芋飯嚥下去。每天要做的事情也就是這麼多了。這個人眞是懶得出奇，一身的懶肉，一身的懶筋，一身的懶骨頭。其實混世魔王以前倒不是這樣。剛剛來到王家莊的時候，混世魔王滿利索的，挺活潑的一個小夥子。又積極，又肯幹，性子也開朗。閒下來了，混世魔王就要到王家莊小學的操場上去打籃球。他在籃球場上的身手和他幹農活的身手一樣敏捷，唯一不同的是，打籃球的時候他又多了一份俊朗。他的運球、過人、遠投、三步籃，每一樣都做得精準有力，同時還舒展大方，是進攻與防守的核心。人們一定還記得，當年有好多人捧著飯碗看混世魔王打球，為他叫過好，為他喝過彩呢。可是，日復一日，月復一月，也就是一兩年的光景，小夥不行了，狐狸的尾巴露出來了。是個假積極。混世魔王不是在一個上午變成這樣的，這裡頭有一個逐漸的過程，很漫長。總的來說，經過了長時間的量變，然後才有了質的蛻變。老話是怎麼說的？路遙知馬力，日久見人心。一點都不假。日子長了，他這匹活蹦亂跳的小馬駒終於變成了一頭最懶的驢，做什麼都磨嘰，光知道混。社員群眾的眼睛是雪亮的，給了他一個很不名譽的綽號：混世魔王。從現在的狀況來看，混世魔王連一頭驢都比不上，簡直就是一隻烏龜，一天到晚把自己縮在烏龜的殼子裡，連腦袋都縮進去了。縮頭烏龜，說的就是他。

說起來混世魔王也沒有什麼大的毛病，不沾菸酒，不偷雞摸狗，不吊膀子，嚴重的作風問題他都沒有，家庭出身也不算差。就是一門心思地懶、混，做什麼事情都要慢上好幾個節拍。他的頭髮留得相當長，說起話來拖泥帶水，想半天才能有一句，前不著村，後不著店；走路也慢，腳後跟踢踢踏踏的，就好像兩隻腳後跟讓鬼拽住了。這個人就連眨巴眼睛也慢，他眨巴眼睛可費勁了，你能夠看見他先是無精打采地把眼睛閉起來，停當一會兒，再無精打采地睜開來。這樣很不好。是瞧不起人的樣子。最要命的還要數他的笑。他的笑很有特點，別人笑得嘎嘣脆，仰起脖子，哈哈哈幾下，完事了。他呢，蔫不拉唧，也沒有聲音，就那麼不聲不響地把笑容掛在臉上，胸口一抖一抖的。

話題都轉到別的地方去了，再來看看混世魔王吧，他的笑容還歪在嘴角，吊在那兒。由於時間太長，那就不再是笑，憑空就有了懷疑的意味，甚至還有挖苦和譏諷的歹毒，容易讓人多心，總覺得拖欠了他什麼。總之，他的肉笑了，皮就不笑，皮笑了，肉又不笑，很陰，一副非常不買帳、想和誰對著幹的樣子。王家莊的人最看不慣的就是這號人的陰，一天到晚藏著天大的心機。你這是對誰呢？誰對不起你了？誰還虧待你了？沒有哇。這樣的人不要指望別人對他有什麼好。說話留半句，陰陽怪氣，慢慢吞吞，要死不活，都是致命的毛病。這些毛病混世魔王都有，尤其和吳蔓玲一比較，顯著了。格外地招眼。你說說，還讓廣大貧下中農怎麼喜歡他？

王家莊的人不喜歡混世魔王。他自己也知道。這一來他的群眾基礎就出了問題，變得很薄弱。不來往了，那就不來往吧。悶得無聊，幹什麼呢？吹口琴。天天吹，兩隻嘴角都讓口琴磨出繭子來了。你說一個破馬蜂窩一天到晚地塞在嘴裡做什麼？又不甜，又不鹹。混世魔王這個人少一竅。

王家莊的人其實都是知道的，混世魔王這樣落魄，有一個十分要緊的原因，懶只是一半，還有一半，是嫉妒。知青們一個接著一個走了，上大學的上大學，返城的返城，病退的病退，進工廠的進工廠，他倒好，走不掉。混世魔王看在眼裡，暗地裡和別人做了比較。一比較就徹底洩了氣。這是能比的麼？老話是怎麼說的？缸不能比盆，人不能比人，人比人，氣死人。走不掉就走不掉吧，混世魔王偏偏不這樣想。他想不通，採取了一種近乎下三濫的抗爭方式：破罐子破摔。那你就摔吧。王家莊是一個廣闊的天地，這麼大的地方，還怕你摔一個破罐子不成？你嚇唬誰呢。天底下所有的人都知道一個簡單的道理：越是破罐子，你還越是不能破摔。你一摔，碎得更徹底，稀哩嘩啦地散得一地，等你再想撿起來，你就湊不了一個整，不是這裡缺一角，就是那裡豁一邊。混世魔王就是不懂得這一點。吃山芋都不曉得從哪裡扒皮，你還摔呢。找死啊。

混世魔王就是覺得虧。走不掉也就算了，最關鍵的是，和別人比起來，他的苦頭並沒有少吃。剛剛來到王家莊的那會兒，混世魔王可以說是下了血本。那哪裡叫幹活，簡直就是拚性命。為什麼呢？就是為了落得一個「表現」。知青們對「表現」這個東西是有標準的，那就是看誰更不要命，看誰拿自己的身子骨更不當東西。誰敢作踐它，敢把它往死裡整，誰才算有了「表現」。那陣子混世魔王吃苦頭吃大了。有一句口號是怎麼說的？「要問累不累，想想革命老前輩；要問苦不苦，想想紅軍兩萬五。」「老前輩」，還有「兩萬五」，它們是一個標誌，一個尺度，一個永遠也沒有極限的極限。這個極限不是空的，有詩為證：「下定決心，不怕犧牲，排除萬難，去爭取勝利。」什麼叫不怕犧牲？人只有活著才能夠不怕犧牲。反過來說，只要你還有一口氣，你就不能叫不怕犧牲，你都有努力和提高的餘地。混世魔王的「不怕犧牲」可以用慘烈去形容，兩年多一點，他的胃就壞了，而關節也壞了。

混世魔王這樣賣命，這樣出風頭，卻沒有瞞得過吳蔓玲。有一點吳蔓玲看得還是很準的，混世魔王這樣積極，動機就不健康，隱藏了許多致命的問題。作為一個小店員的後代，混世魔王的身上具有濃郁的投機心態，他眞正迷戀的還是一錘子買賣。換句話說，他這樣過分地賣命，目的是爲了早一點離開。這才是他與生俱來的眞本性。他的積極是假的，他的熱情是假的，他的不要命也是假的。這些都只是一個表象，變相的投機才是眞的。骨子裡還是貪婪，在最短時間內撈足本錢罷了。吳蔓玲在知青團支部的生活會上毫不留情地指出了這一點。吳蔓玲同時還指出，混世魔王在籃球上的動機同樣有問題，那不是爲了鍛鍊身體，是出風頭！籃下都空了，你爲什麼不立即投籃，而要等防守的隊員上來了你才出手？吳蔓玲的話說到了點子上。後來的事實也證明了這一點，當混世魔王失去了上大學的機會之後，他由最初的冒進一下子蛻化到後來的逃跑與消極。所謂的胃病，所謂的關節炎，都是藉口。「誰沒有胃病？誰沒有關節炎？」疾病在精神之外，在革命之外。說到底，疾病是可恥的，它是軟弱和無用的擋箭牌。懈怠和懶惰才是病。不良的動機是一個知識青年的不治之症。

到了一九六七年，王家莊的知青都走了，就剩下兩個人：吳蔓玲，混世魔王。這裡需要強調一下，同樣是留下了，在意義上是有高下的。混世魔王是走不掉，而吳蔓玲是不想走。不能混淆了。按理說，一男一女，年紀輕輕的，又是老鄉，理當格外地體恤才是。你幫幫我呀，我再幫幫你。然而，不，是面和心不和的。當然是混世魔王不是他娘的東西！而吳蔓玲一當上村支書，兩個人的關係急遽地惡化，烏雞眼了，居然發展到撞破了鼻子都不說話的地步。話也得說回來，小吳這個人沒什麼挑剔的，對誰都讓三分，可就是對這個知青老鄉寸土不讓。

要是細說起來，吳蔓玲當上了村支書，混世魔王雖說嫉妒，私下裡還是挺高興的。他看到了希望。混世魔王偷偷摸摸地給自己算過一筆帳：一，下一次再有什麼機會，吳蔓玲已經是村支書了，她是王家莊的核心力量，自然不能走，剩下來的，除了自己，再也找不到第二個了；二，混世魔王前幾次沒走成，問題出在「群衆基礎」上，但是，那只是個漂亮的藉口，根子還在「支部」那兒。現在，吳蔓玲是支書了，再怎麼說，終究是「自己人」，順水的人情她一定會做的。所以，綜合起來看，混世魔王的形勢是利大於弊了，正朝著越來越好的方向發展。機會說來就來，吳蔓玲當上支部書記不久，興化縣中堡公社的磚瓦廠招工了。混世魔王用書面的形式正式提出了請求，他要到公社的磚瓦廠去當工人。吳蔓玲攔住了，沒有簽字。不同意。吳蔓玲是一個爽直的人，沒有找任何藉口，一針見血，不同意。她在支部大會上說：「問題的關鍵是，混世魔王知不知道什麼叫磚頭？什麼叫瓦？一個人，連他自己都不想做一塊磚頭，都不想做一塊瓦，你還能指望他做什麼？」吳蔓玲說，磚頭，還有瓦，說到底還是泥土，然而，不同於一般的泥土。

磚頭和瓦是上規矩、成方圓的泥土，是經過烈火考驗的泥土。對混世魔王來說，他最需要的是從模子裡走一遭，從烈火中滾一遭。他最需要的不是變成磚瓦，是做好泥土。這是一個基礎。這一次的打擊對混世魔王來說是致命的。這就是說，他不僅沒有資格成爲磚頭，成爲瓦，他連做一塊泥土的資格都沒有具備。前面的努力算是白費了。混世魔王終於看清了一個最基本的事實，他這一輩子是走不掉了。比較起「別人」來，被「自己人」踩在腳底下，那才是最糟糕的。什麼叫「自己人踩自己，踩得兩頭都冒屎」？這就是了。混世魔王一下子就明白了，吳蔓玲是捨不得放他走的。他必須作爲吳蔓玲的陪襯生活在王家莊，沒有混世魔王的道高一尺，哪裡有她吳蔓玲的魔高一丈？不怕不識貨，就怕貨比貨嘛。這一比，就把吳蔓玲的光芒萬丈給襯托出來了。吳蔓玲多機靈的一個人，怎麼肯放他走？人家捨不得吶。那就待著吧。混世魔王死心了，踏實了。不能到公社裡做一塊磚，一片瓦，還不能在王家莊做一根草麼？做草好。做草好哇。野火燒不盡，春風吹又生。喝西北風都能夠一綠一大片。這麼一想混世魔王反而高興了，明白了，心裡想，操你奶奶的，我走不了，你不也走不了？那咱們兩個就這麼耗著。你是賣鮮魚的，我是賣鹹魚的，我倒要看看是你這條鮮魚禁得起耗，還是我這條鹹魚禁得起耗。

端方是一隻無頭的蒼蠅，找不到人說話。大中午的，還是摸到合作醫療這邊來了，卻撲了一個空。合作醫療的門居然鎖上了。那就到混世魔王那邊坐坐吧。也只有到那邊坐坐了。混世魔王還是那樣，躺在地上，腦袋枕在胳膊上，小腿蹺在大腿上，閉著眼睛，一門心思吹他的口琴。其實混世魔王天天都是這樣的。端方望著混世魔王的口琴，心裡頭想，三丫要是一把口琴就好了，捂在手上，想一口就是一口。就這麼想著，混世魔王卻把口琴丟在了草席上，依舊閉著眼睛，說：「端方，知道我在想什麼？」還沒等端方做答，混世魔王已經坐起來了，睜開眼，歪著嘴，兀自發笑。混世魔王說：「我就想步行回南京，喝一口汽水，再步行回來。就算走上八天八夜，能喝上一口汽水，也值得。」混世魔王就那麼點著頭，把剛才的話又重複了一遍，轉過臉來，對端方說：「端方，你要是能讓我喝一口汽水，我情願鑽你的褲襠。」混世魔王這是說笑了，帶有沒話找話的意思，附帶拿端方打打趣。端方知道什麼是「汽水」呢？他哪裡能體會到汽水進嘴之後萬箭齊發的滋味？對牛彈琴了。但混世魔王還是坐正了，伸出了一隻指頭。他打算好好給端方講一講「汽水」，講一講上海的汽水與南京的汽水之間那種微妙的、動人的區別。端方伸出了手，把混世魔王的胳膊連同他的那根指頭一同摁了下去，端方說：

「我給你一瓶汽水，你把口琴送給我。」

混世魔王笑了，是出聲的那種笑，難得了。混世魔王的笑聲在大倉庫裡頭迴盪。混世魔王把手裡的口琴遞到端方的手上，說：「去拿汽水。」

端方把口琴放下了，表情是認眞的。他站了起來。混世魔王躺下身子，重新閉上了眼睛，開始哼唧，還用蹺著的腳尖打起了拍子。混世魔王說：「你要是能讓我喝上汽水，我還把我的舌頭割下來送給你。」端方在門口說：「舌頭我自己有。」

興隆的家眞是氣派了，不只是在王家莊，就算擴大到方圓幾十里，也能稱得上是最著名的建築。雖說舊了，氣象還在。磚是磚，瓦是瓦。在磚頭與磚頭之間，則是工工整整的勾勒。沒有一處潦草的痕跡。青黑色的，高大，巍峨，是森嚴的派頭。讓周圍低矮的草房子一比較，簡直可以用壯麗來形容，帶有拔地而起，或者從天而降的突發性。說起興隆家的這三間瓦房，不能不提的是興隆的父親老魚叉。老魚叉在王家莊可以說是個一個頂級的人物了。要是認眞地數一數，王家莊一共有兩個積極份子，一個是許半仙，另一個就是老魚叉了。可許半仙畢竟是一個邋遢的婆娘，她的功夫只局限於嘴皮子上，雷聲大，雨點小，無風三尺浪，見到風就是雨，帶有戲子的成分，是戲台上的丑旦。讓大夥兒尋個開心罷了。老魚叉則不一樣。老魚叉剽悍，具有中流砥柱的力量。無論有什麼事，他一聲不吭，卻能衝在最前面。這就是榜樣和示範的作用了。不過，這個榜樣是蠻橫的，動嘴動不過人家就動手，動手動不過人家就動棍子，動棍子動不過人家就動刀子。所以說，這個榜樣具有無比的堅固性和侵略性，霸道，硬掙。而他的積極不是心血來潮的，有一搭沒一搭的。他的積極有非常完整和清晰的脈絡，土改，鎭反，統購統銷，互助組，初級社，高級社，人民公社，四清，文化大革命，樣樣都衝在前面，每一步都站在風口浪尖上。所以說，土改之後，解放區抗日民主政府把王二虎的三間大瓦房獎給了老魚叉，眼光很準了。老魚叉在土改之後住進了大瓦房，得到了鼓舞，愈加積極了。老魚叉沒有做過一天的村幹部，然而，誰也不能否認，老魚叉永遠是特殊的，他過去、現在和將來永遠是王家莊「最高級的」社員。

端方來到興隆家的門口，他要向興隆要一瓶汽水。興隆會給他這個面子的。當然，端方絕對不會把興隆會做汽水這樣的祕密告訴混世魔王，這個祕密還是要守的。烈日當頭，興隆家的大門卻是緊閉的，和合作醫療一個樣。端方側過頭去，聽了一會兒，天井裡頭沒有一點動靜。端方推了一把，沒推開。這個就奇怪了，大白天的，拴上門做什麼呢。端方就伸出手去，在門板的大鐵環上用力地拍打。王二虎當初砌這三間大瓦房的時候實在是考究，僅僅從門板的大鐵環上就能夠感覺出來了。加上大門上整整齊齊的半圓形的門釘，興隆家的大門是那樣地霸實，一副有恃無恐的樣子。

興隆從門縫的中間露出了半個腦袋，臉上的神情看起來相當地凝重。家裡頭好像發生什麼要緊的事了。端方是一個知趣的人，要是換了平時，端方也許就不進去了。然而，端方的心思都在那把口琴上，還是側著身子，擠了進去。過了天井，進了堂屋，端方才知道自己冒失了。興隆的家裡真的出了大事。堂屋裡全是人，悶著頭。條台上燃了兩炷香，屋子裡全是煙霧，聞得出來，剛剛化過紙錢。是匆匆做過法事的樣子。端方已經進來了，只能堆上笑，對著興隆的母親、哥哥、嫂子們點頭，算是招呼過了。端方注意到興隆的父親老魚叉正躺在床上，頭上纏滿了綁帶，鼻孔裡全是粗氣。端方小聲問：「怎麼回事？」興隆把端方拉到了一邊，不說話，卻把嘴巴對著屋梁上歪了歪，端方仰起頭，看見屋梁上還吊著半截子麻繩，另外的半截子放在了條台上，用紅色的頭繩紮起來了。端方的目光把老魚叉、懸梁、麻繩和條台看了一遍，曉得了。老魚叉想尋死，上吊了，被人從屋梁上割了下來，摔破了腦袋。

端方的嘴裡倒吸了一口氣，「噝」了一聲，納悶了。老魚叉怎麼會上吊的呢？這太不可思議了。上吊是女人的事。只有最沒有用的怨婦被人欺負了，找不到說理的地方，才會把自己吊死在枝椏上，讓風吹起衣角，讓頭髮灑滿了面龐，讓無助的三寸金蓮在空中搖盪。老魚叉這樣火烈的人，就是死，除了壽終正寢，他只能死在刀山上，死在火海裡。他再也不能死在屋梁上啊。是被誰欺負了？在王家莊，只有老魚叉這個「高級社員」欺負別人的分，誰還有膽子欺負老魚叉？沒這個說法。不能夠哇。

「怎麼會的呢？」端方不相信，低聲說。

「哪個曉得。已經是二回了。」興隆憂心忡忡地說。

「究竟爲什麼？平白無故的，老爺子沒這麼軟過——問問他呢。」

「問過。」興隆說，「他不說。什麼都不說。」興隆擰著眉毛，抬起頭說：「你也不能撬他的嘴。」

端方說：「那也是。」

老魚叉躺在床上，很粗地進氣，出氣。看起來性命不會有什麼問題了。興隆突然想起來了，問：「你找我有事的吧？」端方說：「哪兒，沒事。想和你說說話，看你不在那邊，就過來了。」屋子裡熱得很，也擠得很。端方覺得自己礙眼了，人家家裡出了這麼大的事，自己是一個外人，塞在這裡總歸不好。端方就順著次序對著一屋子的人點頭，告辭了。興隆一直把他送到天井的門口，關照說：「端方，這件事在外面就不說了。」端方拍了拍興隆的肩膀，替興隆把門關了，聽見興隆門上了。

端方沒有從原來的道路回去，而是繞了一小段。主要是想把混世魔王繞開去。一瓶汽水是沒有問題的，可這會兒遇上，就尷尬了。沒想到這一繞反而繞出麻煩來了，在狹長的巷子口，端方看見對面走過來一個人，是三丫她媽，是孔素貞。端方想避開，來不及了，只能硬著頭皮頂上去。端方想，她也不一定知道的吧。其實孔素貞的這一頭也已經看見端方了，滿彆扭的，滿難辦的。主要是話沒法說。沒法說那就不說，裝看不見吧。也還是滿彆扭的，巷子實在是太窄了些。兩個人各懷著各的心思，在又窄又長的巷子裡越來越近，越來越近了。孔素貞反倒是打定了主意了，自己好歹是長輩，不開口也是情有可原的。就這麼一路走過去。跟端方又有什麼好說的！孔素貞目不斜視，一張臉早已經漲得通紅。兩個人的距離眼見得就剩下四五步了，端方卻停下了腳步，說：

「大姨。」

這一聲「大姨」有禮了，卻也古怪了，格外地突兀，反而把孔素貞嚇了一大跳。以孔素貞的年紀，做端方的「大姨」綽綽有餘了，但是，以她的身分，不敢當。這一聲同樣嚇了端方自己一大跳。端方從來沒有用這樣親熱的語氣和別人打過招呼，更不用說是對孔素貞了，完全是脫口而出。說出口以後自己再一聽，有了巴結的意味，是打人家女兒主意的意思了。心裡頭愈加彆扭了。孔素貞到底有了一把年紀，也站住了，鎮定了下來，口氣客客氣氣地，說：「是端方哪。」孔素貞想，個天殺的，把我好端端的女兒睡了，占了天大的便宜，你倒像沒事一樣，這麼大熱的天還在這裡閒逛呢。想起自己的女兒這些日子所受的委屈，孔素貞抽端方耳刮子的心思都有。但端方這孩子好歹還尊了她一聲「大姨」，知書達理了。孔素貞看了看四周，沒人。想對端方交代兩句，是狠話，是警告的話，別再招惹我們家三丫了，要不然，我可就不客氣了。孔素貞想了想，也沒有想得起什麼狠話來，就是有，也說不出口。孔素貞意外地伸出了她的胳膊，搭在了端方的肩膀上，懇切地說：

「端方哪，拜託了。」

這句話含糊了。可意思又是明確的，端方你少和三丫來往了。看起來孔素貞還是知道了。端方一陣的害臊。想起了他和三丫的瘋狂種種，端方的臉頓時就變成了豬肝，禁不住低下了腦袋。但端方從孔素貞的語氣當中立即看到問題的另一面，他和三丫的事，怕敗露的是孔素貞，而不是自己。似乎是。要不然，她這麼客客氣氣地做什麼？她這麼低三下四地做什麼？這麼一想端方就顧不得害臊，心裡頭反而看見底了，心口突然湧上了一股說不上來路的大膽。我偏就和她好，你又怎麼樣？不聲不響的，其實是欺負人了。端方也含糊其辭了，十分孝順地回答說：

「知道了。」

端方鬱悶的心情一下子亮堂了許多，連步伐都強勁有力了。孔素貞知道了，知道就知道吧，她不能把我怎麼樣。回到家，沒想到家裡頭卻來人了，所有的人都很高興，只有母親沈翠珍不太高興，笑容在臉上也有些勉強——紅粉的毛腳女婿賈春淦「上門」了，正在吃茶。所謂茶，其實和「茶」無關，而是紅糖煮雞蛋。這是王家莊流傳下來的風俗了。王家莊雖說窮，在「吃茶」方面卻有很深的講究，一般的客人是吃不上的。也正因爲窮，「吃茶」自然成了招待客人的最高禮遇，是天大的臉面。這裡頭還有一些細小的、卻又是嚴格的規格，主要體現在雞蛋的用量上。如果是最珍貴的個人，七個雞蛋。比較珍貴的呢，五個。至於一般性的，則最少也不能低於三個，否則就不能叫「茶」了。這就體現了主人的禮數。而這個規格並不僅僅體現在主人的這一邊，同樣體現在客人的這一頭。也就是客人的「吃」。你不能把碗裡的雞蛋全部吃光，要在碗裡剩下兩個，以示「吃不下」，這就文雅了，也表示主人的盛情有所盈餘。

按理說毛腳女婿上門還達不到「吃茶」的規格，你是上門來奉承丈母娘來的，吃什麼「茶」呢？但是，紅粉年底就要出嫁，毛腳女婿眼見得就要轉正，成爲正式的女婿，所以，賈春淦剛剛放下禮物，沈翠珍就使喚紅粉「燒茶」去了。在這樣的光景底下，給賈春淦一分臉，其實就是給紅粉一分臉了。你看看紅粉是怎麼幹的，「呼嚕」一下就往鍋裡砸了七個蛋。沈翠珍看在眼裡，臉上笑著，心裡頭罵道，個少一竅的東西，做什麼事情都不曉得輕重，春淦將來是你的男將，又不是你的祖宗，你打七個雞蛋做什麼？雞蛋不是你生的是不是？一抬屁股就犯賤！好在春淦倒是一個講禮的小夥，喝了不少的湯，雞蛋只吃了一個，碗裡頭還剩了六個。沈翠珍很熱情地勸道：「吃哉。吃哉。」春淦拿出三個碗，兩個撥給了網子，兩個送給了端正。端正和網子顯然已經等了半天，這會兒心滿意足了，端著碗走進了廚房。春淦原打算把最後的兩只雞蛋留給沈翠珍的，紅粉已經端過去了。沈翠珍最氣的就是這一點。你等春淦把碗端過來，我沈翠珍自然會遞到你紅粉的手上，雖然是個假動作，看上去多麼其樂融融？你倒好，也不怕人家笑話。——你慢點吃，別噎住了。還打七個雞蛋，這個家反正也不是你的了，你就糟蠱吧你就！

春淦和端方兩年沒見了，一進門，春淦嚇了一大跳。他記憶裡的端方還是一個瘦精精的少年，一轉眼，已經變得這樣了，又粗又壯，完完全全是一個大男將了。端方和春淦相互點了點頭，笑笑，算是招呼過了。春淦卻拿了一條長凳，和端方並著肩坐了，掏出香菸了，敬上，又替端方點好了。可不要小看了這個小小的細節，它體現了春淦過人的精明之處。春淦的那一對小眼睛，機靈著呢。端方一進門春淦就察覺出來了，這個家已經完成了改朝換代。王存糧早就軟了，端方才更像這個家的主人。他說話的表情和腔調在那兒呢。按理說，端方將來要喊他「姊夫」的，他在端方的面前還要尊貴一些，然而，春淦知道，只要紅粉過了門，他端方就是「娘舅」

了。「娘舅」最大，放在哪裡都是他尊貴。還有一點，最最重要了，作爲「娘舅」，紅粉出嫁的那一天要靠端方「捏鎖」。什麼叫「捏鎖」呢，簡單地說，是當地的風俗，新嫁娘離開娘家的最後關頭，箱子上要掛上一把鎖，開著的。等新郎官所有的關節都打通了，做「娘舅」的才會站出來，把那把鎖「捏」上。這一「捏」，才是最後的通行證，新娘子才是你的。否則，新郎官的雞巴當天夜裡免不了要放空炮。端方可是一個關鍵的人物呢。這麼一想春淦「捏」了「捏」端方的胳膊，受了驚嚇似的，神經兮兮地說：

「你眞結實！」

端方說：「哪裡。」

第十章

夜深人靜，整個王家莊都睡了，差不多已經是下半夜。端方躺在床上，睡不著。春淦和紅粉膩膩歪歪地躲在角落裡說話，傍晚時分端方可是都看見了。端方不是沒有心上的人，可是，他的三丫又在哪裡呢？端方想起了孔素貞的話：拜託了！看起來還是這個女人從中作梗了。端方一骨碌坐了起來，掀開了蚊帳，愣愣地，坐在了床沿上。而褲襠裡的東西也硬了，怎麼勸都軟不下來。

端方沒有再睡。他爬上了三丫家的圍牆。圍牆的內側爬山了扁豆和南瓜的瓜藤。端方像一隻貓，弓著腰，匍匐在圍牆的上面，拿不定主意從哪裡跳下去。端方還是有些後悔，昨天下午他無論如何還是應當來偵察一番的，白天看好了地形，夜裡頭好歹就方便一點了。到處都黑咕隆咚的，端方不知道從哪裡下去更穩當一些。別的好辦，主要是不能有動靜。這一來就難了。端方最後還是趴在了牆脊上，兩隻手緊緊地扒緊了，把身體一點一點地放了下去。端方在下降的過程當中拽斷了不少扁豆和瓜藤。幸虧端方胳膊上的力氣大，控制得住。要不然，「咚」地一聲掉下去，還眞痲煩了。端方蹲在牆角，穩了一會兒，靜了一會兒，偷偷地看。心口怦怦地跳。還是緊張的。怕。但這個怕，怕得有點不一樣，是壯懷激烈的那種怕。越是怕，就越是想幹到底。端方回了回頭，他要把自己的方位弄清楚。這正是端方粗中有細的地方。萬一被人發現了，好歹也得

有個退路。堵住了可就丟人了。端方匍匐著，瞪圓了眼睛，仔仔細細地掃描。卻意外地發現三丫

家的門縫裡透露出了些微的燈光。這個微弱的燈光讓端方緊張了，孔素貞爲了看住三丫，總不至於到現在都還沒有睡吧。

這一天的夜裡孔素貞特別地歡愉，可以說，功德圓滿了。上半夜，她和王世國他們偷偷摸摸地又把佛事做了。孔素貞喜歡做佛事，說起來也眞是奇怪，無論孔素貞多麼地不如意，只要在佛的面前跪下來，心就安了。用心安理得去形容，那是再也恰當不過了。說起來，孔素貞對佛的虔心，主要原因是孔素貞相信輪迴。對自己的這一輩子，孔素貞不再抱什麼指望了。可是，佛說，只要好好地修行，多積一些功德，下輩子就一定會好起來。輪迴是天底下最大的慈悲，它是慈航。它讓你永遠都覺得自己有盼頭。孔素貞在這一條道路上是不會回頭的。就算她這一輩子做了豬狗，她的兒女也做了豬狗，總還有下一輩子。所以，要好好地修行，一切的一切，全都是爲了死後。

做完了佛事孔素貞就偷偷摸摸地回來了。心安理得。三丫還沒有睡。這個晚上的三丫表現出了與以往的任何時候都要不同的情態。孔素貞剛一上床她就把她的手放在了孔素貞的屁股上，輕輕地推了一把，小聲說：「媽。」孔素貞轉過了身來。三丫把自己的身子挪過來，靠上去，貼住了母親，把臉往母親的懷裡埋。埋好了，三丫就開始哭。哭完了，三丫說：「媽，你帶我去。」孔素貞一下子機警起來，支起了一隻胳膊，說：「深更半夜的，你要到哪兒去？」三丫說：「你帶我到極樂世界。」

孔素貞突然明白了，濃黑的夜色不再是夜色，她看見了大慈大悲的七彩光芒。那是「渡一切苦厄」的光芒。孔素貞一骨碌就下了床，跪在了踏板上，雙手合十：

「開眼了，ㄚ頭，你開眼了。你終於開眼了哇。」

孔素貞躡手躡腳。她來到了堂屋，把佛龕請出來了。淨手、點燈，燃香。孔素貞盤在了蒲團上。她的女兒三ㄚ也盤在了蒲團上。孔素貞說：「清淨持戒者。」三ㄚ說：「清淨持戒者。」

「無垢無所有」

「無垢無所有」

「持戒無驕慢」

「持戒無驕慢」

「亦無所依止」

「亦無所依止」

「持戒無愚癡」

「持戒無愚癡」

「亦無有諸縛」

「亦無有諸縛」

「持戒無塵汙」

「持戒無塵汙」

「亦無有違失」

「亦無有違失」

……

「無我無彼想」

「無我無彼想」
「已知見諸相」
「已知見諸相」
「是名爲佛法」
「是名爲佛法」
「眞實持淨戒」
「眞實持淨戒」
「無此無彼岸」
「無此無彼岸」
「亦無有中間」
「亦無有中間」
「於無彼此中」
「於無彼此中」
「亦無有所著」
「亦無有所著」

母女兩個各盤一隻蒲團，母親說一句，女兒跟一句。或者說，母親唱一句，女兒在學一句。嚴格地說，她們現在已不再是母女了，而是一對師徒。師傅在前面指引，徒弟在後面隨從。徒弟對這一段經文一竅不通，她試圖讓自己的師傅講解一遍，師傅拒絕了。師傅說：「念經的時候不要去求解，你要記住兩點，一要靜，安靜的靜；二要淨，乾淨的淨。這兩點你都做到了，你就上百遍、上千遍地念。念到一定的工夫，你的慧眼就開了。慧眼一開，什麼都清澈了，明亮了。你的面前就是一片淨土，樂土。那就是你的極樂世界。你永遠在路上，你只有兩條腿，一條是靜，一條是淨。跟我念：「清淨持戒者」——

「清淨持戒者」
「無垢無所有」
「無垢無所有」
「持戒無驕慢」
「持解無驕慢」
「亦無有所著」
「亦無有所著」
……
「心解脫身見」
「心解脫身見」
「除滅我我所」
「除滅我我所」
「信解于諸佛」
「信解于諸佛」
「所行空寂法」
「所行空寂法」

「如是持聖戒」
「如是持聖戒」
「亦無所依止」
「亦無所依止」

這是一段短短的經文，母女兩個念到第八十九遍的時候，天亮了。三丫盤坐在蒲團上，雙手合十，嘴在動，其實已經睡著了。天亮了，太陽終於出來了，三丫睡著了。三丫呼吸均勻，臉上的神態安詳而又平和，嘴角還微微地翹在那兒，自足了。看得出，她的內心已經被菩薩的光芒照亮了，所以臉上才有了蓮花一樣的清靜，蓮花一樣的一塵不染。

孔素貞的這一夜幾乎沒有睡。但是，她不要睡。她清爽，心中裝滿了別樣的滿足。一清早孔素貞就打開了房門，來到了天井。晨風是清冽的，露珠是透明的，天很藍，只有三顆兩顆星。萬里無雲，是晴朗的徵候。公雞叫了，麻雀叫了。豬圈裡的豬也蠢蠢欲動了。好日子啊，好日子！洗漱完畢，孔素貞來到了井架上，她要淘米。今天的粥裡頭孔素貞不打算加莧子，更不用說加山芋了。今天孔素貞什麼都不加，她要放肆一回，奢侈一回。她要讓她的女兒吃一頓白花花的米粥！

意外的景象在圍牆上，有些異樣了。孔素貞放下淘籮，走了上去，扁豆和瓜藤都被扯斷了。散亂而又衰敗。是誰呢？是誰還看不得他們家的這點扁豆和南瓜呢？但孔素貞突然就看見腳印了，是人的腳印。是一個成人的腳印。不是在外面，而是在自家的天井裡面。就在扁豆架子的下邊。腳印還有它的方向，是朝著他們家的房子去的。孔素貞點上了大貴的旱菸鍋。她的手在抖。她的身子在抖了。她的旱菸鍋也在抖。孔素貞不理它，它抖它的。孔素貞只是慢慢地吸菸，吸得很深，呼得很長，靠旱菸慢慢地調息。一袋菸吸完了，主意也已經拿定了。馬上托人，把三丫嫁出去。不能讓她在這個家裡待了，不能讓她在王家莊待了！這一回孔素貞鐵了心了，不挑，不揀，男的就行。用麻袋裝也要把她裝走。一塞進洞房，那就由不得她了。三丫，當媽的得罪了。

八點剛過，端方徑直來到了大隊部。吳蔓玲的手裡頭捧著昨天下午剛剛來到的《紅旗》雜誌，正帶領著村支部的一班人領會中央的指示精神。端方跨過門檻，也不說話，一屁股坐在了吳蔓玲的身邊。吳蔓玲看著端方，說：「端方哪，支部在學習，你有事是不是下午再過來？」言詞裡頭很客氣了。這一回端方卻沒有領吳蔓玲的情，一上來就氣勢洶洶：「光學習有什麼用？關鍵是抓事情！」這句話重了，隱含了嚴肅、重大而又迫切的內容。吳蔓玲笑笑，把《紅旗》雜誌合起來，放在膝蓋上，閉了一下眼睛，說：「出了什麼事？說出來聽聽。」端方卻不說。吳蔓玲收斂了笑，認真地說：「端方，說出來聽聽。」端方說：「村子裡有人在搞封建迷信活動，在拉攏和腐蝕年輕人，支部知道不知道？」端方丟下了這個問題，然後，用眼睛逐個逐個地看大家。大隊會計王有高，也就是大辮子的丈夫接過話，說：「紅口白牙，端方，說話要有證據。」端方沒有再說什麼，反而輕描淡寫地冒了一句：「跟我來。」

端方走在巷子的正中間，身後跟了村支部的一班人，聲勢不一樣了，有了浩大和肅穆的威懾力。村子裡的老少看到了這個隊伍，自覺地跟了上去，陸陸續續走進了隊伍。隊伍在不停地壯大，甚至連佩全他們那一幫閒人都摻進來了。沒有人說話，每個人都聽到了腳步聲。腳步鏗鏘，有了參與的崇高與莊嚴。這崇高與莊嚴的腳步聲提醒了他們，他們不是別的，是人民。

人民在孔素貞家的門口停住了，屏住了呼吸。吳蔓玲代表人民，跨上去一步，推開門。孔素貞還坐在天井裡，想心思，吸旱菸。吳蔓玲說：「大白天的，關著門做什麼。」孔素貞放下菸鍋，笑著站起來，說：「是吳支書啊。」一邊笑，一邊拿眼睛往外瞅，心裡禁不住慌張。歷史的經驗告訴她，不是吃素的陣勢。

吳蔓玲在屁股的那一把剪著手，進屋了。一進屋就發現了緊鎖著的東廂房。吳蔓玲用下巴示意孔素貞打開，孔素貞照辦了。吳蔓玲跨進東廂房，意外地發現三丫被鎖在裡頭，看起來已經有些日子了。光線相當地暗。不過吳蔓玲還是在床頭上發現了一本書，很舊，邊沿已經爛了。吳蔓玲抽出一隻手，把書拿起來，是《淨土經類》。吳蔓玲從來沒有見過佛經，有些不知所以。不過從書的模樣上看，不可能是什麼好東西。吳蔓玲只看了一眼，丟下了，丟得很重，兀自點了點頭，重新回到堂屋，心裡頭卻想，這個端方夥，就一本書，大驚小怪的。卻看見端方從條台的正中央端下了毛主席的石膏像，放在了飯桌上。端方小心翼翼地從神龕裡取出石膏塑像，抽掉了神龕後面的擋板，眞相大白了，僞裝揭穿了，陰謀暴露了。

孔素貞的臉上早已經失去了顏色，拿眼睛去瞅吳蔓玲。吳蔓玲沒有當即表態。但她的表情說明，形勢很嚴重，非常嚴重。氣氛一下子凝固了起來。大隊會計王有高這時候說話了，王有高說：「好，孔素貞你有主意，搞封建迷信，還讓毛主席他老人家給你打掩護，爲你放哨，爲你站崗，孔素貞，你滿有主意的。」話音未落，許半仙火急火燎地趕來了，一路小跑。許半仙在門檻的內側立住腳，連忙說：「遲到了，我遲到了。」她在做自我檢討。一般說來，只要王家莊出現了什麼大事情，許半仙都會在第一時間出現在第一現場，第一個表示支持，或第一個表示反對——她永遠都是最積極的。而今天，她這個積極分子居然遲到了，當然有點說不過去，所以要檢討。檢討完了，許半仙拉過吳蔓玲的衣袖，用她的嘴巴瞄準了吳蔓玲的左耳朵。吳蔓玲不喜歡許半仙這樣，關鍵是，不喜歡她嘴裡的氣味。吳蔓玲說：「大聲說嘛。」許半仙卻不說了，回到門口，拎回來一隻大麻袋。麻袋裡什麼都不是，是紙灰。堂屋裡的人一起圍上去，端方和佩全也圍上去了。人們望著麻袋裡的紙灰，不知道許半仙唱的是哪一齣。

吳支書說：「什麼意思？說說。」

許半仙一指孔素貞，說：「你說。」

孔素貞卻不說。心裡頭在想，許半仙，我還是沒看錯你。前幾天還跟我熱呼呼的，眼睛一眨，你的回馬槍就殺過來了。好本領。許半仙，我服了。一屋子的人都在等，孔素貞就是不說。卻看見許半仙突然抬起她的左腿，在大腿與地面平行的剎那，她的胳膊落下來了，一巴掌拍在了大腿上。「啪」地一聲。整個過程迅速而又精確。許半仙說：「你不說，我說！我發言！」

許半仙的揭發一直上溯到多年以前，她的揭發極度地混亂，時間是交錯的，地點是游移的，一共牽扯到六個人物。但主要人物有兩個：第一個是「王禿子」，也就是還俗和尚王世國；第二個等於是「孔婆子」，也就是孔素貞了。外加「地不平」，即沈富娥，她是一個瘸子；「臉不平」，也就是盧紅英，她的臉上有七八顆凹進去的麻子；「蛐蛐」，也就是楊廣蘭，她嘴裡掉了兩顆門牙，笑起來就成了發怒的蛐蛐；還有「噴霧器」，當然是于國香了，她的瞳孔長滿了白內障，看上去霧濛濛的。許半仙說，這六個人狼狽為奸，專門從事封建，他們不正之風。許半仙說，偷偷摸摸，下半夜，不讓旁人知道。群眾的眼睛雪亮、雪亮、雪雪亮，跟蹤追擊。馬克思主義、列寧主義、毛澤東思想呢？無產階級專政下打過長江繼續革命。他們卻阿彌陀佛！阿彌陀佛啊！新動向綱舉目張，許多隱藏一抓就靈。許半仙說，昨天夜裡他們集中，三小隊的破豬圈，燒紙，燃香，磕頭，念經。現行的阿彌陀佛。許半仙指了指麻袋，說，這個是物證；許半仙同時又拍了拍胸脯，說，這個是人證。鐵證如山，人證物證人山人海！天地良心。說半句謊話下十八層地獄。菩薩都看在眼裡。哪裡逃？逃進牛×我都能把你們掏出來！兵民是勝利之本大家說對不對？不要笑，不要鼓掌。

因爲激動，許半仙的語句斷斷續續，但是在場的每一個人都聽懂了，她的意思是好的，有她的進步性。現在，每一個人都知道昨天夜裡王家莊發生什麼了。吳蔓玲的眼睛在屋子裡瞄了一圈，最終落到了佩全的身上。吳蔓玲對佩全說：「去，都抓起來。一個都不要放過。」

拘捕的同時必然伴隨著搜查。佩全他們在最短的時間裡把六個家全抄了。他們幹得很好，主要是徹底。他們分別從王禿子和孔婆子的家裡搜出了紙錢、高香、蒲墊、佛經、圖畫以及木魚、響鈴等法器。銅響鈴留下來了，村子裡的文娛宣傳隊完全可以用它敲打表演唱的節奏，至於別的，全燒了。

六個死不改悔的封建餘孽全部捆在了一條麻繩上，打頭的當然是王禿子。王禿子笑咪咪的，很甜蜜的樣子，就好像他的嘴裡永遠都有一塊冰糖似的。王禿子不在乎。反正村子裡是不能殺人的。無非就是遊一下街吧。他知道等待他的是什麼，到洋橋上去「曬太陽」。曬太陽的滋味當然不好，可畢竟是莊稼人，橫豎反正得曬。那就曬吧。莊稼人沒那麼嬌貴，沒什麼東西捨棄不下，要錢沒錢，要臉面沒臉面，能拿莊稼人怎麼樣？所以要笑咪咪的。板著一張面孔的倒不是別人，而是孔素貞。照理說不該的。孔素貞可以說是老樣板了，每一次批鬥都少不了她，遊街遊了起碼有五十回了，可她這個地主婆子就是抹不開臉面。怎麼還想不開的呢。這叫什麼？這就叫「執」。有什麼好「執」的呢？放開就是了。五個指頭一鬆，什麼都沒了。見過死人沒有？世俗的人們總是把死人說成「閉眼」、「斷氣」、「蹬腿」、「翹辮子」，囉嗦死了。就好像人的性命是從眼皮上跑走的，是從氣管、小腿肚子、頭髮梢上跑走的。都不是。人的性命是從手指尖上溜掉的，手指一鬆，別再抓住什麼，一放開，人就沒了，魂就上天了。所以說呢，人不能「執」，一「執」了菩薩就不喜歡。王禿子回過頭，對著孔素貞的耳朵說：「別拉著個臉，就當去打醬油。」孔素貞在正在心裡頭罵著端方，罵著許半仙，咬牙切齒了，小聲對王世國說：「你不知道原委，氣死人呢。」王世國說：「那你就慢慢地氣，別踩著我的腳後跟。」

遊街的工作最後交給十來個七八歲的孩子完成了。繩子原本在佩全手裡的，可佩全一想到要走好半天的路，天又熱，犯不著了。看著身邊前呼後擁的孩子，佩全隨手抓過來一個，把繩子塞到了他的手上去了。佩全說：「拿去吧，給你們玩玩。」孩子們不敢相信，簡直是喜從天降。這六個壞分子居然給他們「玩」了，興奮得不知所以。他們牽著王禿子一行，又振奮，又緊張，咬著下嘴唇，一路都鴉雀無聲。最後還是王世國說話了，王世國說：「你們怎麼不喊口號？不喊口號怎麼行？不喊不好玩的。」王世國突然亮起了嗓子，大叫一聲：「打倒王世國！」王世國又喊：「王世國不投降，就叫他滅亡！」孩子們笑了。慢慢放鬆了，小嗓門嫩嫩地、尖聲尖氣地開始學舌。開始還收著，七零八落，漸漸地，他們的氣息通暢了，有了統一的、規整的節奏。節奏鼓舞了他們，他們領略到了自己潛在的雄壯，那種無所不能的排山倒海。節奏同時也升華了他們，他們看到了意義，看到了從天而降的仇恨。仇恨是具體的，誰不投降，就叫誰滅亡。

王學兵，一個九歲的孩子，突然走到隊伍的前面，張開了他的雙臂，滿臉通紅。王學兵的舉動帶有突發性，正因爲突然，所以，一大幫的孩子都沒有準備，出現了短暫的停頓。他從別人的手裡搶過麻繩，嚴厲地命令王世國說：「趴下！」這是偉大的創造，最具挑戰性的發明。發明與創造使平庸的進程異峰突起，有了更進一步的誘惑和感召。同樣，誘惑與感召激發了更進一步的積極性。王學兵大聲喊道：「趴下！大家都騎上去！」孩子們無比地興奮，產生了濃墨重彩的好心情，可以用到處鶯歌燕舞加以形容。但是，王世國不趴下。所有的封建餘孽都不肯趴下。王學兵從地上撿起一塊磚頭，對王世國說：「再不趴下就砸腦袋！」王世國看了看王學兵手裡的磚頭，又看了看王學兵的眼睛，軟了。青天底下，最惹不起的就要數孩子了。他們要麼就不來，要來就來眞的，還沒輕沒重。王世國的膝蓋一軟，跪下了，趴在了地上。擒賊先擒王，這句話在這個時候顯示出了它的眞理性，後面的女人們瞅了一眼王世國，再相互打量了一回，老老實實照辦了。王學兵騎上王世國，一揮手，剩下的孩子蜂擁而上，一起騎上來了。王學兵只是一個平常的孩子，但是，由於在這次革命當中顯示出了他的徹底性，尤其是創造性，一下子就有了榜樣和標兵的作用，不知不覺成長起來了，成了新一代的領袖。這是天然的領袖。具有無可動搖的、毋庸置疑的、與生俱來的領導氣質，所有的孩子一下子就服從了，成了他的兵。臨時的軍事組織建立起來了。什麼都不用說。誰反對誰就是敵人。王世國在地上爬著，王學兵的雙腿一夾，甩動起手上的楊柳枝，頒布了他的第一道命令：「吁——！——駕！」長鞭哎——

（那個）一（呀）甩哎——

啪啪地響哎——

哎哎咳咦吆

哎哎咳咦吆

哎咳哎咳咦吆嗷嚎嗷——

這是電影「青松嶺」的主題歌。它唱出了一條馬鞭的意義。一條馬鞭，別看只是一條繩子，骨子裡暗藏了道路的方向。電影裡就是這麼說的。孩子們揮舞起鞭子，脖子上凸起了青色的筋。他們的童聲殺氣騰騰。在他們經過的地方，四海翻騰雲水怒，五洲震盪風雷激。

遊街的終點是王家莊的水泥橋。這一點孩子們都知道。村子裡每一次開批判會，地、富、反、壞、右都是集中在那裡，曬太陽。這是「要文鬥不要武鬥」的最好的體現。壞分子上了水泥橋，鬥爭的高潮就算過去了。但是，對被批鬥的人來說，這其實只是一個開始。太陽畢竟不是好曬的，尤其在水泥橋上。一整天呢。最關鍵的是，要跪著。這一點孔素貞是有體會的。一般的人都以爲下午一點鐘左右最難熬，那個時候太陽最毒，比牙齒還要咬人。其實不是。最難熬的是下午三點鐘過後。這個時候的太陽不僅狠毒，還陰損。你以爲它不怎麼樣了，骨子裡狠，一點一點扒你的皮，抽你的筋。膝蓋下面的水泥板就更蒸了，比太陽還要燙。像一個大烙鐵，還有點像一個大蒸籠。三點鐘過後你會產生錯覺，覺得自己差不多熟了，只要一站起來，所有的肉就全掉在了橋面上了，只剩下了一個光溜溜的、白花花的骨架子。

太陽剛剛偏西，王世國就有點吃不消了。老禿子的年紀畢竟大了。他緊閉著一雙老眼睛，張大了他的老嘴巴，嘟囔說：「阿彌陀佛。阿彌陀佛。」

孔素貞在洋橋上曬太陽，她的兒子紅旗卻在水稻田裡頭薅草。所謂「薅草」，說白了，就是把秧苗裡的稗子拔出來，是「田間管理」的重要部分。薅草的活計並不重，也掙不了幾個工分，一般說來是用不著男將的，婦女們就可以應付了。可紅旗是個男將，爲什麼要薅草呢？主要因爲隊長要湊人數。有時候女將的人頭不夠，男將又沒什麼重活，隊長就要把紅旗派過來了。隊長的指示精神紅旗是必須照辦的。不過紅旗幹活也有紅旗的講究，永遠夾在女將們中間，不落後，也不冒尖。一句話，不招眼，也就是磨磨洋工。磨完了洋工，紅旗來到河邊，把自己洗得乾乾淨淨，收拾得整整齊齊。其實也不是紅旗特別愛乾淨，主要還是因爲紅旗是個光棍漢。光棍漢有光棍漢的特徵，那就是喜歡拾掇自己，好引起姑娘們的注意。時間長了，他們自己都意識不到，反而成了他們的標誌，一下子就把他的光棍漢的身分顯露出來了。和瘸腿的人喜歡貼著牆，豁牙的人喜歡抿著嘴是一個道理。

薅草的活計不重，然而，卻有它難受的地方。在你彎下背脊的之後，照理說正好背對著太陽。但是，稻田裡有水，這一來正好把陽光反射到你的臉上了。你就成了蒸籠裡的饅頭，眼睛都睜不開，需要瞇起來。莊稼人要是進城了，你一眼就能夠看得出來，爲什麼？一來是臉黑；主要還是眼角的魚尾紋有特別的地方。那些皺紋鼓出來的地方曬紅了，而凹進去的地方曬不到，這就有了色差。像畫在臉上的一樣。其實薅草最麻煩的並不是瞇眼睛，瞇眼睛能有多大的事？又不費力氣。主要的麻煩來自螞蟥。水稻田裡有數不清的螞蟥，牠們的身子軟軟的，沒有一點骨頭，卻能依靠水的浮力彎彎曲曲地遊行。一旦碰到莊稼人的小腿，牠嗜血的本性就展示出來了。依靠無比出色的本能，螞蟥總能找到你的小腿，不動聲色，靜悄悄地彙聚在你小腿的周圍，貼到你的皮膚上來了。然後，張開牠的嘴，也就是吸盤，拿出吃奶的力氣，拚了命地吮吸。牠吃的可不是奶，而是你的血，你卻渾然不覺。等你的小腿出得水來，低下頭去看看，十幾個螞蟥早已經抱著你的小腿了，牠們的吸盤死死地鑲嵌在你的毛孔裡面，像一口濃濃的痰，像一把濃濃的鼻涕，掛在你的身上。你不能用手去撕，你撕不下來。牠的身體弓了起來，繃緊了，有了上好的韌性，還滑溜，即使你把牠撕爛了，牠的沒有牙齒的嘴巴還是要叮著你。所以，用鞋底去抽打是一個好辦法。對著自己抽幾下，螞蟥就掉下來了。但是，拿鞋底抽自己終究不好，疼就不說了，主要是不好看，看上去像得了神經病。最好還是用鹽。你把鹽撒在牠們的嘴邊，醃一下，牠們的吸盤就脫落開來了，掉在地上。身體吃得飽飽的，一副知足而又無辜的死樣子。拿在手上一搓，它就變成了球，乒乓球那麼大，扔在地上一滾就是多遠。

紅旗弓著身子，站在水田裡，話本來就不多，面對女人，就更沒有什麼好說的了。到了休息的光景，女人們坐在了河岸上，一邊對付小腿上的螞蟥，一邊快樂地說笑。女人們就是這樣，再累，話是要說的。這裡頭有取之不盡的喜悅。在空蕩蕩的田野裡，她們擁擠在一起，竊竊私語，到了會心的地方，笑一笑。田野裡就不再寥落，生機就出來了。

然而，這一天的情況不一樣了。廣禮家的身邊一直圍著人，她在說，所有的人都在聽。不是一般的聽，是全神貫注的，是諦聽。說到關鍵的地方，廣禮家的還要抬起一隻巴掌，貼到嘴邊上去，拿眼睛瞅紅旗。紅旗當然是不知情的。但問題慢慢地嚴重了，她們站得越來越緊，伸著腦袋。廣禮家的說一句，她們沉默一會兒，廣禮家的再說一句，她們又沉默一會兒。在沉默的過程中，她們還要回頭，小心地，迅速地看一眼紅旗。看完了，還要做出若無其事的樣子。她們的眼神是疑慮的，有了深度。紅旗再笨，也還是感覺出來了，她們的話題和自己有瓜葛，已經把自己牽扯進去了。紅旗的心中有了幾分的不安，已經是心虛了。就對她們笑。笑得憨憨的，看上去格外的開懷。但她們不對紅旗笑，紅旗一笑，她們就要把身子背過去，以表明她們「什麼也不知道」。紅旗終於被她們的樣子弄得發毛了，走了上去，大聲問：「你們在說我什麼？」被紅旗這麼一問，大夥兒再也不說話了，沒有人答紅旗的腔。沒聽見一樣。紅旗刨根問底了，說：「說我什麼？」廣禮家的看著四周的田野，說：「沒說你。」紅旗強了，說：「那說誰？」廣禮家的說：「說端方呢。」廣禮家的想了想，十分突兀、十分振奮地喊了一聲：

「端方都快活過啦！」

這句話沒頭沒腦了。女人們都笑了，但是，沒有出聲，都含在嘴裡。紅旗跟著說了一聲：

「端方都快活過啦！」沒想到紅旗這一重複把女人們的笑聲引爆了。她們狂笑不止，一起看著紅旗。這一下紅旗越發確信了她們的話題和自己有關係了。答案卻在風裡。紅旗記住了這句話，回家之後一定要好好問一問媽媽。

孔素貞曬了一天，跪了一天，已經癱了，兩個膝蓋都爛了。還是被門板給抬回來的。早已經躺在了床上，在那裡哼唧。紅旗在晚飯的飯桌上卻想起廣禮家的那句話了，隔著房門，他要問他的媽媽。紅旗的嗓子那麼大，王大貴和三丫當然都聽見了。小油燈的底下三丫腰肢的那一把慢慢地直了，偷偷地瞄了爸爸一眼。王大貴沒抬頭，只是喝粥，喝得一頭一臉的汗。孔素貞在房間裡什麼也沒有說，過了好大的一會兒，房門上突然就是「砰」的一聲，嚇了紅旗一大跳。紅旗回過腦袋，地上是一隻木枕頭，還在滾。

第十一章

在盛夏，如果從空中去俯瞰蘇北大地，只有一個特徵可以概括，那就是綠。那是一片平整的綠，妖嬈，任性，帶上了一股奮不顧身的精神頭，從地平線的這一側一直縱橫到地平線的那一側。可是，如果從細部去推究一下，浩瀚的綠色就變得非常具體了，無非就是一片又一片的葉子。葉子實在是太多了，太茂密了，誰還會去注意它們呢，細部反而沒有了，一下子就成了整體，呼啦啦變成了大地。然而，這是嫩綠。

在這遼闊的嫩綠的背景上，卻又點綴著另外一些綠，這些綠是深色的，老，發黑，一大團一大團，它們卻是樹。是被無邊無際的水稻所包圍著的小小的樹林。其實也就是村莊。從高處看，或者說，從遠處看，村莊並不像人們想像的那樣，是一些房屋。不是。是小小的樹林。它們是由槐樹、楊樹、桑樹、柳樹、苦楝和泡桐構成的，並不整齊，也沒有方寸，帶有天然的姿態。其中槐樹和楊樹是它們的絕對主力，具有主導地位，壓倒性的優勢。它們不是被天空壓著的，相反，它們魁梧而高大的身影把天空支撐起來了。它們還把無序而又低矮的草房子包裹在它們的陰影下面。草房子就在樹的下面，這些草房子才是村莊的根本。它們很陳舊，因爲日復一日的陽光雨露，它們的輪廓早已經失去了筋骨，失去了飛揚跋扈的動勢，渾圓了，厚實了，像莊稼人的性格面貌。就在這樣的草房子裡面，住著莊稼人。他們就在渾圓而又厚實的屋簷下面，婚喪嫁娶，迎來送往，伴隨著柴米油鹽，重複著單調的、不可或缺的、數也數不清的人情世故。一代一代又一代，一輩一輩又一輩。

一般說來，村莊都是安靜的，但是，高大的樹冠上有無數的鳥窩，那裡是喜鵲、灰喜鵲的天堂。牠們能鬧。在每一天的早晚，牠們不停地聒噪。在牠們喧鬧的時候，往往也是雞犬不寧的時刻。這樣的喧鬧意味著一天的開始，到了黃昏，也意味著一天的終結。剩下來的，則是無邊無際的寂靜。雞在草叢裡，鴨在池塘裡，豬在豬圈裡，自得其樂。狗要自由得多，但畢竟不是野狗，牠們是在自己的土地上，走走，看看，聞聞，管一點閒事，或什麼也不管。到了發情的時候就用鼻子找一個，背靠背，把事情辦了。即使是母狗懷孕了，也不知道懷上的究竟是誰的孩子。這一點貓就不好了，貓的動靜大，比人的動靜還要大。動不動就聲嘶力竭，還大打出手。當然，在高大、茂密的小森林的下面還有另外一個更小的天地，這個小天地是由一些低矮的植物構成的，比方說，灌木、竹子，還有蘆葦。它們在河流的邊沿，或者說，在房前屋後，那是老鼠和蛇居住的地方，那裡還是蜻蜓和蝴蝶居住的地方，當然還有花翎，麻雀，這些和莊稼人就沒什麼關係了。人們也懶得去管牠們。

當然，在村莊與村莊之間還有河流，說是河流，其實也就是蘇北大地上的路，它們彎彎曲曲，在沒有任何理由、沒有任何兆頭的情況下就拐了一個彎，卻連接著遠方，使遠方變得更遠，錯綜而又迷離。這就是蘇北大地的一個大概，蘇北大地上的莊稼人祖祖輩輩就生活在這裡，一家一家的，一戶一戶的。除了在田間地頭，他們有時候也會在不規則的巷子裡走動走動，偶爾停下來，答刮幾句，借一點醬油、針頭線腦，或者到河邊去淘米，刷馬桶，搗衣裳。金錢上則沒什麼來往。說又說回來了，莊稼人的手頭沒有錢。誰要是能掏出七毛八毛，那一定是家裡頭出了大事，不是紅喜，就是白喪。

秧苗們長在地裡，長勢喜人。慢慢地，它們的葉子由嫩綠變成了深綠，由深綠變成了碧綠，現在，從遠處看都有點發烏了，烏溜溜的，散發出茁壯的、生猛的油光。比較下來，王家莊的水稻長勢要更好一些，沒有別的，王家莊的灌溉做得更好。水稻不是麥子，麥子喜歡旱，土壤裡的水分過多它的根系反而要爛。水稻就不一樣了，水稻離不開水。在大部分的時間裡頭，水稻就站在水裡，一缺水它就蔫了。當上大隊支部書記之後，吳蔓玲沒幹別的，她的第一件工作就放在了水利上。她來到了公社，直接撲到公社革委會的食堂，把革委會的洪主任堵在了酒桌上。吳蔓玲童言無忌，當著這一桌子的革委會領導，一上來就批評洪主任，甚至把洪主任的綽號都用上了，吳蔓玲說：「『洪大炮』，你不支持年輕幹部的事業。」洪大炮參加過渡江戰役，在殺聲震天的戰場上留下了後遺症，一開口說話就成了美國生產的直徑一二五毫米的榴彈炮。洪大炮望著吳蔓玲，不停地眨巴眼睛，很寬的腮幫子笑起來了。

洪主任放下酒盅，嗓子反而小了，先請「小吳支書」坐下來，把問題「放在桌面上」，「慢慢談」。吳蔓玲坐了下來，沒說別的，伸出手來向高主任要東西。一共是兩樣：一台東風二十五匹的柴油機，一台水泵。吳蔓玲到底是一個有腦子的人，她向革委會討要機械化的灌溉設備說明她有眼光了。這麼些年了，王家莊的灌溉一直沿用的是最原始的老風車，老風車架在河邊上，像天空上面一大摞子大補丁似的。遇上無風的日子，再大的補丁也頂不上用場。還是要靠人力，用雙腳去踩水車。一大群壯勞力漢子只能吊在水車上，跟掛了一大排的鹹肉差不多，實在也解不了大地的渴。吳蔓玲坐在洪大炮的斜對面，把她的巴掌攤在洪大炮的面前，撒嬌了，說：「洪大炮，你給還是不給？」洪大炮望著吳蔓玲的巴掌，望著吳蔓玲的胳膊，附帶瞅了一眼吳蔓玲的胸，沒有說話。他把桌子上的半瓶「洋河大麴」拎起來了。說：「先喝酒。」吳蔓玲撒嬌撒到底，說：「不跟你喝。」洪大炮看了看四周的人，很寬很寬地笑了，說：「小吳啊，你要是有膽子把酒瓶裡的酒喝了，東風二十五，我給，水泵，我也給。」吳蔓玲沒有猶豫，她的動作是迅速的，說風馳電掣都不為過。吳蔓玲提起「洋河大麴」的瓶頸，仰起脖子就灌。臨了，放下了酒瓶，直了直脖子，眼眶裡全是淚光。

吳蔓玲小聲說：「洪主任，我代表王家莊六百五十九位貧下中農，謝你了。」場面本來是喧鬧的，輕鬆的，吳蔓玲在她的壯舉之後附帶上了這麼一句，突然感人了。不知道從哪裡滋生出了動人的力量。酒桌上安靜下來。洪大炮說：「小吳，你打個報告來。」吳蔓玲沒有「打」，直接從軍用挎包裡取出一張紙，攤在了洪主任的面前。這一著洪主任沒有料到，開始摸身上的口袋。他在找筆。吳蔓玲拿出鋼筆，擰開筆帽，十分端正地送到了洪主任的右手邊。吳蔓玲說：「洪主任，酒我喝了，反正我也喝醉了，你要是不同意，我就每天盯著你，你在哪裡吃我就在哪裡吃，你在哪裡睡我就在哪裡睡。」這話說的，不講理了，好笑了，本來已經很動人的場景突然又激昂起來。每一個人都在笑。吳蔓玲卻渾然不覺。洪主任沒有笑。他神情嚴肅地望著大家，嗓子裡突然發射出七顆榴彈炮炮彈：「同意的鼓掌通過！」酒桌上響起了熱烈的掌聲。洪大炮在吳蔓玲的報告上寫上「同意」，站起來，拍著吳蔓玲的肩膀，用鋼筆的另外一端戳了戳吳蔓玲的額頭，又戳了戳吳蔓玲的鼻尖，十分疼愛地說：「個小鬼。」洪主任後來補充了四個字：「前途無量。」

嚴格地說，吳蔓玲這個支部書記的威信並不是靠她的親和力建立起來的，而是在東風牌柴油機和水泵進村的那一刻建立起來的。建立的同時也得到了最後的鞏固。不僅是王家莊的人，就連全公社的人都聽說了，吳蔓玲「前途無量」。吳蔓玲自己當然不會說什麼，但是，洪主任的話還是進入了吳蔓玲的肺腑了，她自己也是這樣相信的。在後來的歲月裡，吳蔓玲的內心一直有一股巨大的力量在支撐著她，她變得無比地堅定，什麼都不能改變。她一次又一次地放棄了離開王家莊的機會，她相信，只要她堅持住，她在王家莊就一定會「前途無量」。

抽水站正式試水的那一天是王家莊的重大節日。那一天所有王家莊的人都出動了。水泵好哇，水泵好。毛主席說：「水利是農業的命脈。」他說對了。毛主席又說：「農業的根本出路在於機械化。」他又說對了。他人在北京，可他什麼都知道。他老人家的話再一次在三大革命當中得到了最終的驗證。王家莊敲起了鑼，打起了鼓，那是盛大的、群衆運動的場面。社員們親眼看見河水從河裡「抽」了上來，白花花地流進了水渠。水渠是新修的，成群結隊的孩子分布在水渠的兩邊，他們順著渠水一路追趕。膽子大一點的乾脆跳進了水渠，洶湧的渠水把他們沖走了，但沖走了還是在渠裡。這是幸福水。這是幸福渠。他們一路歡叫，直到每一個人都筋疲力盡。那一天的晚上王家莊的公豬、母豬、白豬、黑豬都在叫。牠們餓了。牠們不知道王家莊的人們爲什麼高興成那樣。牠們到死都不知道那一天牠們爲什麼會挨餓。

正是得力於機械化的水利，王家莊的田間管理比較起鄰村來就方便多了。下雨了，就在總幹渠上打開一道口子，把水放掉一些；要是乾旱了呢，再把這個口子堵上，用東風二十五抽上來一些。這一開、一堵，效率出來了。然而，後來的事實證明，最讓吳蔓玲痛心疾首恰恰正是在這個地方。總幹渠是王家莊的，不屬於任何一個生產隊，不屬於任何一個人。水多了，這個口子誰來開？抽水了，這個口子又是誰來堵？沒人管了。吳蔓玲看在眼裡，直心疼。爲了這件事吳蔓玲不知道批評過多少人，高音喇叭裡也講了。沒用。你一批評他，他反過來就問你：「憑什麼就是我？」是啊，王家莊不到七百號人呢，每個人都是王家莊的人，都是「主人」，憑什麼不是張三，而是李四來幹？憑什麼不是三姨娘，而是六舅母來幹？這一來壞了，都成了她吳蔓玲的事了。不管還不行。你不管，好，水就在那裡無端端地淌，一直淌到共產主義。吳蔓玲沒有辦法，只能扛起大鐵鍬，一天到晚在田埂上轉。走得太累的時候，吳蔓玲禁不住就會停下腳步，遠遠地望著抽水站，心裡湧上了一股說不出的委屈，還有一股說不出的寒心。吳蔓玲算是明白了，莊稼人的心目中其實是沒有集體的，不要說公社，就是連大隊、生產隊都沒有。莊稼人的心中只有他們自己。吳蔓玲在心裡頭對自己說，下次再也不能替集體辦任何事情了，綠豆大的事情你都不能辦。你只要心一熱，惹上了什麼就等於纏上了什麼，螞蟥一樣想甩都甩不掉。當然，這些話也就是在心裡頭說說，吳蔓玲永遠也不會把它們送到嘴裡去的。

扛著大鍬，吳蔓玲在田埂上轉悠了一個上午，進村了。到了午飯的時間，她捧上了飯碗，來到了大隊部門前的樹蔭底下。這一天的中午吳蔓玲吃的是麵條，她用大大碗公把麵條盛了，從小罐子裡舀了一勺子脂油，也就是豬油，出門去。人還沒有到樹根底下，她已經聞到了豬油的芬芳。說起豬油，吳蔓玲原先可是從來都不吃的，現在倒好，就是喜歡。越聞越香，已經到了離不開的地步。即使是吃米飯，有時候吳蔓玲也喜歡挑上一筷子，拌到米飯的裡頭去。都不用菜，吃得又快又香。一抹嘴，我的個媽媽哎，一碗米飯就下了肚了。

吳蔓玲端著碗，把碗裡的麵條叉得老高，都踮起腳後跟來了，就聽見開懷的大笑就從樹蔭底下爆發出來了。吳蔓玲並著步子走上去，問：「笑什麼呀？再說一遍，說給我聽。」廣禮家的看了吳蔓玲一眼，翹著小拇指剔牙，一言不發，做出一副清淡的樣子，是藏而不露了。吳蔓玲忙說：「笑什麼哪？」金龍家的連忙接過話來了，搶先說：「在說三丫呢。」吳蔓玲有些納悶，心裡想，三丫是個悶葫蘆，能有什麼好笑。吳蔓玲追問了一句：「三丫到底怎麼啦？」

另一個女人說話了。她說：「三丫她悶騷。」

吳蔓玲嗤了一口，說：「瞎說什麼，三丫本人的表現還是可以的。」

金龍家的急了，對著吳蔓玲問：「她的事蹟你就一點都不知道？」

吳蔓玲說：「不知道。」

廣禮家的按捺不住了，廣禮家的就是這樣，總是在關鍵的地方說出最關鍵的話。她拍了吳蔓玲肩膀一巴掌，總結性地說：「都讓端方快活過了。」

四五個女人又是大笑。動人的話題就是這樣，笑了一遍還可以笑第二遍，笑完了第二遍還可以笑第三遍，完全可以重複利用，重複享受。吳蔓玲沒有笑。作爲一個未婚的女人，她一時還不能完整而深刻地領悟「快活過了」的美妙含義，並沒有展現出恍然大悟或心照不宣的神情。金龍家的看在眼裡，急了，只能用大白話把事情挑開了：「被端方睡過啦！」

女人們不笑了。「睡過了」，沒意思了。「睡過了」還有什麼嚼頭？清湯寡水的。只有「快活過了」才來得火爆，來得滋補。

吳蔓玲停止了咀嚼，明白了，似乎受到了嚴重的一擊，臉紅了。吳蔓玲對自己的臉紅很不滿意。吳蔓玲說：「不可能的。」吳蔓玲說，「怎麼可能呢？」

廣禮家的說：「怎麼不可能？一公一母。正好。」

女人們又笑，吳蔓玲還是沒有笑，臉色已經相當地難看。吳蔓玲說：「不可能，端方怎麼會看上她！」

金龍家的壓低了嗓子，說：「前天夜裡，端方爬牆頭了，都爬到三丫的床上去啦。」

「你看見了？」吳蔓玲反問。吳支書自己一點都不知道，她的口氣裡頭有咄咄逼人的意味。

「沒有。」金龍家的說。

「要實事求是。」吳蔓玲說：「沒有根據的話不要亂傳。」

事實上，這個中午吳蔓玲的表現過分了。回到大隊部，吳蔓玲把剩下來的半碗麵條丟在桌子上，坐在了床沿，愣神了。照理說端方和三丫的事和她沒有半點瓜葛，支部也管不著，於公於私都不礙她的事。可吳蔓玲還是生氣了。骨子裡卻感傷。再往骨子裡說，是傷心了。可能還有點吃醋。這個醋吃得沒道理了。她吃的是哪一門子的醋呢。三丫你厲害呀，不聲不響的，該撈的你都撈了。端方你這個人也是，怎麼就能看上了三丫？不說出身，就說她這個人，有哪一點好？有什麼可以讓你動心的地方？沒有哇！無端端地，吳蔓玲就覺得三丫把自己比下去了，傷得不輕。端方你不是東西，三丫你更不是東西。吳蔓玲睜著茫然的眼睛，無緣無故地，四顧茫然。有點想哭的意思。

究竟是王家莊，太小了，村子也就是碗口大，巷子也只有筷子長，當天的下午吳蔓玲和端方居然在村口撞上了。吳蔓玲的心口陡然就緊了，拎了一下。吳蔓玲禁不住對自己發出了一陣冷笑。但吳支書沒有冷笑，是眞笑了，實實在在地掛在臉上。端方招呼說：「吳支書忙哪。」吳蔓玲說：「不忙。」聲音卻不對，有些顫了。端方卻站住了，正想利用這樣的機會和吳支書說句話。秋後他想去當兵，還是早一點把話遞過去，打點一下總歸是好的。但端方這個人就是這樣，越是心裡的事，反而越說不出口，想必還是寄人籬下的日子過得太久了。端方的腦子裡想著「當兵」，低下頭，用拖鞋的鞋底不停地在地上蹭，去一趟，回一趟，再去一趟，再回一趟。吳蔓玲到底是吳蔓玲，已經好了，放下了肩膀上的大鍬，說：「我平時忙，對你們也缺少關心，近來的表現怎麼樣？」端方想了想，說：「就那樣。」吳蔓玲說：「怎麼能『就那樣』，『那樣』是哪樣？」

吳蔓玲瞥了端方一眼，目光裡有了責備的意思，說：「端方，你回來也有些日子了，總不能這樣晃蕩。無論怎麼說，你是個高中生，是個人才。前途無量呢。總還是要有一個好的表現，將來要是有了什麼機會，你得先把群眾的嘴巴堵上，這樣我才幫得上。」吳蔓玲的這一番話說得合情合理了，既有對端方的肯定，也有對端方的希望，口氣當中似乎也暗含了些許不滿，但總體來說，還是為端方著想的，端方聽出來了。端方停住了腳，笑呵呵的，改成了搓手，嘴裡說：「謝謝吳支書。」吳蔓玲提起地上的大鐵鍬，重新扛到肩膀上去，瞪端方，說：「還吳支書吳支書的，跟你說過多少遍了，喊吳大姊，要不就喊蔓玲。」端方把下嘴唇咬在了嘴裡，說：「哪能呢。」吳蔓玲再一次笑起來，說：「我的名字可是毒藥，一進嘴就藥死人了？」

在回大隊部的路上吳蔓玲故意繞了一段，來到了三丫的家門口。天井的門敞開著，卻是空的。吳蔓玲猶豫了，不知道是進去一下好，還是不進去的好。就站住了。這時候三丫端著一只小木盆，剛好從堂屋出來，看見吳支書扛著大鐵鍬立定在自家的門口，愣了一下，吳蔓玲也愣了一下。但三丫顯然是嚇著了，她又來了！三丫端著小木盆就往回走。吳蔓玲把三丫叫住了，三丫就端著木盆，背著身，拖了很長的辮子，站在堂屋的門口。堂屋裡頭卻傳出孔素貞的聲音。孔素貞在堂屋裡招呼道：「是吳支書啊？進屋坐坐嚄——我也站不起來了。」吳蔓玲站在天井的外面，思忖了片刻，把大鐵鍬靠著圍牆放下了，還是進屋去了。孔素貞躺在草席上，看起來是兩隻膝蓋發炎了。三丫跟在吳蔓玲的身後，把手上的小木盆又端回來了。三丫放下手裡的小木盆，拿了一張凳子，放在吳蔓玲的屁股後頭。孔素貞說：「吳支書坐。」吳蔓玲坐下了，望著孔素貞的膝蓋，說：「怎麼樣了？」孔素貞說：「沒事。」吳蔓玲說：「思想上通了沒有？」孔素貞笑著說：「通了。通了好幾天了。」吳蔓玲笑了，說：「你怎麼把膝蓋磨成這樣？下次別這麼死心眼，跪著不舒服了，就站一站。階級鬥爭要搞，身體也要當心。」孔素貞說：「曉得咯。」孔素貞吩咐三丫說：「釘在地上做什麼？給吳支書倒水去啊！」三丫繃了一張臉，朝著廚房的那邊去了。吳蔓玲望著三丫的背影，咳嗽了一聲，又咳嗽了一聲，把目光從三丫的後背上收了回來。因為是從三丫的那邊收回來的，目光就不那麼像目光，有了承上的和啓下的內容。孔素貞把這一切都看在眼裡，沒有動，但體內的血卻動了，一起往臉上湧。好在吳支書什麼都沒有說，一句話都沒有說。剛巧三丫端著水過來了，把碗放在了飯桌上。吳蔓玲沒動那只碗，也沒有看三丫一眼，起身了，對孔素貞說：「我也就是來看看你。好好歇著，早一點把身子養結實了，過些日子還要收早稻呢。」孔素貞還想站起來送客，被吳支書的巴掌擋住了。孔素貞給三丫遞了一個眼色，讓三丫替自己送客。三丫送走了吳支書，回到堂屋，卻看見母親孔素貞已經站直了，手裡頭端著那只盛滿了髒水的小木桶。三丫想說「讓我來吧」，還沒有來得及說出口，孔素貞已經把一盆子髒水潑在了三丫的臉上。

雖然躺在床上，孔素貞的努力還是見到了收成。僅用了四天的工夫，毛腳女婿房成富就上門了。房成富是中堡鎮上的一個皮匠，一個瘸子。俗話說得好，「十個皮匠五個瘸，還有五個拄著拐。」可以說是皮匠這一個行當的特徵了。皮匠不是木匠、瓦匠，不用在外面走街串戶。皮匠也不是鐵匠，花不了那樣大的力氣。只要坐在那兒，一手捏著錐子，一手拿著針線，再備上幾個木楦子，就行了。所以，一般說來，孩子的腿腳上有了什麼大的缺陷，做父母的就會讓孩子選擇這一行。反過來說，一個人只要做了皮匠，大致上也就知道他是什麼樣的一個情況了。「甯給木匠補房，不做皮匠新娘」，說的就是這樣一個意思。說起來房成富原來倒是有過一個媳婦的，是個啞巴，前後生過兩個孩子。沒想到一九七二年的開春啞巴媳婦得了胃癌，嗓子淺了，什麼東西都嚥不下去，一嚥就吐，拖了一百來天，眼睜睜地給餓死了。房成富做了四年的鰥夫，拉扯著孩子，一顆心其實早也就死了。誰能想得到房成富還會有苦盡甘來的這一天？誰也沒有想到。他房成富在這一把年紀居然又要當新郎了，還是個黃花閨女。難怪瘸了腿的老皮匠一個勁地給他啞巴媳婦的亡人牌磕頭。

房成富起了一個大早，划上小舢板，朝王家莊來了。一路上運氣不錯，遇上了順風。順風也就是富路，房成富扯起了小風帆。風帆裡兜滿了風，彎彎地鼓起來了。房成富望著風帆，心窩子裡一熱，褲襠那一把也鼓起來了，鼓了一路。晌午過後，小風帆來到了王家莊。問了兩次路，房成富把他的小舢板泊在了孔素貞家屋後的碼頭上。房成富收好風帆，拴好小舢板，拎起豬肉、紅糖和兩瓶散裝的大麥燒，架起雙拐，上岸了。

雖說孔素貞在嫁女兒的問題上鐵了心，但房成富眞的進了門，孔素貞還是後悔了，近乎心碎，又不好說，不停地拿眼睛瞟大辮子。嘴上什麼都沒說，骨子裡還是傷著了自尊，替自己的女兒嘆息了。再怎麼說，大辮子還是不該把這樣的人帶到自己家的門檻裡來的。房成富的腿腳不好也就算了，還是個禿頭。這也是皮匠們的另一個特徵了。一般來說，皮匠們一手拿錐，一手拿針，在他們每做一個縫補動作之前，都要把錐子放在頭上蹭一回。頭髮上有油，這一來錐子就潤滑了。時間久了，就成了配套的習慣，頭髮便一根一根蹭光了。

這些都在其次，孔素貞最不喜歡的還是這個皮匠身上的氣息，一進門，什麼都不說，便把豬肉、紅糖、燒酒排在了條台上，挪到了最顯眼的位置。顯擺了。這是小鎮上的人特有的壞毛病，明明是窮酸，其實沒什麼，可偏偏要做出碗大湯寬的樣子，其實更窮酸，反不如眞正的窮人窮得大方。要不得。孔素貞不是沒有見過世面，你房成富這是做什麼？給誰看？這裡是誰的家？還有一點也是孔素貞極不喜歡的，房成富不說話，當他表示「好」或「可以」的時候，總是迅速地豎一下大拇指，猴裡猴氣的，猥瑣得厲害。孔素貞想，也難怪了，他的亡妻是個啞巴。可你的舌頭好端端的，你做什麼啞巴？房成富的大拇指像個演戲的，一會兒出將，一會兒入相，這算演的哪一齣？都是怪毛病。一句話，孔素貞看不上。

當然，再看不上，女兒還是要嫁。在這一點上，不可以討價，也不可以還價。孔素貞眞正心碎的正是這個地方。孔素貞瞅了大辮子兩眼，在毛腳女婿的對面坐下了。蹺上小腿，樣子端出來了。雖說急著嫁女兒，這裡頭的分寸卻是不能丟。要不然就作踐了自己的女兒。王大貴原本坐在一旁吸旱菸，房成富給他敬了一根「大運河」的紙菸，王大貴這才站起來了。王大貴接過紙菸，撚碎了，壓到菸鍋裡去。心裡想，中堡鎭他這一輩子是不想再去了。

眞正忙活的是大辮子。和所有的媒婆一樣，大辮子在調節氣氛，一個勁地說廢話，說好話。大辮子這個媒人其實相當好做，孔素貞已經把底牌交給她了。第一是活的，第二是男的，相完親，立馬娶人，越快越好。就是這樣一個原則。當然了，話究竟怎麼說，怎麼說才不傷女方的體面，孔素貞用不著交代。大辮子的那張嘴，吃進去的是草，吐出來的是奶。她有這樣的特殊功能。其實大辮子也已經給房成富交了底了，「三丫的成分不好，可人家要求進步。她不圖別的，就是想早一點加入到工人階級的隊伍。」房成富不懂得階級，眞的不懂，就懂得補鞋底、上鞋子。當然，女人好，年輕的女人更好，這個他是懂得的。

該客套的客套了，該虛應的虛應了，大辮子的那張嘴也有點累了，也該歇歇了。她來到了東廂房，看三丫來了。看三丫是假，請三丫進堂屋去坐一坐才是眞。無論如何，作爲相親的一個必要步驟，男女雙方在堂屋裡見一見面，總是一個必需的程式。其實三丫已經見過房成富了，大辮子作爲一個過來人，這一點很明白了。一般來說，毛腳女婿上門，做媒的媒婆都會安排他們坐在堂屋的西側，臉朝著東。這樣一來，躲在閨房裡的閨女就可以從門縫裡看著了。要是她願意，可以出來，也可以不出來；要是不願意那就篤定不會出來了。

三丫沒有出去。什麼都不說，坐在床沿，就是不說，不動。低著頭，一雙眼睛無力地望著右下方，在出神。大辮子坐在三丫的身邊，伸出手來，摸三丫的頭，摸三丫的辮子，最後，又在三丫的後背上輕輕地拍了兩巴掌。這兩巴掌的意思很明確了，是在告訴三丫，別鬧了吧，事已至此，這件事就這麼定了吧。三丫抬起了腦袋，望著大辮子，突然說話了。三丫說：「謝謝了。」然而，只是和三丫對視了一眼，大辮子立即就明白了，這哪裡是謝她，咬她的心思都有了。

大辮子再一次回到堂屋的時候說話明顯地少了。似乎受到了打擊。這一點孔素貞注意到了，連房成富都注意到了。但是，不管是孔素貞還是房成富，都沒有不安的意思。大辮子在中間早已經給他們相互交過底了，眼底下最重要的是他們的決心，而不是三丫的態度。說到底這件事和三丫無關，由不得她的。大辮子來到堂屋之後並沒有坐，粗粗交代了幾句，聽得出，有走人的意思了。孔素貞放下二郎腿，起身了。孔素貞重新拿出一只碗來，倒上開水，拎過房成富帶來的紅糖包，打開來，用指頭撮了一把，放進去了。孔素貞把絳紅色的糖茶端到大辮子的面前，堆上笑，說：「大辮子，有勞了。你也該歇歇了，坐下來喝口茶。」大辮子望著孔素貞一臉的笑，看得切切實實的，那不是一般的巴結。大辮子心一軟，坐下了。喝了一口，甜得都揪心。大辮子說：

「嗨，齁死我了。」

接下來的交談直接抵達了實質，中心議題是娶人。繞了半天，孔素貞避實就虛，再一次把二郎腿架上了，說：「這個家的主我還做得。」等於攤牌了。等於說，丫頭是你的了。中心問題反而不再是問題。交談一步一個腳印，下一個議題自然是娶人的時間。房成富這一頭就不用說了，隔山的金子不如銅，摟在懷裡才是真的。早摟一天是一天，早摟一天賺一天。他急。光禿禿的腦袋上都出汗了。其實孔素貞也急，在程度上一點也不亞於火急火燎的老光棍。但是，孔素貞的老到和自尊在這個時候體現出來了，她引而不發，微笑著，在微笑中靜靜地期待。大辮子望著房成富，說：「你說呢？」皮匠低著頭，不停地拿眼睛瞥「丈母娘」，不停地笑，不停地用大拇指的指甲蹭頭皮。皮匠說：「還是聽媽媽的吧。」大辮子差一點噴出來，這個老黃瓜，刷上了綠漆，倒裝起了嫩，八字都沒有一撇，都「媽媽」了。太肉麻了。老光棍到底是鎮子裡的人，不管裝得多麼老實，骨子裡油滑得很，就是太不要臉了。老光棍的這一聲「媽媽」真的是管用，把皮球再一次踢到孔素貞的這邊來了，孔素貞越發不知道怎樣才好了。還是微笑，可微笑卻越來越硬。大辮子試探性地說：「以我呢，也不要急，隔個十天半月的也不妨。」話說得是從容了，然而，急在裡頭。哪有嫁女兒「十天半月的」還說「不急」的呢。孔素貞終於發話了，孔素貞望著大辮子，和大辮子商量說：「三丫的身子單薄，今年就別讓她再去割稻子了吧。」這句話很能夠體現母女的情分了，體恤得很。大辮子在心裡頭掐了一遍手指頭，割早稻也就十來天的光景了。看起來三丫真的是讓孔素貞傷透了心。三丫這個燙手的山芋孔素貞可是一天都不想留了。大辮子順坡下驢，說：「我就是這麼想的。」皮匠笑了。這一次是真笑。可他的真笑比假笑還要難看，鼻子和眼睛都擠在了一起，像鞋底和鞋幫子一樣絎在了一起。

返回的水路上，房成富一直在和自己的亢奮作鬥爭。老話說，小人發財如受罪，對的。房成富的亢奮的確已經到了受罪的程度。除了盡力划槳，房成富實在也找不到表達的辦法。他壓抑得太久太久了，成了性格，成了習慣，成了活法。喜從天降自然也就成了考驗。褲襠卻安穩了，居然乖巧起來，沒有添亂，再也沒有作出強有力的反應。想必它也累了。房成富充滿了感激，他想感謝一點什麼，他一定要感謝一點什麼。就是不知道該感謝誰。是誰把三丫送給他的呢？這是一個謎。房成富找不到謎底，他為此而傷神。依照一般的常理，他房成富本來是應該打一輩子光棍的，可他偏偏就娶到了，而現在，他又將要娶第二個了。那可是一個肉嘟嘟的姑娘啊！肉嘟嘟的！房成富還能說什麼？還能說什麼？他只有自我傷害才能夠說明自己的狂喜，只有自我傷害才能夠表達這種虛空的感激。房成富對自己說：「我寧願損十年的陽壽！我情願少活十年！」就在同時，他把自己的壽命毫無根據地放大了，是九十二歲。減去了十歲，他還剩下八十二。夠了，還有得賺。老天爺，老天爺，你在哪裡？你為什麼對我這樣好？「我情願損十年的陽壽！」

房成富已近乎迷亂。看天不是天，看水不是水。心在跳，嘴巴在唱。一點都沒有留意河岸上一直走著一個人。是端方。端方尾隨著房成富的小舢板走了一路了，親眼目睹了這個鰥夫的癲狂。曠野裡空蕩得很，全是傍晚的陽光，全是傍晚的風。端方把四周打量了一遍，回過頭來，對著河裡的小舢板吆喝了一聲：

「——喂！」

房成富停住了手腳。他以為岸上的人要過河。雖說急著趕路，房成富還是讓小舢板靠岸了。他要幫助別人，任何人。房成富對著端方喊：「小兄弟要到哪裡去？」端方沒有搭腔，他從河岸慢慢走到了河邊，站在那兒，把房成富從頭到腳看了一遍，開始脫衣裳。先是上衣，後是褲子，最後是三角褲衩。這樣的陣勢特別了，這個小兄弟有意思了。端方光著屁股，抱起胳膊，跨上了小舢板。在他跨越的時候，襠裡的東西十分沉靜地晃動。房成富望著端方襠裡的東西，又大，又結實，突然怕了。想走。可已經來不及了。端方跨上來，坐下去，開始幫房成富收拾。他把能夠看見的東西一樣一樣丟在了水裡。最後伸出手去，要房成富手裡的雙槳。房成富給了他一把，端方接過來，折了，放在了水裡。還要。房成富又把另外的一把給了他，端方又折了，同樣放在了水裡。出事了。房成富知道出事了。他望著端方，腦子在迅速地盤算，沒有結果。端方說：「房成富，認識我吧？」房成富的雙手扶緊了船幫，說：「不認識。」端方說：「我可認識你。中堡鎮沒有我不認識的。」房成富說：「我哪裡對不起你過，你告訴我。」端方沒有搭理他，一個人悶了半天，笑了起來，把房成富都笑毛了。端方望著房成富，說：「三丫我睡過了。」這句話是從天上掉下來的，直接砸在了房成富的腦袋上。他瞟了一眼端方的褲襠，同樣悶了半天。房成富最後說：「沒事。沒事的。」端方提高了嗓子，說：「我有事！她是我的女人！——你不許再到王家莊來，聽見沒有？」房成富說：「我花錢了，我買了肉，酒，還有——」端方打斷了房成富，說：「我還你。我今天幫你省下醫藥費，就算清了。——要是再來，你的眼珠子會漏血，你信不信？」房成富說：「我信。」端方說：「信不信？」房成富說：「我信。」

第十二章

莊稼生長在泥土裡，然而，決定它命運的卻是天。比方說，老天爺給它多少日照，是給它暴曬，還是給它陰霾。比方說，給它多少水，是給它洪澇，還是給它乾旱。比方說，給它什麼樣的溫度，是給它酷暑，還是給它嚴寒。這些都是關鍵，直接關係到莊稼最後的收成，甚至，關係著莊稼的死活。還不只是這些。老天爺如果不給面子，莊稼們會生病，就說稻子吧，會得「紋枯病」，好端端的一棵秧苗，就是不抽穗，最終什麼都不是了，成了草。莊稼還會長蟲子，那些瘋狂的、蠻不講理的蟲子把莊稼的枝葉或漿汁當成了牠們的大餐，牠們搶在你的前面，把你的穀物統統吃光，統統喝光。最後，你收回去的僅僅是癟子——這些都是「天」的厲害。然而，毛主席發話了，人定勝天。乾旱算什麼？洪澇算什麼？幾個蟲子又算什麼？要掃除一切害人蟲，全無敵。

消滅蟲子與病災的工作交給了農藥。水稻有紋枯病麼？那好吧，那就來點「葉棵淨」。「葉棵淨」是專治紋枯病的良藥，可以說藥到病除。麥苗生蚜蟲了？可以用「二三乳劑」去對付。棉花有棉花的辦法，灑一點「樂果」，實在不行了可以用「蚨喃丹」。當然了，最劇烈、最有效的農藥還是「敵敵畏」，它有極好的廣譜性，不管你是什麼莊稼，不管你是什麼病，不管你是什麼蟲子，只要你是「敵人」，敵敵畏——這是一個所有的「敵人」聞風喪膽的名字——絕對叫你屁滾尿流，死無葬身之地。

三丫手裡端著的正是「敵敵畏」。她要消滅的不是病蟲，而是她自己。用「敵敵畏」殺死自己，是企圖尋死的鄉村女人或鄉下姑娘們最新的創造。比起投河來，比起上吊、跳井、撞牆、剪氣管、抹脖子來，喝農藥利索多了，也科學多了，一句話，省事多了。是時代的一個進步。三丫喝農藥的時間是在中午，吃中飯的時候。孔素貞剛剛把碗筷放在飯桌上。大貴坐下來了，紅旗也坐下來了。孔素貞突然聞到了一股不好的氣味。鼻孔吸了兩下，是農藥。農藥的氣味鬼祟得厲害，像會飛的蛇，在屋子裡到處吐舌頭。孔素貞放下勺子，心裡頭突然有些陰森，四下看，三丫的房門是掩著的。孔素貞喊了一聲：「丫！」孔素貞立即又補了一聲，「丫！」躡手躡腳上去了，推開來，一下子愣住了。三丫正站在床邊，手裡頭拿著一隻瓶子。三丫沒事一樣端詳著瓶子上的骷髏，骷髏沒有眼睛，沒有鼻子，沒有嘴，有的只是黑色的、深邃的洞。一共是五個。而嘴裡的每一對牙齒都十分地對稱，安安靜靜地咬牙切齒。看起來三丫已經端詳了一段時間了，終於好了。她把瓶口對準了嘴巴，一骨碌仰起了脖子。孔素貞還愣在那裡，都沒有來得及叫喊，卻已經撲上去了。孔素貞一把打開了三丫手裡的藥瓶。藥瓶掉在地上，破碎了。藥瓶的爆炸聲遠沒有想像中的那樣恐怖，甚至還有些悶。只是飛到遠處的碎片悠揚得厲害。而農藥的氣味喪心病狂了。會飛的蛇即刻變粗了，變長了，成千上萬，黏呼呼的，塞滿了屋子。孔素貞一拍屁股，跳到了一個不可思議的高度，這才喊了一聲：「肉！肉！我的肉哎——！」

王大貴背起三丫就往合作醫療跑。他的急促的腳步差不多就是一個熱情洋溢的宣傳員，一路狂奔，一路吶喊。一眨眼，王家莊喧鬧起來了。王家莊本來是安靜的，王家莊本來是闃寂的，似乎一直在等待著「事件」，一直預備著「事件」的發生。現在好了，「事件」到底來了，寂靜一下子打破了，石破天驚。消息就是命令，也就是喘口氣的工夫，所有的人都衝出了家門，他們在跑。許多人都在咀嚼，許多人的手上都還握著碗筷。他們衝到了孔素貞的天井，當然，撲空了。他們憑藉著豐富的經驗，憑藉著對事態的發展無與倫比的判斷，直接向合作醫療衝鋒而去。在孔素貞的家與合作醫療之間，一路雞飛，一路狗跳。王家莊沸騰了。人們堵在合作醫療的門口，視窗，竭盡全力去搶占最為有利的地形。為了能夠搶占最佳的視覺角度，一個制高點，一些人甚至都爬到樹上去了。最後出場的當然是最關鍵人物，是興隆。人們在給他讓路。興隆一邊走，一邊捲袖口。到了進門的時候，他的袖口差不多也捲好了。合作醫療的小屋裡全是人，密不透風，幾乎都沒法轉身。興隆說：「把人抬到外面去。」莊稼人都是熱心人，大夥兒在搶，七手八腳，一起把三丫架到門外，放在了地上。

現在，屋子裡只剩下興隆了。他用肥皂反覆地在水裡搓手，他要為三丫做好洗胃的肥皂水，滿滿的一大盆。最終，肥皂水做好了，興隆端著盆子蹲在三丫的面前。三丫緊閉著眼睛，緊咬著牙關，不鬆口。從三丫堅決的樣子來看，大夥兒以為興隆要用筷子撬三丫的牙齒了，沒有。興隆有興隆的辦法。他在縣裡頭學過的。興隆叫人把三丫的腦袋摁住，左腿摁住，右腿摁住，左胳膊摁住，右胳膊摁住，三丫一點都動彈不了了。到了這個時候，興隆捏緊了三丫的脖子，不讓三丫吸氣。然後，一鬆手，三丫的嘴巴突然張大了。興隆拿起預備好了的樹枝，準確地塞到三丫的牙齒中間，這一來她的牙齒就再也咬不起來了，嘴巴當然也就閉不嚴實了。興隆沒有立即就灌，而是捏緊了三丫的鼻子。這一點是十分重要的。只要把三丫的鼻子捏緊了，她的呼吸就只能依賴嘴巴了。為了呼吸，她就必須把嘴巴裡的肥皂水嚥下去，有多少就嚥多少。飽了為止。興隆有條不紊地，一轉眼就灌下去半臉盆。四周裡鴉雀無聲，人們在心裡讚嘆興隆的手藝，讚嘆興隆救死扶傷的鎮定。三丫被灌飽了，激動人心的時刻終於來到了，三丫再也不能躺在地上裝死了。要知道，她的肚子裡裝的可都是肥皂水呀，萬般地噁心。雖說還閉著眼睛，但身子坐了起來，剛直起上身就開始狂嘔。聽上去她的五臟六腑全是水，嘩啦啦地噴湧出來了。黑壓壓的人群後退了一步，鬆了一口氣。興隆用他的指頭在地上摳了一塊嘔吐物，伸到孔素貞的面前，讓孔素貞聞聞。這一點至關重要，肚子裡的農藥多不多，氣味濃不濃，這才好確定下一步的措施。孔素貞沒有聞，卻伸出了舌頭，舔了一塊，把嘔吐物含在了嘴裡。這種時候孔素貞哪裡還敢相信自己的鼻子，女兒的性命全在這兒呢，她只肯相信舌頭。但孔素貞什麼也沒有嘗出來，自己就吐了。孔素貞又嘗了一次，這一次確鑿了，反而更害怕了，沒有農藥的味道，一點都沒有。照理說她的心中應當充滿驚喜才對，孔素貞卻沒有，直愣愣地望著興隆，不知所以。只能讓男將王大貴接著嘗。

端方來到合作醫療的時候大門口早已是水洩不通。全村的人差不多都齊全了。沈翠珍倒是一個例外，來了，卻沒有擠到人堆裡去，一直站在最週邊的路口。她有她的心思，她在等待端方。只要端方一出現，趕緊得把他拖走。在這種時候，端方不能出現在這種地方，是非之地不可留哇。沈翠珍最擔心的事情還是發生了，端方，他來了。沈翠珍什麼也沒說，一把就把他拽住。可是，端方的臉已經黑了，完全是六親不認的樣子，哪裡還能拽得住。端方直接往人縫裡擠，附帶把他的母親也帶進來了。端方的到來幾乎沒有引起任何人的注意，然而，他的力氣實在是太大了，完全依靠胳膊的力量十分蠻橫地推開了一條道路。人群裡一陣騷亂，端方來了。端方究竟來了。這個消息在混亂而又嘈雜的人群裡以最快的速度傳播開了，黑壓壓的人群頓時安靜下來。這樣的安靜有它的潛台詞，說明現場的每一個人對端方和三丫的事情早已是心知肚明。人們完全有理由把嘴巴閉上，靜觀事態何去何從。

烈日當頭。人山人海。端方來到人群的最中央，在三丫的身邊蹲下來了。還好，三丫還是活的。端方的心裡立刻就鬆了一口氣。端方把一隻手搭在興隆的肩膀上，問：「有救麼？」興隆把嘴巴一直送到端方的耳邊，小聲說：「發現得早，可能農藥還沒有下肚。」這個消息對端方來說簡直就是絕處逢生，具有感人至深的力量，足以把端方擊垮了。端方緊抿著嘴，點頭，不住地點頭。端方在興隆的肩頭重重地拍了兩下，騰出手，搭在了三丫的額頭上。這個舉動駭人聽聞了，這個舉動意味著他和三丫的祕密全部公開了，整個王家莊都看在了眼裡。端方輕輕地呼喊了一聲：「三丫。」三丫閉著眼，想睜開，但是，天上的太陽太毒了，三丫睜不開。但是，她全聽見了。是端方。她伸出手去，在半空中，軟綿綿的，想抓住什麼。端方一把抓住了。這就是說，三丫一把抓住了。軟軟的，卻又是死心塌地地抓牢了。三丫的五根手指連同胳膊連同整個身體都收縮起來，把端方的手往胸口上拉，一直拉到自己的跟前，摁在了自己的胸脯上。三丫的舉動驚世駭俗了，可以說瘋狂。在三丫死後的四五年之後，王家莊的年輕人在熱戀的時刻都能夠記得三丫當初的舉動，這是經典的舉動，刻骨銘心的舉動，不祥的舉動，是死亡將至的前兆。而在三丫死去的當天，王家莊的社員同志們是這樣評價三丫的：這丫頭是騷，死到臨頭了還不忘給男人送一碗豆腐。

孔素貞雖說瘋狂，但端方的一舉一動還是收在眼底了。應該說，在這樣的時刻，端方有情有義了。就衝他現在的這副樣子，孔素貞原諒了他了。這孩子，恨他恨不起來的。一抬頭，目光正好和沈翠珍對上了。兩位母親的目光這一刻再也沒有讓開，就那麼看了一會兒，再也說不出什麼來了。

端方從地上抱起三丫，他要把三丫抱進合作醫療。端方瘋了，一邊走，一邊踢。這個時候誰要是擋了端方的道，那眞是要出人命的。端方只把興隆、大貴和孔素貞放進來了，別的人則統統堵在了外面。紅旗也想進來湊個熱鬧，被端方攔住了。紅旗大聲說：「是我的妹妹，關你什麼事？」端方想了想，還是把他放進來了。端方操起一把剪刀，塞在紅旗的手上，關照說：「誰進來就戳誰！」紅旗站在門口，轉過身來，第一次擁有了淩駕於衆人之上的感覺，關鍵是，他明確地擁有了端方這樣的靠山，揚眉吐氣了。紅旗的樣子頓時變得很凶，吼巴巴的。叉起腰，是一夫當關萬夫莫開的氣勢。

利用孔素貞給三丫擦洗的工夫，端方和興隆在做緊急磋商。到底要不要把三丫送到鎮上去，這是擺在他們面前的首要問題。三丫的嘔吐物裡面沒有半點氣味；瞳孔一直也沒有放大；呼吸雖說急促，但是，並沒有衰弱的跡象——也許只是虛驚一場，這些都是好的一面。可是，壞的一面誰也不好預料，誰也不知道下一步究竟是怎樣的一個局面。人命關天，賭不起的。爲了預防萬一，興隆還是搶先給三丫注射了阿托品，隨後吊上了吊瓶，左右開弓：一瓶生理鹽水，一瓶葡萄糖。無論如何，這樣的措施是必不可少的。即使送鎮醫院，起碼也爭取了時間。畢竟是十多里的水路呢。

事態到了這樣的光景，說簡單其實也簡單，只要三丫開口就行了。她到底喝了沒有，一句話就有了答案，哪怕點一下頭，搖一下頭，下面的事情也就好辦了。可是，任憑孔素貞怎麼問，怎麼求，三丫不開口，還閉緊了眼睛，一副死豬不怕開水燙的樣子。孔素貞就差給女兒跪下來了。你這是跟誰強呢我的小祖宗哎！

三丫沒有喝。一滴都沒有。她是不會喝的。死其實很容易，哪一天不能？只要到房成富眞來帶人的那一天，確定端方絕了情，再死也不晚。就算喝不上農藥，還能上吊，就算不能上吊，還能跳河，就算不能跳河，撞牆總是可以的了。你看不住的。你不能把天下所有的上吊繩都藏起來，你不能把大地上所有的河流都蓋起來。你沒那個能耐。三丫這一次喝藥是假的，她如果眞的要死，輪不到孔素貞衝進來，輪不到興隆在這裡灌肥皀水。她是做給別人看的，最關鍵的是，她要做給端方看。她要端方看見她的心。她要看看自己死到臨頭的時候端方會做些什麼。她還要做給她的母親看，你一定要我嫁，我就一定死，沒商量。可端方來了，當著所有的人，沒有畏懼，他來了。這才叫三丫斷腸。看起來，他的心中有三丫的。就算是眞的死了，値。三丫的悲傷甜蜜了，三丫的淒涼滾燙了。她就想說，端方，娶我吧，啊？你娶了我的這條卑賤的小命吧，啊？

但三丫是不會開口的，她什麼都不會說。無論是什麼事，她做得來，卻說不來。孔素貞都已經瘋了，她死死地抓住了三丫的手，不要臉面地嚎叫：「三丫，告訴我呀，告訴我，你到底有沒有喝？」三丫閉著眼睛，就是不開口。她不能開口。她要是說出了實情，那她就是「假死」了。「假死」太丟人了。全王家莊的人都是來看你死的，眼淚都預備好了，你卻沒有死，你對得起誰呢？現眼了，會給別人留下一輩子的話把子。有一件事情三丫是知道的，四五年前，高家莊的高紅纓就是這樣丟了性命。高紅纓和一個海軍戰士談戀愛，被人家甩了，要逼對方，就喝藥。禁不住醫生灌腸，高紅纓就招供了，「沒敢嚥下去」。高紅纓的頭從此就再也沒有抬得起來。比方說，村子裡有人要做鞋，需要鞋樣子，刁鑽的女人就會說：「去找紅纓哎，人家會『做樣子』。」這樣的話哪一個姑娘能承受得起？高紅纓最後還是投井了。直到高紅纓的屍體堵在了井裡，高家莊的嘴巴才放過了她，用磅礴的淚水與飛揚的鼻涕給紅纓送了終。

商量的時間很短，結果出來了。端方說：「送中堡鎭。」端方斬釘截鐵了，說：「立即就送。」

三丫平躺在凳子上，清清楚楚地聽到了端方的決定。眼淚從眼角下來了。直到這個時候，三丫的眼淚才淌下來了。三丫不能說話，骨子裡是想到鎮上去的。不管是「眞死」還是「假死」，一送到鎮上去，性質就完全不一樣了，那三丫就是被醫生「救過來」的人了。這一來就再也不怕別人說閒話了。還有一層，正好給姓房的皮匠看看，你想娶，好，你就娶一具屍首回來吧。一嚇，說不定他也就主動退了。三丫想，想來端方還是知道自己的心思的，他這是給自己鋪台階了，好讓三丫下來。三丫就覺得自己這一輩子也不能沒有端方，越發地傷了心。

端方命令紅旗扛來了大櫓，自己則背上三丫，叫上興隆，匆忙上船了。王大貴不放心，想往船上跨，孔素貞卻拽住了。雖說驚慌，孔素貞畢竟是個明白的女人，多多少少看出了一些苗頭，多多少少放心了。看起來自己眞是急糊塗了，還在這裡呼天搶地地問自己的女兒，讓女兒怎麼開得了這個口呢。當然要送中堡鎮。翠珍哪，你的前世是怎麼修的？生出了這樣的一個兒子來。你死了一次男將，卻得到了這樣一個兒子，這是佛祖可憐你了。翠珍哪，別怪我老臉皮厚，改天我到你的面前去，我給你跪下，我給你磕頭。人生一世，草木一秋，由著他們吧。你發發慈悲，由著他們，啊？

上了船興隆才想起來，生理鹽水和葡萄糖都忘了帶了，一路上要用的。紅旗很積極，搶先說：「我去！」興隆就讓他去了。紅旗笨手笨腳，用他的上衣把生理鹽水和葡萄糖裹在懷裡，跌跌撞撞回到了船上。要是細說起來，生理鹽水和葡萄糖都不是藥，沒什麼用。但是，對於服毒的人來說，意義可就大了。畢竟是十來里的水路呢。還有一點，作爲一個赤腳醫生，興隆懂得一個最基本的道理，在事態重大的時候，給病人吊上水，對病人和病人周圍的人來說都是一個極其重大的安慰。從這個意義上說，吊和不吊完全不一樣了。吊瓶懸掛在那兒，給人以科學、安全、正規、有所寄託、有所展望的印象，是救死扶傷的印象。

端方和興隆在拚了命地搖櫓。紅旗則歪在船艙，仰著頭，望著吊瓶。吊瓶裡有意思了，有氣泡，一串一串的，彷彿魚的呼吸。如果這樣的氣泡出現在池塘，下面必定有魚，是鯉魚，這一點紅旗是可以肯定的，二三斤的樣子。依照紅旗的經驗，肯定不會是鰱魚，鰱魚的嘴巴大，性子急，遠不如鯉魚那樣安定，所以，它的氣泡就不是這樣。紅旗幾乎已經看到那條鯉魚了，順著氣泡往下找。他的目光經過瓶頸、滴管，最後落實到了三丫的手臂。原來不是魚。紅旗望著三丫的手，突然想起來了，長這麼大他還沒有吃過藥呢，還沒有打過針呢，更不要說打吊瓶了。打吊瓶，這實在是一件可望而不可及的事情，不知道是怎樣的福，紅旗沒享過。是甜的，還是酸的？是辣的，還是鹹的？紅旗一點把握也沒有。紅旗歪在中艙，想著他的狗頭心思，慢慢地，在大太陽的底下睡著了。

老實說，興隆不是看在三丫的臉面上，而是卻不過端方的情面才上路的。作爲一個醫生，他不好把話說死了，其實，有數得很，三丫不礙事的。她嘔吐出來的氣味在哪兒呢。如果不是三丫這樣折騰，這會兒他一定上床了，睡覺了。他只能指望中午的這一覺了。夜裡頭一分鐘也別想睡。這些日子父親的動靜越鬧越大、越鬧越嚇人了。剛剛上完了吊，頭上的傷是好了，可別的動靜又來了。大白天他是蔫著的，沒什麼事。一到了夜裡，嚇人了，他的精神頭來了。拿著一把手電，到處照，到處找。嘴裡頭還念叨。天井裡照一照，床底下照一照，門後面照一照，笆斗裡照一照，打開站櫃的門，再衝著站櫃的裡頭照一照。而到了下半夜就更嚇人了，一次又一次地起來，沿著屋頂上的屋梁，一根一根地照過去。就像電影裡頭日本鬼子的探照燈似的。夜深人靜的，那些陳舊的木梁和椽子是不能照的，一照就有了特別的氣氛，有了恐怖的跡象，不害怕也害怕了。他照什麼呢？他找什麼呢？也不說。

後來的情形就更壞了，不僅照，另一隻手上還要拿著一把刀。這一來就殺氣騰騰的了。不是老魚叉殺氣騰騰，不是的。是家裡頭有一樣東西對老魚叉殺氣騰騰，他要防範，護住自己。這一來家裡頭就有了一樣「東西」，這個「東西」殺氣騰騰的，躲在某一個地方，要對老魚叉下手。這日子還怎麼過呢。就說昨天夜裡，好好的，老魚叉把他的手電筒照到興隆的臉上來了。多虧了興隆眼疾手快，一把奪過了老魚叉的手電筒，反過來照亮了老魚叉。老魚叉受到了意外的驚嚇，直哆嗦，手一軟，菜刀掉在了地磚上。深更半夜的，突如其來的，菜刀在地上顛了四五下，你說嚇人不嚇人？老魚叉的臉在手電筒的照耀下變得無比地猙獰，僵在那兒，懸浮在半空。兩邊的腮幫子也凹陷下去了，眼角的皺紋纖毫畢現，幾乎就是一個剛剛從地窖裡鑽出來的魔鬼，而瞳孔裡的光早已經開了叉，藍幽幽的，發出又畏懼、又凶惡的光。因爲畏懼和兇惡，炯炯有神。眞是又可怕，又可憐。老魚叉囁嚅著下嘴唇，問興隆：「你是誰？」興隆跨上去一步，踩著菜刀，把手電筒反過來了，照亮了自己的臉龐，說：「爸，我是興隆，興隆啊。」老魚叉定定地望著他的親兒子，下巴一會兒轉到左邊去，一會兒又轉到右邊去，認出來了，是興隆，是他親生的兒子。老魚叉一把抓住了興隆的胳膊，說：「興隆，家裡藏著人！家裡頭有人哪！——趕快抓住他，把他劈了！」老魚叉的話把興隆弄得寒毛直豎，卻不敢亂，只能加倍地鎭定，說：「家裡哪兒有人？啊？連一隻老鼠也沒有哇。」老魚叉急了，非常急，咬緊了牙關，腦袋咬得直晃，口齒含糊地、卻又十分堅決地告訴興隆：「有。家裡頭有人！」

作爲一個赤腳醫生，興隆不知道自己的父親到底得的是什麼病。眞是羞於啓齒。說他瘋了吧，他沒有。天一亮，他就安好了，太太平平地坐在角落裡，說話、辦事都有他的步驟，說明他的腦子沒壞。說他沒瘋吧，也不對，深更半夜的他就是覺得自己的家裡「有人」，躲在床底下，躲在箱子裡，躲在牆縫裡，躲在屋梁上，躲在籮筐裡，躲在鍋裡、碗裡，躲在鞋裡，甚至，躲在他自己的耳朵裡、屁眼裡。總之，躲在一切幽暗的，難以被陽光照耀的地方。興隆眞是一點辦法也沒有，你有天大的本事你也不能叫太陽不下山吧。東方一定要紅，太陽一定要升，這不是三年五年才來一次的事情，更不是十年八年才來一次的事情，它一天一次，年年有，月月有，天天有！誰也擋不住。眞是要了人的命了。

老魚叉沒有病，要說有，哪只能是「夜病」？他的病就這樣和「黑夜」捆綁在一起了，成了黑夜的一個部分，和黑夜一樣無頭無緒，和黑夜一樣無邊無際，和黑夜一樣深不見底。這個病對老魚叉來說是致命的，對興隆來說夜一樣地致命。只要天一黑，家裡的那個「人」就變得非常巨大，空闊，浩瀚，同時又非常細微，幽密，一句話，無所不在，無孔不入，如影隨形。——可是，這個「人」到底是誰呢？他是誰？老魚叉不說。興隆問過無數遍，老魚叉就是不說。興隆堅信，只要把「那個人」問出來，天就亮了。父親的病就好了。好幾次興隆想嚴刑逼供，他做好了老虎凳。但是，興隆忍住了。不敢。對父親，他還是怕。老東西的手有多毒，興隆和他的哥哥是一路領教過來的。興隆就沒見過比自己的父親還要六親不認的人。除非把他打死。打不死，他一旦緩過氣來，一準能要你的命。還有一點興隆也沒有把握，用老虎凳來對付自己的父親究竟有沒有用？興隆沒把握。知父莫如子。老魚叉這個人興隆是知道的，他有亡命的氣質，磅礴的血性，越挫越勇。你問不出來的。越打，他越強。越疼，他越是守口如瓶。弄不好就收不了場。——這可怎麼辦呢？一天一天的，一家子的人誰也耗不起呀！

興隆眞的是睏得厲害。他只想像紅旗那樣，平躺在船艙裡，好好地睡上一個囫圇覺。五分鐘也是好的。興隆不能。主要是不好意思。好歹是在救人，他一個醫生，睡在病人的旁邊，要天打五雷轟的。那就閉上眼睛吧，手腳可是一點都不敢鬆。

紅旗已經醒過來了，他端詳著桅杆上的吊瓶，已經是好大的一會兒了。他在等。他在等這一瓶的鹽水乾淨了，好親手換一次吊瓶，過一把赤腳醫生的癮。這樣的機會是不多的。也許就只有這一回了。

三丫的不安就是在紅旗換上吊瓶之後出現的。興隆並沒有在意。三丫突然動了。動了幾下，似乎是不好意思打攪端方和興隆，又安穩了。後來三丫輕聲說：「端方。」端方也沒有聽見。等端方聽見的時候，三丫的表情已經相當地痛苦了，眉眼和嘴角都變了形。情勢急轉直下，三丫的狀態說變就變。端方一下子發現三丫的嘴唇烏紫了，嘴直張，張得極其大。端方失聲喊道：「興隆！興隆！」而三丫的小肚子卻開始打挺了。她的嘴巴就那麼張在那裡，一口氣就是上不來。只能拚了命地瞪眼睛，瞪得很大，很圓。嘴裡似乎也銜了一樣東西，是一句話，是一句什麼要緊的話，想說，說不出來。端方跳上去，一下子就把三丫摟住了，感覺到三丫正在努力，是最後的一絲力量。這股力量全部集中在三丫的腹部。她反弓起背脊，在往上頂，全力以赴。她渴望頂住什麼。可她的眼神似乎頂不住了，有了妥協和放棄的跡象，在望著端方。那是最後的凝望。顯然，三丫已經竭盡了全力，身子鬆了一下，就一下，全鬆了。最終落在了端方的胳膊上。

驕陽似火。三丫的身子卻冷了，火焰一樣的陽光也沒有能夠改變這樣的基本局面。端方一直把三丫摟在自己的懷裡，兩隻眼睛癡癡的，不知道朝哪裡看才好。他的目光最終停留在滴管上，順著滴管，端方的目光爬了上去，一直爬到吊瓶。端方望著吊瓶，突然卻把三丫放下了，直起了身子。他把吊瓶從桅杆上取下來，看仔細了。是汽水。端方拿著吊瓶，開始喘，喘了半天，這才想起來拿眼睛去尋找興隆。沒想到興隆早已經盯著端方了，端方的眼睛紅了。興隆後退了一步，胳膊和下巴全掛下了，也在喘。小船停下來了，漂浮在河的中央，後面掛著一條大櫓，水面上安靜得一點漣漪都沒有。紅旗望著他們。端方盯著興隆，興隆也盯著端方。只是喘。紅旗不知道究竟發生了什麼，紅旗永遠不會知道了。最後還是端方先有了動靜，他伸出胳膊，把吊瓶敲碎了，丟在了河裡。一個，又一個，咣叮咣噹的，全部丟在了河裡。興隆的兩條腿一軟，「咕咚」一聲，癱在了船板上。

下卷

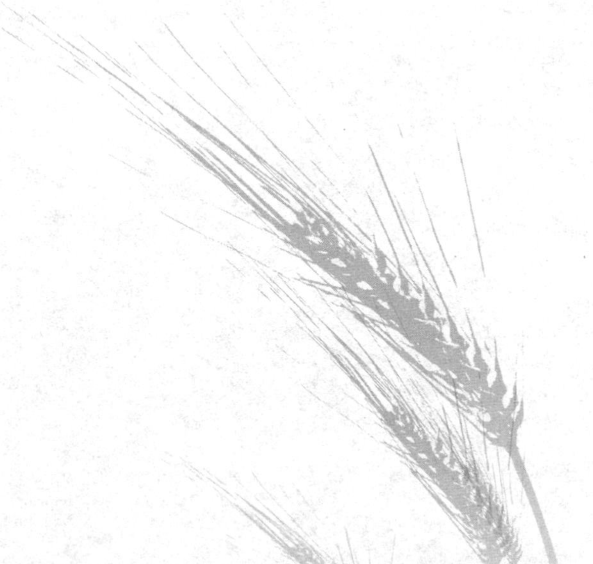

第十三章

對於具體的當事人來說，死亡是一個深不見底的黑洞，在任何時候，面對它都是困難的。可是，如果你把空間放大一下，你馬上就會釋然了，正如王家莊的人們所說的那樣，哪一天不死人呢？還是毛澤東主席說得好，他教導我們說：「死人的事是經常發生的。」史達林同志說得更好，他在談論起陣亡的死亡將士的時候說：「死亡就是一個統計資料。」一個資料，的確是這樣。三丫死了，王家莊的亂葬崗多了一個墳包，別的就再也沒有什麼了。

三丫的命不好，真的不好。活著的時候都那樣了，不說她了。死了，照理說不該再有什麼了。可她的喪事就是辦得沒有一點樣子，連一點喪事的樣子都沒有，喜氣洋洋的。出殯的時辰是在下午，大夥兒挺悲痛的，一起圍著三丫的屍體，念叨她的好。誰能想得到王家莊熱鬧起來了呢。三丫的屍體還沒有入殮，王家莊的雞、鴨、鵝、狗、貓、豬、馬、騾、牛、羊、兔、驢、鼠一下子出動了，熱鬧了。其實是有徵兆的，一大早就有了跡象，誰也沒有留意罷了。大清早最早撒歡的是那些母雞們，牠們並沒有下蛋，可牠們像生了龍鳳胎的女人，大呼小叫的，撒嬌了。而那些公雞就更可笑了，牠們平白無故地拿自己當成了雄鷹，企圖在藍天與白雲之間展翅翱翔。牠們蠢笨的翅膀無比地賣力，想飛，又飛不高，就從地面跳到圍牆上去，再從圍牆跳到屋頂上去，再從屋頂跳到樹梢上去。牠們在樹顛上，像巨大而陌生的鳥。雞一飛狗就跳了，這個是不用說的。狗一跳，動靜大了，天上飛的，地上走的，水裡游的全部出動了。牠們雄赳赳，一個個伸長了脖子，還挺起胸膛，用自己的嘴巴當武器，對著沒有危險的前方慷慨赴死。牠們沒有仇恨，卻義憤填膺，好像真理就在前方，等待牠們去誓死效忠。牠們飛騰、吼叫，團結一心，衆志成城。而那些家畜和牲口顯然得到了鼓舞，到底撂開了蹄子，齜著牙，還咧嘴，一副情欲難耐的樣子，像發情了，騷得不行，就渴望交配。可是，當牠們掙脫了韁繩，一公一母相互打量的時候，愣住了，水汪汪的眼睛迷惘得要命。牠們沒有情欲。公的並沒有勃起，而母的也沒有紅腫。怎麼辦呢？不知道了。只能叫，只能跳。活受罪了，是守著活寡的樣子。

三丫的屍體就是在這樣亂糟糟的場景下面搬出了家門。所有的人都很納悶，今天到底是怎麼了的呢？沒想到更大的事情還在後頭——水裡的魚蝦也折騰起來了。起初的水面還是好好的，平整如鏡，偶爾也只是一兩個水花。接下來卻不一樣了，水花越來越多，越來越大。人們走到河邊，嚇了一大跳，岸邊的水面全是魚的嘴巴，白花花的，卻又是黑乎乎的，一張一閉，彷彿水鬼在召喚。還有蝦。牠們青黑色的背脊一溜一溜地貼著水面，腦袋一律對著河岸，長長的鬚漂在那兒，密密麻麻，看得人都起雞皮疙瘩。而許多大魚居然漂上了水面，牠們躺著了，白色的大肚子一閃一閃，已經失去了力量，失去了牠們神祕、優雅而又雍容的姿態。——這可是魚啊！有人又跳進了水中。榜樣的示範作用徹底地體現出來了，更多的人跳進了水中。到了這個時候，不只是家禽、牲畜和水裡的魚蝦瘋了，人也瘋了。消息很快就傳遞到送葬的隊伍裡來了，有人撈出了魚，有人撈到了蝦，用「捷報頻傳」來說一點也不爲過。捷報傳來，送葬的隊伍一下子喧譁起來，熱鬧了，鬆了，眨眼的功夫就溜掉了一大半。到後來，差不多走光了。他們在哪裡呢？在河裡。這可是從天而降的外快，錯過了那可不是傻×麼。要知道這可不是按勞分配，而是按需分配，想撈多少就撈多少。誰也沒有料到共產主義就這樣實現了。

哀傷被鯉魚、鰱魚、鯽魚、鯿魚、鯰魚和蝦取代了。人們忘了，三丫還在下葬呢。可話也要說回來，不能因爲三丫下葬其他的人就不過日子。人們的心情好得要命。尤其是孩子。到了黃昏，河面上又漂上來一些魚，但是，人們不要了。夠了。這個傍晚的炊煙眞是出格地嫵媚，無比地輕柔，婀婀娜娜。伴隨著夜色的降臨，紅燒與清蒸的氣味蔓延開來了，很鮮，在廚房、天井、豬圈、草垛、巷口和晚霞的邊沿飄蕩，籠罩了王家莊。盛大的魚蝦晚宴開始了。人們在吃魚。人們依靠嘴唇與舌頭的精妙配合，把魚肉留在了嘴裡，而把魚刺剔在了外面。就在家家戶戶吃魚的時候，王家莊突然響起了笛子的聲音。笛子到底是笛子，俗話說得好，「飽吹笛子餓吹簫」，一語道破了笛子和簫的區別。簫是淒涼的，它千迴百轉，哀傷，幽怨，不如意，一腦門子心思，是吃不飽肚子的窮酸秀才們喊冤的方式，自艾自憐了。笛子不一樣，笛子飽滿，激越，悠揚，有充沛的吐氣，體現出酒足飯飽的氣象，盪氣迴腸。誰會在這樣的時刻不好好吃魚，跑出來吹笛子呢？當然是王大貴了，氣息和指法都在這兒呢，聽得出來的。

王大貴吹的是「我爲公社送公糧」。這個曲子有它的難度，氣息要飽滿不算，關鍵是指法，有一大串忙碌而又豪邁的跳音。想想看，家裡的糧食多得吃不完，趁著陽光明媚，秋高氣爽，趕著馬車把糧食往公社裡送，這樣的喜悅和自豪顯而易見了，一定是人歡馬嘶，手舞足蹈，不用跳音不足以說明問題，不足以說明廣大社員對公社——也就是「國家」——憨厚的、癡迷的、一竿子到底的、無條件的愛。王大貴在吹，說得高級一點，在演奏。他拚了命地吹，竭盡了全力。因爲用力過猛，好幾次都失聲了。可以想見，他的十個手指頭這會兒正像撲燈的飛蛾，啪啦啪啦地顫動。王大貴肯定是在用他的曲子送他的女兒了，希望三丫到了陰間好好勞動，不要忘記了送公糧。既然大貴賣力氣，那就聽著吧。挺好聽。一邊吃魚，一邊納涼，一邊聽曲子，這樣的好日子哪裡有？今天是個好日子，千年的光陰不能等，今天明天都是好日子，趕上了盛世咱享太平。誰能想到王家莊會有今天？誰也想不到。王家莊就是天堂。

但王家莊到底不是天堂。王家莊只是王家莊。就在當天的夜裡，在凌晨，所有的人都還流淌著口水、沉浸在睡夢中的時候，大地突然變成了水，波動起來了。波動起來的大地再也不像平日裡那樣厚實了，一下子柔軟得要命，嬌氣得很，像小嫂子們的肚皮，十分陶醉、十分投入地往上拱。這一拱，王家莊就醒了。即刻明白了過來，地震了。但只是一會兒，令人陶醉的波動順著大地的表面去了遠方，「嗖」地一下，去了遙不可及的地方，再也無跡可求。人們衝出了房門，不少社員順手操起了鋤頭和扁擔。他們在等，等它再來，他們要和地震作最後的搏鬥，有種你就再來。而那些睡得太死的莊稼人並沒有感受到大地迷人的扭動，他們黑咕隆咚地站在地上，心裡頭只有遺憾，反而憧憬起來了。他們最大的願望就是大地能再波動一次，他們就是想看一看大地是如何像小嫂子的肚子那樣不要命地往上拱的。

人們徹底失去了睡意。在漆黑的夜裡，他們扶著釘耙，還有鋤頭。他們開始討論了。王瞎子已經出現了，在這樣的時候怎麼能少得了王瞎子呢？王瞎子四處走動，對他來說，黑夜和白天是一樣的，反而方便了。王瞎子到處發表他的權威性的看法。就在天快亮的時候，高音喇叭突然響了，溼漉漉的凌晨傳來了吳蔓玲的聲音，她的聲音在霧濛濛的水氣中特別地洪亮。吳蔓玲的講話時間並不長，提綱挈領，主要表達了三點意思。第一是警告。她警告了王家莊的敵人，不要在這個時候輕舉妄動，那將是徒勞的；第二則是祝賀。吳蔓玲熱情洋溢地告訴王家莊的社員同志們，他們在與地震的戰鬥中已經取得了「偉大的勝利」。最後，吳蔓玲從全局出發，對抗震工作做了全面的展望，她告訴王家莊的社員同志們，他們將取得一個又一個偉大的勝利，也就是從勝利走向勝利。而最後的勝利屬於誰呢？當然是王家莊。

和以往一樣，吳蔓玲在高音喇叭裡說得最多的其實只是一樣東西，那就是「勝利」。吳蔓玲這樣說，顯然帶有王家莊的特色了。要是細說起來，王家莊可能是這個世界上最癡迷勝利、最渴望勝利的地方了。王家莊什麼都可以沒有，什麼都可以不要，就是不能沒有勝利。勝利是王家莊的命根子。吃的，穿的，喝的，這些東西都很要緊。然而，在勝利面前，這些東西就次要了，它們是附帶的。人們要吃，要喝，要穿，首先是因爲勝利就在前面。你不吃不喝，你就走不到那裡去。同樣，你光著屁股，走到勝利的面前你也不體面。「勝利」是什麼？勝利就是結果。反正什麼事情都是有結果的，這就等於說，在王家莊，什麼事情都可以導致勝利。因爲經歷的勝利太多了，王家莊在勝利的面前自然就表現出了麻木的一面。但這麻木不是一般的麻木，骨子裡是大氣，有了恢宏的氣度。

接下來王家莊才知道，眞正地震的可不是王家莊，而是一個叫唐山的地方。是中央人民廣播電台的「各地人民廣播電台聯播節目」把這個消息告訴王家莊的。中央的消息把地震這件事推向了高潮，某種意義上說，中央的消息同樣把地震這件事帶向了尾聲——這件事和王家莊沒什麼關係嘛。但接下來的問題來了，唐山在哪兒呢？這件事傷腦筋了。王家莊沒有一個人知道，連王瞎子都不能確定。王瞎子倒是抬起頭來了，拚了命地挑眉毛，用他並不存在的眼睛對著遠方眺望了好半天，最後很有把握地說了這樣一句話：

「很遠。非常遠。」

王家莊的人們知道了，唐山「很遠」。唐山「非常遠」。

「遠」是個好東西。在地震面前，「遠」是一個再好不過的東西了。「遠」了安全。「遠」有一個好處，它不可企及了，變成了夢。一不疼，二不癢。誰聽說夢「疼」了？沒有。誰聽說夢「癢」了？沒有。「遠」還有一個好處，它使事實帶上了半真半假的性質。既然半真半假，那還打聽它做什麼。那不是瞎操心麼。王家莊在最短的時間裡頭就把唐山忘了，趁著人多，嘴巴一調頭，立即殺了一個回馬槍，重新把三丫撿了回來。說說三丫的性格，還有三丫的長相。當然，三丫下土了，其實也就沒什麼好說的了。

三丫長什麼樣？

三丫到底長什麼樣？這個問題把端方纏住了。端方一次又一次地回憶，他記得三丫分開的腿，她不安的腹部，她凸起的雙乳，她火熱的皮膚，甚至，她急促的呼吸。這些都很清晰。但是，端方的記憶到此結束。到了脖子的上半部分，端方就再也想不起三丫的模樣來了。三丫留給端方的記憶是無頭的，他就是記不得三丫的臉。那張臉和端方曾經靠得那樣近，端方就是想不起來了。三丫到底長成啥樣呢？這個問題幾乎讓端方發瘋了。他想不起來了。一點點也想不起來。端方用力地想。可記憶就是這樣，當你用力的時候，離本相反倒遠了。

端方把自己關在房間裡，不出來。門並沒有拴，然而，沒有一個人敢進去。門裡頭關著的是一隻虎，不要招惹牠。誰招惹了，牠第一個就會撲向誰。

沈翠珍和紅粉一直站在堂屋，空著兩隻手，不知道做什麼好。從三丫的屍體拖回來的那一刻起，這個家裡就再也沒有出現過一絲陽氣，寒颼颼的，倒像是死人了。端方把自己關在房子裡，一天多了，沒有吃，也沒有喝。沈翠珍裝得很鎮靜，心裡頭到底不乾淨。雖說三丫的死和她沒有任何關係，可在三丫和端方的關係上，她畢竟打了壩。心裡頭還是自責的，不敢說出來罷了。所以不放心，在等。不知道端方要對她說什麼。

王存糧在天井裡盤旋了半天，回到屋子裡來了。他瞟了房門一眼，欲言又止的樣子。最終還是掏出菸鍋，在門口蹲下了。王存糧對著菸鍋叭嗒了幾口，滿臉的愁容，小聲說：「今年這是怎麼回事？你說，怎麼回事？到底是什麼和我們家過不去？」紅粉不愛聽這樣的話，連忙把王存糧的話茬子接過來了，說：「不順遂的話不要說。什麼和我們家過不去，關我們家什麼事？」王存糧從嘴裡拿下煙鍋，在空中戳了戳，說：「三丫就這麼沒了。」紅粉說：「生死在天，富貴在命。不關我們家的事。」王存糧擰起眉頭，說：「三丫就這麼沒了。」紅粉說：「話不是這樣說的。別什麼東西都往家裡撿，又不是錢包。」王存糧不想和紅粉嘮叨，抬起頭，卻去看沈翠珍，說：「你也是的，你就讓他們好，何至於這樣？」沈翠珍最怕的就是這句話。現在，王存糧把這句話挑開了，她沈翠珍怎麼承受得起。剛想開口，紅粉說話了。紅粉說：「這個我要說句公道話。這個怪不得她。端方是她生的，她管教自己的兒子，犯不著任何人。照我說，胳膊肘往裡拐，也是該派的。」

沈翠珍把紅粉的話全聽在耳朵裡，要是換了平時，這句話沈翠珍其實是不愛聽的。可今天不一樣了，難得她在這個問題上不糊塗了，還替自己說了話。沈翠珍的眼眶子一熱，承情了。一個人回到了自己的房間，把房門虛掩上了。沈翠珍坐在床沿上，想起了三丫，熱燙燙的淚水一陣又一陣地往外湧，又不便大聲地哭，兩隻手就那麼放在床框上，來來回回地搓。就這麼流了一會兒的淚，卻聽到了堂屋裡的動靜，沈翠珍連忙把眼睛擦乾了，出了房門。果然是端方起來了，堵在門框裡，像一個惡煞。

端方盯著沈翠珍，一步一步地走了上來。沈翠珍怕了。她其實一直是怕這個兒子的。端方一直走到沈翠珍的跟前，一把扳過了母親的肩膀，說：「媽，三丫長什麼樣？你告訴我。」

這句話蠻了。沈翠珍更怕了。她再也想不到兒子會問出這樣的話題來。不敢說話。端方把自己的胳膊搭到紅粉的肩膀上去，央求說：「姊，你告訴我，三丫她長什麼樣？」沈翠珍插話了，說：「端方，三丫長得滿標致的。」

「我不是問她長得怎麼樣。我是問她長什麼樣？」

紅粉也怕了。後退了一步。端方沒有問出結果，放下紅粉，坐到門檻上去了。端方仰起頭，望著天，說：「我就想知道三丫長什麼樣。」

沈翠珍已經不是怕了，而是恐懼了，她來到端方的跟前，伸出手，放在了端方的額前。端方把目光從遠處收回來，看著自己的母親，說：「從前我沒有留意過，見面的時候是在夜裡，我記不得三丫長什麼樣了。媽，兒子沒糊塗。我就是想知道三丫她長什麼樣。」

端方的目光是空的。他的眼睛裡積了一層薄薄的淚，卻沒有掉下來。沈翠珍望著自己的兒子，心已經碎了。沈翠珍說：「端方，三丫她死了。」

「我知道她死了！」端方猛站起來，頓足捶胸，沒有流淚，口水卻流淌出來了。無助使端方無比地狂暴：「我就是想知道！我就是想知道！三丫她到底長什麼樣！」

第二天的上午沈翠珍在巷口遇上了孔素貞。沈翠珍想問問素貞，家裡頭有沒有三丫的相片。如果有的話，借出來，給端方看一眼就好了。可是，見了面，說不出口了。沈翠珍埋下頭，只想躲過去。孔素貞反而把沈翠珍叫住了。孔素貞的目光特別地硬，特別地亮，一點都看不出喪事的痕跡，只是人小了，活脫脫地小掉了一大圈，褂子和褲子都吊在身上，空蕩蕩的。沈翠珍知道躲不脫，只能硬著頭皮走了上去，兩條腿都不知道是怎麼邁出去的。孔素貞拉起沈翠珍的手，嘆了一口氣，說：「大妹子，你也不必難過，端方算是對得起她了。三丫要是活著，也是無趣。不是我這個當媽的心狠，還是這樣好。還是這樣好哇。乾淨了。乾淨了哇！」孔素貞說這些話的時候出格地平靜，就是身子有點不對，直晃。沈翠珍擔心她栽下去，伸出胳膊，雙手扶住了她。沈翠珍再也沒有想到癱下去的不是孔素貞，反而是她自己。沈翠珍滿眼的淚，兩條胳膊死死地拽住了孔素貞的雙臂，尖叫了一聲，滑了下去，一屁股坐在地上，暈了過去。

端方一直在做夢。夢總是沒有陽光，籠罩了一層特別的顏色，即使是在麥田。端方的夢奇怪了，每一次都是從麥田開始，然後，蔓延到一個沒有來路的去處。起風了，麥子們洶湧起來，每一棵麥子都有蘆葦那麼高，而每一個麥穗都有蘆葦花那麼大，白花花的，在風中捲動，拚命地想引誘什麼，放浪極了。端方提著鐮刀，鑽進了麥田。剛剛進去，風平了，浪靜了，鋪天蓋地的麥子支棱在那兒，而麥子們又變大了，起碼有槐樹那麼高。端方其實是鑽到森林裡去了。端方朝四周看了看，沒人，嘆了一口氣，開始割麥子了。到了這樣的光景端方才注意到自己的手裡拿著的並不是鐮刀，而是鋸子。端方就開始鋸。好端端的，一座墳墓居然把端方擋住了。三丫的身影突然從墳墓的背後閃了出來，很快，只是腰肢那一把無限的妖媚，都有點像狐狸了。三丫的頭髮是掛著的，遮住了大半張臉，斜斜地，用一隻眼睛瞅住了端方，目光相當地哀。卻又無故地笑了，笑得沒頭沒尾。三丫一直走到端方的跟前，伸出手來，一把勾住了端方的脖子，仰起頭，嘴唇還噘起來了，不依不饒地等他。端方說，這裡不好，有蚊子。三丫調皮了，狠刀刀地說，你才是蚊子！端方起來，說，我怎麼是蚊子。三丫說，你就是蚊子，毒蚊子！端方說，你再說一遍？三丫說，你就是毒蚊子！端方一把就把三丫摟過來了，用嘴巴蓋住三丫的嘴，還用舌頭把三丫的嘴巴堵死了，光顧了埋頭吮吸三丫的舌頭。卻意外地發現三丫的舌頭並不是舌頭，是用冰糖做的，吮一下就小一點，再吮一下又小一點。端方心痛了，有些捨不得，捂著三丫的腮，說，你看，都給我吃了，還是給你留著吧。三丫有些不解，說，留著也沒用，吃吧，給你留著呢。端方於是就吃。吃到後來，三丫的嘴巴張開了，嘴裡什麼也沒有了，空的。就在這個時候三丫突然想起了什麼，想對端方說，可已經說不出嘴了，一個字都說不出。三丫急了，變得極度地狂暴，手舞足蹈不說，還披頭散髮了。端方嚇壞了。這一驚，端方就醒了。三丫想對自己說什麼呢？端方想。端方想不出。想來想去，又繞到三丫的長相上去了。三丫是長什麼樣子的呢？

爲了弄清楚三丫的長相，端方差不多走火入魔了。一個瘋狂的念頭出現了，他要把三丫的墳墓刨開來，打開她的棺材，好好看一看。這一回端方沒有猶豫，他在家裡頭熬到了黃昏，從房門的背後拿出大鍬，扛在肩膀上，出去了。不能等天黑的，天黑了，他就什麼也看不見了。

正是收工的時候，端方沒有從正路上走，想必還是怕碰見人。亂葬崗在王家莊的正北，比較遠，是一條羊腸道，要繞好幾個彎。這個是必須的，這是一條黃泉路，不歸路，如果筆直的，寬寬的，康康莊莊的，那就不像話了。只要拐上七八個彎，鬼就不好認了，它們再想返回到王家莊就不那麼容易了。但是端方捨棄了這條路，他決定從村北的河面上趟過去，這樣就絕對不會遇見什麼人了。

可端方還是失算了。就在他舉著褲褂和大鍬踩水的當口，顧先生和他的鴨子拐了一個彎，迎面就碰上端方了。這時的夕陽剛剛落山，夕陽漂浮在河的西側。整條小河都被太陽染得通紅，是那種壯觀卻又淒涼的紅，很妖。因爲逆著光，剛剛拐彎的顧先生和他的鴨子就不像在水裡了，而是在血泊中。端方就覺得自己不再是踩水，而是在浴血。這個感覺奇怪了，有了血淋淋的黏稠和滑膩。還有一種無處躲藏的恐慌。端方本來可以一個猛子扎下去的，無奈手上有東西，這個猛子就扎不成了。端方就想早一點上岸，離開這個汪洋的血世界。

顧先生把他的小舢板划過來，一看，原來是端方，就把端方拖上了小舢板。顧先生說：「端方，忙什麼呢？」端方光著屁股，蹲下了，正在喘息。顧先生說：「端方，你的臉上不對，忙什麼呢？」端方想了想，仰起臉來，突然問了顧先生一個問題：「顧先生，三丫長什麼樣？」這個問題空穴來風了。顧先生說：「都放工了，你幹什麼去？」端方說：「我去看看三丫的長相。」顧先生抬起頭，看了看遠處的亂葬崗，又看了看端方的大鍬，心裡頭已經八九不離十了。顧先生說：「我們還是回去吧。」顧先生說：「我們來談一談一個人的長相。」

顧先生把端方帶回到他的茅棚，卻再也不搭理他了。他請端方喝了一頓粥，算是晚飯了。喝完了，走到河裡洗了一個涼水澡，拿出凳子來，坐在河邊上，迎著河面上的風，舒服了。顧先生和端方就這麼坐著，不說話。不過端方知道，顧先生會說話的，他答應過端方，要和他談談「一個人的長相」的。夜慢慢地深了，月亮都已經憋不住了，升了起來。是一個弦月。弦月是一個鬼魅的東西，它的光是綽約的，既清晰，又模糊。沒有色彩，只有不能確定的黑，和不能確定的白。河裡的水被照亮了，佈滿了皺紋，有了蒼老和夢寐的氣息。

端方已經不知道自己在這裡坐了多長的時間了，有些急了。端方說：「顧先生，你說要和我談談的。」顧先生似乎想起來了，說：「是。」顧先生站起身，回到茅草棚。再一次出來的時候手裡頭拿了幾本書。顧先生把書遞到端方的手上，說：「端方，拿回去好好讀。」

端方把書推了回去，死心眼了，說：「顧先生，我想知道的是三丫的長相。」

顧先生說：「三丫已經沒有長相了。」

端方說：「三丫怎麼能沒有長相？」

顧先生說：「她死了。」

端方說：「她是死了，可她有長相。一定有的。」

顧先生失望了，說：「端方，你知道什麼叫死？」

端方愣住了，搖了搖頭。

「死就是沒有。」顧先生說，「死了就是沒有了。」

端方說：「她有！」

顧先生說：「徹底的唯物主義者不會同意你的說法。皮之不存，毛將焉附？人都死了，物質都沒了，哪裡還會有什麼長相？」

端方不說話了，一個人掉過臉去，望著遠方的水面。等他回過頭來的時候，顧先生意外地發現了端方的面頰上有兩道月亮的反光，是淚。涼颼颼的，卻很亮，像兩把刀子劈在了端方的臉上。只留下刀子的背脊。

顧先生說：「端方，眼淚是可恥的。」

端方一點都不知道自己哭了。從來到王家莊的那一天起，端方就再也沒有流過一次眼淚，即使在三丫嚥氣的時候。他不會在王家莊流淚的。他不相信王家莊。端方想擦乾它。然而，擦不淨。淚水是多麼地偏執，多麼地瘋狂。它奪眶而出，幾乎是噴湧。端方說：「我怕。我其實是怕。」

顧先生說：「你怕什麼？」

端方說：「我不知道，我就是怕。」

顧先生想了想，再一次把書遞到端方的手上，說：「端方，你要好好學習，好好改造。」這句話突然了。端方摸不著頭腦，不解地問：「我改造什麼？」

顧先生堅定地說：「世界觀。」

端方說：「什麼意思？」

顧先生直起了身子，說話的速度放得更慢了。顧先生有些難過，說：「你還不是一個徹底的唯物主義者。徹底的唯物主義者不相信眼淚。眼淚很可恥。徹底的唯物主義者也不會害怕，我們無所畏懼。」

顧先生說：「人生下來，是一次否定。死了，則是否定之否定。死亡不是什麼好東西。歸根結柢，也不是什麼壞東西。它證明了一點，徹底的唯物主義是科學的。」

顧先生說：「活著就是活著，就是有，就是存在，死了也就死了，就是沒有，就是不存在。——我們人類正是這樣，活著，死去，再活著，再死去，這樣迴圈，這樣往復，這樣否定之否定，這樣螺旋式地前進。我們都已經這樣大踏步地發展了五千年——你怕什麼？」

顧先生說：「我們也一定還要這樣大踏步地再發展五千年。你怕什麼？」

顧先生說：「徹底的唯物主義者沒有那樣的疑神疑鬼，那樣的婆婆媽媽，那樣的哀怨，悲傷與惆悵，那樣的英雄氣短和兒女情長。我們死了，不到天堂去，不到西天去。我們死了就是一把泥土。落紅不是無情物，化作春泥更護花。這個花不是才子佳人的玫瑰與月季，牡丹與芍藥，是棉花，是高粱、水稻、大豆、小麥和玉米。你怕大豆麼？你怕玉米麼？」

顧先生說：「不要怕。任何一個人，他都不可以害怕一個根本就不存在的東西，那是要犯錯誤的。三丫不存在。三丫的長相也不存在。存在的是你的婆婆媽媽，還有你的膽怯。」

顧先生說：「我說得太多了，有四十五分鐘了。端方，帶上大鍬，回家睡吧。」

端方必須承認，他有點喜歡顧先生的談話了，他的談話帶有開闊和馳騁的性質，特別地大，是天馬行空的。端方還注意到顧先生說話的時候有這樣的一個特徵，那就是他從來不說「我」，而說成「我們」。這一來就不是顧先生在說話了，他只是一個代表。他代表了一個整體，有千人、萬人、千萬人，衆志成城了，有了大合唱的氣魄。這氣魄就成了一個背景與底子，堅固了。端方仔細地望著顧先生，這刻兒顧先生坐得很正，面無表情。端方意外地發現，這個晚上的顧先生特別地硬，在月光的下面，他像一把椅子，是木頭做的，是鐵打的。顧先生的身上洋溢著一種刀槍不入的氣質。端方相信，他自己在顧先生的眼裡肯定也不是端方了，同樣是一把椅子，是木頭做的，是鐵打的，面對面，放在了一起。是兩把空椅子，裡面坐著無所畏懼。

端方突然意識到，徹底的唯物主義眞的好。好就好在徹底二字。都徹了底了。

第十四章

顧先生的話是火把，照亮了端方的心。端方的心裡一下子有了光，有光就好辦了，就再也沒有什麼東西影影綽綽地晃悠了。端方提醒自己，要放棄，要放棄他的大鍬，放棄他的亂葬岡，放棄他的三丫的長相。端方抬起頭來，看了一眼天，天是唯物的，它高高在上，具體而又開闊，是藍幽幽的、籠罩的、無所不在的物質。

但是，有人卻拿起了大鍬，開始向地下挖了。這個人是老魚叉。老魚叉突然來了新的動靜，他不再拿著手電筒在屋子裡找了，不再與夜鬥，他開始與地鬥。每天的天一亮，老漁叉就把天井的大門反鎖上了，拿出他的大鍬，沿著天井裡的圍牆四處轉，用心地找。然後，找準一個目標，在牆基的邊沿，用力地挖。他在往深處挖，往深處找。老魚叉現在還是不說話，但是，精神了，無比地抖擻，在自家的院子裡擺開了戰場。這一次的動靜特別地大，幾乎是地道戰，他一個人就發動了一場人民戰爭。這裡挖一個洞，那裡挖一個坑，一院子的坑坑窪窪。因爲沒有找到，只能再重來。到處堆滿了潮溼的新土，家裡的人連下腳的地方都沒有。老魚叉這一次真的是瘋魔了，用興隆母親的話說，「只差吃人了」。其實老魚叉一點都不瘋，相反，冷靜得很，有條理得很，他只是在尋找一件東西罷了。他要把那件東西找到，一定的，一定要找到。興隆的母親坐在堂屋裡，晃著芭蕉扇，望著天井裡生龍活虎的老魚叉，笑了，絕望地笑了。胸脯上兩張鬆鬆垮垮的奶子被她笑得直晃蕩。禍害吧，你這個老東西，看你能禍害成什麼樣！你怎麼就不死的呢！興隆望著滿院子的狼藉，滿腔的擔憂，好幾次想把自己的父親捆起來，塞到床底下去。母親卻攔住了，說：「隨他吧。他是在作死。我算是看出來了，他是沒幾天的人了。只要他不吃人，由著他吧。這個人是拉不回來了。」

這些日子興隆一直待在家裡，沒有到合作醫療去。要是細說起來，興隆怕待在家裡，不願意面對他的父親，然而，比較下來，他更怕的地方是合作醫療。他怕那吊瓶，怕那些滴管，怕那些汽水。只要汽水一打開來，三丫就白花花地冒出來了。三丫是他殺死的，是他殺死的。一個赤腳醫生把汽水灌到病人的血管裡去，和一個殺豬的把他的刀片送到豬的氣管裡頭沒有任何區別。這些日子興隆的心裡極不踏實，對不起端方那還在其次，關鍵是，三丫的腳步總是跟著他。興隆在晚上走路的時候總覺得身後有人，在盯梢他，亦步亦趨。其實並沒有聲音。可正是因爲沒有聲音，反而確鑿了。三丫活著的時候就是這樣，走起路來輕飄飄的，風一樣，影子一樣，螞蟻一樣。現在她死了，她的腳步就更不容易察覺，這正是三丫在盯梢興隆的證據了。唯一能夠寬慰的，是端方的那一頭。興隆再也沒有想到端方能這樣乾乾淨淨地替他擦完這個屁股，沒有留下一點後患，很仗義了。然而，終究欠了端方的一分情。這是一分天大的情。興隆就想在端方的面前跪下來，了了這分心願。端方卻不露面了。想起來端方還是不願意看見興隆，興隆有何嘗想遇見端方呢？往後還難辦了，怎麼相處？說來說去還是三丫這丫頭麻煩，活著的時候自己不省心，死了還叫別人不省心——你這是幹什麼呢，三丫？你怎麼就不能讓別人活得好一點的呢？興隆就覺得自己冤。太冤枉了。興隆坐在四仙桌的旁邊，望著天井裡的父親，他的背脊油光閃亮。興隆想，都是這個人，都是這個人攪和的！要不是他，興隆何以那樣糊塗，何以能鬧出這樣的人命？

這個突發性的閃念一下子激怒了興隆。興隆「呼」地一下，站起來了，衝到天井裡，有生以來第一次對自己的父親動了手。興隆一把就把老魚叉推倒了。

「挖！挖！挖！你找魂呢！」

老魚叉躺在泥坑裡，四仰八叉，像一個正在翻身的老烏龜。興隆望著自己的父親，有些害怕，就擔心自己的父親從地上跳起來，提著大鍬和自己玩命。這一回老魚叉卻沒有。他一身的泥漿，湯湯水水的，一點反擊的意思都沒有，相反，畏懼得很。這個發現讓興隆意外，但更多的卻是難過。父親老了，一點點的血性都沒有了。老魚叉趴在地上，怯生生地望著自己的兒子，小聲央求說：

「兒，千萬不要告訴別人，我是在找魂。」

大太陽晃了一下。興隆的心口滾過了一絲寒意，掉過了頭去。

老魚叉的確是在找魂，已經找了大半年了。只不過他不說，家裡的人不知情罷了。這句話說起來就早了，還是一九七六年春節的前後，老魚叉做了一個夢，夢見王二虎了。說起來老魚叉倒是經常夢見王二虎的，但每一次王二虎都遭到老魚叉的一頓臭罵，王二虎就乖乖地走開了。這一次不一樣，在夢裡頭，王二虎卻從老魚叉的背後繞過來了，王二虎對老魚叉說：

「老魚叉，龍年到了，整整二十年了。」

老魚叉想起來了，王二虎在土地廟被鍘的那一年是豬年，一晃龍年又到了，可不是整整二十年了麼。老魚叉說：

「滾你媽的蛋！」

王二虎說：「該還我了吧？」

老魚叉說：「滾你媽的蛋！」

王二虎說：「二十年了，該還我了吧？」

老魚叉笑笑，說：「還你什麼？」

王二虎說：「房子，還有腦袋。」

老魚叉就醒了。一身的汗。

當天的晚上老魚叉出了一件大事了，當然，沒有人知道，他撞上鬼了。如果不是老魚叉親自撞上的，打死他，他也不信。這個夜晚和平時也沒有什麼兩樣，唯一不同的是，公社的放映隊來村子裡放電影了，所有的人都聚集到學校的操場上去了，村子裡就寥落得很。老魚叉不看電影，他一個人待在家裡，慢悠悠地吸他的菸鍋。老魚叉在鞋底上敲了敲菸鍋，起身，往茅坑的那邊去。老魚叉有一個習慣，臨睡之前喜歡蹲一下坑，像為自己的一天做一個總結那樣，把自己拉乾淨。老魚叉出了門，用肩膀簸了一下披在身上的棉襖，繞過屋後的小竹林，來到茅坑，解開，蹲下來了。許多人一到了歲數就拉不出來了，拉一回屎比生一回孩子還費勁。老魚叉不。他拉得十分地順暢，一用勁，一二三四五，屁股底下馬上就是一大堆的成績。可今晚卻怪了，拉不出。怎麼努力都不行。

老魚叉只好乾蹲著，耐心地等。小竹林裡一片漆黑，乾枯的竹葉在冬天的風裡相互摩挲，發出鬼里鬼氣的聲響。這時候風把遠處電影裡的聲音吹了過來，一小截一小截的，一會兒是槍響，一會兒是號喪，肯定是電影裡又殺了什麼人了。電影裡當然是要殺人的，哪有電影裡不殺人的。冬天的風把遠處的號喪弄得格外地古怪，旋轉著，陰森了。而茅坑的四周卻格外地闃寂，除了竹葉的沙沙聲，黑魆魆的沒有一點動靜。老魚叉耐著性子，只是閉著眼睛，拚命地使勁。工夫不負有心人，總算出來了一點點，再憋了半天，又是一點點，像驢糞蛋子一樣，一點痛快的勁頭都沒有。好不容易拉完了，老魚叉閉著眼睛嘆了一口氣，站起了身子。有些意猶未盡，不徹底。想重新蹲下去，就把眼睛睜開了。駭人的事情就在這個時候發生了。在漆黑當中，老魚叉的面前站了一個人，似乎一直站在這裡，直挺挺的，高個，穿著很長很長的睡衣，就著麼堵在老魚叉的面前。臉是模糊的，影影綽綽的只是個大概。離自己都不到一尺。老魚叉一個激靈，心口拎了一下，脫口就問：「誰？」那個人不說話，也不動。老魚叉的頭皮一下子緊了，又問：「誰？」那個人依舊站著，不動。老魚叉伸出手，想把他搡開。意外就在這個時候發生了，老魚叉的手卻空了。這就是說，他面前的人是一個不存在的人。老魚叉手裡的褲子一直滑到腳面上，渾身都起了雞皮疙瘩。

這件事老魚叉對誰都沒有說。可是老魚叉知道，他撞上鬼了。老魚叉從來都不信鬼，然而，眼見爲實，信不信都得信了。上床之後，老魚叉相當地怕，點上了旱菸鍋，暗暗地對自己說，一定是眼睛花了，一定是眼花了，哪裡會有什麼鬼。爲了證明這一點，第二天的晚上老魚叉拿起手電筒，故意走到了茅坑的旁邊，咳嗽了一聲。這一聲咳嗽很短，其實相當地嚴厲，超出了一般的威脅。老魚叉壯起了膽子，走到了茅坑裡頭，打開手電筒，把小竹林裡照了一圈，甚至連大糞池子都照過了。放心了，解下褲帶，蹲了下去。這一回老魚叉沒有低頭，而是昂著腦袋，一直在打量。他倒要看看，這個鬼是如何一步一步走到他的跟前的。老魚叉是有備而來的，只要一有動靜，他立馬就會摁下手電的開關。如果這個世界眞的有鬼的話，那麼，鬼一定是怕光的。只要有了光，定叫它無處藏身，原形畢露。

老魚叉並沒有拉出什麼來。什麼也沒有拉出來。但是，當老魚叉站立起來的時候，老魚叉知道，他勝利了。這個世界上沒有鬼。昨天晚上還是自己的眼睛花了。這一次的探險是有意義的。這一次的探險意味著這樣一件事，從今往後，老魚叉的蹲坑就不再是蹲坑，而是從勝利走向勝利。老魚叉再一次用手電筒把四周察看了一遍，平安無事。平安無事嘍。老魚叉關上手電筒，把兩隻胳膊背在了身後，打道回府。就在快要離開豬圈的時刻，老魚叉不信邪了，故意不開手電筒，再一次回頭了。這一次的回頭徹底改變了老魚叉未來的日子。事實證明，這一次的回頭是災難性的。還在昨天的那個位置，老魚叉明白無誤地看見了一個高個子，他穿著長長的睡衣，影影綽綽的，一動不動，一言不發，在冬天的微風裡，稍稍有一點晃動。老魚叉忘記了手裡的手電筒，只是一剎那，魂已經飛出去了。老魚叉立即打開了他的手電筒，白大褂子站立的那個「地方」被照亮了，什麼都沒有。

老魚叉的沉默就是春節過後開始的，一家子的人誰也沒有留意。從三月開始，老魚叉的話明顯地減少了。人老了，舌頭也懶了，誰會在意呢。相反，家裡的人卻從另外一些地方發現了老魚叉的反常種種。第一件事是老魚叉再也不到茅坑去蹲坑了，每天晚上像模像樣地坐起了馬桶。興隆的媽媽爲這件事情老大的不高興。這馬桶是男將們坐的麼？啊？一個大男將，那麼大的歲數，女人一樣坐在馬桶上，像什麼？你說說看，像什麼？大男將可不是女人，他們的屎臭、尿臊、屁響，三間瓦屋都盛不下。你就不能挪幾步，到院子的外頭拉到茅坑裡去麼？你的腿又不瘸，眼又不瞎。興隆的媽媽忍不住了，到底給老魚叉甩了臉色，賭氣了，沒好氣地說：「我也不用了，給你。你天天倒馬桶。」老魚叉滿臉的皺紋都擦在了一起，厲聲呵斥說：「馬桶是你的？馬桶跟你姓了？」蠻不講理了。興隆的媽媽差一點給憋死。爲了一只馬桶，吵都沒法吵，說都沒法說，說不出口哇。哪一個體面的人家會爲了馬桶吵架的呢？沒法說。傷心得哭了三四回。第二件就是手電筒了。深更半夜的，睡得好好的，他突然坐起來了，摁下手電，在家裡到處照。你說這個家裡有什麼？還有一件就是老魚叉的自言自語了，很少，卻要重複。可沒有人聽得清他到底在說什麼。

老魚叉的心思深了。他知道，王二虎回來了。他的鬼魂回來了。都二十年了，他還是回來了。老魚叉當然不想和王二虎見面，但王二虎硬要鑽到老魚叉的夢裡來，這可就沒有辦法了。夢你是擋不住的，誰也擋不住。

「二十年了，該還我了吧？」

「房子，還有腦袋。」

問題很明確了，很簡單，就是「還」或是「不還」。這個問題把老魚叉難住了。在「還」和「不還」之間，老魚叉傷神了。日復一日，月複一月，傷神了。開始當然是「不還」。還什麼？笑話嘛。但不還有不還的麻煩。天總是要黑的，天黑了總是要睡覺的，睡覺了總是要做夢的。一想起做夢，老魚叉的氣短了。那等於是爲王二虎修路了。老魚叉只要是一做夢，一睡覺，王二虎就從老魚叉修好的這條道路上回來，盯著老魚叉，盯著他要，要他「還」。這太折磨人了，比死了還難受。老魚叉改主意了，決定「還」。老魚叉相信，只要「還」了，他就踏實了，就算他王二虎大白天坐在老魚叉家的門檻上，老魚叉也不用心驚肉跳的了。可是，怎麼「還」呢？拿什麼去「還」呢？「還」到哪裡去呢？這些都是問題。老魚叉揪心了。一籌莫展。從來沒有人教導過他怎樣去做這樣的事。

老魚叉只能拖，拖一天是一天。但王二虎在逼。他一次又一次來到老魚叉的夢中，步步緊逼。這個人也眞是，不讓人喘氣了。事實上，是老魚叉自己不讓自己喘氣了。自打老魚叉把王二虎「告了」的那一天算起，也就是說，自打王二虎被「啨嚓」的那一天算起，再換句話說，自打老魚叉住上這三間大瓦房子的那一天算起，老魚叉的心裡其實就沒有消停過。他的心一直被一樣東西「拎」著，是懸空的，是不著地的，還晃蕩。但老魚叉有老魚叉的辦法，他積極。他拚了命地賣力氣。他下手重。他一直並且永遠站在最堅固的那一邊。他時時刻刻告誡王二虎，我不怕你。我們人多，最關鍵的是，我們勢衆。但王二虎這個人狡猾了，當你人多勢衆的時候，他就躲起來，稍不留神，稍稍一個不留神，他就從陰暗的角落裡冒出來了，忽然地，鬼鬼祟祟地，招惹老魚叉那麼一下子。一招惹完了就跑，躲到一個永遠也說不出地名的地方，然後，又冒出來了。他是敵進我退、敵退我進的。神出鬼沒了。王二虎死了，早就死了。可王二虎就是不死，一直不死，永遠活在老魚叉的心中。老魚叉骨子裡怕，叫天天不應，叫地地不靈。

一九七六年四月九號，老魚叉到底繃不住了。他上吊了。就在大瓦房的堂屋裡，他把麻繩拴在了屋梁上，打了一個活扣，把脖子套了進去。事先沒有任何的徵兆。其實老魚叉是深思熟慮了。他決定「還」。他決定用上吊這個辦法「還」。這一「還」就乾淨了，主要是地點好。老魚叉其實是一個機敏的人，很懂得揣摩人的心思。他把上吊的時間選擇在上午，是有眼光的。那個時候誰能想得到家裡頭有人上吊呢？等家裡的人上工了，只要一袋菸的工夫，老魚叉就可以把他二十年的債務一筆還清了。冤有頭，債有主，他頂了上去，還能給他的子孫們賺回來三間大瓦房呢。划算的，值得。人算不如天算哪，誰也沒料到老魚叉的長孫過來了。小傢伙從門縫裡看見了懸空的爺爺，立即來到巷口，奶聲奶氣地尖叫。老魚叉沒有死成，卻對一件事情上了癮，愛上了上吊。事情往往就是這樣巧，第二次還是被這個小孫子發現的，老魚叉又得救了。老魚叉張開了他的大巴掌，撫摸著孫子的小臉蛋，笑了，說了這樣的一句話：

「就是不讓爺爺去還債，好孩子。像我們王家的人。」

連著上了幾次吊，老魚叉沒死成，心思卻又活了。他原本是鐵定了要死的心的，孫子不讓他死，其實就是老天爺不讓他死了。幾次沒死成，老魚叉改主意了，他不想死，不想還了！他要和王二虎再較量一把。他要把王二虎的鬼魂從家裡頭挖出來，是的，挖出來。你不是經常到我的夢裡來麼，那就說明你離這個家不遠了。是在地底下還是在牆縫裡？是在樹根旁還是在井水中？得挖。等把你挖出來了，王二虎，這一回對你不客氣了。不用鍘刀鍘你，我讓你碎屍萬段，再用火把你燒了，燒成灰，燒成煙。我看你還來不來！

莊稼人從來不把立秋說成「立秋」，而說成「咬秋」。為什麼呢？因為夏天的暑氣太重，到了立秋的光景，一定要給身子骨敗敗火，它們便在立秋的時分抓起一只瓜來，咬一口。這一口下去就是個標誌，秋天準時正點，於北京時間幾點幾分，來到了。事實上，這樣的儀式太一廂情願了，在不少的年份，秋是被「咬」過了，卻還是熱。莊稼人就把這樣熱的秋天叫做「秋呆子」。連老天爺的臉色你都不會看，你說你呆不呆？另外還有一路情況，夏天的雨水多，被雨水澆涼了，一到了秋天，天上下火了。莊稼人就把這樣的秋天說成「秋老虎」。反攻倒算的老虎尾巴有多厲害，不用說它了。

一九七六年的秋天正是秋老虎。王家莊的人害怕了。不是王家莊的人嬌氣，而是上面有指示，要種雙季稻。所謂雙季稻，就是稻子收上來之後再種一季，這一來秋收的日子就太緊張，太勞累了，一分一秒都分外地寶貴。為什麼這麼說呢，舉個例子吧。比方說，五號晚上八點四十七分立秋，你的雙季稻就必須在五號晚上八點種之前栽下去，六號上午九點鐘都不行。這是老天爺的必殺令。殺無赦。有原因的，因爲秧苗不能見霜。霜降一到，老天爺立即翻臉，稻穗就再也不可能灌漿了，統統變成了稻癟子。你只能收到一把草，一把糠。你一粒米都收不到。可插秧也不是說插就插的，又不是和女人睡覺，大腿一掰，肚子一挺，插進去了。沒那麼便當。你要火燒火燎地割早稻，再火燒火燎地耕田，再火燒火燎地灌溉。灌溉完了，才能平池，然後才輪到插秧。古人說，「誰知盤中飧，粒粒皆辛苦」，苦就苦在你要和時間「搶」，「搶」贏了，你這一年就贏了，「搶」輸了，你這一年就沒了。什麼叫「看天吃飯」？什麼叫「靠地吃飯」？你要是不把「秋收」搞清楚，你就永遠也不知道天有多「高」，地有多「厚」。毛主席領導過一次革命，叫「秋收起義」，你聽聽，他老人家多聰明。許多人不服氣，想和偉大領袖毛主席扳手腕，不行的，你玩不過他的，你怎麼鬥得過莊稼人呢——秋收是這樣的勞累，再遇上秋老虎，你說你還有命吧。連豁著牙齒的小丫頭們都知道秋老虎的厲害，她們在空空蕩蕩的村口跳牛皮筋的時候是這樣唱的：

一二三四五，
打死秋老虎；
老虎不吃人，
曬得屁股疼；
屁股分兩邊，
婦女能頂——半邊天。

婦女能頂半邊天。是的。秋收剛剛開始，吳蔓玲一會兒在野外的田頭，一會兒在打穀場上，硬是靠她的血肉之軀把半邊天「頂」起來了。吳蔓玲習慣於身先士卒，割稻，挑把，脫粒，揚場，耕田，灌溉，平池，插秧，樣樣幹。一句話，她「是男人，不是女人」。「戰雙搶」是沒有日夜的，這一來，吳蔓玲就不怎麼回大隊部睡覺了，每天和社員同志們一起，吃在田頭，睡在場邊。吳蔓玲已經連續四天四夜沒有好好睡一個像樣的覺了，睏得不行了，就躺在稻草垛的旁邊，瞇上兩三個小時。吳蔓玲今年的辛苦不同於以往，可以說是事出有因了。秋收剛剛開始，王家莊發生了一件驚人的大事件，混世魔王，這個人跳出來了，上工了。還不是一般的出工，一出場就表現出了馬力強勁的主觀能動性，很昂揚，一副革命加拚命的樣子。吳蔓玲吃驚不小，警惕起來。這個縮頭烏龜這是哪一齣呢？連續觀察了好幾天，還特地安排了兩個密探全程跟蹤。密探的報告回來了：是眞的，不是假積極。這就更不正常了。積極，又不是做給她看的，他憑什麼積極呢？這個懶得都快變成鹹肉的人不可能眞心地愛上勞動。不能。一定有什麼內在的隱情。費思量了。

但是有一點，不管混世魔王的積極是眞的還是假的，吳蔓玲提醒自己，不能輸給他。絕對不可以落後於他。他積極，吳蔓玲就要表現得更積極。他不怕苦，吳蔓玲就要表現得更不怕苦。他不要命，吳蔓玲就一定還更不要命。不能輸給他。這裡頭關係到一個黨員形象的問題。所以，吳蔓玲的這一次秋收有點不要命了，積極到近乎殘酷。有時候，明明可以吃飯，吳蔓玲就是不吃，明明可以睡覺，吳蔓玲就是堅持住，不睡。在王家莊，所有熱愛勞動的人都知道這樣一條眞理，那就是著名的反比例關係：一個人越是對自己的身體不當回事，才越是說明這個人對工作的熱愛。想想看，如果一個人連自己的身體都不愛了，那不是愛工作又是愛什麼？

吳蔓玲四天四夜沒有好好睡，咬咬牙，其實還是可以再堅持的，只不過小肚子那兒有點不對，疼得厲害，吃不消了。吳蔓玲知道了，她這是「大姨媽」快來了。吳蔓玲想，個倒頭東西，也眞是的，不早，不晚，總是在最關鍵的時候跑出來搗蛋。吳蔓玲堅持不住了，把稻把移交到別人的手上，拽下頭頂上的方巾，從脫粒機上下來了。正是深夜，吳蔓玲摸著黑，回到了大隊部，點上燈，嗓子裡卻渴得冒煙。就想喝一口熱水。吳蔓玲扶住牆，彎下腰，搖了搖熱水瓶，卻是空的。只好來到水缸的旁邊，把腦袋埋到水缸裡去，拚了命地喝，一直喝到飽。喝飽了，吳蔓玲長長地舒了一口氣，走到床沿，吹燈，躺下了。一躺下吳蔓玲就後悔了，剛才應該爬上床的。這會兒兩條小腿還掛在床邊，卻再也沒有力氣把它們搬上來了。只能掛著，彆扭了。剛剛閉上眼，吳蔓玲的眼前反而亮了，是昏黃的馬燈的光芒。她想起來了，那是脫粒機旁邊的馬燈，一直掛在她的左側；而馬達的聲音也響起來了，那是東風十二匹的柴油機，「突突突突」的，就在太陽穴上，鬧個不歇。想來還是在脫粒機的旁邊時間太長，太長了。吳蔓玲累得要了命，睏得要了命，卻睡不進去。

人就是這樣，累到極限，累到快趴下來的那一步，腦子就精神了。吳蔓玲咂咂嘴，附帶舔了舔嘴唇，牙齒。這一舔難受了，牙齒特別地厚，還特別地黏。想起來了，她已經四五天沒有刷牙了。吳蔓玲就不敢再舔了，一門心思想著把自己的小腿拉上來。又動不了。心裡頭想，這會兒要是有人幫幫她，替她把小腿搬到床上來，那就好了。如果把腳再洗一洗，那就好得不能再好了。請誰呢？吳蔓玲讓小夥子們在腦子裡排隊，開始選擇了。端方舉手了，那就端方吧。吳蔓玲躺在床上，半睡半醒，卻格外地清晰，連她自己都不知道，她其實在微笑了。說起來也眞是奇怪了，吳蔓玲平日裡從來不想男人，可是，只要「大姨媽」快來，身子就不安穩，想了。有時候還想得挺厲害，身子都快裂開來，悶悶的，滿騷的。可奇了怪了。吳蔓玲就開始想像著端方給自己洗腳的樣子。他的手又粗又大，一把就把吳蔓玲的腳裹在了掌心，是呵護的模樣，珍惜了。他的巴掌是厚實的，而手指頭卻不老實，慢慢地進入了自己的腳丫，很仔細，一顆一顆的，合縫合榫了。滿癢的，滿舒服的。端方不只是給她洗了腳，還捎來了水，牙膏，牙刷。居然幫著她刷牙了。吳蔓玲望著端方，張開嘴，看著端方把他的牙刷塞到了自己的嘴裡。這個舉動實在是出乎吳蔓玲的意料，一顆心突然就鼓蕩起來，乳房裡有了風，是狂野和收不住的跡象。

吳蔓玲突然就是一陣難過，就想把心裡的難過原原本本地告訴端方。端方卻沒有理會，重重地拍了拍她的屁股，厲聲說：「好了！睡吧！」粗暴了。但這是發自憐愛的那種粗暴，是源於親昵的那種粗暴。纏綿了。吳蔓玲一驚，醒了。吳蔓玲其實並沒有睡著，卻驚醒了，這種感覺矛盾了。可矛盾了也沒有什麼不好。吳蔓玲睜開眼，四周黑洞洞的，空落落的，什麼也沒有。一股徹骨的無望就這樣湧入了吳蔓玲的心房。再一次把眼睛閉上了。吳蔓玲並不知道自己的眼眶裡有淚，可是，一閉眼，她的淚水被擠壓出來了。就掛在那兒。和她的兩條小腿一樣，就掛在了那裡。

天剛剛亮，吳蔓玲的下身一陣熱，「倒頭東西」到底還是來了。好在吳蔓玲睡了一個踏實覺，這會兒身子骨鬆動了，像剛剛給鬆了綁。吳蔓玲起了床，從頭到腳，從裡到外，把自己打掃了一遍，附帶把「大姨媽」也收拾了一遍。好多了，重新抖擻了。吃過早飯，吳蔓玲回到打穀場上來，在稻草垛的旁邊看見混世魔王了，正在睡。睡得又死又香。吳蔓玲剛想叫他起來，不經意間卻發現混世魔王褲襠的那一把正鼓著，挺出了好高的一大把，還微微地一顛一跳的。吳蔓玲不解，正納悶，突然明白過來了，本能地伸出腳，掀起稻草，給他蓋上了。看了看四周，順便把一縷頭髮捋向了耳後，腮幫子上卻早已是滾燙。吳蔓玲私下裡想，有力氣不去幹活，都用在這兒了，天生就不是一個有出息的人。想把他叫起來，金龍卻浮頭腫臉地走上來，說：「給他睡一會兒吧。大夥兒都說，多虧有你這樣一個好榜樣。」吳蔓玲聽得出來，這是在替混世魔王說好話，然而，還是奉承了。吳蔓玲笑笑，什麼也沒有說，迎著初升的朝陽，投入到新一天的「戰雙搶」的戰鬥中去了。

混世魔王的舉動是突然了一點，其實也不是突然的，還是有他的考慮。王家莊他實在是待不下去了。主要是，他「閒」不下去了。勞累是難熬的，可是，虛空和無聊卻未必就好打發。勞累和忙碌雖說艱難，卻可以堅持，它到底有所依附，有所寄託。虛空和無聊卻難，它沒憑沒據，無頭無尾，四面不靠，還日復一日，月復一月，年復一年。弄得你眞的想發瘋。現在想起來，混世魔王在和吳蔓玲的較量中一開始就犯了方法論的錯誤。是致命的錯誤。他怎麼可以用無聊和虛空做武器呢？無聊不是武器。它不是批判的武器，更不是武器的批判。自以爲討了便宜，其實，他選擇了失敗的命運。這是註定的。在被遺忘的監獄裡，一把口琴挽救不了任何人。口琴除了能放大無聊，使無聊旋律化，把無聊染上哀婉的色彩，還能幹什麼？王家莊他不能待了。再也不能待了。一天都不能待。他要走。無論如何，他要走。當兵去。目標明確下來之後混世魔王反而清醒了，無限清晰地看見了攔在自己面前的兩道門檻，第一道，當然是吳蔓玲，這第二道，就是群衆，其實也就是王家莊。混世魔王決定，首先從第二道門檻開始跨起，他一定要扭轉自己留給王家莊的惡劣印象，只有這樣，他到了第一道門檻的面前才有說服力，「群衆」才不會成爲吳蔓玲的藉口。

混世魔王的努力是全方位的，不只是勞動，首先表現在他的爲人和處世的態度上。脫胎換骨了。上工之後，混世魔王是從對人的稱呼上開始轉換的。簡單地說，家庭化。混世魔王到了今天才明白過來一個道理，王家莊不是一個家，但是，你要把它弄得像一家子。比方說，見了人，你要喊爺爺奶奶、大伯大叔、姨娘嬸子、舅舅舅媽、哥哥姊姊、弟弟妹妹、與此相應的還有姨夫、姊夫、妹婿、姑父、堂哥和表叔。這一來就親了。自家人了嘛。該翻臉的時候翻臉，翻完了，還是一家子。莊稼人最大的忌諱就是「不是自己的人」，你都「不是自己的人」了，累死了也是白搭。——「表現」自然不好。你不只是要把自己放在「家裡」，還得守「家裡」的規矩。你得先從孫子、侄孫子、外孫子做起。做好了，你就可以成長爲侄兒、外甥或姨侄。再做好了，這才能成爲兄弟。接下來就好辦了，往下熬，你自然就成了叔叔、伯伯、舅舅、姨夫、姑父。到了這樣的田地，你離大爺也就不遠了。一個人只要做上大爺，你就成了人物，日子就順遂了，就可以呼風喚雨。當然，你離死也就不遠了。

混世魔王一上工就表現出了全新的氣象，手腳勤快還在其次，主要是嘴巴勤快了，整個人都變得客客氣氣的，三姨娘六舅母地招呼個不歇。叫人喜歡，招人疼，怎麼說浪子回頭金不換的呢。他的態度是誠懇的。概括起來說，他把自己眞正看成莊稼人了，也就是說，眞正把自己看成了王家莊的人。廣大的貧下中農喜歡的其實就是這個，哪裡還眞的指望你幹多少農活。想得起來的。關鍵是你不能驕傲，要「服」。這其實也正是「知識青年上山下鄉，接受貧下中農再教育」的最終目的。「五嬸子」金龍家的看著混世魔王這樣好，拿混世魔王開心了，問：「混世魔王，往日裡你從來不搭理人，現在怎麼這麼客氣？」混世魔王十分憨厚地笑笑，大聲地說：

「我過去吃屎了！」

端方卻沒有在打穀場。依照生產隊長原先的安排，端方應該去脫粒。但端方拒絕了。他不願意脫粒。在這些細枝末節上，端方還是存了一點私心的，這裡頭有故事。就在高中畢業的前夕，中堡中學請來了七十五屆的畢業生，一個叫董永華的小夥子。說起來，董永華和端方還同過一年的學，比端方高一個年級罷了，很不起眼的一個小夥子，可人家現在已經是全公社最著名的青年標兵了。董永華在去年秋收的時候兩天三夜沒有闔眼，站在脫粒機的旁邊，站著睡著了。一個瞌，他把一條胳膊塞進了脫粒機，整整一條胳膊，連皮，帶肉，帶骨頭，全讓脫粒機給「脫」了。

人就是這樣，在你缺胳膊少腿的時候，你的身上就會有疤，是疤就會發光，正如「是金子就會發光」一樣。如果你的整個人都賠進去了，那你的性命就成了一塊疤，你的名字就會閃閃發光。董永華坐在講台上，唯一的胳膊比兩條胳膊還要拘謹，結結巴巴。但董永華把自己的講稿背得很熟了，他用相當長的時間背誦了他的受傷經過，當然，還有受傷後的感受。他的嘴巴像一台脫粒機，噴湧出來的全是金光閃閃的成語、定語和狀語。然而，端方沒有聽見。他一直注視著董永華的那條並不存在的胳膊，心裡頭在提醒自己，在任何時候，不能站到脫粒機的面前去。想起來也眞是，董永華是作爲先進典型給七十六屆的高中生作報告的，在端方的這一頭，卻成了反面的教員。有董永華這個反面教材在，端方說什麼也不會站到脫粒機的旁邊去。

端方一直在割稻子，因爲有夏收的經驗和教訓，到了秋收，端方有了經驗，老到了。用王存糧的話說，沒那麼騷了。所謂老到，說白了也就是偷懶。端方是有一身的力氣，可憑什麼要把力氣全花出去呢？沒道理。力不可使盡。稻子當然要割，可誰能夠保證端方割下來的稻子最終就能跑到端方的嘴裡去？誰也不能保證。既然誰也不能保證，端方瞎起勁做什麼？把力氣存放在身上，撐不死人。

端方學會了偷懶，卻沒有人去管他。三丫的事過去還不久，端方沒心思幹活，原也是情有可原的。管人家做什麼呢。端方躺在田頭，嘴裡頭銜了一根稻草，其實也沒有想三丫。三丫是「沒有」的，他不可以去想念「一個根本就不存在的東西」。他在看天上的雲。七月的雲好看了，老人們說得不錯，「七月繡巧雲」，這個「七月」當然是農曆的七月，也就是陽曆的八月。老人們說，到了「七月」，天上的繡女們就出動了，一個個露出了她們的手藝。臨近傍晚，天上的雲朵別致了，有了夢境般的變幻。天是碧藍的，藍得極深，極遠，是那種誇張的、渲染的顏色。就在這樣的背景上，白雲一大團一大團，一大朵一大朵。你只要盯住其中的一朵，有趣了，你會發現那不是雲，原來是一匹馬，雪白的馬，正在跑。馬的尾巴翹在那裡，而四條腿都騰空了，眞的是天馬行空，說不出的輕盈，說不出的瀟脫。慢慢地，不像了，原來是一隻老虎，蹲在那裡，張大了嘴巴，凶神惡煞的樣子。細一看又不是老虎，卻是獅子。是一頭雄獅，碩大的一顆腦袋，腦袋的四周毛髮賁張，那樣地威武，那樣地雄壯。你如果有足夠的耐心，你會發現獅子的毛髮伸出來了兩部分，什麼都不像了。可是，只是一會兒，毛髮變成了兩根又粗又長的獠牙，那不是大象又是什麼？這是一頭白色的公象，已經老了，牠慈祥，同時又神采奕奕，洋溢著領袖的氣質，不怒自威。最後，兩隻獠牙脫離開來了，飄走了，而大象的身子聚集在了一起，變成了一座墳墓。端方躺在田埂上，張開嘴巴，仔細地辨認雲上的變幻。蒼天是這樣的美妙，雲朵是這樣的無常，看看，眞是滿好的。

在打穀場上堅守了幾天，吳蔓玲提著鐮刀，來到端方所在的稻田了。大夥兒一陣歡呼，稻田裡頓時多了幾分生機。吳蔓玲是支書，不屬於任何一個生產小隊，她到哪裡去勞動，完全是隨機的，主要是做一個榜樣，起一個鼓舞和促進的作用。某種意義上，也有一點獎勵的意思。吳蔓玲微笑著和鄉親們打招呼，什麼也沒有多說，下田了。吳支書眞的是一個實幹加苦幹的人，除了中間到田頭喝過一次水，腰都沒有直起來一次，就那麼彎著，不停地割。稻田裡了無聲息了，吳支書不說話，大夥兒自然就不好再七嘴八舌，勞動一下子就打上了莊嚴和肅穆的烙印，分外地光榮。天慢慢地暗了，遠處的村莊裡模糊起來，只剩下那些樹木的影子，高大，濃密，影影綽綽。照理說到了這樣的天光該收工了，可吳支書不發話，不收工，誰也不好意思一個人走掉。這就苦了那些正在餵奶的小嫂子了。她們回不去，兩個水奶子就漲得鬧心，微微的還有些疼。奶水攢不住了，自己就滋出來了，在胸前溼了兩大塊。解決的辦法只有一個，那就是蹲下來，偷偷地擠掉。

天上的星星卻已經亮了。星星們越來越亮，越來越大，越來越多，一轉眼星光就燦爛了。莊稼人弓著背脊，還在割。什麼叫「披」星戴月？這就是了。全「披」在背脊上。吳蔓玲黑咕隆咚地直起身子，大聲說：「今天就這樣吧。」稻田裡的身影在星光的下面一下子活躍起來，處理過稻把，紛紛往河邊擁去。他們要搶著上船，早上去一分鐘，就可以早睡上一分鐘。

吳蔓玲卻沒有上船。順便把端方也留下了，「一起走回去」，順便「有一些話」想和端方「談談」。吳蔓玲經常是這樣的，很少占用勞動的時間和別人談心，只是利用上工和收工的空隙，在田埂，在地頭，做一做他們的工作。河面上的稻船走遠了，河面上的波光凝重起來，在滿天的星光下面無聲地閃爍。畢竟是秋天了，一些蟲子在叫，空曠而又開闊的蒼穹安靜了。吳蔓玲和端方頂著滿天的星光，在往回走。吳蔓玲走在前面，端方跟在後頭。這樣的行走方式對談話很不利了。可是這是沒有辦法的事，田埂太窄了，容不下兩個人，肩並肩是沒有可能的，只能是一前一後。端方一直想對吳蔓玲談一談當兵的事，說話不方便，那就等一會兒再說吧。他們倆在黑暗中就這樣走了一大段，各人是各人的心思，腳步聲卻清晰起來了，開始還有些凌亂，後來卻一致了，有了統一、整齊的節奏。吳蔓玲聽在耳朵裡，有一種說不出的感覺。這種感覺實在是不好說了。想調整一下步伐，打亂它。可一時也打亂不了。只能更加專心致志地走路了。這哪裡是談心呢，這不成了趕路了麼。吳蔓玲只好停下腳步，轉過了身來。因爲轉得過於突兀，吳蔓玲一時也不知道自己要說什麼，只是咳嗽了一聲，說：「其實也沒什麼。」越發不知道要說什麼了。兩個人只好把頭仰起來，同時看天上的星。天上突然就有了一顆流星，亮極了，開了一個措手不及的頭，還很長，足足劃過了小半個天空。最後沒了。等天上的一顆流星徹底熄滅了，吳蔓玲說：

「端方，還在難過吧？三丫走了，我也沒有去安慰你，你是知道的，我這個人心裡頭有話就說不出，主要是不知道說什麼才好。」

端方想了想，說：

「嗨。」

吳蔓玲說：

「也不要太難過了。你還年輕，日子長呢。」

端方想了想，說：

「嗨——」

吳蔓玲說：

「嗨什麼嗨？」

端方想了想，笑了，說：

「嗨。」

吳蔓玲說：

「三丫其實還是不錯的。起碼我認爲，她還是不錯的。」

端方在黑暗中望著吳蔓玲，說：

「吳支書，不說這個了吧。」

吳蔓玲突然伸出手，在端方的胸前推了一把，脫口說：「還叫吳支書，再這樣撕嘴了！」

吳蔓玲沒有料到自己會這樣，這樣的舉止，這樣說話的語氣，浮了，自己也吃了一驚。但眞正讓吳蔓玲吃驚的不是自己的輕浮，而是輕浮所體現出來的力量，也就是咄咄逼人的「浮力」了。像摁在水裡的一個西瓜，一不留神，頑強地、被動地，冒出來了。端方笑笑，說：「當然要叫吳支書，不能沒大沒小的。」吳蔓玲這一次沒有再說什麼，她其實是想說的，但是，不能夠了。她是知道的，這個時候再說話，聲音會大顫的。

田野裡一片寧靜，黑色的，偏濃了，只有星星的些微的光。雖然看不清什麼，卻是天蒼蒼、野茫茫的感覺，還有一絲微微的風。是秋風，有了涼爽的意思，回給人一個小小的激靈。端方一直在想心思，盤算著怎樣對吳支書開口，就是開不了口。其實挺簡單的，端方就是不知道怎麼說。吳蔓玲見端方不開口，也不說話了。夜色頓時就嫵媚起來。黑得有點潤，有了光滑的、卻又是毛茸茸的表面，有了開放的姿態，可以用手摸的。說妖嬈都不爲過了。吳蔓玲想，夜眞的很迷人呢，平時沒留心罷了。吳蔓玲在黑暗當中端詳起端方，別看這個呆小子五大三粗，這刻兒腦袋都耷拉下來了，害羞呢。男人的害羞到底不同於女人，女人的害羞家常了，男人的呢，令人感動了。吳蔓玲就想在端方的腦袋上呼嚕兩下，再給他兩巴掌。到底還是收住了。心卻汪洋了，有了光滑的、卻又是毛茸茸的表面，有了開放的姿態，軟綿綿地，往外湧。

端方的這一頭到底鼓足了勇氣，抬起頭，說：

「吳支書，我今年想去當兵，還請吳支書高抬貴手呢。」

吳蔓玲張開了嘴巴，沒有出聲。出來的是一口熱燙燙的氣息。她側過了下巴，下巴幾乎擱在了左邊的肩膀上。而心跳也緩緩地平靜了，有了它的組織性，有了它的紀律性。突然就想起一個人來了，混世魔王。難怪他這樣積極呢。難怪了。謎底在這兒等著我呢。是啊，是秋天了，又該徵兵了，我怎麼就忘了呢。是這樣，吳蔓玲在心裡頭對自己說，我說呢。

第十五章

早稻出了地，意味著一個盛大的事件的開始，新米飯上桌了。莊稼人對新米的渴望是強烈的，說「如狼似虎」都不為過。你想啊，熬完了一個夏季，又經歷了一個沒日沒夜的秋收，莊稼人的身子骨嚴重地虧空了，哪裡是鐵打的？一個個嗷嗷待哺了。可是，新米就在這樣的節骨眼上了桌子，莊稼人撂開了胳膊腿，拚了性命，往死裡吃。不要菜，不要鹽，不要醬油，乾呑。呑完了喝點水，擦擦汗，再接著幹。新米有一股獨特的香，用王瞎子的話說，那是「太陽的氣味再加上風的氣味」。

太陽是有氣味的，風也是有氣味的，王瞎子都看見了，就在新米裡頭。這一點城裡的人永遠也不知道了。他們吃的永遠都是陳年的糙米，都發紅了，一點黏性都沒有，嚼在嘴裡木渣木渣的。新米的米飯可是充滿了彈性的，一顆、一顆，油汪水亮。鍋還沒有開，一股清香就飄蕩出來了。新米飯還有一個好處，不漲肚子。這一點麵食可就比不了了，麵食漲，吃飽了，喝點水，在肚子裡一泡，弄不好就會出人命。新米飯不會的，所以，可以往死裡吃。最喜人的還不是新米飯，是新米熬成的粥。新米粥，多麼地饞人，多麼地滋補。現在，你終於知道莊稼人為什麼要在臘月裡娶媳婦了吧，這裡頭是有學問的。臘月裡把新媳婦娶進門，門一閂，新郎倌拉下褲子，給新娘子打下種，假如你的運氣好，趕上了「坐床喜」，掐一掐指頭你就算出來了，小寶寶正好在新米上桌之後出生，而小嫂子也正好在新米上桌之後坐月子。

莊稼人所謂的習慣，所謂的風俗，其實都是掐著手指頭計算出來的。只要有了新米粥，小嫂子就算是奶子瞎了，沒奶，小寶寶都能活。做婆婆的喜笑顏開地熬上一鍋新米，把浮在最上面的那一層米脂刮出來，噴香的，那就是奶水了。話又說回來了，趕上新米的產婦哪能是瞎奶子？幾碗新米粥下肚，米脂就等於灌進了乳房。女人的乳房就成了漏斗，小寶寶的舌尖輕輕地一啜，嘩啦啦就下來了。新米飯好，新米粥更好。戰完了「雙搶」，莊稼人悠閒了，只要做一件事，吃。吃完了，挺起肚子，撅起屁股，放屁。這樣的屁是踏實的，自豪的，同時也必須響亮。大姑娘都可以放。放完了只要補充說明一下就可以了：「哎，新米飯吃多了。」誰也不會笑話誰。莊稼人能夠痛快放屁的日子可不多呢。

噩耗來了。從天而降。事先連一點點的預兆都沒有，偉大的領袖，偉大的統帥，偉大的導師，偉大的舵手，莊稼人心中最紅最紅的紅太陽，毛主席，他「沒」了。人們不相信。這怎麼可能呢？可中央人民廣播電台一遍又一遍地重複著這個消息。哀樂響起來了。一九七六年九月九日，一個多麼晴朗的日子，下午三點十五分，噩耗破空而來。王家莊和九百六十萬平方公里的土地一樣，一下子陷入了悲痛。還有驚慌。會發生什麼呢？

所有的人都把手上的活計放下了，不約而同，來到了大隊部的門口。人們聚集在這裡，誰也不說話，誰也不敢弄出一點聲音。不知道是誰第一個哭了，大夥兒都哭了。這是眞心的悲痛，雖說毛主席他老人家一直生活在天安門，可他天天在王家莊，他的畫像掛在每一個人的家裡，釘在每一個人的心裡。王家莊的每一個人都熟悉他父親一樣的目光，他的韭菜一樣寬的雙眼皮，他沒有皺紋的額頭，他下巴上的痣。他哪一天離開過王家莊？他哪一天離開過莊稼人？沒有，從來沒有。他是最親最親的人。吳蔓玲站在大隊部的門口，望著大家，她的面頰上掛著淚水，有些失措，說不出一句話來。這時候人群裡突然有人哭出了聲音，是一個年老的婦女，她抱著一棵樹，大聲說：「新米剛剛下來，你怎麼在這個時候走了哇！」這句話揪人的心了，老大娘說出了廣大貧下中農的心裡話。吳蔓玲被這句話感動了，「哇」地一聲，扶在了門框上。

在悲痛的時刻，王家莊的凝聚力體現出來了。這個時候不需要動員，是悲痛將王家莊團結起來的。悲痛是有凝聚力的，王家莊一下子就結成了一個統一戰線，堅不可摧了。所有的人都站在一起，肩並著肩，人們在往前挪，在向吳蔓玲靠攏，雖然緩慢，卻有了洶湧的勢頭。王家莊的社員體現出了高貴的自覺性，每個人都知道，這時候要集中起來，圍繞在支部書記的周圍。等眞的靠在了一起，他們才發現，他們這樣做不只是因爲團結，骨子裡是害怕，人也警惕起來了。總覺得會有什麼意外，或者更大的不測。意外其實也不可怕，可一旦發生了意外，誰來指揮自己呢？這是一個現實而又迫切的問題。過去一直是毛主席，主席走了，誰來呢？這個問題怕人了。但越是害怕就越不應該守株待兔，就越是應該主動出擊，幹點什麼。轟轟烈烈地，去幹點什麼。既然悲痛已經化成了力量，還等什麼？一定要先下手，先摧毀什麼。人們還在往前擠，所有的力量都彙聚在一起，風平浪靜，廣場上總體的態勢是平靜的，然而，骨子裡悲壯了，洋溢著敢死的氣概。現在，王家莊惟一缺少的就是方向，也就是命令。只要有了命令，刀山，火海，個個敢上，個個敢下。吳蔓玲再一次被感動了，她緩慢地舉起胳膊，向下壓了壓，對大夥兒說：「大夥兒先回去，」她抬起頭來，看了一眼樹梢上的高音喇叭，說：「我們要聽它的。」大夥兒側過腦袋，齊刷刷地望著高音喇叭。高音喇叭現在不再是喇叭，是鐵的戰旗。

別看高音喇叭整天掛在那兒，不顯山不露水的，在這樣嚴峻的時刻，它的絕對意義體現出來了。現在，它就是上級，它就是潛在的命令，它就是一切行動的指揮。爲了保護高音喇叭的安全，吳蔓玲提供了一個緊急方案，由吳蔓玲親自掛帥的「特別行動隊」就在當天晚上正式成立了。所謂的「特別行動隊」，其實是由王家莊的全體社員組成的，四個生產隊分成了四個組，王家莊立即變成了臨時的、非正式的軍隊。這個軍隊實行包幹制，每個生產隊保護線路的一個段落，再把這個段落細分成若干的小段落，每個人一小塊，這樣，在高音喇叭的沿線上，眞正做到了三步一崗、五步一哨，壁壘森嚴了。王家莊完全軍事化了，眞的像毛主席他老人家所說的那樣，全民皆兵。軍事化在任何時候都是最穩妥、最有力的辦法。它是保障。眼下的吳蔓玲不僅是王家莊的村支書，同時也是王家莊的軍事指揮官。

高音喇叭傳來了上級的部署。依照上級的部署，王家莊在大隊部設置了靈堂。王家莊的人全體發動起來了，寫標語，紮紙花，做花圈。花圈沿著大隊部的內側擺了一圈又一圈，白花花的，中間夾雜著金箔和錫箔的光芒，還有赤、橙、黃、綠、青、藍、紫，這一來就斑斕了，喧鬧而又繽紛，把喪禮的氣氛烘托出來了，是無限熱烈的悲傷。高音喇叭裡重複播送著北京的聲音，還有哀樂。秋日裡燦爛的陽光憂鬱而又沉重。然而，不和諧的聲音還是出現了，王瞎子，這個在地震的時候表現就不好的五保戶，他的流氓無產者的習性還是暴露出來了，居然喝酒了。他不知道從哪裡搞到了一點酒，喝得面臉通紅，一身的酒氣。這個問題嚴重了，相當地嚴重。高音喇叭早就發出了通知，九月十五號要在天安門廣場召開偉大領袖毛主席的追悼會，在此期間內，中國大地上的任何一塊土地上都不允許開展娛樂活動。你王瞎子是個什麼東西？三天吃六頓，你快活的哪一頓？這樣的時刻你怎麼可以喝酒？當即被王家莊發現了，告發了，捆了起來，拉到了大隊部。

早在地震的時候吳蔓玲就打算「緊一緊」王瞎子的「骨頭」了，出於大局，吳蔓玲放了他一馬。對他寬大了。可王瞎子就是認識不到這一點。他那雙看不見的眼睛硬是看不見一樣東西，那就是寬大的限度。這一次吳蔓玲沒有和他理論，直接叫人拿來了繩子，給他「緊骨頭」了。王瞎子被捆得結結實實的，渾身都是麻繩，只留下了一顆腦袋，連兩隻腳都看不見了。「緊」好了，王瞎子被丟在了大隊部主席台的下面。吳蔓玲發話了：「除了提審，十五天之內不許出來。」主席台的上面就是毛主席的遺像，王瞎子當然知道把他關押在這個地方意味著什麼，噤若寒蟬，囂張的氣焰立即就下去了。

經過三十三人十一輪的嚴格審查，結論出來了，王瞎子的喝酒不是有組織的行動，不是有預謀的，完全是王瞎子個人的突發性的行為。說到底就是嘴饞。這就非常遺憾了。在這樣的時刻，王家莊的人們其實渴望一次戰鬥，渴望一次眞正的較量，渴望一次你死，或者我活。問題是，這是有前提的，得有敵人。王家莊多麼渴望能夠像挖山芋、挖花生那樣，通過王瞎子這個突破口，一下子挖出一大溜子的敵人，發現一批，揪出一批，然後，再打倒一批。可惜了，沒找到。

老魚叉的尋找和挖掘是在噩耗傳來的那一刻停止的。他歪著腦袋，扶著大鍬的把手，認認眞眞地聽。聽到後來，老魚叉便把手裡的大鍬放下了，一個人點上了菸鍋，安安穩穩地蹲下了。當天夜裡老魚叉沒有折騰，整整一夜都老老實實地躺在床上，這個難得了。弄得興隆反而警覺起來，不敢睡了，就覺得老魚叉的那一頭要發生一點什麼，一夜都在等。可直到天亮的時刻老魚叉都沒有鬧出什麼動靜。興隆聽到了麻雀的叫聲，聽到了公雞的叫聲，閉上眼，踏踏實實地睡了。

一覺醒來已經臨近中午，興隆來到院子裡，老魚叉早已是一頭的汗。他不是在挖，相反，在填。他用天井裡的新土把一個又一個的窟窿給填上了。哀樂還在響，可興隆的心裡偷偷地樂了。這是一個好的跡象，父親無端端地病了，眼下又無端端地好了，這是可能的。不管他的心裡隱藏著怎樣的祕密，起碼，他的舉止正常了，有了向好的方向發展的一面。興隆拿起了一把大鍬，開始幫他的父親。只要能把院子填平了，一切都會好起來的。滿院子的新土堆積在那裡，那可是驚濤駭浪啊。興隆說：「不挖了？」老魚叉說：「不挖了。」興隆說：「不找了？」老魚叉說：「不找了。」興隆說：「這樣多好，多乾淨。」老魚叉說：「這樣好，乾淨了。」

填好了天井裡的坑，老魚叉搬出了一張凳子，坐下來了。在哀樂的伴奏下，老魚叉仰起頭，開始看天。他對「天」一下子有了興趣，著迷了，是那種強烈的迷戀，有了研究和探索的願望。他就那麼盯著，久久地盯著，一直盯著，仔仔細細地看。他的眼睛瞇起來了，嘴巴也張大了，甚至，連口水都流出來了。他就這樣一門心思，對著天，看哪看。還尋思。因爲他的眉頭已經皺起來了。天空是「空」的，他在看什麼呢？想什麼呢？不知道了。老魚叉沒有開始，也沒有終結，沒有提問，也沒有答案。他就這樣空洞洞地看。對了，天空其實也不是空的，有一樣東西，那就是太陽了。可太陽是不能看的。太陽從來就不是給人看的。可是，老魚叉強了，偏要看。他盯上了太陽，只是一刹那，他的眼睛黑了，一抹黑，像一個瞎子。

天空黑得像一個無底洞。老魚叉到底還是把目光挪開了，挪到他的三間大瓦房上來了。大瓦房也是黑的，彷彿一團墨，慢慢地，卻又清晰起來了，有了跋扈而又富麗的輪廓。它巍然聳立，放射出青灰色的光。老魚叉這一回看定了，他的大瓦房就在蒼天底下，天，大瓦房，還有什麼比這更美呢？沒有了。老魚叉望著那些瓦楞子，他的目光順著那些瓦楞子一條一條地往下捋，彷彿年輕的時候用手捋著女人的頭髮。瓦楞子凸凹有致，整整齊齊的，像新娘子的頭髮，滑溜溜地保持著梳子的齒痕。是的，梳齒的痕跡。興隆他媽嫁過來的時候就是這樣的，一頭的水光，一頭的梳齒，妖媚了。

老魚叉還記得新婚的那一夜，他望著自己的新娘子，只用了一眼就把新娘子摁倒了。老魚叉拉開了她的棉褲，連上衣都沒有來得及脫，他就把他的傢伙塞了進去。老魚叉急死了。要知道身子底下的新娘子可不是一般的女人哪，她被王二虎睡過了，差一點就成了王二虎的「小」，只不過王二虎命短，沒有來得及罷了。被王二虎睡過的新娘子給了老魚叉無限的欣喜，他喜歡的就是這個，著迷的就是這個，他最想睡的就是「被王二虎睡過的」。他一定要弄清楚，被王二虎睡過的女人究竟是怎樣的滋味，他要嘗嘗。要是細說起來的話，自從給王二虎做幫工的那一天起，老魚叉就立下了一個宏偉的人生目標，他要做王二虎。這是一個遙不可及的夢。他渴望像王二虎那樣吐氣、呼吸，他渴望像王二虎那樣走路、說話，他更渴望像王二虎那樣吃飯、睡覺。誰也沒有想到，土改一到，生龍活虎的王二虎就「改」成了一具無頭屍，他的三間大瓦房就「改」成自己的了，太簡單了，太神奇了，都不敢相信。卻是眞的。現在，老魚叉又要睡王二虎睡過的女人了，他老魚叉不是王二虎又是什麼？他老魚叉不是王二虎又是誰？上天有眼哪！新婚之夜老魚叉一夜都沒有闔眼，他在操王二虎睡過的女人，一遍又一遍地操。操累了，歇歇，再操；操渴了，喝點水，還操。這是怎樣的滋味，怎樣的酣暢，怎樣的翻身與怎樣的解放！解放區的天是明朗的天，解放區的新郎好喜歡！他要天天操，月月操，年年操。老魚叉硬梆梆的，在新娘子的大腿之間迅速地摩擦，不停地進出。他氣喘吁吁地問他的新娘：「他厲害，還是我厲害？」新娘子咬緊了牙關，不說。不說就打。老魚叉騰出手來，連著批了新娘子七八個耳光，新娘子被打怕了，小聲說：「相公，他不行的，是你厲害呀！」老魚叉一聽到這句話身子就直了，挺在那兒。他幹不下去了。要射。他大喝了一聲，竭盡全力地射了。一滴都不剩。老魚叉在新婚之夜打完了最後一顆子彈，打完了，天亮了。東方紅，太陽升，老魚叉哭了。他軟綿綿地捶著床板，對著新娘子的兩隻奶子萬分委屈地說：

「個天殺的，我可沒積什麼德，我老魚叉怎麼也有今天哪！」

老魚叉望著他的大瓦房，突然發現了一個意外，瓦楞子的中間長出了許多瓦花來了。這些瓦花是什麼時候長出來的呢？老魚叉想，想不起來。想必很久了。不是三年五載的事情，平日裡沒有留意罷了。這些灰色的瓦花特別地茁壯，如果把整個屋頂看成一座山坡的話，那可是漫山遍野了。老魚叉想起來了，他剛剛住進來的時候這三間大瓦房還是新的，他把每一塊磚頭和每一塊瓦片都看過了，瓦楞子裡頭並沒有瓦花。現在怎麼就有瓦花了呢？不該有。老魚叉決定拾掇拾掇。老魚叉叫過興隆，讓他去搬梯子。興隆不解，問：「你要做什麼？」老魚叉回過頭來，目光銳利了，透出一股咄咄逼人的力量。老魚叉說：「叫你搬，你就搬。」這樣的目光興隆再熟悉不過了，這是父親的目光，這是老魚叉的目光。這才是他的父親，這才是老魚叉，霸道，果斷，常有理，永遠正確。他的父親終於回來了！興隆一陣欣喜，搬來了梯子，和父親一起爬到屋頂上去了。他們開始清理瓦楞子中間的瓦花。老魚叉再三關照興隆，手要輕，腳要輕，動作要輕。千萬不能把瓦弄碎了，一塊都不能碎。

也就是小半天的工夫，勤勞的父子終於把大瓦房上的瓦花清除乾淨了。老魚叉從房頂上下來，點上了菸，再一次端詳他的大瓦房了。剔除了瓦花，大瓦房更像大瓦房了，像新的，一磚一瓦都露出了它們本來的面目，格外地波俏，招人喜愛呢。老魚叉坐下來了，他讓興隆給他端水。老魚叉一邊抽，一邊喝，一邊聽著哀樂，一邊瞅著房子。是知足的樣子，喜上心頭的樣子。是憂戚的樣子，滿腹狐疑的樣子。同時還是踏實的樣子，九九歸一的樣子。說不好。臨了，老魚叉把水喝乾淨，把菸鍋放在了凳子上，整理了一遍衣褲，再一次上房了。上房之後老魚叉把梯子也拽了上去。他爬到了最高處，在屋脊上，站立起來。放開眼，王家莊就在他的眼底了。他把王家莊打量了一遍，是一個又一個屋脊。不同的是，那是茅草的屋脊，醜陋而又低矮。老魚叉居高臨下了。居高臨下的滋味很好，眞是很好。好極了。老魚叉退下來一步，對著正北的方向，跪下了。

他像變戲法那樣從口袋裡掏出了三根香，點著了，插在了瓦縫裡。老魚叉磕了三個頭。這個舉動特別了，而他的頭磕得又過於努力，在額頭和瓦片之間發出了金屬般的音響。一陣風把哀樂的聲音吹了過來，是一陣猛烈的悲傷。興隆在天井裡喊：「爹，幹嘛呢？下來吧。」其實興隆已經有了非常不好的預感了，只是沒有辦法，只能在天井裡轉圈。興隆看著老魚叉磕完了頭，伸出手去，撫摸著那些瓦。一遍又一遍地撫摸，是無比珍惜的樣子。摸過了，老魚叉在屋頂上站起了身子，沿著屋脊，在往西走。一直走到頭。興隆看見自己的父親挺起了肚子，大聲喊道：「乾淨了！乾淨了！乾淨了！」這是老魚叉這一生最後的三句話，就九個字。興隆沒有聽懂。但興隆從父親劇烈的晃動當中看到了災難種種。興隆還沒有來得及說話，就發現父親直挺挺的，腦袋朝下，一頭栽了下來。

老魚叉沒有葬禮，埋葬得也相當草率。他的屍體被一張草席裹著，三兩下就完事了。這個怨不得別人，他死得太不是時候了。這個人眞是不懂事，怎麼可以在這個時候死呢？你急什麼呢？晚幾天就不行麼？哪一天不能死人哪。他的喪禮只能這樣，只好這樣了。所以說，一個人在什麼時候死相當關鍵，它比一個人在什麼時候生還要重要。會生不算本事，會死才算。吳蔓玲得到了老魚叉的死訊，特地把興隆叫到了大隊部。吳蔓玲交代說，因爲「情況特別」，她希望老魚叉的喪事「簡單處理」，希望興隆能夠「顧全大局」。興隆點了點頭。這一點其實是不用吳支書關照的，在這樣的節骨眼上，他興隆怎麼能替父親辦喪禮呢？不可能的。給老魚叉斂屍的時候，興隆的媽一直守在老魚叉的旁邊，她望著老魚叉，不停地用手撫摸他的腦袋。可是興隆的媽突然跳了起來，跳一下拍一下巴掌。她一邊拍，一邊喊：「才好！才好！才好！」

作為王家莊的中心，大隊部的重要性在這幾天的時間裡眞正地顯示出來了。只要一有空，人們就自覺地來到了這裡，默默地站上一兩個時辰。尤其是夜晚，在通往大隊部的各個巷口，行人絡繹不絕。氣油燈把靈堂照得和白天一樣亮。氣油燈這個東西特別了，只有發生了特別重大的事情才會是用它，因而，它不只是燈，而是一個標誌，是事態重大的標誌，是形勢嚴峻的標誌。氣油燈燒的是最普通的煤油，然而，有一個很大的氣囊，打上氣之後，它的工作原理有點類似於焊槍。它的燈泡不是玻璃的，而是一個小小的紗布袋，在氣壓推動著煤油向外噴射的時候，小小的紗布袋燃燒起來，沒有明火，卻能夠發出耀眼炫目的光芒。大隊部的大門是敞開的，氣油燈的光芒衝出了門外，像一把刀，把黑夜劈成了兩半。左邊是黑夜，右邊也還是黑夜。刺眼的燈光使黑夜更黑，天更黑，地更黑，人們的臉更黑，漆黑。一個人就是一個黑色的窟窿。

九月十五日下午，偉大領袖毛主席的追悼大會在天安門廣場隆重舉行。事實上，追悼大會的會場不只是天安門廣場，而是中國。是東北、西南、西北和東南，是長江與長城，黃山與黃河，是九百六十萬平方公里的土地。天在哭，地在泣，山河為之動容，天地為之變色。五十六個民族低下了腦袋。這是中華民族最悲慟的一天。毛主席，他為中國人民和世界人民做出了不可估量的貢獻，他的離去，是中國人民和世界人民不可估量的損失。不可估量，誰也不可估量。天下沒有這樣的度、量、衡。天是晴朗的，但每一個人的心中都在下雨。淚飛頓作傾盆雨。

王家莊的人們聚集在大隊部的門口，按照四個生產小隊，排成了整齊的隊伍，隨著高音喇叭裡的指令默哀或者鞠躬。高音喇叭把北京的聲音傳過來了，此時此刻，王家莊和北京是一樣的，——人們從來沒有感覺到自己和北京這樣靠近過，反過來說，人們從來沒有感覺到北京如此這般地無所不在。北京是水銀，具有無所不能的滲透能力。這種感覺雄壯了，巍峨而又恢宏。這種感覺使王家莊的人一下子振奮起來，心中充滿了勇敢和無畏：他們並不在王家莊，他們和全國人民一樣，都在北京。

爲了保證會議的純潔性，追悼會開始之前，吳蔓玲讓佩全對會場做過一次全面的清理。這是人民對自己領袖的追悼，一些人是不能參加的。吳蔓玲開了一份大名單，「王禿子」王世國，「孔婆子」孔素貞，「地不平」沈富娥，「臉不平」盧紅纓，「蛐蛐」楊廣蘭，「噴霧器」于國香，還有顧先生和王大貴等十四人從會議的現場被剔除出去了。吳蔓玲關照說，雖然把他們剔除了，但他們不許回家，他們必須在廣大人民群衆的「眼皮子底下」，否則，他們會「亂說」，「亂動」。把他們弄到哪裡去呢，這還難辦了。好在佩全想出了一個好方法。他找來了一條水泥船，把他們統統趕到船上去，隨後把水泥船划到大隊部門口。就在水的正中央，拋下錨，水泥船四面不靠，停在哪兒了。這樣一來好了。追悼會在岸上，而他們在水上。一方面，他們在，另一方面，他們又不在。兩全其美了。

十四個人把水泥船擠得滿滿的，該立正立正，該鞠躬鞠躬，都流了淚，一切整齊歸一，同時又有條不紊。其實呢，複雜了。就說顧先生，顧先生對這一次的安排極度地不滿意。敢怒不敢言罷了。他怎麼可以和「這些人」在一起悼念毛主席呢？這是一個隆重的時刻，他不能和「這些人」在一起。可是，不在一起又能到哪裡去呢？顧先生只能哭。哭得格外地盡力，哭到後來，都有些纏綿了。顧先生的悲傷是孤獨的，顧先生的眼淚更是孤獨的。這一點王家莊的人很難理解。對別人來說，毛主席只是幫著他們翻身、解放。可是毛主席對顧先生的恩情就不只是這些，而是幫著他脫胎與換骨。顧先生是講精神的，講思想的。是毛主席把他這個封建主義和資產階級的雙重餘孽昇華成一個堅定的、徹底的唯物主義者。顧先生愛上了革命，愛上了暴動，愛上了打倒、推翻、抄家、發配和懲治。這裡頭有別樣的快樂，另一種幸福。這裡頭有精神的綻放。「這些人」哪裡能懂，王家莊的人知道什麼？他感受到了。毛主席對他有恩，他欠了他老人家的一分情。顧先生沒有別的，只想在追悼會的現場默默地表達他的感恩。可是，不能夠了。顧先生不只是悲傷，還有委屈。透過淚眼，顧先生遠遠地望著會場，會場上的橫幅就是他寫的，黑體字，再用剪刀把它們用心地剪出來，每一個都有方杌子那麼大，花了他整整一夜的功夫。橫幅上的字顧先生看得見，「沉痛悼念偉大領袖毛主席！」每一個字都清清楚楚，然而，中間畢竟隔了半條河，不是那麼回事了。顧先生傷心，比宣布他是右派的時候還要傷心。眼淚是可恥的，可今天，顧先生忍不住。高音喇叭終於傳來了「國際歌」的旋律，顧先生最喜歡的就是「國際歌」的過門了，是一把長號，充滿了犧牲的激情，悲憫、莊嚴，沈鬱而又雄壯，彷彿號召人們一起去死。事實上，顧先生一聽到「國際歌」就想死。「國際歌」的旋律剛剛響起，顧先生的熱血沸騰了，他淚流滿面，來到了船頭，旁若無人，用俄語高聲唱道：

起來，飢寒交迫的奴隸
起來，全世界受苦的人
滿腔的熱血已經沸騰
要爲眞理而鬥爭

舊世界打個落花流水
奴隸們起來，起來
不要說我們一無所有
我們要做天下的主人
這是最後的鬥爭
團結起來到明天
英特納雄內爾
就一定要實現
這是最後的鬥爭
團結起來到明天
英特納雄內爾
就一定要實現

就在這一天的晚上，孔素貞找到了王世國，她要做佛事。她要爲毛主席超度，她要爲毛主席好好念一念《金剛經》。王世國回應了。零點過後，他把沈富娥、盧紅纓、楊廣蘭、于國香她們召集起來了。他們上了一條船，划出去四五里的水路，就在船上，他們擺開了水陸道場。到底是秋夜的水，有一種凝稠的、厚實的黑，在無聲地流。他們沒有木魚，沒有磬，但他們是有創造性的，最關鍵的是，一顆心虔誠了。他們就敲船。咚咚咚咚的，聲音傳得相當地遠。不過沒事的，安全。他們跪在船艙裡，面對著天上的北斗星，磕頭，燒紙，焚香。他們要爲毛主席化錢，不能讓主席在那邊受窮。毛主席一定能收到他們的這一番心意的，只要在北京中轉一下，就收到了。他們在誦經。他們相信，在他們的祈禱聲裡，毛主席赤著腳，踩著蓮花，正在向極樂世界去。二十年之後，他老人家一定還會回來，回到中國，回到北京，回到王家莊，領導人民過上天女散花的日子。一想到這裡他們就難過了，但是，是那種滿懷著希望的難過。一個個的痛痛快快地哭出了聲來。

第二天的一大早，許半仙就把最新的動向彙報了吳蔓玲，吳蔓玲沒有說話。搞封建迷信當然是錯誤的，但是，這一次它的主題沒有問題，在大方向上，還是正確的。吳蔓玲難辦了。有些事情，做領導的不知道最好。知道了，是處理好呢，還是不處理好呢。一旦知道了，做領導的反而左右爲難。吳蔓玲第一次對許半仙拉下了臉來，發了脾氣，她不耐煩地對許半仙抱怨說：

「不要什麼事情都過來報告！」

第十六章

秋天的第一場雨特別地長，滴答了四五天，大地一下子就被這場秋雨澆透了，澆涼了。涼下來的日子實在是好，爽啊，連喘氣都特別地順暢。返晴之後的天空一下子高了，清澈得像驢子的眼睛，傻傻的，彷彿很多情，其實什麼也沒有。萬里無雲。偶爾有一兩片羽毛一樣的雲，它們掛在遠處，靜止，不動。可以想見，高空沒有一絲絲的風。再偶爾還有一群雁，牠們在飛，不停地變換飛行的陣形，由「人」變成了「一」，又由「一」換回到「人」。牠們並不匆忙，是早早地有了打算的樣子。所以能按部就班。而王家莊的大地上就更加安逸了，巷子裡鋪滿了稻草。連續幾天的秋雨把家家戶戶的草垛都淋溼了，好不容易放晴，就必須把它們曬乾，這一來整個王家莊都是金色的了。稻草在秋日的照耀下發出了特別的氣味，有些香，還有些澀，王家莊就籠罩在這樣的氣味裡。聞上去叫人懶。當然，那些雞是開心的，牠們低著頭，在稻草上尋找一些剩餘的稻穀，不用爭，也不用搶，各自守著各自的地盤，這裡啄一口，那裡啄一口，自得其樂了。

沈翠珍提著丫叉，一直在家門口的巷子裡翻草。太陽掛在頭頂上，但秋日裡的太陽畢竟是秋日裡的太陽，不那麼堅決了，有了恍惚和馬虎的意思，照在身上格外地爽朗。往常翻草這樣的活計總是由紅粉來做的，可紅粉這丫頭哪裡還指望得上，不指望了。等把紅粉嫁出去，沈翠珍想，眞的要好好歇上幾天了。今年的這一年不尋常，太不尋常了，什麼事都趕上了，一件接著一件，就像是老天爺安排好了的一樣。是個凶年哪。太不省心、太不順遂了。最愁人的還是端方。自打麥收的時候起，沈翠珍就一直在張羅他的親事，眼見得秋天都過來了，沒有一點頭緒。沒頭緒也就罷了，還鬧出了三丫這一齣。哎，作孽呀。別看端方的條件這樣好，他和三丫這麼一鬧，往後的事還眞是不好說了。還是先放一放吧，不能急。等三丫的事慢慢地淡了，再往下說。這會兒給他提親，再有肚量的姑娘也不會答應的。

沈翠珍一邊翻草，一邊想著端方，一抬頭，卻看見端方從家門口出來了，一手夾著草席、一手提著網兜，是要出門的樣子。沈翠珍扶住了丫叉，望著端方手裡的家當，有些不明就裡，站在那裡等。等端方走到跟前，沈翠珍把他叫住了，問：「這是做什麼呀？往哪裡去？」端方立住腳，甕聲甕氣地說：「我搬到河西去。」沈翠珍說：「搬到河西去做什麼？」端方說：「我去養豬。」沈翠珍說：「你這是發的什麼癔症？」端方不看他的母親，也不理她了，兀自走人。沈翠珍喊了一聲，說：「你給我站住！」端方就像是沒有聽見，腳底下拖了一長串的稻草。沈翠珍望著端方的背影，急了，硬是弄不明白端方究竟要幹什麼。他做什麼不行，偏偏要去養豬！養豬當然不是什麼見不得人的事，可終究不體面，主要是沒有一個好的口彩。將來介紹物件的時候，人家問起來了，你們家兒子是幹什麼的呀？養豬！怎麼說得出口哇。沈翠珍一把丟下手裡的丫叉，身邊的老母雞們一哄而起，嚇得飛出去好幾丈。她追上去，說：「端方！」可端方的身子已經在巷口拐彎了。

端方來到河西，鑽進了養豬場的茅草棚。就在老駱駝的對面，架起了一張木板床。老駱駝五十好幾的人了，駝背，後背上拱起來好高的一大塊，村子裡的人都喊他「老駱駝」。老駱駝還有一個特點，一臉的雀斑，像灑滿了菜籽，所以，也有不少人也喊他「老菜籽」。其實「老駱駝」和

「老菜籽」都不是什麼好聽的稱呼。可老駱駝這個人有意思了，他是有忌諱的，他認可「老菜籽」，卻不喜歡人家叫他「老駱駝」。也許正因爲這樣，大部分人就格外堅決地喊他「老駱駝」，反而不喊他「老菜籽」了。

端方當然是一個例外，因爲剛剛來，端方對老駱駝禮貌有加了，恭恭敬敬地喊了一聲「老菜籽」。端方架好了床，鋪上草席，躺下來，試了一下硬軟，挺好，坐起來了，微笑著打量老駱駝。老駱駝蹲在地上，認認眞眞地吸著旱菸，一點也看不出是高興還是不高興，也就是說，一點也看不出是歡迎端方還是不歡迎端方。說起來老駱駝這個人還挺不一般的，有家有口，是兒女雙全的人，像他這樣的人能在養豬場一待二十年，其實不容易。當然了，老駱駝的老伴死得早，四十來歲就歿了。事實上，女兒出了嫁，兒子成了家，老駱駝就一直把養豬場當作自己的家，一心都撲在豬的身上。老駱駝和兒女們從來不走動，各自過各自的日子。這麼多年了，他就一個人過。日子過得也滿好，白天一個太陽，晚上一個月亮，白天三頓，夜裡一覺，一五一十，挺順當。好在老駱駝的腰板好，身子骨硬朗，和兒女們不來往，也沒什麼，不來往就是了。老駱駝還沒到需要兒女們端屎端尿那一步。只要有豬，老駱駝就能夠自得其樂。想起來了，早些年老駱駝還做過全縣的「養豬能手」呢。老駱駝和兒女們處不來，不等於他和豬就處不好。

端方在養豬場住下來了。其實，端方來養豬，倒不是臨時的決定，是經過深思熟慮的。最根本的緣由是端方不想待在王家莊，想走。可是，又能到哪裡去呢，只能到養豬場了。自從三丫走了以後，端方在王家莊其實就待不下去了。端方每天都要面對許多人，面對許多問題，其實每一次都是拷問和審訊。王家莊的人有一個特點，尤其是那些長輩，他們熱心，關切，好奇，總是喜歡問，追根挖底地問。你要是不把你的事情告訴別人呢，那就是你不厚道了。別人在關心你，抬舉你，你必須回答。可端方實在沒有那麼多的東西可以回答，有些事情也是不好說的，怎麼辦呢，最妥當的辦法就是躲開。可王家莊就是這麼小的一塊地方，你能往哪裡躲？想來想去，端方想到了養豬場。養豬場是個好地方，雖說離村子不遠，可好歹隔了一條河，最關鍵的是，四周都沒有住戶，也就沒有那麼多的嘴巴了。豬是有嘴巴的，可豬的嘴巴只會拱地，不會拱人的心。這一來就省心了。端方來養豬還有更深的一層緣由，主要還是爲了當兵。端方自己也知道，高中畢業這麼長的時間了，在村子裡卻一直沒有「表現」，這總是一個缺陷。在這樣的節骨眼上來到養豬場，髒活和苦活都幹了，將來「政審」的時候總歸是個便宜。好歹是一個亮點。反正離徵兵的時間也不長了，就是再苦，再髒，熬過去也就完了。總之，是利大於弊的選擇。

養豬場滿小的，說是「場」，其實也就是三十來條豬。一大半是雜交的約克夏，剩下來統統是新淮黑豬。比較下來，端方喜愛的是那些白色的約克夏。約克夏的體態相當地昂揚，正面看過去，前胸的那一片特別地開闊，剽悍，能夠看得見牠們的豪邁。比較下來新淮黑豬就齷齪多了，樣子十分地猥瑣。最要命的還是新淮豬的兩隻大耳朵，大得出奇，軟遝遝的，耷拉在那兒，一步三晃蕩。一旦靜下來了，卻遮住了眼睛，樣子就有些怪，鬼鬼祟祟的。再看看約克夏的耳朵吧，小小的，在陽光下面呈現出半透明的狀態，一有風吹草動就支棱起來了，一閃一閃的，像馬，像矯健的貓科動物。當然了，最大的區別還不在耳朵，在腹部。約克夏的腹部扁扁的，平平的，收著，多了幾分的俊朗與威武。新淮豬呢，牠們的肚子可就不講究了，特別地大，特別地鬆，髒兮兮的全是褶皺，彷彿一大堆的抹布。由於新淮豬的背部凹下去一大塊，這一下更糟糕了，牠的腹部一直掛到地面，一旦行動起來，雙排扣的奶子就拖在地上，和屎尿攪拌在一塊兒，邋遢得要了命。

端方喜歡約克夏，那好吧，老駱駝和端方就做了簡單的分工，所有的約克夏都歸端方。兩天沒到，端方算是明白了，所謂養豬，就是給牠吃。因爲豬是人餵養的，牠的習性和人也就有了幾分的像，一天也要分成三頓。別小看了這一天三頓，麻煩大了。豬可不是人，一手拿著筷子，一手端著碗，充其量也就是兩大碗。豬不是這樣的，一門心思全在吃上頭。到了吃的時候，牠就像打仗，把牠的嘴巴一股腦兒埋在豬食裡，吞一口腦袋就要抖一下，再吞一口，再抖一下，然後，閉著眼睛慌亂地咀嚼。一頓就是一大桶。一天三頓，你就一擔子一擔子地往豬圈裡挑吧。可麻煩的並不是豬的吃，而是豬的拉。豬這個東西拉起屎來實在是太放肆，什麼時候想拉什麼時候拉，想在什麼地方拉就在什麼地方拉，一拉就是一大堆。你要是不給牠打掃，好嘛，牠就在自己的屎尿裡頭睡，牠才不管呢，還涼快呢。端方最不能忍受的就是豬的髒，你剛剛給牠打掃乾淨，牠就給你擺攤子，東一攤，西一攤。端方便打，用手裡的扁擔揍牠們，把牠們揍得像馬駒子，一蹦多高，又一蹦多高。老駱駝看見了，心疼了，說：「端方，可不興這樣。」一話說得並不重。但是，意思全到了，有了情感的色彩。他對豬的愛惜可以說溢於言表了。端方不是不想偷懶，可實在是偷不起來，老駱駝的豬圈就在旁邊，一比較，差距就出來了。老駱駝自己髒兮兮的，可他的豬圈則永遠乾乾淨淨。掃完了，再用水沖，都可以擺酒席了，都可以作新房了。老駱駝還有老駱駝的理論，說養豬就如同小媳婦帶孩子，會「餵」不算，把乳頭子放進嬰兒的嘴裡，誰不會呢？關鍵是會「端」，會「把」。所以說，「傻媳婦會餵，巧媳婦會端」，就是這麼一個道理。這麼一來端方的勞動量就大了，剛剛挑過豬食，餵完了，還得再挑，挑水，沖豬圈。榜樣的力量是無窮的，榜樣的力量也是殘酷的，老駱駝一聲不響，硬是給端方豎立了一個殘酷的榜樣。三四天下來，端方的肩膀腫了。哎，早知今日，何必當初呢。人不好伺候，豬就好伺候了？一樣。有嘴的東西都不是好東西。

因爲每天要打掃豬圈，端方只好買了一只菸鍋。豬圈裡的氣味實在是太沖了。點上菸，好歹能緩一緩。可紙菸端方是抽不起的，那就買一隻菸鍋吧。端方才二十歲出頭，叼著菸鍋，看上去老相了。然而，也只好這樣了。加上不刮鬍子，二十歲的端方一下子就老了十歲。

白天裡忙完了，到了晚上，端方就和老駱駝住在茅棚裡了。端方發現，也許是和豬相處的時間太長了，老駱駝便有了一些豬的習性。比方說，喜歡待在牆角。比方說，在他沒事的時候，喉嚨裡總要弄出一些聲音，平白無故地哼唧一聲。尤其到了吸旱菸的光景，老駱駝先要蹲下來，把背脊靠在牆角上，然後，點上火，慢慢地吸。吸一口，「嗯」一聲，再吸一口，再「嗯」一聲，聽上去很像豬。除了哼唧，老駱駝就不怎麼說話。老駱駝是不愛說話的，這一點有點像顧先生了，也是一只悶葫蘆。

然而，端方錯了。這一次端方錯大了。老駱駝不是一只悶葫蘆，他愛說，是個碎嘴，是個話簍子。囉嗦得能要人的命。前幾天他不說話，是因爲和端方不熟，也許還在暗地裡考察端方。現在，四五天下來了，看見端方挺老實，老駱駝的情形說變就變，一下子打開了他的話匣子，沒完了。

端方，你聽我說。老駱駝把馬燈掛在了牆上，終於開口了。老駱駝說，這個豬啊，頭緒多了，學問大了。老駱駝說，看上去牠們都是豬，一樣，其實呢，牠不一樣。各地的豬都不一樣。江蘇主要是新淮豬，黑色的，屁股上有一點白花紋，這是牠的標誌。上海呢，則是上海白。北京有北京黑。而山西就成了山西黑。浙江的卻是浙江中白了。遼寧呢，遼寧有新金縣的新金豬。新金豬是黑豬，可是，它的鼻尖、尾尖和四肢的下部都是白色，這一來我們就把牠叫做「六白豬」。

再向北，可就到哈爾濱了。哈爾濱的豬也是白色的，當然就叫哈白豬了。端方閉著眼睛，腦子裡一下子就出現了一幅中華人民共和國的地圖，幅員遼闊。這是豬的版圖，是豬的歷史地理。可老駱駝並沒有局限於中國，在豬的話題下，他開始放眼世界了。老駱駝說，端方你可不知道，其實外國人也養豬。丹麥，知道的吧，牠就有蘭德瑞斯白豬。我們豬圈裡的約克夏，牠的老祖先其實在英國，後來呢，英國人把牠帶到了澳大利亞，再後來，牠不遠萬里，來到了中國。美國人也養豬，最著名的有兩個品種，杜洛克，漢普夏。還有比利時的皮特蘭。還有加拿大的拉康比。多了。端方睜開眼，坐了起來，望著對面的老駱駝，盯住了他。這個人他不認識了，這個人是誰呀？端方以爲這個養豬的老頭連一個字都不識的，居然是個學問家呢。還一嘴一個丹麥，一嘴一個澳大利亞。這些外國的國名從老駱駝的嘴裡冒出來，太嚇人了。像做夢。這個人是老駱駝麼？老駱駝的身子靠在馬燈的底下，在牆上蹭了幾下癢，詭祕地笑了。老駱駝小聲說：「我在縣城裡學過。」

老駱駝在一九五七年到縣城裡學過養豬，那時候人民公社剛剛成立。話題扯到了一九五七年，老駱駝的話又多了。——那可眞是神仙過的日子啊，老駱駝說，每天早上，一起床就是兩個大饅頭，比拳頭還要大，一個星期還可以吃一回豬肉。說起豬肉，老駱駝舔了舔嘴唇，話題又岔開了。——這豬呢，就是吃的。豬身上每一塊地方都能吃，哪一塊最好吃呢？端方你肯定不知道。讓我來告訴你。小母豬屁股後頭的，那個，尾巴下面的，那個，知道了吧，哎，就是那個。最好吃。我知道你沒有吃過。可我吃過。好吃啊，好吃。端方哪，別看我們天天養豬，我們反而吃不上豬肉。我已經四年沒嘗過豬肉的滋味了。

老駱駝沒有在豬肉的滋味上做過多的糾纏，他的話鋒一轉，扯到賣豬上去了。賣豬誰不會呢？把豬趕到鎮上去，過了磅，收好錢，行了。可豬不是這樣賣的。老駱駝說，賣豬可有講究了。最大的講究就是餵，也就是最後的十天。在最後的十天裡，我可以讓牠一天增加四斤的肉。你信不信？老駱駝說，豬肉七毛三分錢一斤，四斤肉，三四一十二，四七二十八，一天就是兩塊九毛二，十天就是二十九塊二！假如，我是說假如，十天以後我們要賣豬，第一天要幹什麼？老駱駝問，第一天我們要幹什麼？

端方不知道。十分茫然地望著老駱駝。老駱駝自問自答了，得給牠打蟲子。老駱駝說，用一片敵百蟲，摻在豬食裡，讓豬吃下去，蟲子就沒了。打完了蟲子，讓豬歇一天。第三天，我們就要給牠洗胃。洗胃其實很簡單，先給牠吃大蘇打，到了第五天，再給牠吃小蘇打，這一來豬的胃就洗乾淨了。爲什麼要給豬洗胃呢？是爲了讓豬有一個好胃口。讓牠吃。胃一乾淨，豬就像發了瘋，拚了命地吃。吃多少，長多少。豬就是這樣一個好東西，吃什麼牠都可以變成肉。現在，最關鍵的地方來了。吃什麼？吃什麼呢？

端方，還是我來告訴你。要把米糠、麥麩、玉米粉、青飼料放在一起，用水泡起來，這些都要提前預備好的。好好地漚，好好地曬，讓它們發酵。一發酵就有酒香了。到了添飼料的時候，再加上一把韭菜，豬就特別地愛吃。特別地愛吃。你想啊，一發酵就有酒精了，豬一吃就睡。其實是醉了。醒了再吃，吃了再醉，醉了再睡，睡了再醒，醒了還吃，吃了還醉，醉了還睡，睡了還醒，醒了又接著吃嘛。醉生夢死是最長肉的，十天的工夫，那就是四十斤的肉。端方，要得富，先養豬。如果我們的祖國豬和人一樣多，那我們的祖國將有多少肉？十天之內，國家必定富強。

端方對老駱駝佩服了，三百六十行，行行出狀元，不假的。老駱駝就是豬狀元。在這樣的一個轟轟烈烈的年代裡，老駱駝不聲不響的，悄悄地變成了豬狀元。要不是來到養豬場，端方再也沒有料到王家莊還有這樣的人物。老駱駝不簡單呢。

「老菜籽，你怎麼知道這麼多呢？」

「把豬當人。」老駱駝說。

但端方對老駱駝的崇敬沒有能夠持續下去，端方受不了了。在接下來的日子裡，在每一個夜晚，端方差不多都是在老駱駝的說話聲中睡著的。老駱駝一開口就是豬，最後閉口的還是豬。只是豬，永遠是豬，沒有別的。端方以為老駱駝會用一兩個晚上把豬講完，然後，說點別的。老駱駝沒有。在豬這個話題下面，老駱駝煞不住車了。豬是廣博的，深邃的，永遠也沒有講完的時候。總之，一到了晚上，端方就覺得自己不是躺在床上，而是躺在豬圈裡，他成了豬學生，而老駱駝則成了豬老師。豬不再是豬，豬是一門課，是語文、政治、數學、物理和化學，永遠也沒有講完的那一天。豬居然還會生病，真是奇了。牠會消化不良。牠會便祕。牠還得肺炎。豬還容易脫肛。豬很容易風溼。豬也會流產。月子坐不好就會得產後瘋，那就很危險了。你看看，老駱駝說得沒錯，這哪裡是豬，簡直就是人哪。

豬的故事還真的來了。老駱駝所飼養的一隻小母豬終於不吃食了。這頭小小的黑色的母豬是老駱駝的心肝寶貝，老駱駝說，牠特別地「標致」。今年開春的時候，獸醫本來想把牠和別的豬一起「洗」了的，老駱駝沒捨得。所謂「洗」，說白了就是「騸」，只不過公豬才說成「騸」，而母豬則要說成「洗」。老駱駝沒有「洗」牠，這會兒這只嬌滴滴的小母豬到底來情況了，牠不吃，不喝，文靜了，嫵媚得像一個待嫁的新娘，從此陷入了無邊的思戀。幸虧牠的前腿太短，要不然，牠一定會用牠的前腿托住下巴，做出此恨悠悠的樣子來。到了第二天的上午，這個可憐的新娘到底把持不住了，露出了蕩婦的本來面目。牠再也不顧了體面，開始喊，拚了命地喊。尖銳的、卻又是磅礴的情欲像一把刀，在牠的體內攪動，血淋淋地疼痛。可憐的小蕩婦被情欲折磨得死去活來，身後的「那個」也紅腫了。可別的豬都是「騸」過的，或「洗」過的，所以，牠們並不知道牠的情況。牠們不知道牠們的朋友有多難受，一個一個都冷漠得很，只顧了吃，只顧了睡，是事不關己、高高掛起的樣子。哪怕趴在牠的身後給牠一點安慰也好哇，牠們就是沒有。端方望著小母豬，因爲沒有經驗，手足無措了，只好問老駱駝，「怎麼辦呢？」老駱駝並不慌，任憑小母豬聲嘶力竭，就是不理牠。直到第三天的上午，老駱駝才把小母豬打發上了船。這時的小母豬差不多已經是筋疲力盡，還想喊，沒有力氣了。只剩下嬌喘微微，而一雙眼睛也已是欲開還閉。牠深深地思念著一個根本就不存在的心上人。老駱駝順手給了端方兩塊錢，說：「你帶牠到中堡鎮去一趟吧。日他的娘，給人家睡，還要給人家錢，日他的娘！」

中堡鎮，多麼地開闊，多麼地壯觀。由於它面臨著蜈蚣湖，面對著闊大的水面，這一來它就有了一個整體的視角，生出了全景式的縱橫，先聲奪人了。它青色的、浩浩蕩蕩的屋頂現在就鋪排在端方的跟前，青磚和細瓦是多麼地縝密，嚴絲合縫，絲絲入扣，正是這樣的絲絲入扣構成了一幅巍峨的景象，規範而又參差。中堡鎮太古老了，每一座瓦房都有了上百年或幾百年的歷史，很舊了。但是，舊歸舊，有來頭。舊得大氣，敦實，有底子，俏麗而又恢宏，眞的稱得上氣象萬千，是煙波浩淼的氣派。偶爾也有幾處新砌的房屋，那個很好辨認了，一律是絳紅色。那些有限的、近乎破敗的絳紅雖然侷促，可是，在一大片的青磚灰瓦的中間，憑空添出了萬綠叢中一點紅的意思，成了點綴，有了亂中取勝的跡象，突然勃發出了不講道理的生機。中堡鎮其實並不是很大，只是一個小小的鎮子，然而，對於從來沒有見過世面的端方來說，它太大、太豪華了，是一個了不起的大城市，足以激發起端方的自豪與自卑。說自豪，是因爲端方好歹在這裡生活過兩年，多少有些瓜葛；說自卑，端方畢竟不是中堡鎮的人哪。對中堡鎮，端方的心裡有愛恨交加的兩種心跡。眞是矛盾了。說起來端方高中畢業也才僅僅幾個月，換句話說，端方離開中堡鎮也不過剛剛幾個月，可是，端方畢竟是一個鄉下人，他的告別其實就是永訣。因而，端方的回歸是激動的，悵然的，心緒難平的，有了難以表達和歸納的複雜。恍如隔世。

給小母豬配種並不費事。交了錢其實就完事了。配種站的小夥子手腳很麻利，端方幫著他，把小母豬抬到架子上去了。所有的種豬都騷動起來。小母豬的叫聲和氣味刺激了牠們，牠們把自己的前腿架在了圍欄上，馬一樣立起了身子，大聲地嚎叫。彷彿在說：「讓我來，讓我來！」一頭公豬到底得到了機會，牠流淌著口水，一路狂奔過來。由於體重太大，慣性太大，這條種豬在小母豬的身後沒有收住身子，四條腿一起撐在了地上，滑出去好遠。泥土都刨開了，留下了深深的爪印，這才刹住了車。老公豬火急火燎，回過身來一躍而起，趴在了小母豬的背脊上。在配種站小夥子的輔助之下，牠找到了目標。長長地嘆息了一聲。這下好了。安穩了。可牠的安穩是假的，雖然龐大的身軀是靜止的，架在那裡，可看得出，牠對自己的本職工作有火一樣的熱情，一點也不懈怠。牠趴在小母豬的背脊上，夾緊了屁股，連尾巴都收得緊緊的，末端卻又是翹著的，像一尊雕塑。可牠到底不是雕塑，渾身的肌肉還是活的，在顫動。牠在努力。吃奶的力氣都用上來了。端方正對著公豬，蹲下身子，點上了菸鍋，瞇上眼睛，慢慢地抽，慢慢地看。足足花了兩袋煙的功夫，種豬下來了。一下來就改變了態度，神態安詳得很，淡泊的樣子，有了與世無爭的氣度與胸懷。就是近乎虛脫，步履也鬆懈了，十分緩慢地返回了豬圈。端方收好菸鍋，幫著把小母豬從架子上抬下來，抬下來的小母豬同樣安靜了，有些害羞，是那種心安理得的害羞。因爲了卻了心願，安穩得近乎沒心沒肺。端方把小母豬趕回到船上，小母豬臥在那裡，下巴枕著自己的兩條前腿，是幸福的時光。它在追憶似水年華。

端方本打算立即就返回的，猶豫了半天，還是把小舢板划到中堡中學的門口，上岸了。端方挑了一塊高地，站在一棵樹的旁邊，遠遠地眺望起自己的母校，遠遠地眺望起自己的教室。這是多麼熟悉的場景，可是，端方是一個局外人了。所有的東西都和他沒關係了，永遠沒關係了。教室裡坐滿了學生，端方能夠看見講台上的老師，他們在指手畫腳。一切都是安安靜靜的。只有操場是一個例外。操場上有一節體育課，同學們在打籃球。有些喧譁，偶爾有一兩聲尖叫會傳過來。端方的心情突然壞了，壞在哪裡呢？也說不出什麼來。端方的心情就是壞了。端方原打算回自己的母校看一看的，和自己的老師們說上一兩句話的。端方放棄了，連大門都沒有進，掉頭就走。心情徹底地壞了。欲哭，就是無淚。

端方離開了母校，開始在大街上逛。說起來端方實在是喜歡逛街的，幾個人，或一個人，這些都不要緊。端方就喜歡在大街上走走，什麼心思也不想，東張張，西望望，這樣的感受很好了。當年讀書的時候端方經常就是這樣的。好在中堡鎮也就是一條街，所有的店鋪都在這條大街上，一家連著一家。幾個月過去了，大街的兩側一點都沒有變，店鋪是那樣，陳設是那樣，次序是那樣，櫃檯後面的那些人的臉是那樣，連表情都還是那樣。各人都在自己的老位置上待著。這也是鎮子裡的特點了，安穩，一成不變。城裡的人都是螺絲釘，待在那裡，永遠也不會生鏽。鄉下人就不同了，今天挑糞，明天除草，後天罱泥，一天一個樣。這就是差距了。這條街端方不知道逛過多少遍了，馬路上每一塊石板端方都是那樣地熟悉，可端方的感覺今天就是不一樣，越逛越是知道，自己是鄉下的一個莊稼人。端方的心情越逛越壞了。

端方來到了鞋匠鋪子的門口，腦袋裡「咣噹」一聲，突然想起來了，這不是房成富的鞋匠鋪子麼？房成富，這個差一點成了三丫丈夫的男人，正低著頭，給一雙鬆緊口的鞋子上鞋楦。他的禿了頂的腦袋正對著端方，油光閃亮。彷彿是得到了什麼特別的暗示，房成富抬起頭來了，他的眼睛也抬起來了，猶猶豫豫地，緩緩慢慢地，抬起來了。房成富的目光經過端方的腳、膝蓋、腹部、胸脯，一直看到端方的眼睛，端方剛想離開，來不及了。說時遲，那時快。端方的目光和房成富的目光就這樣接上了。雙方都是一愣，迅雷不及掩耳。這樣的不期而遇對雙方來說都是不設防的，又彷彿是準備了多年的，有一種刺骨的內涵，不是當事人就永遠也不能理解的那種刺骨。兩個差一點就娶了三丫的男人就這麼望著。嘴巴也張開了。因爲三丫，他們曾經是那樣地近，同樣是因爲三丫，他們現在又是那樣地遠。可兩個男人的表情反而是一樣的，呆若木雞。就那麼相互打量。其實是想結束，就是結束不了。他們是仇人，這是一定的，可又有點像兄弟，還有點像連襟。古怪。說不出來的。不能往深處想的。也不敢想。更不敢說了。每一個字都是多餘的，危險的，一觸即發的。兩個男人一老一少，一高一低，就那麼打量。都有些不易察覺的喘息。最後還是房成富首先把目光避開了，同時低下了腦袋。房成富低下腦袋之後再也沒有抬起來。端方想離開，立即就離開，卻反而釘在了地上，像活埋了一樣。已經埋到膝蓋了，兩隻腳都邁不出去。端方最後是從石板路上把自己的雙腳拔出來的，是的，是拔出來的。往前走。腦海裡全是風。東西南北風。是旋風。

事實上，端方一個人在大街上並沒有走多遠，被人叫住了。是趙潔，端方的同班同學趙潔。端方正恍惚著，並沒有看見趙潔，可趙潔卻看見端方了。她大吼了一聲，說：「這不是老同學嗎？」聲音大得要炸開來，一條街都聽見了。端方嚇了一跳，心思卻沒有來得及收回來，看上去就特別地傻，愣愣的，和趙潔的熱情洋溢一點也不相稱。趙潔望著端方，興高采烈地說：「你怎麼都這樣啦？」端方眨巴著眼睛，不知道自己的「都這樣」究竟是怎樣。只是望著趙潔，很冷的樣子。趙潔對這樣的相逢特別地高興，甚至是亢奮。可端方的神態提醒了她，自己的熱情似乎過了頭了。不就是老同學見面麼？怎麼這樣一驚一咋？還不至於這樣的沒斤沒兩啊。趙潔當即收斂了自己，客客氣氣問：「可要買點什麼？」這句話提醒了端方了。端方這才注意到趙潔不是站在大街上，而是站在商店裡，是站在櫃檯的裡口。趙潔的身後是一排鏡子櫥窗，鏡子櫥窗裡擺了一些餅乾、金剛臍、雲片糕。端方望著鏡子，呆住了。他盯著鏡子，盯著鏡子裡的自己，鏡子裡的那個人是自己麼？頭髮相當亂，相當長，一臉的油，鬍子拉碴，還叼著一杆菸鍋，歪在嘴邊，徹頭徹尾的一個老農。「都這樣」了。端方十分勉強地笑起來，再看趙潔，趙潔比幾個月前胖了，人就顯得更白，一張臉像一輪滿月，皮膚也就比以前更光潔，一句話，她更漂亮了。再加上那件水紅色的的確良襯衣，完全是城裡的小女人了。

幾個月之前兩個人還同時坐在一間教室裡的，現在呢，差距出來了。差距拉大了，就像櫃檯的寬度那樣長。一個在這頭，一個在那頭。端方說：「挺好的。」這句話四面不靠了，端方自己也不知道這句話到底是什麼意思。但端方聽到了自己的語氣，是那種洩了氣、過了景、毫無用處的長輩才有的語氣。趙潔再一次笑起來，說：「可要買點什麼？」端方抬起腳，把菸鍋敲乾淨，想緩和一下氣氛，笑笑，「這是你們城裡人吃的，我哪裡買得起。」出於自尊，端方說這句話的時候故意用了玩笑的口吻，其實倒也是一句大實話。他買不起的。他的口袋裡只有兩毛錢，小母豬配一次種一塊八，剩下來的那兩毛錢也不是他自己的。他其實是身無分文的。趙潔停當了一會兒，突然從櫃檯的下面抽出一張紙，包了六只金剛臍，一種面做的點心，城裡人也有叫「老虎爪」的。趙潔十分麻利地包起來，用紅繩子捆好了，遞到了端方的手上。端方剛剛說過「買不起」，在這樣的時候接受這樣的一份禮物，尷尬了。就覺得自己在變著法子討要，臉沒地方放了。端方說：「這做什麼？」趙潔熱切地說：「老同學難得見一面，我送你的。」端方多自尊的一個人，莊重起來，說：「不能。」趙潔說：「拿著。」端方說：「不能。」趙潔說：「拿著。」端方眨巴了幾下眼睛，想狠狠心把它買下來。腦子裡迅速地算了一筆帳，錢不夠哇。要是趙潔包的是四個，他也就買了，現在是六個，不行的。端方笑著用手推開了，說：「眞的不能！」趙潔都有點生氣了，嗓子也大了，說：「拿著呀！婆婆媽媽的，大街上推推搡搡地算什麼？難看不難看！」端方向四周看了看，四周圍都是人。看他們呢。端方最終還是妥協了，伸出雙手，捧了過來。心裡頭卻慚愧得不知道怎樣才好，臉都憋紅了。嘴裡不停地說：「這是怎麼說的。這事情鬧的。」趙潔說：「拿著吧，下次上來的時候到這邊說說話。」端方連著「唉」了四五聲，人一下子矮下去了。一寸一寸地矮下去了。

端方算是把自己看清楚了，人家趙潔是怎麼說的？下次「上來」的時候到這邊說說話。「上來」，就好像他端方一直生活在矮處，是在豬圈裡。可人家趙潔也沒有說錯，待會兒他回家，可不就是「下」鄉麼？人家趙潔說得一點也沒錯。端方待不住了，匆匆道了謝，幾乎是小跑著回到了小舢板。一上船就用力地划。一口氣划出去一里多路，端方已經是上氣不接下氣了。停下來了。端方拿起禮包，細細地端詳，又回過頭去看了一眼中堡鎭，中堡鎭還是那樣地開闊，那樣地壯觀。但端方的自尊心被趙潔捅了，鄉下人就是這樣，自尊心一不小心就會被人捅著，要流血的。端方其實是知道的，人家趙潔是好意。可這才是最叫人傷心的地方。端方舉起禮包，用力砸向了水面。剛剛舉到一半，到底捨不得。收了手。打開來，一股香味撲面而來。端方嘗了嘗。好吃。饞了。咬了一大口，又咬了一大口。嘴裡頭頓時就塞滿了。噎住了。眼淚也出來了，在眼眶裡漂。端方想，不該讀高中的，不該讀。不該到鎮上來的，不該來。端方站起身子，把嘴裡的東西嚥了進去，把眼眶裡的東西也嚥了進去，暗暗地發了毒誓，一定要當兵。一定要當兵！到大地方去，到更大的地方去。「上」去，再「上」去。船那頭的小母豬一定聞到了什麼好聞的氣味了，支起了腦袋，對著端方虎視眈眈。端方滿腔的怒火終於找到對象了，操你媽的，要不是把你的×送到鎮上來給人家操，何至於這樣？他放下金剛臍，跨到小舢板的那端，對著小騷貨的臉就是一個大嘴巴。端方多大的力氣，小母豬被他抽得嗷嗷叫。「操你媽！」端方氣急敗壞，「我要操你的媽！」

依照一般的情形，端方應該在天黑之後回來，哪有進了鎮不好好逛逛的道理呢。可是，端方在鎮上待不住，下午三四點鐘，端方就回到養豬場了。離茅棚還有好大的一段距離，端方意外地發現茅棚的門是緊閉著的。這就奇怪了。茅棚的門從來都不關，夜裡睡覺的時候往往都不關，更何況又是大白天呢。端方躡起手腳，輕輕來到了門口，聽了聽，裡面傳出了細微和鬼祟的聲音。不放心了。端方把腦袋靠在門板上，透過門縫，朝裡頭看。茅棚裡一片漆黑，什麼也看不見。可是，只是一會兒，端方的眼睛就適應過來了。剛一適應過來端方就嚇得半死，老駱駝半裸著身子，弓著背脊，正跪在地上。他的前面是一隻更小的小母豬。老駱駝緊緊地抓著小母豬的後腿，用他的胯部頂著小黑豬的屁股，張大了嘴巴，痛苦地、有力地、有節奏地往小母豬的身體裡拱。端方一下子就明白了，頓時就想起了配種站的情況種種。端方不敢出氣，怕了，可以說魂飛魄散。端方趴在地上，不敢弄出一丁點的動靜，爬走了。一邊爬還一邊回頭，別留下什麼痕跡來。

不能讓老駱駝知道。說什麼也不能讓老駱駝知道。老駱駝要是知道了，說不準會出人命的。端方重新回到小舢板，大聲地叫喊，大聲地呵斥小母豬，做出剛剛靠岸的假象。把這一切都做停當了，端方騎在豬圈的欄杆上，點起了菸鍋。

過了一會兒老駱駝走來了，一臉的疲憊，眼角都耷拉下來了。老駱駝嘎著嗓子，問：「回來啦？」端方不願意再看老駱駝的眼睛，說：「回來了。」老駱駝說：「怎麼不在鎮上玩玩？」端方「嗨」了一聲，說：「玩了兩年了，沒什麼玩頭。」

「配上啦？」

「配上了。」

端方這麼說著話，回頭望瞭望豬圈裡的小母豬，心裡頭想，這個小新娘子和老駱駝也有什麼關係的吧。這麼一想端方就覺得心口擰起來了，像被什麼人握在了手裡，使勁地搓。端方想起來了，老駱駝說過，「把豬當人。」現在看起來他說這句話是眞心的。只是弄反了。他不是把豬當人，而是拿自己當了豬。老駱駝不是人。眞不是人。而自己待在這裡，遲早有一天也不是人。端方的心裡忽然湧上一股心酸，是相當凶蠻、相當霸道的心酸，由不得端方自己。端方順勢在圍牆上躺下來，閉上了眼睛，說：「划了一天的船，累了。」老駱駝說：「要不回棚子裡歇會兒。」端方沒有作答，就那樣躺在那兒，兩條腿分別掛在圍牆的兩側，樣子非常地古怪。什麼也不像。好像是睡著了。

第十七章

不能待在養豬場了，再也不能待了。這樣會妨礙了老駱駝，會讓老駱駝嫉恨的。可端方還不能離開。端方可不是一個糊塗的人，這個時候離開養豬場，難免要給人留下一個怕苦怕髒的壞印象，將來「政審」的時候會麻煩的。那就待著吧。但端方再也不養豬了，他不想看牠們，尤其是那些母豬。一看到牠們端方就覺得牠們都懷著孕，不是豬，是人。端方沒有解釋，總之，他不餵豬了。好在老駱駝倒不是一個斤斤計較的人，他和過去一樣，把所有的活計都攬過去了，十頭豬是餵，二十頭豬也是餵，多跑幾趟罷了。

端方什麼都不做，徹底閒下來了。開始的那幾天還覺得討了便宜，接下來鬧心了。養豬場太寂寞了，實在是太寂寞了。端方有太多的空間，太多的時間，不知道該怎麼打發了。時間是個什麼東西呢？它是誰發明的呢？那些無窮無盡的年、月、日，它們在圍剿端方。時間是汪洋的大海，前面不是岸，回頭也不是岸。這個汪洋的大海裡沒有水，它是空的。它比天空還要空，籠罩在你的頭頂，卻又是實實在在的那種空，需要你去塡補它，用你的一生，用你的每一天去塡補它。一天有二十四個小時，爲什麼是二十四個小時，它太多餘、太漫長了。這是誰弄的？是誰把它搗鼓出來的？眞他媽的混帳了。端方不需要那麼多的時間，可時間就是在這裡，在等著他，守候著他，糾纏著他，和他沒完沒了。除了睡覺，端方能做的事情也只有吃飯、拉屎和撒尿了，和一頭豬也差不多。頂多再放三四個屁。可放屁又不需要專門的時間。如此算下來，端方每天都有七八個小時的空餘，難熬了。端方被時間「泡」鬆了，「泡」軟了，幾近窒息。端方失去了動作能力，失去了想像，失去了願望。端方是被動的，在時間面前，他「被」活著。這是怎樣的人生呢，端方嫌它長。端方突然就想起了混世魔王來了，端方承認，混世魔王了不起，眞的是一個了不起的英雄。這麼多年了，人家硬是靠著一把口琴把日子吹到了今天，一板三眼的，一天也沒有耽擱。如果說，時間是一座山，那混世魔王只能是當代的愚公。唯一不同的是，他永遠也感動不了上帝。

做點什麼呢？

是啊，做點什麼呢。端方傷腦筋了。他的手腳癢了，骨頭縫裡也癢了，做點什麼呢？大白天的，端方一直躺在床上，終於躺不住了。那就到水裡去吧。端方來到了河邊，跳進了水裡。他開始扎猛子。一個猛子扎到了河的對岸，一個猛子再扎到對岸的對岸。一個猛子扎到了對岸的對岸的對岸，再一個猛子扎到了對岸的對岸的對岸的對岸。這是一個遊戲，因爲無聊，有趣了。但歸根結柢還是無聊了。端方就在水中撫摸自己，他在替另外的一個人在撫摸自己。慢慢地，有感覺了，他在水中勃起了。這樣的感覺很好，誰也不會發現的。端方放心了，膽子也大了，動作越來越投入，越來越放肆。他勃起得特別地好，充分，硬，是那種無聊的，沒有結果的，卻又是蠱惑人心的硬。硬是一個問題，誘人了，可以解決，卻難以解決。你看著辦。不過端方相信，這個問題最終一定會得到解決。一下不行兩下，兩下不行三下，三下不行四下。總之，可以的。端方的手緊緊地握住了自己，把自己的手握成了一個動人的圈。細微的波浪從端方的身邊蕩漾出去了，向四周擴散。波浪越來越大，它狂放了。雖然有限，卻是驚濤駭浪。驚濤駭浪反過來激勵了端方。沒有風。無風三尺浪。端方開始提速。速度是多麼地迷人，在速度當中，端方心花怒放。是的，心花怒放。心花怒放不需要理由。心花怒放就是心花怒放的理由，心花怒放還是心花怒放的進程，它在時間的外面。時間不是爹，它是孫子。端方的身體一下子長滿了羽毛，有了飛的跡象，有了飛的可能性。換句話說，有了死的跡象，有了死的可能性。死就死了吧，死就死了吧，死就死了吧！端方的手鬆開了，在水中，端方一下就射了出去。他找到了節奏。他被節奏抓住了。節奏推搡著他。他心甘情願。他什麼也沒有射中，卻射中了水。謝天謝地。它準確無誤地把水射中了。端方再也沒有想到他把一條河操了，其實也就是把大地給操了。這是一個震撼人心的結果，出其不意。端方一個激靈，在打顫，在打冷顫。渾身的羽毛一下子脫落光了，只剩下雞皮疙瘩。端方滿身都是雞皮疙瘩，卻心滿意足。他漂浮在水面上，笑了。這是他一生當中最了不起的業績。

可端方終於找到可以做的事情了。他找來了兩塊石頭，借來了鐵錘，鋼鑿，熬了幾個通宵，做成了一副石擔子。石頭並不大，六十五斤一塊，一副石擔子也才一百三十來斤。輕是輕了點，總比沒有的好。有了石擔子端方的日子好打發了，他一天兩練。早一次，晚一次。但主要的那一次還是在傍晚。一到了下午，端方來精神了，光著背脊，虎虎上陣。畢竟在中堡鎮練過兩年，端方並不蠻幹。他把所要訓練的內容分成了若干組，每一組都有不同的動作，推、拉、提、舉、蹲，安排得很科學了。比起養豬來，練石擔子不知道要多費多大的勁，可是，端方捨得在石擔子上花力氣。鍛鍊和幹活的感覺不一樣的，幹活的累是抽筋扒皮的累，很耗人了，不容易恢復；鍛鍊則不同，累歸累，卻累得舒坦，有種說不出的通暢，練完了，沖個澡，喝點水，馬上就能夠恢復過來，反而加倍的輕鬆。老駱駝看在眼裡，很生氣，可以說動了肝火了，晚上再也不和端方說一句話。你端方怕苦，怕累，怕髒，無所謂，有我老菜籽給你頂著。可你把餵豬的力氣省下來幹了什麼呢？玩石頭。你什麼意思？作踐人了嘛。那麼大的石頭也是玩的？玩也就玩了，你舉上去又放下來，放下來又舉上去，這算是哪一出？折騰。端方你這是瞎折騰。你是怕飯在肚子裡變不成屎了。

端方的石擔子很快吸引了一群人，一撥又一撥的。他們在放工的路上順道來到了養豬場，直接走到端方的石擔子面前，想試試。可哪裡舉得動呢。舉石擔子表面上考驗的是力氣，其實也不完全是，它講究技巧，還有協調性。就說提杠這個動作吧，你得蹲下去，把重心降下來，同時迅速地翻手腕，這才能夠成功。王家莊的人哪裡懂這些，提杠的時候不僅不知道下蹲，還一個勁地踮腳尖，這一來身體的重心比石擔子還要高，你八輩子也提不上來。

這一天的下午來看熱鬧的人多了，他們一個一個試過了，沒有一個成功。大夥兒起哄了，把端方請了出來。端方有了炫耀的心思，心裡想，那就玩給大夥兒看看吧。端方收拾好菸鍋，脫掉上衣，簡單地運動了一下關節，並沒有走到石擔子的跟前去，而是返回到茅棚，把兩塊剛剛鑿好的石頭取了出來了。小一些，一邊又加了一個。現在的分量不輕了，桑木的杠子都彎了，不一定吃得消。不過端方到底有經驗，開把握得特別地寬，這一來沒問題了。很穩。握在手裡相當霸實。端方喊了一聲，發力，提上去了，吸了一口氣，舉上去了。臉憋得又紫又紅。

對於練過兩年石擔子的小夥子來說，把這樣的石擔子舉過頭頂，其實滿平常的。可在王家莊，事情大了。端方的力氣實在是大得驚人。大夥兒都看見的。還有一點也是不能忽視的，那就是端方的肌肉。端方畢竟有底子，在端方發力的時候，每一塊肌肉都十分清晰地呈現出來了，起承轉合的關係交代得清清楚楚。那些肌肉不像是長在端方的身上，相反，有人用鉚釘鉚了上去。

一塊一塊地鼓在那兒，平白無故地就具有了侵略性。

端方的這一舉在當天的晚上就轟動了王家莊。端方顯然是不知情的，可王家莊談論的卻全是端方。到了今天大夥兒才知道，這麼些日子端方全是裝出來的，他有一身的「功夫」。在中堡鎮學的。傳說在層層加碼，人們說，端方「一巴掌」就能把磚頭劈開了。人們說，端方養豬是假的，其實在偷偷地練習「功夫」。人們說，端方練功的時候渾身都發光，紫色的，蚊子都靠不了身，離端方大老遠的就一頭栽下來了。人們說，端方練完了功四周全是蚊子和飛蛾的屍體，屍體落在地上，正好畫了一個大圓圈，端方就站在圓圈的中央——他的功夫就叫做「蚊子功」。王家莊就是這樣的一個地方，人們喜歡受到驚嚇，同時把更大的驚嚇轉送給別人，最終，無限風光在險峰。一句話，王家莊的人不把自己嚇死就絕不會甘休。誰都知道自己在添油加醋，但這個「油」和這個「醋」不加進去心裡頭就不痛快，嘴巴就更不痛快。痛快才是最後的眞實。一件事情的可信程度不是別的，它取決於嘴巴的痛快程度。

端方還躺在養豬場的茅棚裡睡懶覺，佩全的貼身兄弟，大路、國樂和紅旗，他們突然來到養豬場了。這個舉動特別了。他們同時還帶來了七八個貼身的兄弟，一來到養豬場他們就拿起了糞耙子，把每一個豬圈都打掃了一遍。端方聽到了不遠處的動靜，從床上爬起來，想看看究竟發生了什麼。端方來到豬圈的門口，大路、國樂和紅旗全部停止了手腳，表情十分地嚴峻，一起望著端方。端方愣了一下，不知道發生了什麼。這時候豬圈裡的人一起跨出了豬圈，每個人的手上都操著傢伙。他們一聲不吭，臉上的表情特別地怪異，向端方包圍了過來。

端方的第一反應就是跑。好在端方冷靜，一邊機警地瞄著他們，一邊迅速地思忖。想來想去，最近一段時間自己並沒有招惹他們。這是幹什麼呢？佩全呢，他爲什麼不親自過來呢？剛想說些什麼，大路已經把香菸掏出來了，是紙菸。當著端方的面，大路把香菸拆開來，抽出一根，遞給了端方。大路的舉動意思很明顯了，他這包香菸是專門爲端方買的。由於緊張，端方多疑了，別再是聲東擊西吧，自己剛低下頭來點菸，背後頭上來就是一悶棍。這根香菸是不能接的。端方緊緊地盯著他們，虎視眈眈的，連餘光都用上了。端方的鎮定在這個時候徹底體現出來了，他伸出手，把大路的胳膊撥開了，控制住自己，沒有跑。

他從包圍叢中走了出來，直接向著茅草棚走去。端方其實是逃跑了，只是不失鎮定罷了。可是，端方的鎮定在大路和國樂的這一頭就不再是鎮定，是藐視與傲慢。顯然，端方不理睬他們了。端方在前面走，一對人馬就操著傢伙在後面跟，端方的心在狂跳，已經起毛了。但一到了茅棚的門口，端方懸著的心放下了。茅棚的土基牆上靠著一根扁擔。只要有這根扁擔在，端方就踏實了。這幫狗娘養的要是敢動手，端方一定叫他們每個人的腦袋都開花。端方是下得了這個手的。端方來到扁擔的旁邊，停住了。一隻手十分隨意地扶在了扁擔上。大路的手上一直拿著香菸，臉上的表情尷尬了。他再一次把香菸遞到端方的面前。這一回端方接過來，說話的口氣也不客氣了。端方說：「大路，怎麼回事？」大路有些不好意思，含含糊糊地說：「沒什麼。」這麼說著話紅旗已經劃上了火柴，送到了端方的面前。端方的身後是牆，手裡扶著扁擔，不用擔心了。端方點上火。點火的時候端方眼裡的餘光在不停地掃描，就看見大路他們全都鬆了一口氣。對大路他們來說，只要端方肯點上這根菸，算是有了臉面了。端方說：「怎麼我一個人抽？大家都點上。」這句話一出口現場的氣氛頓時輕鬆下來，他們紛紛丟下手裡的傢伙，點菸。利用他們點菸的工夫，端方看出來了，他們不是來惹事的。不像。可他們究竟演的是那一出呢？端方一時也摸不著頭緒。端方試探著說了一句：「佩全呢？怎麼沒見佩全？」大路他們都沒有說話，很嚴肅。端方越發摸不著頭緒了。端方笑笑，在大路的肩膀上很重地拍兩下，又笑笑，說：「叫他來玩！」

氣氛再一次友好起來，可總還是有點不對。雙方都還沒有眞正見到對方的底，所以，臉上的客氣依然是以預防爲主的。最輕鬆的只有紅旗了。投靠端方他不會吃虧，這個他有底。再怎麼說，端方差一點做了他的妹夫，端方虧待不了他。紅旗很深地吸了一口香菸，對著端方笑。沒有什麼意思，就是笑。他其實是要讓別人看出來，他和端方的關係不一般。紅旗對端方現在已經是五體投地了，是眞心的崇拜。別的不說，就說剛才大路給端方敬菸，端方愛搭理不搭理的，多牛！只有端方才能夠這樣。佩全差遠了，他這個人就知道抽別人的耳光，大夥兒怕他，可遠遠說不上愛戴。端方不同，端方有大人物的風采，舉手投足裡頭全是大人物的氣派，鎭得住。學不來的。端方不怒自威。只有眞正的大人物才有這樣的親和力和自制力，越發說明了他的統治性。

紅旗舔了舔嘴角，對端方說：「端方，聽說你很有功夫。」因爲奉承，紅旗巴結了。端方隨口說：「哪裡。隨便玩玩。」輕描淡寫的。但說話就是這樣，越是輕描淡寫，就越是比大喊大叫來得可信。大夥兒聽出來了，這反而就是有了。他們一起望著端方的石擔子，看了半天，一起回過了頭來，齊刷刷地盯著端方，目光裡有了新的內容。不再是緊張與不安，而是崇敬。端方看在眼裡，心裡頭卻明白了七八分。

這樣的目光讓端方舒服，甚至，有些迷醉。端方故意含糊其辭，馬馬虎虎地說：「我算什麼。我城裡的那些兄弟比我厲害多了。」這句話嚇人了。大路他們聽出來了，端方不只是自己厲害，後頭還有人，還有更大和更硬的背景與靠山。端方的身後無端端地生出了無邊的縱深，是一個洞，一個開闊的，黑色的洞，王家莊的人永遠也別想看到它的盡頭。大路的胸口頓時就凜了一下。有點後怕，幸虧聽了國樂和紅旗的勸，他原想不來的，要是眞的不來，還麻煩了。大路開門見山，忠心耿耿地說：「我們商量好了，想跟著你。」端方聽在耳朵裡，聽清楚了，全明白了。他再一次拍了拍大路的肩膀，無聲地笑。端方笑得格外地迷人。想起剛才自己緊張成那樣，眞是不好意思，還想跑。多虧了沒跑，要是眞的跑了，今天就絕對不是這樣的一個局面了。兄弟們心目中的端方怎麼能屁滾尿流呢。太玄了。看起來沉著永遠是對的。端方丟掉手裡的菸頭，微笑著對紅旗說：「去，去把佩全請過來。」紅旗愣住了，大夥兒全愣住了。紅旗說：「他不會來的。」端方說：「他會的。」大路這個時候插話了，大路問：「他不來怎麼辦？」端方不笑了，望著大家，目光從人們的臉上掃過去。端方說：「佩全要是不來，你們就一起去請。這點事都幹不了，你們還能幹什麼？捆都要把他捆過來。」

按照原先的計畫，紅粉應當在臘月的月底把自己嫁出去，然而，提前了。剛剛進入十月，紅粉在晚飯的飯桌上把她的想法提出來了，她現在就要嫁人。紅粉急著嫁人有她的苦衷，她懷孕了。要是現在不趕緊把自己嫁出去，到了年底，她的肚子可就要現眼了。這個是萬萬不能的。其實帶著身子出嫁的姑娘也不是沒有，但是，別人可以，她紅粉不行。爲什麼呢？因爲紅粉的嘴巴太毒，從不饒人，一天到晚就喜歡把自己的嘴巴架在別人的脖子上。這就有要求了，要求紅粉走得正，行得正，各方面都不能有什麼閃失，不能留下什麼把柄。要不然，你的嘴巴就失去了火力，別人一槍就把你打死了。就說和春淦談戀愛的這幾年吧，紅粉一直守身如玉，老天爺都可以作證。哪一個談戀愛的小夥子不想往姑娘的身上爬呢，春淦也想爬，爬過的，爬過很多次，爬不上去。紅粉的褲襠固若金湯。爲這件事情春淦不知道吃過紅粉多少嘴巴子。吃多少都不長記性，紅粉就罵他騷。其實呢，春淦冤枉了。春淦老實巴交的，騷還是騷的，卻不是紅粉想像的那樣，騷得都收不住身了。絕對不是的。春淦一次又一次地想往紅粉的身上爬，最主要的原因還是家裡窮，自己的條件又不好，這一來就總也是不放心。不放心怎麼辦呢？先睡。睡過了，你就看著辦吧。說起來這也是祖祖輩輩留下來的經驗了。所以說，姑娘家和毛腳女婿獨處的時候，經驗老到的母親們會派上另外的一個人，盯著，寸步不離，這一來毛腳女婿就不容易得手了。

春淦一直沒能如願，說到底還是春淦老實。可是，老實人往往要為他們的老實付出代價，越是到了成親的關頭，春淦就越是不踏實，越想越害怕。就擔心夜長夢多，出了什麼閃失。為這件事春淦老是生悶氣，無緣無故地發脾氣。春淦的嫂子心疼他，就給春淦出主意了。她借了五塊錢，塞到了春淦的手上，對著春淦的耳朵耳語了一番。嫂子說，這一次一定要「拿下」，只要拿下了，即使紅粉翻了臉，想退親她也不能夠。「你就到處給他說，就說紅粉早就被你『哢嚓』了，看看誰還會要她！沒人要，剩下來還不是你的？」嫂子補充說，「最好能懷上。懷上了，她就更不值錢了，肚子一天天大起來，她不反過來求你才怪！她一求，婚禮省多少錢哪？」春淦記住了嫂子的話，利用秋忙之前的空閒，春淦來到王家莊，送禮來了。到了傍晚，春淦告辭。臨走以前春淦把紅粉拉到角落裡，從口袋裡抽出了五塊錢的一隻角，說：「嫂子讓我帶給你的，見面禮。」紅粉剛剛想拿，春淦捂住了，對著紅粉使了一個小小的鬼臉。使完了鬼臉，春淦就告辭了。紅粉當然不笨，喜滋滋地在家裡頭等天黑。好不容易等到天黑，紅粉興沖沖的，出去了。春淦果然在兩里路以外的路口等著她。春淦這一回可不是春淦了，他是一隻下山虎，紅粉還沒有來得及說話，一把就把紅粉放倒了。

嫂子的話說得沒錯，「辦這件事靠的就是力氣。是她的力氣大，還是你的力氣大？」紅粉是一隻母老虎，但說到底更是一隻紙老虎。在草地上廝打了半天，紅粉終究不是對手，被春淦扒開了。紅粉光著屁股，卻烈得很，一口就把春淦的胳膊咬在了嘴裡。春淦惱羞成怒，不管多疼，堅決不撒手，連兩隻膝蓋都用上了。春淦憑著他的力氣活生生地把紅粉的大腿掰開了。說起來也怪，一掰開，紅粉居然也就沒力氣了。嘴巴也鬆了下來。這給春淦提供了機遇。春淦火急火燎地尋找紅粉的部位，找了十來下，終於找準了。春淦什麼也不顧，十分迅速地戳了進去。戳進去之後春淦就知道自己大功告成了，然而，問題來了，不知道下一步該怎麼辦。呆住了。幸虧他立即就射了，要不然，還真的麻煩了，怎麼收這個場呢。下一步怎麼做，嫂子可沒有交代呀。春淦匆匆射完，拔出自己的東西，到了這一刻才眞正地慌了。知道自己闖下了大禍，害怕得不行。春淦提起自己的衣褲就跑。一口氣跑出去十幾丈，摸了摸口袋，嫂子的錢還在。春淦慌忙穿上衣服，朝四下裡看看，撣撣，得勝回朝。

紅粉在飯桌上到底把婚事提出來了。她哪裡能想得到，自己的身子是這樣地不爭氣呢，就一下，春淦就來了那麼一下，肚子就懷上了。紅粉把春淦的祖宗八代都罵了出來，暗地裡發下了毒誓——等將來成了親，看我不慭死你！你休想再碰我，看我慭死你這個狗日的！但罵歸罵，發誓歸發誓，肚子裡的「東西」可是任何誓言都解決不了的。紅粉急了，逼著春淦提早娶人。紅粉算過一筆帳的，十月份春淦把自己娶回去，將來生下孩子，好歹還能說是早產，能混過去的。拖到年底，那可就丟人現眼了。紅粉偷偷摸摸找到了春淦，春淦卻拉著一張臉，說錢還沒準備好呢，心裡頭早就樂成了一朵向日葵。春淦什麼都不再說。紅粉只能給春淦跪下了。好在春淦是一個通情達理的人，把紅粉從地上攙了起來，說：「那就十月吧。」

沈翠珍的手上端著飯碗，正喝著稀飯。紅粉的意思她聽清楚了，日子好不容易太平下來，卻又節外生枝了。沈翠珍沒有立即作答，卻拿眼睛瞟了一下王存糧。王存糧的嘴裡嚼著老鹹菜，裝著沒聽見，什麼也沒有說。其實在思索。從情理上說，家境不好的莊稼人是不會在十月裡做親的，再有兩個月就是年底，利用年貨辦喜酒，歷來都是這樣。放在十月，等於重複了一遍，不划算了。還有一點，雖說紅粉的衣服、棉被都準備得差不多了，可箱子和馬桶畢竟都還沒有買，這些陪嫁總歸不能少。眼下生產隊還沒有分紅，到哪裡去弄這筆錢去？綜合起來看，還是再等一等的好。王存糧想把這些道理跟女兒講一遍，只是不知道怎樣講才好。桌子上的沉默令人尷尬了。吧唧聲越來越響了。有誰能知道紅粉的心思呢。她急呀。沈翠珍一直沒有說話，這樣的時候她是不好多嘴的。只好伸出一條腿，在桌子底下找王存糧的腳後跟，輕輕地踢了他一腳。意思很明確了，這件事你得表個態。王存糧伸長了脖子，爲難的樣子，嚥了一口，抬起了頭來，剛剛想對小油燈對面的紅粉說些什麼，沒想到紅粉的兩隻眼睛卻盯住了她的繼母。紅粉冷不丁地說：「你踢我爸幹什麼？」沈翠珍遭到了當頭一棒，訕訕地說：「沒有啊，我哪裡踢你爸爸了？」紅粉「咚」地一下，擱下飯碗，「啪」的一聲，又擱下筷子，說：「一開口就是屁。十個屁九個謊。」

　　這句話重了。其實紅粉這些日子和沈翠珍相處得還是不錯的，好些日子沒有拌嘴了。可紅粉現在已經是口不擇言，當然要挑有分量的話說。沈翠珍瞥了一眼存糧，也放下筷子，放下碗，把嘴裡的東西嚥下去，說：「紅粉，你知道你嘴裡頭噴的是什麼？」紅粉說：「我吃的是王家的，喝的是王家的，你說我噴的是什麼？」紅粉的這句話不像樣了，噎人，沈翠珍堵在那裡，一句話都接不上來，眼眶子一下子就紅了。王存糧聽不下去了，抬起胳膊，連同手裡的筷子一同拍在了桌面上，所有的碗筷都跳了起來，小油燈的燈芯也跟著添亂，晃悠了好幾下。端正和網子都嚇了一大跳，弟兄兩個對視了一回，知道事不關己，偷偷溜出了門去。小油燈的燈芯終於安定下來了，紅粉坐在原處，不動，愣愣地望著油燈，眼眶裡早已噙滿了淚水。紅粉說：「好。」紅粉重複說，「好。」紅粉的眼淚突然從眼眶子裡頭汪了開來，一顆一顆往下掉。紅粉這一次卻沒有使蠻，她定定地望著自己的父親，說：「王存糧，我問問你，我媽要是還活著，你會不會對你的親生女兒這樣？」

這不是紅粉說話的風格。要是放在過去，紅粉可不在乎王存糧拍桌子。她才不吃這一套。你有手，我沒有手？你能拍，我不能拍？你不怕疼，我怕疼？你少來！可是，紅粉的心裡畢竟塞滿了難言的隱祕，揪著心，有一股說不出口的痛。這一來說話的口氣自然就軟了。她這麼一軟反而露出了可憐的一面，情眞眞意切切了，反而有了震撼人心的力量。王存糧眨巴著眼睛，後悔不該在這樣的時候再給女兒拍桌子。人家只不過是想把婚禮提前幾天，是商量著來的，原也不是什麼了不起的大事。拍桌子打板凳做什麼呢。王存糧也軟了，說：「沒說十月份不給你辦嘛。」

話音剛落，沈翠珍的兩隻手從桌面上挪開了，放在了膝蓋上。兩隻瞳孔也散了光。她無力地盯住了小油燈，回味著紅粉說過的話：「我媽要是活著，你會不會對你親生的女兒這樣？」沒錯，紅粉就是這樣說的。這句話要是放在五年前、三年前，哪怕就是去年，罷了。我沈翠珍也沒有指望做紅粉的親媽。你早不說，晚不說，眼見得就要嫁人了，在這樣的節骨眼上你把這樣的話撂下來，紅粉，你過分了。過去怎麼樣不說它了，近年來我是怎樣地遷就你，你從心窩子裡掏出來，看一看。爲了做好這個後媽，沈翠珍她盡力了。是的，離地三尺有神靈，老天都看在眼裡，她沈翠珍盡力了。爲的是什麼？無非是想落個好。和和美美的，落個好。怎麼樣一個好法呢？到了紅粉出嫁的那一天，紅粉跨出門檻的時候，能夠喊她一聲媽；如果紅粉還肯念那麼一點點的舊，再給點面子，當著村子裡的鄉親，流上幾滴眼淚，算是告別，她沈翠珍也流幾滴眼淚，表示難捨難分，她沈翠珍在王家莊這麼多年，也算是有了交代。以往再多的苦、再多的累、再多的委屈，就再也不提它了，一筆就勾銷了。現如今，臨了臨了，你都不肯太太平平地嫁人，你紅粉來上一句，捅出了這樣的一刀子，紅粉，你過分了。沈翠珍反而沒有哭，寒心了。可這一次的寒心不同於以往，這一次的寒心發生在這樣的時刻，等於是做了最後的總結，鐵板上釘了釘。可見所有的努力都白費了，所有的委屈都白費了。打了水漂，餵了狗。冤哪。沈翠珍冤。十月份辦酒席，你王存糧說起來容易，做好人誰不會？啊？誰不會？可錢呢？錢呢？錢在哪裡？在哪裡？在哪裡喲？沈翠珍緩緩地站起了身子，一個人回到了臥房。關上門，脫了鞋，上床了。一上床沈翠珍就把被窩拉了過來，蒙住了腦袋。等把被角塞在了嘴裡，沈翠珍「嗚」地一聲，哭了出來。

王存糧望著眼前的女兒，聽著房間裡的哭聲，什麼也不好說了。他把飯碗推開，點上了菸鍋。什麼叫日子呢？這日子到底是一個什麼東西呢？

紅粉和父母商量婚期說到底只是走一個過場，同意也好，不同意也好，紅粉的婚事是不能拖的，最終還是定在了十月。大中午的，遠處的河面上傳來了炮仗的爆炸聲，都是雙響炮，「咚——嗒——」，有些孤寂，畢竟喜慶了。也只是一會兒，風就把火藥的香味傳到了村子裡。王家莊的人都知道，這是接新娘子的喜船來了。大人和孩子都開始往紅粉的家門口蜂擁，說句吉祥話，討一支菸，或者討一塊糖。這一天端方沒有到養豬場去，早已守候在天井，幫著張羅開了。聽到炮仗的聲音，端方來到了天井的門口，笑嘻嘻的，開始敬菸，發糖。一轉眼天井裡就擠滿了人。照理說王存糧也應當來到天井，和大夥兒一起說說笑笑才是。王存糧沒有。他一個人坐在堂屋裡，端著旱菸鍋，吸菸，心情特別了。女大當嫁，女大當嫁，其實是說說的，眞的嫁了，做父親的到底捨不得。剛聽到遠處的鞭炮聲，王存糧的心裡突然就是一陣緊，被掏了一塊，在喜慶的時刻卻淒涼了。

丫頭要走了，眞的要走了。這一走就再也不是這一家的人了。王存糧突然就覺得自己這個爹沒有做好，到底是哪裡沒有做好，王存糧自己也說不上來，但是，沒有做好，這一點是千眞萬確的。這孩子就這麼長大了，嫁人了。越是到了這樣的時刻王存糧就越是覺得虧欠孩子，想著法子要找補回來。王存糧多想讓紅粉在這個家裡再住上幾天哪，天天買肉，讓她多吃一點，長點肉，養胖了再走。說起吃肉，王存糧的家裡一年也吃不上三四回，肉一上桌，端正和網子就變成了瘋狗，誰也擋不住。紅粉的筷子從來不碰，最多也就是挾一塊骨頭，解解饞。別看這丫頭粗，嗓子大，樣子惡，其實心細，知道心疼別人，骨子裡是個好心腸的閨女。外人不知道，當爹的知道。當爹的都看在眼裡。這麼一想王存糧的鼻子一酸，傷心了。眼淚奪眶而出，差一點哭出了聲音。王存糧再也沒有料到自己會這樣地婆婆媽媽。伸出手指頭，在眼窩裡摳了幾下，把鼻涕吸進去，抽了一口菸，嘆了出去。

依照一般的情形，這個時候的母親不應當在自己的臥房裡，而應當在女兒的閨房，利用最後的這麼一點時間，陪著女兒，和自己的女兒說說話。這一點其實滿要緊的。婚嫁畢竟不同於一般的事情，無論是灶頭還是床頭，都有它豐富的內容，需要做母親的把門關上，細聲細語地言傳身教。尤其是床上的事，格外地關鍵了。都是年輕力壯的男女，好不容易熬到今天，早已是乾柴烈火，特別容易手忙腳亂。在這樣的時候，經驗就尤其重要了。要不然，兩個生手，等你摸到了門道，天也就亮了。曉通世故的母親在這樣的時候一定會給女兒一些點撥，其實是能夠派上用處的。女兒出嫁的時候就是這一點好，再露骨的話母女之間也可以說。就算是女兒的臉紅到了脖子，做母親的該說什麼還是要說什麼。沈翠珍還記得自己出嫁的那一天，她的母親把她的嘴巴放在自己的耳邊，關照了一遍又一遍。沈翠珍的心口跳得比兔子還要快。細想想這也是母女之間最動人的一刻了，特別地迷人。沈翠珍不是不想在這樣的時候和紅粉聊聊。就算是不聊，給她梳梳頭，施一施胭脂也是好的。可一看到紅粉的那張臉，哪裡湊得上去？湊不上去。這哪裡還是母女？何至於呢。沈翠珍坐在自己的臥房裡，心口疼。但沈翠珍到底是做母親的，還是把自己收拾乾淨了，頭髮也梳了好幾遍。在這樣的時候，別的不說，格格錚錚是最起碼的。

最先上岸的是四個撐船的篙子手。到底是喜船，每一根篙子的尾部都貼了一圈的紅紙，這一來不同凡響了。每一個篙子手都很壯實，一看就是氣壯如牛的好漢。這一點其實是必須的。現在是十月，結婚的人少，可以不說它。要是放在年底，做親的人特別地多，那個講究就多了。有時候一條河裡能有好幾條喜船，這就有了快和慢的問題。王家莊的這一帶有這樣的一種風俗，喜船隻能比別人快，不能比別人慢。一定要保證自己的喜船走在最前頭。只有這樣，方能夠「壓住」別人，從而避免了晦氣，以迎來喜氣。所以說，篙手一定要強壯，有耐力，最好能打架。幾乎每一年的冬天都會發生這樣的鬥毆事情，原因並不複雜，兩條喜船狹路相逢，齊頭並進。在激烈的競爭中一定會有一方失去了耐心，篙手們棄船而去，跳到另外的一條喜船上去，在船頭上打。勝利的一方必然要把失敗的一方爆打一頓，然後，推到水裡去。這就確保自己的新娘和新郎從勝利走向了勝利。

春滏這個新郎今天打扮得特別像新郎。新頭，三七開的。身上穿的是中山裝，湖藍色，整潔得有些過分。中山裝上的四個口袋方方正正，容易使人聯想起「革命」或者「領導」這樣的美好字眼。事實上，當春滏從喜船跨上岸來的時候，他很像一個革命者，或者，一個領導。只是由於春滏的營養過於不良，太瘦了，中山裝就顯得寬大，鬆鬆垮垮的，這一來就好像革命處在了低潮。但是，春淦的精神頭是好的，換句話說，領導者的氣概和意志並沒有丟，完全可以帶領大家從頭再來。春淦來到端方家的天井，到處都已經站滿了人。人們給新郎官讓開了。春淦滿臉都是笑，有些不自然，和端方招呼過了，反過來給端方敬了一支菸，直接來到了堂屋。春淦恭恭敬敬地對著王存糧喊了一聲「爸爸」，站在了那裡，一動也不動。春淦相當緊張，私下裡四處張羅。紅粉家的堂屋裡擺放著紅粉的嫁妝，兩只鮮紅的新木箱，一只鮮紅的馬桶，大紅大綠的，而條台上方的主席像也更換過了，是一個年輕的新主席。一句話，滿屋子都喜氣洋洋了。這時候沈翠珍從臥房裡走了出來，春淦連忙轉過臉，喊了一聲「媽」。沈翠珍答應了一聲，請春淦坐，請篙子手們坐。隨即去燒茶，也就是糖水煮雞蛋。每人五個。喝完了「茶」，沈翠珍煮了一鍋糯米元宵，一人又來了一大碗。糖水煮雞蛋和糯米元宵是專門為篙手們預備的，都是不好消化的東西。然而，正是由於不好消化，這才形成了這樣的傳統。想想看，如果篙子手們一上路肚子就餓了，哪裡還有力氣去全力以赴？

按照規矩，新娘子出嫁的這一天女方是不擺酒席的，女方擺酒要等到三天之後，也就是新娘子「回門」的時候。篙手們喝完了「茶」，吃過圓宵，打著飽嗝，擦擦嘴，坐到天井裡來了。他們吃飽了，下面的事就是撐船了。這時候佩全、大路、國樂和紅旗他們也來了，端方的家裡有喜事，一群小兄弟當然要趕過來，湊個熱鬧，同時給大哥打打下手。天井裡頓時就有些擠不下了。端方給紅旗使了一個眼色，紅旗張開了胳膊，把閒人們往外趕。人們堵在天井的周邊，這一來天井裡就鬆動了。

春淦還在堂屋裡，站在王存糧的身邊，不停地塞香菸。他塞香菸是假，等著老丈人發話，等著老丈人放人才是眞。王存糧只是吸菸，不說話。這也是老規矩了，做父親的嫁女兒，總是要拖一拖，要不然，就好像自己的女兒不值錢似的，容易讓對方看輕了，看賤了。一定要讓毛腳女婿知道，他能娶到這樣的一個媳婦，著實是不容易。這一點春淦是有所準備的，他的嫂子早就關照他了。春淦從中山裝的上口袋裡掏出了十元錢，放在了桌面上。王存糧還是不說話。春淦只能再掏。又掏了十元錢，放下來了。王存糧沒有看錢，終於說話了。王存糧一開口就罵了一聲「狗娘養的」，說：「女兒我就交給你了。」春淦十分珍重地回答了一聲：「哎。」王存糧想了想，說：「對她好一點。」春淦說：「放心。」春淦以爲王存糧要放行了。王存糧還是沒有，低下頭，又開始吸菸。春淦只能再掏。從中山裝的下口袋裡又掏了十元，想了想，又掏了十元。總共是四十元了。王存糧站了起來，望著春淦。眼眶裡突然貯滿了淚光。這樣的眼睛太嚇人了。春淦從來沒有見過老丈人這樣，有些怕，也急了。他沒有錢了，眞的沒有了。一分錢都沒有了。春淦只好當著王存糧的面，把中山裝的四個口袋都翻了過來，證明給王存糧看，確確實實沒有了。王存糧一把揪過春淦的領口，說：「不許委屈我的閨女！手癢了，你就抽自己嘴巴！」春淦的小腿肚子都開始顫抖了，說：「我保證！」王存糧看了一眼身後新主席的肖像，說：「你向他保證！」春淦望著牆上的肖像，無限忠誠地說：「我保證。」王存糧放下手，瞥了一下嘴角，閉上眼睛，把自己的下巴送了出去。春淦鬆了一口氣，來到紅粉的閨房門口，推開門，紅粉早已經站在了門後。她聽見父親的話了，堂屋裡的每一句話她都聽得清清楚楚。雖說紅粉一直在盼望出嫁，到了最後的時刻，難分了，難捨了。紅粉的眼圈一紅，低下頭，走出了房門，都沒有敢看自己的父親。四個篙子手早已經把紅粉的嫁妝抬到了天井，但木箱子上的銅鎖還沒有鎖——這裡還有最後的一個儀式，這個鎖必須是娘舅、也就是端方才有資格鎖上——只要端方拿住銅鎖，用手一捏，鎖上，新娘子和嫁妝就再也不是這個家的了。

春淦、紅粉、王存糧、沈翠珍一起從堂屋裡走了出來。四個人在天井裡站住了，等待端方捏鎖。其實也就是一眨眼的工夫。利用這樣的瞬間，王存糧悄悄地往女兒的手裡塞了一樣東西，是兩毛錢。全是鋼鏰子，一分錢一個，正好二十個。這個是用得上的。等新娘子上了岸，在回家的路上走一路丟一路，就好像新娘子的身上全是錢，吉祥了。其實是個意思，圖一個富貴。紅粉接過錢，二十個鋼鏰子已經被王存糧的大手焐得發熱了，紅粉「哇」地一聲，順著哭聲叫了一聲「爸爸」。王存糧到底憋不住，一臉的老淚，在臉上四處縱橫。王存糧揮了揮手，讓他們上路。春淦怕再生出什麼意外，拉起紅粉的胳膊就走。

端方突然說話了。端方說：「等一等。」走上來了。他拉過自己的母親，把母親一直拉到紅粉的跟前。意思很明確了，當著這麼多的人，紅粉剛剛和「爸爸」招呼過了，還沒有喊「媽媽」呢。紅粉在抽泣，早已是上氣不接下氣，可腦子並不糊塗，不喊。她怎麼可能喊這個女人媽媽？端方輕聲說：「姊，都嫁人了，你就喊一聲吧。」紅粉低下了頭。端方說：「姊，喊一聲吧。」紅粉就是不喊。沈翠珍就站在身邊，被這麼多的人看著，尷尬了，有些無地自容。沈翠珍連忙打了一個圓場，笑著說：「算了，趕路要緊，趕路吧。」端方回過頭，大聲說：「不關你的事！」所有的人都看出來了，端方雖然在大聲呵斥，心裡頭向著的畢竟還是自己的媽媽。端方的臉色慢慢地變了。他看了一眼佩全、大路、國樂和紅旗，大路和國樂立即占領了天井的大門，把持住了。紅粉萬萬沒有料到這樣的陣勢，這個吃軟不吃硬的姑娘強了，堅決不喊了，反過來拉起春淦的手，拉過來就要往外衝。紅旗愣頭愣腦的，伸出胳膊，攔住了。紅粉不哭了，扯開了嗓子，說：「紅旗，你幹什麼？」紅旗學出端方的口氣，慢悠悠地說：「姊，我聽端方的。」端方的一干小兄弟當即散開了，分別站在四個篙子手的後面，一個人的後面兩個。只要他們不老實，立即能被拿下的。天井裡的氣氛頓時緊張起來，嚴峻了。可以說一觸即發。

春淦一時沒有了主張。好在春淦乖巧，他來到端方的面前，臉上全是獻媚的笑容，連背脊都弓起來了。他掏出香菸，遞給端方一根。端方用胳膊撣開了。春淦只能來到沈翠珍的面前，恭恭敬敬地說：「媽！」回頭看了一眼端方，等於沒喊。端方把他推開了，說：「春淦，你站一邊去。」紅粉站在門口，咬住了下嘴唇。要是依著她的性子，她今天就是不嫁人也不會向端方妥協的。她憑什麼要喊沈翠珍「媽媽」？她姓沈的不是她的媽媽，從來不是，永遠也不是。可一想到自己的肚子，紅粉的氣焰下去了，不能強了。紅粉是知道的，她強不過端方。可紅粉太難了，喊不出口。紅粉憋了半天，還是做出了讓步了，悄悄喊了一聲：「媽。」沈翠珍的臉早已是羞得通紅。這一聲「媽」太讓她丟臉面了，比不喊她還讓她丟臉面。又不是出於紅粉的眞心，是搶過來的。沈翠珍側過臉去，就想早一點結束。

端方說：「我沒聽見。」

端方的意思很明顯了，他要讓大夥兒都聽見。紅粉惱羞成怒，豁出去了。她閉著眼睛大叫了一聲：「媽！」這一聲反而把沈翠珍弄得不知所措，手都不曉得放在哪裡，就想從地面上鑽下去。端方說：「媽，答一聲。」沈翠珍答應過了。這一聲答應得有點二百五了，慚愧得就想死。端方轉過身，把箱子上的銅鎖揑上了。佩全和紅旗在大門的中間讓開了一道縫，春淦帶著紅粉這才走了出去。剛剛出門，牆面就傳來了紅粉失聲的嚎啕。王存糧把這一切都看在眼裡，刮得乾乾淨淨的臉氣得鐵青。手直抖，卻什麼也說不出。王存糧在心裡嘆了一口氣，養兒如狼，不如養兒如羊。

第十八章

「鄉下的風，城裡的雨」，這句話不知道是誰說的，眞是精到。一聽就知道是見過大世面的人說出來的，否則說不出。端方在中堡鎭生活過，對「城裡的雨」有了眞切的認識。城裡的房子密，巷子長，不怕風。可一下雨就厤煩了。雨過了，天晴了，可那些狹窄的、永遠也曬不到陽光的小巷子就變得無比地齷齪，充滿了泥濘和汙穢。尤其是那些破損的磚頭路面，每一塊磚頭都可能是地雷，一腳下去，「呼」地一下，泥漿就從磚頭縫裡噴射出來了，弄得你滿褲襠都是。有時候還能帶上來一兩片腐爛的蔬菜葉，腥臭的魚腸子，或者變了形的雞毛。比較下來鄉下就不存在這樣的問題。鄉下開闊，空曠，是風的故鄉，更是風的舞台。風在鄉下無遮無攔，無拘無束，無邊無際，無始無終。它無所不在，特別地恣意和狂放。鄉下的風還有一個特點，那就是旋轉著來。開春的時候，它是東南向的，溫暖而又潮溼，保留了海浪的痕跡。到了夏天，變向了，成了南風。後來再變，從西南那邊跑了過來。西南風是風，也是火。是看不見的燎原。到了秋後，輪到西北風登台了，西北風特別硬，邪性，天生就帶了一副惹是生非的氣質，像鬼剃頭，只要一夜的工夫，所有的樹葉就被它剃光了，一個不剩。而東北風一旦來臨，那一定是深冬，迎接它的只能是光禿禿的樹枝，所以，它伴隨著哨音，還伴隨著碩大的雪花，因而，它既是淒涼的，又是溫馨的，這完全取決於你們家的被窩暖和不暖和了。——風就這麼轉，轉一圈剛好是一年。彷彿有規律，可誰也不知道它從哪裡來，到底要幹什麼。你看不見它，它就是不放過你，要不然人們怎麼會把它叫做「風」呢。風，怎麼說才好呢，它只能是「風」。

西北風在王家莊已經連著颳了好幾天了。王家莊的樹木再也不是先前的模樣，一副茂密和蓬勃的景象，它們嶙峋了，瘦得只剩下骨骼，現出了原形。它們像扒光了衣服的乞丐，吊在了半空。大地上全是樹的葉子，乾了，枯了，黃了，在地上盤旋，沙沙地響。就在這樣的風中，公社的電影放映隊來到了王家莊，帶來了八一電影製片廠的「車輪滾滾」。考慮到這是一部新片，四鄉八鄰的觀眾比較多，電影放映隊在稻田裡架起了銀幕。稻已經割走了，但遍地的稻秸梗還在，有些泥濘，有些戳腳，放電影並不好。可是，比較起泥濘和戳腳來，最大的麻煩卻還是風。風太大了，銀幕就不怎麼像銀幕了，更像風帆，所有的觀眾都像是坐在帆船上。他們靜止不動，卻已經劈波斬浪。

對於大部分人來說，一部電影就是一部電影，看了，然後散了，就這些。然而，對於年輕人來說，一部電影只是一個序曲，等電影散場了，他們的娛樂才算是眞正的開始。他們更看重的是一場電影之後的群架，也就是集體鬥毆。電影反而是其次的了，成了一個藉口。這一次是王家莊和張家莊的人打，下一次是高家莊和李家莊的人打，再下一次則是李家莊和張家莊的人打。迴圈著來，輪流著來。打架這東西有一個特點，特別容易上癮。尤其是集體鬥毆，你只要經歷過一次，你就刻骨銘心了，心裡頭就老是惦記著。不管是打人還是挨打，打贏了還是打輸了，你都希望再來一回。打架這個東西爲什麼能這樣地吸引人呢？說出來能嚇你一大跳，是疼。這一點不打架的人永遠也不會明白的。疼這個東西過癮，在你被擊中的時候，在你的疼痛洶湧上來的時候，你會發現，你反而毫無畏懼，你的勇敢是驚人的，你的爆發力是驚人的，怒髮衝冠具有無可比擬的快感，你一下子就瘋狂了，成了酩酊的、強有力的人。疼痛能使膽怯的人大膽，大膽的人英勇，英勇的人壯烈。你會為自己而震驚。你的潛能是巨大的，那些你不敢做、不能做的事情，你一下子就做出來了，眼睛都來不及眨巴。所以，鄉下的年輕人喜歡電影，電影只是一個方面，另外的一個方面就是打，就是疼。打完了，疼完了，人一下子就舒坦了，過足了癮，能舒服十來天。越想越後怕，越想越滿足。

某種意義上說，這個晚上的電影是為端方一個人放的。端方善於戰鬥的形象，尤其是智勇雙全的形象，在電影散場之後徹底建立起來了。端方的這一片天地畢竟不是他親手打出來的，說到底，佩全不服。端方沒用一刀，沒用一棍，沒用一拳頭，完全是依靠「政變」的方式取代佩全的，並不那麼光明正大，並沒有經過實戰的檢驗。佩全在這個晚上一定要仔細地、全面地考察一下端方。是騾子是馬，得拉出來遛一圈。打架這東西當然需要力氣，可光有力氣也是不行的。等看完了電影，端方，你是真的還是假的，一下子就全部端出來了。你要是不行，端方，咱們的日子還長。

電影很好。這是一部關於解放的電影，換句話說，這只能是一部關於戰爭的電影。這同時還是一部關於人民、關於敵人、關於槍彈、爆炸、歷史、犧牲、消滅、光榮、鮮血、理想、仇恨、屍體、勝利、千軍萬馬和排山倒海的電影。概括起來說，透過瀰漫的硝煙，人民在一點點好起來，而敵人在一點點爛下去。電影很好。好就好在場面巨大，傷亡也巨大。這一來就好看了，爆炸和死亡都無比地壯麗，一大片一大片的。滿世界都是活著的人，滿世界也都是死去的人。

第二次換片的時候紅旗從人縫裡擠了出去，他要撒尿。佩全和他一起去了。沒出息的人就是這樣，屎和尿特別地多。一激動或一害怕他的排泄系統就格外地瘋狂。紅旗就是這樣。紅旗來到周邊，掏出他的東西，痛痛快快地尿。他的身邊有一個人，是個陌生人，不知道是李家莊的還是高家莊的，也在尿。佩全走到他的身旁，對著陌生人的臉，一靠近就吐了一口痰。吐完了就走。回來的時候紅旗的臉色特別地不好，好像是挨了揍。他的一隻巴掌捂住自己的肥幫子，嘴裡不停地嘮叨，媽的，他媽的。端方隔著佩全，瞥了紅旗一眼，問：「動手了？」

紅旗說：「動了。」

端方說：「和誰？」

紅旗說：「不知道。」

端方說：「看見那個人的臉了麼？」

紅旗說：「看見了。」

端方說：「哪個村子的？」

紅旗說：「好像是高家莊的。」

端方說：「誰先動的手？」

紅旗說：「我。」

端方說：「為什麼動手？」

紅旗說：「他長得像電影上的國民黨連長。我看不慣。」

端方說：「他還手了沒有？」

紅旗說：「還了。」

端方說：「有沒有把他放倒？」

紅旗說：「沒有。」

端方說：「爲什麼？」

紅旗說：「這小子拳頭硬。」

顯然，紅旗吃虧了。端方不再開口。佩全這時候插話了，小聲詢問端方：「幹不幹？」

端方說：「我的兄弟怎麼能給人欺負。當然幹。」

佩全即刻就站了起來。作爲一支隊伍的老二，他當仁不讓。

端方一把拉住，說：「幹什麼？」

佩全用他的巴掌在空中切了一刀，是斬釘截鐵的架勢，說：「先把他們的退路堵死。」

端方沒有接受他的戰鬥方案，說：「看電影。」

佩全急了，說：「看完了電影他們突圍了怎麼辦？」

端方沒有回答，卻拍了拍前排的兩個小兄弟的肩膀，對他們耳語了一些什麼。兩個小兄弟得了令，弓著身子走了。佩全說：「這不是游擊戰，是陣地戰。他們不行。他們堵不住。」端方笑笑，說：「看電影。」

佩全的這個電影看得受罪了。戰鬥即將來臨，他哪裡還坐得住。佩全不再是看電影，簡直就是苦等。他在等電影的散場。只要電影一結束，他的拳頭就成了榴彈炮的炮彈，一股腦兒砸向了敵人的陣地。當然，有一點格外地重要，他要讓端方看看，在最緊要的關頭，他的拳頭是多麼地生冷不忌。佩全走神了，他已經提前進入了戰鬥，身上的每一塊肉都蠢蠢欲動，渴望疼痛。

電影放映員又換膠片了。這是最後一次換片，肯定是最後的一次了。王家莊的人看電影早就看出經驗來了，當勝利就要來臨的時候，這就意味著電影要結束了。劇終意味著勝利，而勝利同樣意味著劇終。所有的電影都是這樣的。換片之後，端方又堅持了十來分鐘，對紅旗耳語說：

「紅旗，你把兄弟們拉出去，準備好火把，站到銀幕的後面等我的命令。」紅旗十分鄭重地應一聲，對大夥兒招招手。所有的兄弟都起身了，貓起腰，一起撤離了現場。佩全不知道端方究竟要做什麼，剛要起身，卻又被端方拽住了。端方說：「看電影。」佩全脫口說：「人不能散。要集中優勢兵力，各個擊破！」端方已經注意到了，這個人已經把自己當成電影裡的人物，起碼是民兵排的副排長。他喜歡說電影裡的台詞，句句是眞理，卻狗屁不通。端方偏不急，用下巴指了指銀幕，說：「就要發起總攻了，我們把最後的一點看完。」佩全握緊了拳頭，身子骨繃得比光棍漢的雞巴還要直，一挺一挺的，都晃悠了。好不容易等到電影的劇終，佩全一下子跳到了凳子上。端方對著銀幕的那邊揮了揮手。這時候全場的人都聽到了佩全的高聲叫喊：「高家莊的狗娘養的！高家莊的狗娘養的！一個都不要跑！一個都不要跑！」佩全的舉動過於威猛、過於突兀了，沒有人知道到底發生了什麼，所有的人都釘在了原地，一起回過頭來看。

但是，人們看見四周突然亮起了火把，這樣的情形不同尋常了。黑壓壓的人群只是愣了片刻，「轟」地一下，炸開了。朝著四面八方奔湧。這樣的撤退當然是無序的，佩全反而被堵在了人群裡。好不容易從人群裡巴拉出來，佩全對著火把拼了命地招手。火把一起集中過來了，佩全立即帶領著火把隊朝著高家莊的方向凶猛地追擊。火把奔騰起來，在漆黑的田野爭先恐後。到底有火把，佩全他們跑得更快，一會兒工夫他們就追上高家莊的「狗娘養的」了，都聽到他們腳步聲了。高家莊的「狗娘養的」完全不知道怎麼回事，稀里糊塗地，拚了命地在田野裡撒腿狂奔。佩全一邊跑一邊大聲地叫道：「快！快！前面有一座橋，千萬別讓他們過橋！千萬別讓他們過橋！」

意想不到的場景居然就是在橋上發生了。這是一座木橋，有年頭了。和里下河地區的所有木橋一樣，這座橋相當簡易，很窄，面對面就過不了人了。就兩根樁，上面鋪了木板。高家莊的「狗娘養的」們火急火燎，好不容易跑到了橋上，哪裡敢停下來歇一歇，只管往前衝。可中間的那一塊木板已經撤了，是空的。這一來高家莊的「狗娘養的」們慘了，衝上來一個掉下去一個。就聽見水面上「轟」的一聲，又「轟」的一聲。後面的人明明聽到了水面的動靜，知道是怎麼回事，腳底下就是收不住，身不由己了，只能往下跳。你的屁股坐在了我的頭上，我的雙腳踩著了你的肚子，亂了，嗷嗷叫。這時候佩全他們趕來了，一個個舉著火把，站在河岸上，吃驚地看著水裡的景象。王家莊的小夥子們歡呼起來，雀躍起來。眼前的景象可以說是意外的驚喜，誰也沒有料到這樣的結局，誰也沒有。太動人了，太激動人心了。雖說不是嚴冬，深秋的河水畢竟冷了，有了刺骨的勁道，幾乎稱得上凜冽。一群「狗娘養的」卻在河水裡熱鬧，他們不停地撲騰，完全可以用狼狽不堪去形容。紅旗叫囂著，突然對著水面吐起了吐沫，吐一口，罵一聲，還跺起了腳，他用一種特別強烈、特別昂揚的節奏高聲罵道：「操你媽媽！操你奶奶！操你姊姊！操你妹妹！操你弟媳！操你舅母！操你姨娘！操你嬸子！操你姑媽！操你嫂子！」數快板了。一句話，不論老少，只要是女的，能操的都操了，一個都沒有落下。痛快得只想抽筋，瞳孔炯炯有神，放電了。無數的火把在裡頭跳躍，像鬧鬼。佩全也在喊，回過了頭去，想看一看端方。意外地發現端方卻不在。是的，他不在。佩全突然明白過來了，這一切都是端方安頓好了的。他調動了一切，控制了一切，指揮了一切。不用一刀，不用一棍，不用一腳，不用一拳頭，「狗娘養的」自己把自己就收拾了，他們連還手的餘地都沒有。這是奇蹟。這是端方的戰略思想的一次勝利，他雖然不在河邊，卻已經在佩全的心裡了。佩全對端方服了，從心底，從骨子裡服了。他把火把高高舉過了頭頂，大聲說：「撤！」

佩全帶領著全部人馬打道回府，去了養豬場。他們激動得要命，達到了頂點。今天的勝利太圓滿、太酣暢、太神奇了，必須和端方分享。這一切都是他締造的。一路上都是凜冽的北風，可他們顧不上了。他們在談論端方，激動很快就轉化成崇敬了。崇敬是酒，令人陶醉。能夠在端方的指揮下戰鬥，實在是大夥兒的幸福。他們來到端方的門口，門是開著的，吃驚地發現端方已經上床了，歪在那兒，正就著昏黃的馬燈看小人書。端方安安靜靜的，恬淡如水，看不出一丁點的興奮，就好像什麼事都沒有發生過一樣。

所有的人都在門口停住了腳，不說話了。端方說：「進來。」大夥兒沉默著，魚貫而入，一起站在了端方的床前。端方起來了，趿拉著鬆緊口的布鞋，站在了地上。端方開始和佩全握手，一個一個地，和大夥兒握手。現場的氣氛突然莊重起來，有點像接見了。跟電影上的一模一樣。電影裡頭每打完了一個勝仗首長都要親自接見的，這一來他們就不像在養豬場，而是到了電影上。是經風雨、見世面的感覺，好極了。輪到和紅旗握手的時候，端方看著紅旗的腮幫，小聲地問：「不疼了吧？」紅旗不由自主地立正了，仰起了脖，說：「報告，不疼了！」端方說：「那就好。」端方說：「坐。」

茅棚裡並沒有凳子，其實是沒法坐的。大夥兒找來了一些稻草，鋪在了地上。這一來大夥兒也只能坐在地上了。只有端方一個人站在了那裡。端方沒有詢問具體的鬥毆場面，這個用不著問了，明擺著的，不用問。端方突然微笑了，說：「我們來討論兩部電影，」端方豎起了兩根手指頭，說：「一、『智取威虎山』；二、『奇襲白虎團』，大家說說，好在哪裡？」這樣的開場白是奇怪的，有些雲裡霧裡。佩全說：「還是你說吧，我們知道什麼。」端方笑而不答，點了一根菸，就那麼望著，什麼也不說。端方自己是知道的，因爲戰功卓著，他在大夥兒心目中的分量已經不一般了，完全有理由居高而臨下了。他還是希望大家來談談。大夥兒只能仰著頭，看著端方。他的形象愈加高大了，有了率領和引導的力量。全場鴉雀無聲。所有的人知道端方要講話了，現場肅穆了，還十分地宏大，十分地機密。有點怪異了，更像在電影裡了。他們是在戰爭中，在窯洞裡，在參與歷史，在修改進程，在改變命運，有了崇高和偉大的使命。茅棚裡鴉雀無聲。只有一盞昏黃的馬燈。處境其實是危險的，四周都充滿了危險、暗殺，也許還有綁架。然而，他們不怕。爲了和危險的處境相匹配，他們的內心陡然生出了無限的忠誠，還有犧牲的決心。像原子彈。這是必備的。他們的瞳孔莊嚴了，神聖了，上刑場的心思都有，就生怕自己被落下了。

紅旗受到了感染，站起了身子，說：「這兩部電影好就好在不要怕，勝利一定是我們的。」端方卻沒有看紅旗，只是吸菸。顯然，紅旗錯了。因爲端方不說話，氣氛就有點變，往令人擔憂的方向走。所有的人都不再敢出聲。還是端方打破了沈默。在這樣的情況下，只有端方才有資格與能力打破沉默。端方說：「勇敢是要的。在任何時候勇敢都是要的。但最關鍵的不是這個。」端方看著大家，說，「智取威虎山，奇襲白虎團，說白了就是兩個字，一是智，二是奇。什麼意思呢？這就要求我們學會動腦子。勇敢，硬拚，兩敗俱傷，都不是辦法。我們要動腦子。」大夥兒鬆了一口氣，就覺得端方說得好，說得對。原來還挺糊塗的，經過端方這麼一點撥，心頓時就明了，眼頓時就亮了。「可是，」端方的話鋒轉舵了，端方說：「從今天晚上的情形來看，我們當中有人卻不是這樣。」端方總結說：「這很不好。」端方說這句話的語氣很輕，可是，正是由於輕，格外的擲地有聲。紅旗低下了腦袋，緊張起來。端方說：「我在這裡要提醒極個別的人，再這樣下去，亂發號，亂施令，瞎激動，是要吃苦頭的。這樣的風氣不能長。我們必須統一我們的思想。」紅旗依然低著頭，然而，聽出來了，所有的人都聽出來了，端方另有所指。紅旗什麼時候「亂發號、亂施令」過？還輪不到他。端方雖然沒有點名，但是，每一個人都知道，端方對佩全有了「看法」，對他今天晚上的表現相當地不滿，生氣了。然而，端方又是不點名的。不點名的批評更有力，它的威力通常是原子彈的八分之一，你連辯解和反駁的機會都沒有。又沒有點你的名，你跳出來做什麼？這一來「極個別的人」只好默認。佩全坐在大夥兒中間，鬱悶難當，似乎有一種無形的力量壓住了他。大路的嘴是緊閉的，國樂的嘴也是緊閉的。所有人的嘴巴都是緊閉的。大夥兒感覺出來了，佩全在這支隊伍當中排行老二的位置有點危險了。誰排行老二，是一支隊伍的重中之重。

大夥兒都在等端方發話，在今天的這個晚上，他一定有許許多多的話要說的。沒想到端方卻轉過了身子，把馬燈的罩子架起來，「呼」地一聲，吹滅了。端方在黑暗之中說：「今天就到這兒吧。」大夥兒無比地吃驚，怎麼就散了呢？但是，散了。他們只能從地上爬起來，摸著黑，往外走。佩全走在了最後面，心情沉重。顯然，心裡的壓力大了。

早也盼，晚也盼，望穿雙眼，徵兵的消息終於來到了。端方一得到消息就來到了大倉庫，在第一時間把這個好消息告訴了混世魔王。端方這樣做有端方的理由，他都想好了，他希望能和混世魔王一起去當兵。混世魔王再賴，好歹是城裡的人，見的世面廣，能夠和他一起，彼此也好有個照應。混世魔王剛剛吃過晚飯，坐在那裡用稻草剔牙，嘴是歪著的，一臉的壞樣子。因爲心情好的緣故，端方在說話的時候故意賣了一個關子，說：「兄弟，我們快熬到頭了！」混世魔王的下巴和胸脯都動了一下，彷彿是笑，卻又不像笑。端方到底熬不住，交底了。他用拳頭擂著桌面，一字一頓地說：

「徵、兵、啦！」

端方的心已經坐在了汽車上，也許還坐在了火車上，正對著無邊的遠方，迎著風，風馳電掣。混世魔王沒有動，只是叼著稻草，用他的牙齒不停地咬。最後，把嘴裡的稻草吐出去了。混世魔王說：「祖國需要保衛，但更需要建設。」這句話氣人了，有些陰陽怪氣，是混世魔王一貫的風格。端方說：「你裝什麼呢？」混世魔王笑笑，在長凳子上躺了下來，把手伸到衣服裡去，摸著肚皮，說：「今天可是吃飽了。」端方說：「你把耳朵從褲襠裡掏出來好不好？徵兵了！」混世魔王坐了起來，望著端方，說：「兄弟，我倒是想把我的兩隻耳朵放在褲襠裡。」端方聽出來了，混世魔王不對勁。一定有什麼地方不對勁了。其實一進門端方就應該看出來的，只是心情太好，忽略了。端方瞇起了眼睛，仔細研究起混世魔王來。混世魔王的臉色突然頹唐下去，輕聲說：「我都知道了。」混世魔王說，「都找過她了。」端方問：「找過誰？」混世魔王說：「還能是誰？咱們的吳支書。」端方急切地問：「吳支書說什麼了？」

「咱們的支書說了，祖國需要保衛，但更需要建設。」

端方摸出旱菸鍋，坐了下來。吳支書真的是會說話，她的話在任何時候都是正確的，絕對正確，永遠正確。正確得你只想吐血。端方咀嚼著吳支書的話，有了極其不好的預感。混世魔王反倒是無所謂了，他不再說什麼，只是身子不停地晃悠，一前一後地晃悠。端方的目光跳過混世魔王的腦袋，盯住了混世魔王身後的牆。小油燈把混世魔王的腦袋放大了，印在了牆上。由於不停地晃悠，混世魔王的腦袋一會兒大，一會兒小，給人以全力以赴卻又脫不開身的錯覺，似乎長在牆裡了，成了牆的表面。端方突然就想起了興隆說過的話，「傻小子你記住了，你的命在人家的嘴裡頭，可以是她嘴裡的一句話，也可以是她嘴裡的一口痰。」眞的是這樣。混世魔王現在就是吳蔓玲嘴裡的一口痰，被人家吐在了牆上。端方的心裡突然就是一陣緊，是臨近無望的那種緊：不知道吳蔓玲什麼時候張開嘴巴，不知道她下一口吐出去的會是誰。端方失神了。

端方望著手裡的菸鍋，說：「媽拉個巴子。」

「罵誰呢？」混世魔王說。

端方說：「沒有罵誰。」

混世魔王也望著燈芯，慢慢地閉上了左眼。他抬起右手，挺出大拇指和食指，對著燈芯做出了瞄準和扣扳機的動作。每扣動一次混世魔王的嘴裡就要發出一聲槍響，「啪——，啪——，啪——」混世魔王一直在射擊。射擊完了，混世魔王仔細地盯著自己的食指，不停地打量。他突然把自己的指頭送到燈芯上去了。燈光黯淡下來。端方一直望著菸鍋，並沒有意識到混世魔王在做什麼。慢慢地，大倉庫裡彌漫出一股子香味。是烤肉的香味。端方抬起頭來，他看到了混世魔王扭曲的表情，那同時也是堅忍不拔的表情。混世魔王在燒自己的食指。端方「呼」地一下，吹滅了小油燈。大倉庫裡頓時黑了。端方大聲問：「你這是幹什麼？」黑暗當中混世魔王用另一隻手拍起了桌子，同樣大聲地反問了一句：「你這是幹什麼？」

大倉庫裡黑洞洞的，只有端方的菸鍋在那裡吃力地掙扎。世界安靜極了，黑暗極了。反而把菸鍋的火光和端方吸菸的聲音襯托出來了，像電閃，像雷鳴。端方突然聽到了一個輕微的聲音，「啪」地一下，一滴水落在了桌面上。端方知道，那是混世魔王的淚，已經在桌面上摔碎了。端方一陣難過，匆匆的，只是一會兒就過去了。兩個人什麼也沒有說。最終，還是混世魔王說話了。混世魔王說：「我想當兵，我就是想回到南京去。」端方說：「我也想。我只想到興化去。中堡鎮也行。」混世魔王吸了一下鼻子，似乎笑了一聲，說：「你怎麼不說北京也行？」端方想想，說：「北京也行。」混世魔王說：「鎮江也行。」端方說：「揚州也行。」

「合肥也行。」混世魔王說

「貴陽也行！」端方說。

「廈門也行！」

「銀川也行！」

「長沙也行！」

「長春也行！」

「拉薩也行！」

「蘭州也行！」

「杭州也行！」

「西安也行！」

「武漢也行！」

「石家莊也行！」

「南昌也行！」

「濟南也行！」

「重慶也行！」

「桂林也行！」

「烏魯木齊也行！」

「哈爾濱也行！」
「鄭州也行！」
「瀋陽也行！」
「昆明也行！」
「天津也行！」
「太原也行！」
「上海也行！」
「呼和浩特也行！」
「西寧也行！」
「王家莊也行——」
「王家莊不行！」端方大聲說：「王家莊絕對不行！」
在黑暗中，端方和混世魔王對未來的展望終於變成了對空間的展望，遠方在呼喚。他們在對口詞，在說書，在說相聲。他們自己給自己抖起了包袱。開心了。兩個人越說越快，越說越來勁，越說越放肆。他們的嘴巴像馬，像坦克，像衝鋒，像突圍，卯足了力氣，在祖國的大地上縱情馳騁。遇山越山，遇水跨水，馭風駕電，不可阻擋。只是一會兒，他們就走遍了祖國大地，踏遍了千山萬水。這是神奇的，驚人的，扣人心弦。他們什麼也看不見，然而，黑暗是一種開闊，是夢幻一樣的召喚，是怪異的奔放，是別樣的恣意。當然，也是實實在在的虛妄。在虛妄中，他們是兩個巨人，一會兒就把全中國走了一個來回。他們信馬由韁，虎躍龍騰。五嶺逶迤騰細浪，烏蒙磅礴走泥丸。風蕭蕭兮易水寒，壯士一去兮不復還。

瘋完了，混世魔王手上的疼痛上來了。說起來也眞是奇怪，混世魔王把自己的手放在火上烤的時候並不疼，相反，有些振奮，十分地清醒，是那種接近於「解決了」的快慰。現在反而不行了，疼得要命，傷口上冒出了火焰。肉的芳香還在空中繚繞，是致命的誘惑，叫人饞。就是想吃點什麼，什麼都行。混世魔王忍住痛，說：「端方，你把我的床板掀起來，床底下有好東西。」端方有些不明就裡，還在那裡猶豫。混世魔王急了，大聲說：「你快點！」端方只好摸著黑，把混世魔王的床板拆了，摸出了一只罈子。罈口是用塑膠薄膜封好了的。混世魔王說：「端到灶台那邊去。」端方照辦，端了過去。混世魔王說：「打開來。」端方就打開來。伸進去一摸，是肉。是一小塊一小塊的肉。一定是鹹肉。端方在黑暗中笑了，手指頭在罈子裡也笑了。端方都看見自己的笑容了。混世魔王說：「點上火，我們解解饞！」端方掏出火柴，劃過了，點上稻草。爐膛裡亮堂了，端方的臉上也亮堂了，暖洋洋的，光芒萬丈。端方拿過燒火鉗，拽過罈子，把罈子裡的東西掏出來，送到爐膛的門口一看，可不是肉嘛？是肉，眞的是肉。端方十分麻利地把一小塊一小塊的肉穿在了火鉗上，送到了爐膛裡。只是一會兒，爐膛裡肉的香味傳出來了。這一股子香味是一隻大舌頭，足足有八尺長，在端方的身上舔。從上到下舔，從下到上舔。越舔越舒坦。端方把肉烤好了，撒上一點鹽，首先送到了混世魔王的面前。混世魔王已經把門關上了，說：「你先吃。」這怎麼可以。端方客客氣氣地說：「你先吃。」混世魔王也就不客氣了，拽下來一塊，丟在了嘴裡。端方同樣拽下來一塊，小心翼翼地放在了舌頭上。一嚼，香了。越嚼越香。最動人的是那些骨頭，小小的，短短的，關鍵是，酥酥的，牙齒一碰就碎，有悠長的回味，格外地誘人。端方伸長了脖子嚥下去一口，問：「是喜鵲還是斑鳩？」混世魔王一邊咀嚼一邊閉上了眼睛，說：「都不是。」端方吧唧吧唧的，說話的速度快了，肯定地說：「不是麻雀。麻雀沒這麼大。不會是燕子吧？」混世魔王冷不丁地冒出了三個字：「是老鼠。」

端方停下來了。猛然停下來了。停止了咀嚼，停止了說話。連眼睛都停止了眨巴。端方的胃一下子收緊了，提了上來，彷彿被兩隻手握住了，擠了一下。一下子衝到了嗓子眼，在那裡磨蹭。眼見得就要冒出來，有了噴薄的危險性。端方收了一口氣，立即穩住自己，把持住了，憋足了力氣，一點一點地往下摁。如此反覆了三四回，端方取得了最後的勝利。他把嗓子眼裡的東西原封不動地送回了肚子。端方對自己說：「他奶奶的，別人能吃，我憑什麼不能吃？憑什麼？沒道理。」端方從火鉗上又取下來一塊，送到了嘴裡。混世魔王說：「好吃吧？」端方說：「好吃。」混世魔王說：「你可別告訴別人。」端方說：「當然。」混世魔王說：「你只要告訴了別人，呼啦一下就沒了。我們就再也吃不成了。」端方笑笑，說：「那是。」

「你說，吳蔓玲會不會放你一馬？」混世魔王突然又把話題扯回來了。

「你是說，她會不會答應我去當兵？」

混世魔王說：「是。」

端方在這一個晚上已經不像端方了，因爲憂傷，他變得出奇地亢奮。他用那種豪邁的口氣說：「不放？她要是不放，我就操了她。你看我敢不敢。」其實呢，也就是吹吹牛，隨口一說罷了。

第十九章

深夜一點，也可能是兩點，這個說不好，混世魔王起床了。其實混世魔王一直都沒有睡，只是躺在床上，翻過來又覆過去。第一是疼，第二是氣。有了這兩點這個覺就沒法再睡了。睡不進去就起來。混世魔王起來了，重新點上燈，就那麼坐在床沿，兩條腿懸在半空，慢慢地晃悠，而雙眼是茫然的，不知道要往哪裡看才好。只好盯著小油燈，發愣。就這麼愣了好半天，混世魔王突然想小個便。話題到了小便這兒就不能不說廁所了，混世魔王的廁所有意思了。他的廁所有兩個，一個是「大」的，在外頭。一個是「小」的，就在牆上。混世魔王懶，人一懶就會發明，就會創造，就會有許多意想不到的好辦法。就說夜裡頭起夜，混世魔王開動了他的腦筋，他在床頭的牆上掏了一個洞，然後，準備了一根空心的竹子。要小便了，他就把牆上的磚頭取下來，把竹管子塞進洞裡，然後，把自己的雞巴放到竹管子裡去。一邊尿，一邊睡，風吹雨打都不怕。尿完了，再用磚頭把牆上的洞給堵上，這一來屋子裡就沒有氣味了。這樣的廁所多好？又乾淨，又方便。因爲雞巴套在竹管子裡頭，還有一種說不出來路的快慰。你要是不懶，你八輩子都想不出這樣的好方法。

混世魔王把他的傢伙塞進了竹管，挺起了肚子，嘩啦啦地尿。尿完了，打了一個寒噤，並沒有立即收手，而是可憐起褲襠裡的小兄弟來了。說起來小兄弟也跟著自己這麼多年，可是，一直躲在褲襠裡，該去的地方一次都沒有去過，也眞是委屈了它。混世魔王就這麼望著自己的小兄弟，盯著看，越看越難過。到後來不知道是可憐自己還是可憐小兄弟了。混世魔王是知道的，只要不離開王家莊，他的小兄弟就永遠不會有希望。這麼一想就覺得小兄弟和自己一樣，都白活了，一點盼頭都沒有。混世魔王就用手去摸摸它，向它表示對不起。剛摸了幾下，事態突然發生了奇妙的變化，小兄弟卻沒頭沒腦地樂觀起來了，還興高采烈。眼見得大了，硬了。筆直的。個沒心沒肺的東西！不是當家人，不知柴米貴。你也太盲目、太幼稚了。都這樣了，你還搖頭晃腦地做什麼？

混世魔王一口吹滅了小油燈，重新鑽進了被窩。不管它了。可小兄弟就是挺立在那裡，都成了小鋼炮了。連個敵人都沒有，你殺氣騰騰的有什麼意思？你就鬧去吧你。混世魔王不理他了。可小兄弟硬得厲害，硌得慌，這個覺還眞的沒法睡了。混世魔王只能再一次起來，拖上鞋，黑洞洞地在床邊彷徨。就這麼來來回回地走了七八趟，形勢嚴峻起來了，混世魔王感覺到自己的身體內部出現了十分致命的問題：有電，在四處竄。只是一會兒，混世魔王就被點著了，欲火中燒。是的，欲火中燒。混世魔王一把抓住了自己，用力搓。他要親手解決這個問題。讓它搗亂、失敗，再搗亂、再失敗，直至滅亡。

不能說混世魔王不努力，混世魔王努力了，甚至可以說，盡力了，然而，不行。出不來。就是出不來。這一來麻煩了，越急越不行。混世魔王來到了牆邊，摸過竹管，小兄弟一下子就頂了進去。他要用這種別致的方式讓自己「尿」。只許成，不許敗。他把全身的力量都集中在小兄弟的四周，有節奏地、有彈性地往前頂，既耐心，又凶狠。竹管蹭破了他的皮膚，他感到了疼。但這種疼是有質量的，是那種有追求的疼。特別地需要，特別地渴望。混世魔王想，就把這個竹管看成吳蔓玲吧，就是吳蔓玲了。他混世魔王就是要操了她。不達目的誓不甘休。端方說得對，我就操了她！你看我敢不敢！我還不信了我！

端方的話是燈塔，是火炬，是太陽。混世魔王突然被端方的話照亮了。混世魔王停止努力，愣在了那裡。爲什麼要在這裡？爲什麼不到大隊部去？爲什麼不來眞的？眞的好。眞的一定比竹管子好。怕什麼？還有什麼好怕的呢？混世魔王從竹管子裡頭抽出自己，他爲自己的大膽決定而欣慰鼓舞。這將是史無前例的壯舉。想都不敢想的。混世魔王一下子振奮了起來，昂揚了，同時也鎮定了。覺得自己一下子有了尊嚴，體面得很。是那種瞧得起自己才有的穩重。混世魔王披上了大衣，用肩膀扛了幾下。雖然不能去當兵，但在氣質上，他已經參軍了。他是一個戰士。也可以說，他是一個鎮定的將軍。

吳蔓玲睡得正香。深夜一點，也可能是兩點，這個說不好，吳蔓玲的房門被敲響了。吳蔓玲醒過來了，問：「誰呀？」混世魔王說：「我。」吳蔓玲再問了一遍，聽出來了，是混世魔王。吳蔓玲披上棉襖，下床了。吳蔓玲辦事有一個原則，今日事，今日畢，不許過夜的。不管是多大的麻煩，不管是深夜幾點，吳蔓玲沒有把群衆堵在門外的習慣。吳支書點上了罩子燈，打開門，混世魔王黑咕隆咚地戳在門口，同時灌進來一陣凜冽的風。「進來吧，——都幾點啦？」吳蔓玲說。混世魔王裹著軍大衣，兩隻胳膊摟著，大衣裹得緊緊的。吳蔓玲瞇著惺忪的睡眼，一手端著燈，一手拽著棉衣，弓著腰，堆上笑，親切地說：「是不是思想上還有什麼疙瘩？」混世魔王沒有說話，一腳跨進來了。吳蔓玲掩了一下門，外面的風太大，沒有掩上，吳蔓玲只好把門閂上了。轉過身，卻發現混世魔王已經坐在了她的床上。吳蔓玲不喜歡別人坐她的床，卻沒有把她的不高興流露在臉上。吳蔓玲走過去，說：「睡不著了吧？我就知道你睡不著——你這個雞肚腸子。」這麼說著話，混世魔王站起來了。他鬆開了自己的兩隻胳膊，軍大衣也敞開了。這一敞開就把吳蔓玲嚇得半死，混世魔王只穿了一件光禿禿的軍大衣，裡頭就什麼也沒有了。胸脯、肚臍、小兄弟、大腿、腳，從上到下整個是身體的大聯展。吳蔓玲想說什麼，不知道舌頭在哪兒，因此說不出。混世魔王伸出手來，把吳蔓玲手上的罩子燈接過去，放在了麥克風的旁邊。吳蔓玲就是在這樣關鍵的時刻想起麥克風的，她一把伸過去，就要找擴音機的開關。她想喊。沒想到混世魔王搶先把開關打開了。他吹了燈，順勢把嘴巴送到吳蔓玲的耳朵邊，悄聲說：「你喊吧！支書，你把王家莊的人都喊過來。」這一招吳蔓玲沒有料到，她再也沒有料到會是這樣。反而不敢了。吳蔓玲沒有喊。她不敢喊。這一來混世魔王的工作就簡單多了。打開的麥克風就在他們的身邊。現在，麥克風不再是麥克風，它是輿論。混世魔王是不怕輿論的。他放開了手腳，目標明確，莽撞無比。而吳蔓玲成了賊，躡手躡腳，大氣都不敢出。混世魔王開始扒吳蔓玲的褲子了，爲了避免過於強大的動靜而驚動了輿論，吳蔓玲的掙扎有了限度，完全是象徵性的，更像是精心設計的配合。混世魔王放倒了吳蔓玲，一下子衝進她的體內。吳蔓玲一陣鑽心的疼，但是，忍住了，沒有喊。

這樣的場景奇怪了，兩個人一起屏住了呼吸，誰也不敢弄出半點動靜，就好像擔心嚇著了什麼，就這麼僵持在那裡，誰也不動。最終還是吳蔓玲伸出了胳膊，摸到了擴音機的開關，關上了。伴隨著「啪」的一聲，吳蔓玲發出了無比沉重的一聲嘆息，和夜色一樣長，和夜色一樣重。隨著這一聲嘆息，吳蔓玲的身子一下子鬆開了，每一個關節都鬆開了。幾乎就在同時，混世魔王來了動靜，啓動了。他像一列火車，開始還很笨重，還很舒緩，但他馬上就找到了節奏，原地不動，卻風馳電掣。這是一列失控的火車，火花的爆炸那樣，分出無數的方向，分出了無數的火車頭，它們衝向了吳蔓玲的十個指尖和十個腳趾。吳蔓玲不由自主地被帶動了起來，她找到了這個節奏，參與了這個節奏。她成了速度。她渴望抓住什麼以延緩速度，然而，什麼也抓不到，兩手空空，活生生地飛了出去。吳蔓玲只想借助於這樣的速度一頭撞死。所以，她拚命地飛。太可恥了。實在是太可恥了。可吳蔓玲突然抓住了一樣東西，是手電筒，是一直放在枕頭下面的手電筒。就在這樣的狂亂之中，吳蔓玲意外地打開了手電筒，手電筒的光柱正好罩在混世魔王的臉上。這是一張變形的臉。混世魔王一定被突如其來的光亮嚇傻了，他的身體反彈了一下。是猛烈的、不期而然的一個抽搐。都沒有來得及射精，吳蔓玲就感覺到體內的火車一下子脫軌了，一點點地軟了，一點點地小了。吳蔓玲的兩條腿直抖，企圖夾住，卻沒了力氣，並沒有成功。混世魔王從吳蔓玲的身子裡撤了出來，一點也不知道這樣的舉動對他來說意味著什麼。這是他的第一次。這是他的最後一次。在未來的歲月裡，他的小鋼炮就此變成了玩具手槍，除了滋水，再也不能屹立在自己的褲襠。

混世魔王爬了下來。先是從吳蔓玲的身上爬下來，然後，從床上爬了下來。他在找鞋。直到這個時候，混世魔王才知道自己並沒有穿鞋。他是光著腳來的，只能光著腳走。臨走之前混世魔王給吳蔓玲丟下了這樣的一句話：「我還會再來的。」口氣比他的小兄弟還要生硬。

吳蔓玲癱在床上，一陣冷風吹進了屋子，吳蔓玲像一塊木頭，下了床，關上門，閂死了，再用背脊頂住。直到這會兒吳蔓玲才從一場噩夢當中甦醒過來。這場噩夢來得過於突兀，走得也一樣突兀，反而有一點像假的了。吳蔓玲只能一點一點地回憶，一點一點地捋。

她來到了床邊，打開手電筒。床單已經完全不成體統了，床單證實了這不是假的，是眞的。慌亂而又可恥的褶縐就是證據。床單的中間有一灘紅，這也是證據。這一灘鮮紅吳蔓玲認識，那是她自己的血。她認識。這灘血提醒了吳蔓玲，她在疼，是撕裂的那種疼。吳蔓玲跪在了床單上，蝦一樣弓了起來，蜷了起來。她把整個身體都埋在了被窩裡。她照著自己的血，望著自己的血，傷心和屈辱湧上來。眼淚奪眶而出。淚水是滾燙的，然而，面頰更燙。這一來她的淚水反而是冰冷的了。吳蔓玲抓起被窩，把自己的臉捂緊了。等做好了這一切，吳蔓玲開始了她的嚎啕。棉被使她的聲音充滿了含混和魯鈍，只有她一個人可以聽見，這一來就安全了。哭完了，吳蔓玲伸出手，在自己的身上撫摸，一直摸到自己的下身，這一摸越發地傷心了。是再也不可挽回才可以觸發的那種傷心。她就這樣失去了她的貞操。她的貞操被狗吃了。就在這樣的時刻吳蔓玲想起了一句極其要緊的話：「被狗吃了。」吳蔓玲拉過被窩的一隻角，塞進嘴裡，用近乎吶喊的聲音說：

「被狗吃了！被狗吃了！被狗吃了！」

端方一大早就來到大隊部。事實上，這一夜他也沒有睡好，他的心裡頭越來越沒有底了。他鼓起了勇氣，必須在一大早把吳支書堵在門口，好好商量一下當兵的事。經過一夜的琢磨，端方似乎又看到了一些前景。混世魔王被吳支書「槍斃」了，端方在一定的程度上受到了驚嚇，可是，有一個事實端方是不能忽略的，混世魔王是混世魔王，端方是端方，沒有一絲一毫的關係。相反，希望增大了。在當兵這個問題上，少了一個競爭的對手，他端方其實就多了一分的把握。這麼一想端方又樂觀了。當然，還是忐忑。誰知道人家吳支書是怎麼想的呢。

一大早吳蔓玲的門就緊鎖著，這個不同尋常了。是不是到公社開會去了呢？端方在大隊部的門口逗留了片刻，把鎖拿在手上，把玩了一會兒，只好回去了。到了午飯的時刻，端方再一次來到大隊部，吳蔓玲的大門卻還是鎖著的。她到哪裡去了呢？出於無聊，端方只好來到窗前，踮起腳，把手架在額前，對著吳蔓玲的房間裡張望。這時候金龍的老婆正好從這邊路過，看見了端方，不知道端方在瞅什麼，躡手躡腳的，跟上來了。金龍家的來到端方的身後，拽了拽端方的上衣下襬，問：「賊頭賊腦的，偷看什麼呢？」這麼一說端方倒不好意思了，紅了臉，笑起來，說：「我找吳支書呢！」金龍家的說：「門不是鎖著的嗎，你還偷看什麼？」端方說：「你可不能瞎說，我就是看看，哪裡是偷看。」這麼說著話就打算走人。金龍家的卻不依不饒，跟了上去，警告說：「端方，人家是姑娘家，我可替人家守著，下次不許偷看！聽見沒有？」端方知道金龍家的少一竅，是個死心眼的好心人，又好氣，又好笑，越發不好意思了，急忙點頭，說：「知道了，嫂子。」

黃昏時分端方已經是第三次來到大隊部了。因爲有了中午的教訓，端方沒有直接來到吳蔓玲的門口，而是離得遠遠的，站在一棵樹的下面對著大隊部張望。這一次吳蔓玲的門反倒開了。端方的心裡一陣高興。這一回他沒有猶豫，三步併著了兩步，過去了。剛進門，立足還未穩，一條狗早已經撲了上來。牠的嘴巴差不多都到了端方胸脯。幸虧有鐵鏈子，要不然，撲到端方的臉上也是說不定的。由於沒有任何準備，端方的這一下嚇得不輕，還沒有定下神來，狗已經發動了第二次攻擊。端方一讓，跳出了門外。吳蔓玲喊了一聲：「黃四！」狗便開始吼叫，氣勢洶洶的，這一來就把吳蔓玲和端方從中間隔開來了。吳蔓玲望著端方狼狽的樣子，腦子裡突然冒出了一個十分離奇的念頭，昨天晚上是不是端方？興許是自己看錯了呢。如果是端方，會怎樣呢？這樣的疑問纏人了，深入了。吳蔓玲陷了進去，被狗吃了。

吳蔓玲站在屋內，光線十分地黯淡，一張臉就不那麼清晰，曖昧，而又恍惚。她的臉色很不好，這一點是千眞萬確的。端方不安了，相當地不安。吳蔓玲的臉色就是命運。看起來事態不好了。端方的心一下子沉了下去，再也不知道說什麼好了。端方站在門外，吳蔓玲站在門內，中間隔著一條狗，兩個人就這麼相互打量著。什麼也沒有說。不好的感受彌漫開來，籠罩了端方，籠罩了吳蔓玲，還有那條什麼也不知道的狗。那就什麼也不用再說了。端方的臉色也凝重起來了。兩個人就這麼面色沉重地站在大隊部的門口，各人揣著各人的心思。天色就是在這樣的沉默當中黯淡了下來。還有一些晚來的風。看起來是不行了。端方掉過頭，走了。端方這一走吳蔓玲才回過神來，剛想跟上去，狗又吼叫了一陣。那還是算了吧。

端方很沮喪。沮喪極了。同時兼有了憤怒。他沒有回家，也沒有回到養豬場，直接往混世魔王的那邊去。昨天是混世魔王被宣判的日子，今天，輪到他了。天黑得特別地快，端方早已經看不見自己了，但是，端方看見了一樣東西，那就是命運。命運撲上來了，撲到他的臉上來了，眼見得就要咬到端方的咽喉。命運不是別的，命運就是別人。

「他」或者「她」，永遠是「我」的主人。

他，或者她。他們，或者她們，永遠是「我」的主人。「我」是多麼地無聊，無趣，無望，無助，無奈，無恥。「我」是下賤的。可是，「我」爲什麼就不能是「他」，或者「她」？「他們」，或者「她們」？爲什麼？爲什麼？因爲憤怒，更因爲絕望，這個繞口令一樣的問題把端方纏繞進去了，他像一隻追趕自己尾巴的貓，因爲達不到目的，又不肯甘休，越追越急，越追越快了。一會兒就把自己繞昏了，眼見得就要發瘋。端方急火攻心，一下子想起了顧先生。他要找顧先生。這個唯物主義的問題只有顧先生才能夠解決。端方是一路小跑著來到顧先生的小茅棚的，一腳就把門踢開了。端方說：

「我能不能成爲他？能不能？」

這是一個哲學問題，劈頭蓋臉，空穴來風，勢不可擋。端方說：

「能不能？」

顧先生在喝粥，不知道發生了什麼。他的一雙小眼在小油燈的下面像兩隻小小的綠豆，驚恐，卻鎮定。依照一般的經驗，顧先生知道，端方一定在「想」什麼了。他在年輕的時候就是這樣的，總是愛「想」，一「想」就把自己逼進了牛角尖，直到出不來爲止。這是好事。顧先生說：「端方，你坐。」

端方說：「你回答我！」

顧先生放下筷子，說：「你這樣想畢竟是好的。」

端方說：「你回答我！」

端方跨上去一步，咄咄逼人，差不多要動手了：「你回答我！」

顧先生說：「馬克思在《經濟學——哲學手稿》的第六十頁上告訴我們：『如果我自己的活動不屬於我自己而是一個疏遠的、一個被迫的活動，那麼，這個活動屬於誰呢？屬於我以外的另一個存在。這個存在是誰？』端方你看，這個問題馬克思也問過。那時候他正在巴黎。」

端方說：「這個存在是誰？」

顧先生端起碗來，喝了一口粥。顧先生舔了舔嘴唇，說：「馬克思也沒有說。」

端方走到顧先生的跟前，伸出手，用一隻指頭頂住了顧先生的腦袋，一字一句地說：「我操你的大爺！」

端方說完了就走。顧先生一個人坐在茅棚裡，他並沒有因爲端方的粗魯而生氣，相反，喜悅了。他更喜歡端方了。一個人能夠關心「我能不能成為他」這樣的哲學問題，這就可愛了。人應當有這樣的追問，尤其在年輕的時候。一個人渴望變成「他」，是好事。說到底，這個世界不是別的，就是由「我」而「他」的進程。這個世界其實並沒有「我」，「我」只是一個假託，一個虛擬，一個藉口。「我」不是本質，不是世界的屬性，從來都不是。這個世界最真性的狀態是什麼呢？是「他」。只能是「他」。「他」才是人類的終極，是不二的歸宿。信仰、宗教和政治都只是做了一個簡單的工作，讓「我」懷疑「我」，讓「我」警惕「我」，讓「我」防範「我」，最終，有效地改造並進化了「我」。這才是達爾文主義在人類社會最尖端的體現。端方小小的年紀就有了這樣的思想萌芽，很可貴了。顧先生在端方的身上看到了希望。顧先生站起身，來到了門口，想把端方追回來，好好聊一聊。可端方早已經杳無蹤影。顧先生站在黑暗當中，對著黑暗微笑了。顧先生對自己說：

「『我』走了，可『他』還在。」

顧先生對自己的這句話非常地滿意。當天夜裡顧先生就做了一個美夢，內容是關於「它」的。他夢見自己下了許多蛋，簡直是拉出來的。拉完了，都不用擦屁股，痛快極了。

端方怒氣衝天，一直把他的怒氣帶到了混世魔王的面前。混世魔王因為夜裡的風寒，病了，軟在床上，正在劇烈地咳嗽。一見到混世魔王的這副熊樣端方立即冷靜下來了，好歹自己並不是最糟糕的，不還有混世魔王陪著自己嘛。這麼一想端方就好多了。端方想寬慰混世魔王幾句，話到了嘴邊，卻笑起來了，說：「想不想吃狗肉？」文不對題了。

混世魔王沒聽懂端方的意思，望著端方。因為高燒，他的瞳孔特別地亮。端方說：「她弄來了一條狗，很大。」

「誰弄來了一條狗？」

「吳蔓玲。」

這一回混世魔王聽懂了，突然坐起了身子。吳蔓玲「弄來了一條狗」，這句話是由端方說出來的，可是，話裡頭複雜的意思，端方卻永遠也不會懂的，相反，混世魔王明白。這樣的對話格局有意思了，有了特別的趣味。混世魔王喜歡。混世魔王笑了。笑得很鬼魅，很含混，接近了猙獰。端方因爲不明就裡，他的興奮點依然在狗肉上，便壓低了嗓門，說：「我們幹嘛不把牠吃了？」混世魔王還在笑。端方有些疑惑，不解地望著混世魔王，說：「笑什麼？」

混世魔王說：「我今天想笑。」

端方說：「想不想吃狗肉？」

混世魔王拍了端方一巴掌，說出了一句意義非凡的話來：「狗肉沒意思。還是人肉好吃。」

可端方就是想吃狗肉。這個晚上他貪婪了，饞得厲害，嘴巴裡分泌出無限磅礴的唾液，沒東西能煞得住它們的車。特別地想喝一口。要是能有一口燒酒，從嘴巴，到嗓子眼，再到肚子，像一條線那樣火辣辣地燒下去，那就痛快了。越是沒有，越是饞得慌，想得慌。端方再也沒有想到一個人的嘴巴會如此這般地騷。端方嘆了一口氣，說：「難怪李逵說，嘴裡淡出鳥來，真的是這樣。我滿嘴巴都是鳥，撲棱撲棱的。真想喝一口。」混世魔王知道端方想喝。可哪裡有酒呢。他回過頭，看了一眼灶台，那裡只有一些鹽巴和醬油，連醋都沒有，更不用說別的了。混世魔王說：「醬油倒是有，你就將就一下吧。」也只有這樣了。端方把醬油拿過來，咕咚咕咚倒了半碗，嘗了嘗，有點意思了，點點頭說：「有滋味在嘴裡就好。」舌頭上還是有點寡，就又放了一把鹽。端方一不做，二不休，又放了一把。這一來醬油的滋味已經再也不像醬油了，鹹得厲害。

接近於苦了。端方端著醬油，慢慢地喝。他喝得有滋有味了，還滋呀咂的。喝到後來，他終於像李玉和那樣，端起了碗。混世魔王說：「你可悠著一點。」端方一口乾了，臉上痛快的樣子，放下碗，抹了抹嘴，說：

「沒事的。我醉不了。」

第二十章

每年的徵兵工作大約要經歷這樣的一個程式：一，動員，動員大會之後當然就是報名。二，目測，淘汰一批。三，初步政審，淘汰一批。經過兩輪淘汰之後，四，送公社體檢。這裡就要淘汰一大批。主要的問題有砂眼、中耳炎和肝腫大。鄉下的孩子除了病得起不了床，一般來說是不去醫院的，眼睛上有點小毛病，耳朵上有點小毛病，忍一忍就過去了，這就留下了後患。還有一個比較集中的問題就是肝。鄉下長大的孩子都有一個共同的特點，那就是營養嚴重地不良，最關鍵的是，營養嚴重不良的身體從小還要承擔超負荷的體力勞動，時間一長，肝就腫大起來了。體檢的時候醫生的手指沿著你的肋緣摁下去，肝臟超出肋緣零點五公分就不合格了。就是這個「零點五」，撂倒了多少熱血青年。體檢合格者，五，政治審查，並遞交嚴格的、正式的政審材料，再淘汰一批。最後能夠留下來的，那眞是天之驕子了。想想也是，當兵是多大的事？祖國和人們要交給你，靠你保衛呢，一點點也不能馬虎。

每一年的徵兵都是一次群衆運動。既然是群衆運動，村子裡照例都要貼出彩色標語，寫上「一顆紅心，兩種準備」、「響應祖國號召、服從祖國挑選」、「祖國的需要就是我的需要」、「提高警惕、保衛祖國」、「兵民是勝利之本」以及「備戰、備荒、爲人民」這樣的口號。口號一旦到了牆上，它就再也不同於口號了，它不是振臂一呼，不是脫口而出。它是書面的，肅穆的，深思熟慮的，帶有放之四海的效力，還帶有眞理和法律的功能。

動員大會一開完，端方就來到混世魔王的大倉庫，兩個人面面相覷了。是報名呢，還是不報名呢？拿不定主意了。其實，報不報都是一樣的。對王家莊來說，任何與組織相關的事情，事情的「結果」往往都在事前，不可能在後頭。這是組織辦事的一個特點。換句話說，端方和混世魔王當兵的事，結果其實已經出來了。即使體檢合了格，也只能說明你的身體還不錯，別的你就不要指望了。然而，兩個人無聲地商量了一遍，還是要報。完全是意氣用事了。年輕人就是愛意氣用事。可是話也要反過來說，不意氣用事那還叫年輕人麼。

端方和混世魔王在這裡熱熱鬧鬧地報名，體檢，有一件事情他們其實是不知道的。今年的徵兵不同於以往，情況特殊了。往年的人數一直比較多，一般說來，全公社都有七十到八十個不等，每個村都能攤派到兩三個。今年不同了，徵的是特種兵，全公社統共也只有五十二個名額，最終分配到王家莊的也才有一個，還是吳蔓玲爭取過來的。只是沒有對外宣布罷了。早在接到通知的時候吳蔓玲在心裡頭就「內定」了，給端方。她一直想找一個機會和端方單獨地談一次，把支部的決定告訴他。這樣正規一些。只不過還沒有來得及。

初步政審的時候吳蔓玲就想把混世魔王掐死。轉一想，不能。剛剛被他強姦過，風聲有沒有漏出去，現在還不好說。萬一村子裡有什麼風聲，她一捏，等於從反面證實了這個事情。不能夠。她蹺上了她的腿，若無其事，附帶還開了幾句玩笑，幫著混世魔王說了幾句好話。吳蔓玲有吳蔓玲的算盤，指不定他的體檢還過不了關呢。就算是過關了，還有最後的政審這一道門檻。到那時就用不著她這個支書來說話了。誰想到混世魔王的體檢就是過了。他怎麼就不瞎、不聾、嘴裡不長瘡、背上不淌膿、身上不生癌的呢？吳蔓玲對混世魔王有徹骨的恨，但恨歸恨，但最主要的還是怕。作爲一個村支書，作爲一個姑娘家，她是有顧忌的。相反，混世魔王肆無忌憚。吳蔓玲眞正懼怕的其實正是這一點，怕他的肆無忌憚。這個人已經瘋了，他是什麼事情都做得出來的。就算是把他送過去坐牢，進一步說，就算是把他槍斃了，吳蔓玲的臉面還要不要了？她這個村支書還當不當了？不能玉石俱焚哪。

吳蔓玲想把唯一的名額留給端方，其實也是有私心的。她想在端方臨走之前和端方「好」上那麼一些日子。是的，她想和端方「好」。這個「好」是什麼意思，很難說得清楚。但有一點是肯定的，「好」特別地迷人，想起來就叫人纏綿，一到了夜深人靜的時候，它就懸在那兒，繚繞在那兒。當然，這個「好」肯定不是戀愛，不是談婚論嫁。要是眞的讓吳蔓玲和端方談戀愛，最終嫁給他，吳蔓玲不情願。說到底端方還是配不上的。可是，配得上自己的小夥子又在哪裡呢？沒有。比較下來，還是端方了。端方有文化，模樣也好，牙齒白，主要是身子骨硬朗，有一種可以靠上去、可以讓人放心的身架子。這些都是吳蔓玲所喜歡的。還有一點是最爲重要的，端方是畢竟要走的人，就是「好」也「好」不長久。他一走，其實什麼也就沒有了，從此就天各一方，再怎麼「好」，也扯不到談婚論嫁上去。吳蔓玲在這件事情上用心深了，都有些癡迷了。就想著能和端方早一點「好」起來。「好」起來是怎樣的呢？實在也沒有想好。吳蔓玲爲這件事情都專門哭過三四回了，心裡頭也知道，她這樣做其實是不好的。可是，想「好」的心思就是這樣，一旦動了頭，再收就難了。拉不回來的。吳蔓玲對自己說，即使是錯，她也要錯一回。就錯這一回。不錯這一回她終究是不能夠甘心的。

要是細說起來的話，吳蔓玲最大的願望還是在端方的懷抱裡睡上一覺。這個念頭不著邊際了。想起來一次吳蔓玲就要慌亂一次。說到底吳蔓玲還是太累了。這麼多年了，其實一直在累，一直在逞能罷了，身體其實是吃不消的。要是什麼都不管，什麼都不顧，踏踏實實的，安安穩穩的，瞎頭閉眼的，睡上一個又深又長的覺，那就好了。端方要是能夠抱著自己，守護著自己，想必也是好的。誰也不會打攪他了。有端方摟著，安全了，誰有膽量去得罪端方呢。她就可以把她腦袋依偎在端方的胸脯上，把端方的扣子解開來，一頭鑽進去，埋進去，他的胸膛是那樣的結實，那樣的寬廣，溫暖是一定的了。就是不睡，無緣無故地哭上一回也是好的。她要把什麼都告訴他，一邊流著眼淚，一邊說，把心窩子裡頭想說的話一股腦兒說給他。混世魔王的事情就不說了，不能的，要是說了，端方會殺了他。要出人命的。那還是不說了吧。就當被狗咬了一口。這麼一想吳蔓玲的眼淚下來了，她端坐在床沿上，兩隻眼睛對著罩子燈，愣神。眼淚不由自主地流下來了。必須讓端方當兵去，讓他走。他不走，他們是「好」不成的。天底下沒有不透風的牆。她和端方的事一旦傳出去，總歸是不好的。

吳蔓玲在那裡愣神，流淚，端方卻也沒有閒著。吃過飯，端方把筷子架在了碗的邊沿，推開了，一張臉繃得鐵青。沈翠珍看了端方一眼，一聲不響地把筷子拿了下來，放在了桌面上。端方的這個習慣壞了，只有叫花子才會把筷子架到碗上去，會越吃越窮的。沈翠珍為這件事不知道說過端方多少次，他就是改不了。自從去了養豬場，除了三頓飯，端方就再也不著家了，一天到晚也不知道他在忙活什麼。吃飯的時候也沒有話，就好像他的舌頭被人借走了，有人借，還沒人還呢。你要是問他話，比方說，床上要不要添一床被褥，床單要不要帶回來洗一洗，他也不開口，喉嚨裡「嗯」一聲，既不說「是」，也不說「不是」，就知道「嗯」一下，急死個人了。問多了他的臉色就不好看了。都不知道是從哪一天開始的，他就成了這個家裡的太上皇了。人人都要看他的臉色。到了吃飯的時候，他回來了，一到家裡就沒有了動靜。簡直就是吃豆腐飯了。王存糧呢，也不說話。自從紅粉出嫁的那一天起，王存糧和端方就再也沒有說過一句話，當著那麼多的人，端方可是沒有給他這個做繼父的一點臉面。這還罷了，你端方在王家莊交往的都是些什麼人哪？啊？都是些什麼人？小混混、小痞子，小流氓。趕上亂世，絕對是一群亡命徒。這些人王存糧不想招惹，也招惹不起。早知道是今天的這副模樣，當初還讓他讀高中幹什麼？做一個小流氓是不用讀高中的。現在倒好，端方還當上亡命之徒的總司令了。人家都升官了，恭喜你了。王存糧點上旱菸鍋，總結了一下自己的經驗和教訓，當初死活不該再婚的。後媽不好當，後爸也不好當。尤其是男孩子，含辛茹苦地把他餵大了，到頭來你不知道餵出來的會是怎樣的一個祖宗。

推開晚飯的飯碗，端方出門了。剛剛來到天井的門口，卻發現四五個小兄弟已經黑黢黢地站在他們家的外頭了。在等他。端方走過去，腆起肚子，打了三四個飽嗝，這會兒他哪裡有心思和他們一起鬼混。想了想，說：「這樣吧，今天晚上你們自由活動吧。」紅旗說：「你今晚幹什麼？」端方把他的話題撇開了，說：「自由活動吧。」把四五個黑影子打發走了，端方想到吳蔓玲的那邊再走一遭。無論如何要再走一遭的。體檢都通過了，端方不能眼睜睜地看著自己死在半路上。

走了一半，端方改主意了，突然想起了大隊會計王有高。作爲王家莊的大隊會計，王有高怎麼說也是王家莊的二號人物。請他出個面，再幫著撮合撮合，也許是管用的。王有高和吳蔓玲的關係一直都不錯，他要是說什麼，吳蔓玲一般都要給他一點面子。這裡頭是有歷史淵源的。水很深。要是認眞地推敲起來，吳蔓玲能夠做支書，還有王有高的一分特別的功勞。撇開王有高是吳蔓玲的入黨介紹人不說，老支書王連方倒台的時候，王有高也曾動過頂上去的念頭，等他眞的「活動」的時候，王有高發現，想當村支書的並不只有他一個。這就要較量了。較量來，較量去，一個半斤，一個八兩；而在公社書記的眼裡呢，一個手心，一個手背，「可都是肉哇！」王有高眨巴眼睛了。他的兩隻眼睛可以說是兩把上好的算盤，可以左右開弓。一一得一，一二得二，三下五除二，四去六進一，五去五進一，六去四進一，七上三去五進一。王有高的眼珠子經過一番激烈地撥弄，結果有了。王有高退出來了。他想到了另外的一個人，吳蔓玲。「吳蔓玲有條件把這副擔子挑。」他用「智取威虎山」裡少劍波同志的唱詞向上級組織舉薦了吳蔓玲。吳蔓玲，女，初中畢業，有文化，不怕苦，覺悟高，黨性強，作風正派，謙虛好學，做人踏實，群眾基礎好。王有高的舌頭剎那之間就變成了一把大刷子，它用鮮紅鮮紅的油漆一眨眼就把吳蔓玲刷成了一朵大紅花，而他自己呢，變了，成了一張小小的綠葉，客觀地、謹慎地，心安理得地，襯托在了吳蔓玲的身邊。這個姿態高了。很好。大度，公允，負責任，是一心爲公，一切爲了事業的姿態。

王有高自己也被自己的談話打動了，眼圈紅了。他的談話帶上了抒情的色彩。「上級組織」洪大炮的眼眶也紅了。在感情上，他們共鳴了。王有高的姿態給了洪大炮極好的印象。印象就是結論。洪大炮雷厲風行，伸出了兩隻胳膊，緊緊握住了王有高的手，大聲說：「我們尊重你的意見！他奶奶的，就這麼的了！」吳蔓玲就這樣當上了王家莊的村支書。吳蔓玲當然是知情的。你敬我一尺，我敬你一丈。吳支書在王家莊黨內的、黨外的大小會議上都格外地給「王會計」臉面，「我完全贊同王會計的講話。」吳支書說。「王會計，你的意見呢？」吳支書說。「王會計的講話精神就是我的精神，我就不重覆了。」吳支書說。「王會計，你還想補充一點什麼？」吳支書說。王會計在黨內和黨外的威望就在吳支書一次又一次的詢問當中建立起來了，很厚、很霸實。威望不是別的，其實就是發言權，就是說話管用，就是你剛剛說完了話，別人總要把兩隻手舉起來鼓掌。不僅掌聲脆亮，還要讓你看見——我在爲你鼓掌呢。而沒有威望則是怎樣的一種情形呢？好玩了。你說完了，別人就咳嗽，就吐痰，就調整坐的姿勢，就抖動他的小腿。本來不用咳嗽的，嗓子裡也要弄出一些聲音，聽上去極度地不安。然後，有人站出來了，說話了，他想「談一談個人的意見」。七扯八扯，最後就把你的意見擱倒了。你的意見就如同放屁，臭味未了，而音訊已無。

王有高不在家。端方笑咪咪的，弄出一副不在家也不要緊的樣子。客客氣氣地和大辮子扯上淡了。這還是端方第一次來到大辮子的家，大辮子格外地熱情了。大辮子再也沒有料到端方這麼晚了還會來串門，心裡頭正在納悶，可還是高高興興地說：「是端方伙啊！」端方到底是求情來的，有點難爲情。虛應了幾句，不知道說什麼好了。一雙眼睛就在四下裡張望。大辮子說：「找有高哇？」端方笑笑，說：「沒有。不找王會計。」大辮子有些不踏實了：「那你想找誰呀？」端方穩當過來了，定神了，嘴巴上抹上了蜜，說：「我就不能來看看大辮子阿姨？」大辮子的臉在油燈底下頓時就笑成了一朵花，咯咯咯的。心裡頭看見底了。個小雜種，個小油瓶，個遭槍子兒的！你媽都沒敢動我女兒的心思，你倒敢了。還跑上門來了。三丫都死在你的手上了，你還想讓我的女兒也死在你的手上不成？你做你的榔頭夢吧——你餵豬還沒把自己餵飽呢！大辮子和和氣氣地望著端方，說：「端方孝順了，還知道來看看大辮子阿姨。坐噻。」端方說：「不坐了。最近還忙吧？」大辮子說：「忙什麼？還不就是一天三頓飯。」端方說：「那也辛苦。我以前不知道，現在餵了豬，才知道一天三頓也不容易。」這話說的，不著調了。大辮子笑了，說：「餵豬不容易，餵人容易。」話說到這兒味道似乎有點不對了。端方賠上笑，不知道說什麼了，有點收不起來的意思。人也越來越緊張了。可是，也不好拔腳就走。端方只好讓開了大辮子的目光，東張張，西望望。端方的舉動在大辮子的這一頭越發鬼祟了，是心術不正的樣子。大辮子也不和端方扯皮了，說：「端方，你媽一直讓我給你說一個對象，這種事可不能著急。」端方「嗨」了一聲，說：「你別理她。」這麼說著話，端方的眼睛已經釘在了牆上，那裡有一個大鏡框，裡頭有一張大辮子的女兒放大了的照片。大辮子瞅了端方一眼，更加相信了自己的判斷，這小子不安好心了。他的花花腸子已經花到自己的家裡來了。

大辮子伸出手，拍了一拍端方的肩，說：「端方哪，性急吃不得熱豆腐，聽阿姨的，性急了要燙著的。」其實是威脅了。端方的心思根本就不在這裡，哪裡能聽得懂大辮子話裡的話。端方說：「我什麼時候急過？我不急。」你聽他的口氣，你聽聽端方說話的口氣！都篤篤定定的了，她大辮子的女兒都已經是他端方的人了。大辮子動了氣，不想再和他囉嗦，說：「端方哪，我還要去看看兔子，阿姨就不陪你說話了。」等於是逐客了。端方求之不得，說：「那我就以後再來看阿姨。」匆匆告退了。大辮子靜了一會兒，氣不打一處來，她來到天井的外面，對著黑乎乎的巷子厲聲喊道：「文方——，文方——，文——方——唻——」端方正在向遠處去，就聽見大辮子在聲嘶力竭地喊女兒的名字。文方終於在很遠的地方回應了一聲。過了一會兒，端方在很遠的地方就聽見大辮子的呵斥聲了：「死哪裡去了？啊？死哪裡去了？」文方似乎頂了一句嘴，中間隔了一段小小的間隔，大辮子的罵聲到底從遠方傳過來了：「你的爹娘老子死光啦？啊？有娘生、沒爹教的東西！天一黑就亂串，不要臉的東西！下作的東西！再跑！再跑我打斷你的豬腿！」端方在遠處聽得清清楚楚的，沒想到大辮子是這樣一個厲害的角色。平日裡看不出來的。女兒出去串串門，何至於用這樣惡毒的話去罵自己的女兒呢。

端方一個人在黑夜裡往回走。雖說是晚飯後不久，但王家莊到底安靜下來了，有了深夜的跡象。天冷了，不少的人家已經熄燈上床，只有極少的人家還有一些零星的光。那些光從門縫裡劈了出來，扁扁的，是用了吃奶的力氣才擠出來的，隨後也熄滅了。到處都是死一般的寂靜。人像是在井底了。偶爾有一兩聲嬰兒的啼哭聲，一兩聲狗叫。都很遠，別的就再也沒有什麼了。滿世界都黑洞洞的，端方卻還要爲自己的前程奔波，其實也是垂死的掙扎了。這麼一想端方突然就感受到一絲淒涼，私底下有了酸楚和悲愴的氣息。被它們包圍了。無力回天的。王家莊就是他的世界了。世界就是這樣的。如此這般了。一點亮沒有，一點熱沒有，一點動靜沒有，一點生氣沒有。有的只是看不見的天，看不見的地，看不見的風，看不見的寒冷。還有，看不見的遠方與明天。端方就行走在黑暗中，一剎那都有點恍惚了。由於看不見自己，端方都有點懷疑這個世界上到底有沒有自己了，或者，自己被放大了，被黑夜消融了進去。端方立住腳，咬了咬自己的舌頭，疼的。端方確信了，自己並沒有被黑夜消融，還是存在的。這就是說，淒涼是眞的，酸楚是眞的，悲愴也是眞的。混不過去。端方反過來希望這是一個夢。可惜，不是的。

沒有找到王有高，找誰呢？端方在黑暗中猶豫了。直接去找吳蔓玲肯定不是辦法，事實上，希望也不大。還是請一個人在中間迂迴一下比較好。請誰呢？實在也想不出什麼人來了。端方就覺得自己是一隻在黑夜裡飛翔的鳥，說不準在什麼時候就被什麼東西撞上了。不飛還不行，不飛就只能掉下來，最終撞在了大地上。一樣的。端方只好抬起頭，在漆黑的夜裡四下裡看。他看見了興隆家的大瓦房了。雖然大瓦房和夜色一樣，都是黑色的，但大瓦房到底黑得不一樣，它黑得更結實，更實在，更死。矚目了。爲什麼不去請興隆呢？再怎麼說，吳支書也是人哪，是人就會生病。興隆是赤腳醫生，他們的關係怎麼說也要比一般的人牢靠些。

端方黑乎乎的，站在興隆家的門口，很突然。雙方都從黑暗當中認出了對方，都愣了一下，不期而然的。端方也實在是走投無路了，莽撞了，怎麼想起來來找興隆的呢？想得起來的。自從三丫斷氣的那一天起，兩個人其實就再也沒有見過面，一次都沒有。雙方都迴避著。都怕看對方的眼睛。尤其是興隆，刻意地躲著。端方突然出現在家門口，興隆失措了，也有點百感交集。興隆沒有把端方請到正屋裡去，而是把端方叫進了廚房。興隆多多少少還是要防著一手的。興隆不知道端方究竟要說什麼，萬一說起了三丫的事，廚房裡沒有外人，到底方便一些。興隆的心裡畢竟有鬼，關上門，掏出紙菸，放了一支在灶台上，又拿出來一支，自己點上了。兩個人都在抽菸，光吸，不說話。眼睛也不看對方。端方的眼睛只是盯著興隆家的鍋灶，上上下下地看。卻意外地在灶台上發現了一只酒瓶，還有一大半的樣子。端方的嘴巴歪了，笑起來，拎過酒瓶，扒開塞子，放到了鼻子的下面。是酒。端方仰起脖子就是一大口。這一口酒看起來是恰到了好處，具有啓動的力量，燃燒起來了，端方滿臉的皮都歸攏了，集中在鼻梁的上頭。眼睛也緊緊地閉上了。是痛苦不堪的模樣。但突然，端方的表情一下子鬆開了，像爆竹那樣，「啪」地一下，開了，長長地舒出了一口氣。端方把酒瓶放下了，說：「來一口吧？」兩個人的目光就都集中在酒瓶上了。興隆沒有說話，他認准了端方還在爲三丫痛心。這麼長的時間都過去了，他還是不能釋懷。看起來他這一輩子都不能原諒自己了。興隆的鼻子一酸，眼睛就紅了。興隆低下了腦袋，傷心和自責湧上了心頭。興隆說：「端方，我們是好兄弟了，你也不要不好意思。要打，要剮，你隨便。只要你能痛快，怎麼樣都行。我這一輩子對不起你。」

端方沒有料到興隆說出這樣的話來，沒有聽明白。好在端方是個聰明的人，立即就懂了興隆的意思。端方深深地吸了一口氣，仰起頭，閉上了眼睛，一邊嘆息，一邊用巴掌在空中摁了幾摁，隨後拍在興隆的肩膀上，拍了三四下。「不說這個，」端方說：「她沒那個命。你救不了她，我也救不了她。早都過去了。我們不說這個。永遠都不要說這個。」端方把玩著酒瓶，臉上的表情有些遲疑，對著酒瓶說：「興隆，你還記得你說過的話吧，你一次又一次地勸導我，讓我當兵去。」興隆的眼睛抬起來了，望著端方，緊緊地盯著端方。端方也看了一眼興隆，隨即又挪開了。他依然盯著酒瓶，說話的口氣一下子急切起來，說：「——興隆，你幫我一把。你幫幫我。你幫我求個情，請吳支書放我一馬。」興隆側過腦袋，也就是眨眼睛的工夫，弄懂端方的意思了。同時也就徹底地鬆了一口氣。興隆說：「走！」端方說：「到哪裡去？」興隆說：「找吳支書去哇。」端方忸怩了，主要還是心裡頭虛。他重新抓起酒瓶，含含糊糊地說：「我還是在這邊等你吧。」興隆沒有再說什麼，一個人出去了。

二十分鐘，也許是二十五分鐘過後，興隆回來了，直接走進了廚房。對於興隆這樣一個懶散慣了的人來說，他的動作可以說雷厲風行了，難得的。端方心領了。興隆回來的時候端方的兩隻手正緊緊地捂著酒瓶，仰著頭，望著興隆，有些緊張，說：「怎麼樣？」興隆瞄了一眼酒瓶的瓶底，空了。興隆說：「談過了。」端方笑笑，有些不自然，說：「怎麼樣？她怎麼說？」興隆說：「人家說，讓你自己去一趟。」端方說：「你說，有希望麼？」興隆說：「當然有，沒有叫你過去做什麼。」端方只是坐在那裡，不動。對著酒瓶發愣。興隆說：「還坐在這裡做什麼？人家在等你呢。」端方想了想，也是，自己還是得去一趟。端方用雙手摁住桌面，一用力，撐著站起來了。興隆想送送，端方說：「不用了。」

端方一點都沒有意識到自己喝多了。不只是多，實在也太快了。剛出了門，還沒有走出去十幾步，冷風把他的骨頭一收，酒其實就頂上來了，很凶，直往頭頂上衝。端方就覺著自己的腦袋出了一點問題，老是要往上飄。好在端方的身體好，有足夠的分量，可以拽得住。爲了證明自己並沒有喝多，端方開始數自己的腳步，從一一直數到十，一個都沒有錯。端方很滿意，看起來自己並沒有醉。但是，體重變了，又重又輕，有時候重，有時候輕，一會兒重，一會兒輕。這完全取決於地面的高低了。端方一路踉蹌，一路搖晃。搖來晃去把端方的豪邁給搖晃出來了，端方突然樂觀了，無比地自信，認准了自己可以闖過這一關。端方都想好了，預備好了腹稿，等到了大隊部，一見了面，端方就大大方方地對吳支書說：「蔓玲，祖國需要建設，但更需要保衛！」

端方的腹稿其實並沒有派上用場。端方推開門，還沒有站穩，就打了一個酒嗝。利用打嗝的工夫，端方瞥了一眼桌邊的狗，狗被拴得很妥貼，看起來吳蔓玲已經把牠打理好了，不會對端方有什麼威脅了。吳蔓玲並沒有坐在凳子上，而是坐在了床沿，她的左側放著一盞罩子燈，燈光照亮了吳蔓玲的半張臉。雖說只有半張臉，端方還是注意到吳蔓玲在這個晚上的非常之處。吳蔓玲一下子整潔了，看得出，精心地拾掇過了。頭髮是一絲不苟的，整整齊齊地梳向了腦後。前額則是一片疏朗的劉海，可以清晰地看得見梳齒的痕跡，當然，還有水的痕跡。而領口也用心了，是中山裝的領口，風紀扣扣得嚴絲合縫，對稱地貼在脖子上，裡頭還壓了一圈雪白的襯衣領，若隱若現。吳蔓玲的兩隻手放在大腿上，在床沿坐得很正，安安靜靜的。有一股子說不上來的嫵媚，但更有一股子逼人的英氣，逼人了。端方只看了一眼，肚子裡的腹稿在剎那之間就忘得乾乾淨淨，傻傻地望著吳蔓玲。看了半天，端方終於看仔細了，吳蔓玲一點點都沒有咄咄逼人，相反，是難過的樣子，哀怨得很。吳蔓玲終於說話了，她說：

「端方，你怎麼做得出來？」

這句話沒頭沒腦了。端方不知道自己做錯了什麼，嚥了一口，酒已經醒了一大半。吳蔓玲說：「端方，我一直在等你。你的事情，你怎麼能叫別人來替你說？——就好像我們的關係不好，我和別人反倒好了，就好像我們不親，我和別人反倒親了。」

這幾句話吳蔓玲說得相當地慢，聲音也不高，但是，說到最後，她的聲音都打顫了。她的話一下子就帶上了傷心的色彩。顯然，她不高興了，很傷心。端方的酒就是在這樣的時刻再一次上來了。端方怕了。想都沒想，他的膝蓋一軟，對著吳蔓玲的床沿就跪了下來。這樣的舉動太過突然，太過意外了，連吳蔓玲的狗都嚇了一大跳，身子一下子縮了回去，十分警惕地盯著端方。端方的心思不在那條狗上，他的腦袋在地面上不停地磕，一邊磕一邊說：「吳支書，求求你！吳支書，我求求你了，你放我一條生路，來世我給你做狗，我給你看門！我替你咬人！我求求你！」這樣的場景反過來把吳蔓玲嚇了一大跳，吳蔓玲望著地上的端方，她的心一下子涼了，碎了。吳蔓玲實在不忍心再看下去了。她轉過了頭，最終閉上了眼睛。眼淚卻奪眶而出。

「端方，你起來。」吳蔓玲說，「端方，你回去吧。」

「吳支書，我求求你了——」酒叫人意猶未盡，端方還在說，口水都已經流淌出來了。

第二天上午九點，端方醒過來了。一醒過來就頭疼，像是要裂。端方只好用他的雙手抱住了腦袋，不管用的。而嘴巴也渴得厲害，就是有一糞桶的水也能灌得下去。怎麼會這樣的呢？端方就開始想，一點一點地回顧。想起來，他喝酒了，是在興隆家喝的，喝多了。可端方能夠回憶起來的也只有這麼一點點了，喝完了酒幹什麼了呢？又是怎麼回來的呢？腦子裡一片空白，再也想不起來了。端方翻了一個身，長長地舒了一口氣。老駱駝不在，屋子裡是空的，正如他的追憶，一切都是那樣地空空蕩蕩。

紅旗突然進來了，很高興的樣子。紅旗說：「醒啦？」端方瞇起眼睛，腦袋瓜一時還跟不上趟，只是用他的下巴指了指桌面上的一隻碗，說：「給我倒碗水。」紅旗拿起碗，扭轉著身子找水壺。找不到。紅旗說：「水在哪裡呀？」端方說：「水在哪裡你都不知道？到河裡舀去啊！」紅旗高高興興地到河邊舀了一碗水，遞到端方的面前。端方接過來，一口氣就灌下了。他把空碗還給了紅旗，說：「再來一碗。」

一碗涼水下了肚，端方好多了，連著打了兩個嗝，一股酒氣沖了出來，難聞極了。端方自己都覺著難聞。一眨眼的功夫紅旗已經把第二碗水端到了端方的跟前，端方沒有接，說：「眞他媽的燒心。」紅旗說：「怎麼喝那麼多？」端方想了想，側過臉，不解地說：「你怎麼知道我喝酒了？」紅旗的臉上浮上了巴結的笑容，說：「我怎麼不知道？告訴你吧，昨天晚上是我把你背回來的！」端方笑了，說：「是嗎？」紅旗說：「你太重了，我的腳都崴了。」端方把他的下嘴唇含在嘴裡，「嘶」了一聲，說：「興隆怎麼沒背我？」紅旗說：「哪裡有興隆，我是從大隊部把你背回來的。」端方倒吸了一口，說：「我怎麼會在大隊部？」紅旗傻乎乎地搖晃起腦袋，說：「不知道。」端方自言自語說：「我在那兒做什麼？」紅旗說：「不知道。我就看見你跪在地上，在給吳支書磕頭。」

「你說什麼？」

紅旗重複說：「你跪在地上，在給吳支書磕頭。」

紅旗的話是一聲驚雷，在端方的耳邊炸開了。紅旗的話同時還是一道縫隙，透過這條縫隙，端方想起來了，隱隱約約地想起來了，自己好像是找過吳蔓玲的。爲什麼要跪在地上呢？爲什麼要磕頭呢？端方在想，可實在是想不起來了。端方望著紅旗，緊緊地盯著紅旗，紅旗不像是撒謊的樣子。端方笑起來，下床了，站在紅旗的跟前，說：「昨晚上你們是幾個人？」紅旗後退了一步，說：「就我一個。」端方走上去一步，說：「你都看見了？」紅旗又後退了一步，說：「看見了。」端方再走上去一步，和顏悅色了，說：「紅旗，你到門後頭，把那根麻繩給我拿過來。」紅旗替他拿了。端方說：「打一個結。」紅旗就在麻繩的一頭打了一個結。端方說：「給我。」紅旗老老實實地把麻繩送到端方的手上去。端方接過麻繩，順手給了紅旗結結實實的一個大嘴巴，迅速地把活扣套在了紅旗脖子上，而另一端「呼」地一下，扔到了屋梁上。端方的兩隻手一拉，紅旗的雙腳頓時就離地了。紅旗還沒有弄明白是怎麼一回事，他的身子就懸在了空中。僅僅是一會兒，紅旗的臉就紫了。

「你告訴別人了沒有？」

紅旗兩條腿和兩隻胳膊在空中亂舞。想說話，說不出來。還好，他的腦子在這個時候反而沒有亂。他的腦袋十分艱難地搖動了兩下。

「你到底有沒有告訴別人？」

紅旗還想搖頭，但這一次卻沒有成功。他的嘴巴張開了，而眼珠子瞪得極其地圓，都快飛出來了，有了掉下來的危險性。但紅旗的眼珠子沒有掉下來，相反，在往上插。他的眼珠子上面看不見一點黑，清一色的白。

端方的手一鬆，放開了。紅旗「咕咚」一聲掉在了地上。癱了。吐出了舌頭。他在地上像狗一樣喘息。紅旗剛剛緩過氣來就跪在了端方的腳底下，說：「端方，我沒說。沒說。」端方蹲下來，說：「我知道你沒說，可我不知道你以後說不說。」紅旗說：「我不說。我不傻。」紅旗望著端方，立即補充了一句：「我發誓。」端方說：「你發誓頂個屁用。」端方拉起紅旗就往外面跑，一直跑到豬圈的旁邊。端方從豬圈裡抓起一根豬屎橛，一把拍在牆頭上，說：「你吃下去。吃下去我才能信你。」紅旗望著屎橛，又看了端方一眼，下定了決心，開始吃。滿嘴都黑糊糊的，一伸脖子，嚥下去了。端方轉過頭去，一陣噁心，聽見紅旗說：「端方，我對你是忠心耿耿的。」端方回過頭，伸出巴掌在紅旗的腮幫子上拍了兩下，說：「紅旗，我們是兄弟，對不對？」紅旗望著端方的眼睛，害怕了。直到這個時候才眞正地害怕了。開始抖。身不由己了。紅旗說：「端方，你要是還不相信我的組織性，我再吃一個。」端方笑笑，說：「到河邊把嘴巴洗一洗。我怎麼能信不過你呢。」

第二十一章

紅旗蹲在河邊，把自己洗得乾乾淨淨的，然而，腮幫子上的手印子卻怎麼也洗不掉。端方的巴掌長滿了厚厚的繭子，又硬又糙，這樣的巴掌抽下去，紅旗臉上的手印就鼓了起來，成了手的浮雕。回到家，紅旗一直都側著臉走路，想瞞住他的母親。這是紅旗打小留下來的習慣了，不敢讓母親看到他在外面打架的痕跡。要是細說起來的話，孔素貞的家教可嚴厲了，極其地嚴，不論遇上什麼事，有理，或者無理，孔素貞都不允許自己的孩子動手。凡事都要「忍一忍，讓一讓」。實在忍不住了，在外面動了手，挨了打，怎麼辦呢，回到家再接著打。紅旗現在到了歲數，挨母親的打是不至於了，可孔素貞還是要生氣。眼底下紅旗怕就怕母親生氣，最關鍵還是怕她的打嗝。自從三丫入土的那一天起，孔素貞多出了一個毛病，只要一生氣，馬上就要打嗝。打嗝誰還沒有打過呢？身子抽一下，喉嚨裡發出一些聲音罷了。孔素貞的嗝不同尋常了，在她將要打嗝的時候，總要把上身先支起來，梗起脖子，半張開嘴，做好了正式的預備，然後，喉嚨裡就發出了很響的聲音，空空的，長長的，乾嘔一樣，又嘔不出東西，全是氣味。餿，偏一點點的酸。紅旗害怕的不是這些氣味，而是聲音。尤其在深夜，突然就是長長的一下，響得很，嚇人了。你會以為孔素貞的體內根本就沒有五臟六腑，全是膨脹著的氣體。這一來紅旗就知道了，不能再惹她生氣了。她要是氣起來，什麼話都不說，深更半夜地就在那裡乾嘔，一夜嘔下來，能把她嘔空了的。

可浮雕畢竟是在臉上，究竟瞞不住。孔素貞歪過腦袋，叫住紅旗。只看了一眼，知道了，這個窩囊廢在外頭又被人家欺負了。孔素貞不說話了。俗話說得好，打人不打臉。打也就打了，怎麼出手這樣地毒，這樣地重？這樣的一巴掌，究竟是怎樣的仇哇？孔素貞按捺住自己，坐下來，小聲說：「是誰？」

沒想到紅旗的氣焰卻上來了，他梗起了脖子，豪氣衝衝地說：「不用你管！」

孔素貞張開了嘴，想打嗝，沒有打得出來。這一來心窩子就堵住了。個少一竅的東西，你也只能在自己的母親面前抖抖威風了。孔素貞清了清嗓子，意外地說：「你還手了沒有？」

紅旗愣了一下，剛剛囂張起來的氣焰頓時就下去了。想說什麼，終於又沒有說。

孔素貞不心疼自己的兒子。他都這樣了，不心疼他了。孔素貞也不想再教訓自己的兒子，一個人都被人家打成這樣了，再「忍一忍、讓一讓」還有什麼意思？孔素貞的手抖了。她現在只關心一件事，紅旗，你還手了沒有？你都這一把年紀了，你要是還被人家欺負，你要忍到哪一天？苦海無邊，苦海無邊哪！再也不能夠了。你紅旗只要有那個血性，還手了，打不過人家，你的腦袋就是被人家砸出一個洞來，拉倒。就是被人家打死了，紅旗，我給你立一個亡人牌，我就像供你妹妹一樣把你供起來！孔素貞現在什麼都不求，就是希望自己的兒子能還手。還了，那就清帳了。孔素貞追上來一句：「你還手了沒有？」

紅旗不說話。他堅貞不屈，就是不說。

孔素貞望著自己的兒子，面無表情。紅旗呢，一副死豬不怕開水燙的樣子，無所謂了。他的表情怪了，腦袋斜斜的，下巴也斜斜的，還傲慢了。就好像他是一個寧死不屈的革命烈士。嘴裡頭還發出一些不服氣的聲音，「嘖」地一聲，又「嘖」地一聲。孔素貞就那麼望著自己的兒子，絕望透了。個扶不起來的阿斗。一糰爛肉。在外面你是一條哈巴狗，到了家你倒學會了。孔素貞突然就被兒子的這副死樣子激怒了。徹底激怒了。孔素貞憤怒已極。滿腔的怒火在剎那之間就熊熊燃燒。她「咚」地一聲，捶起了桌面，幾乎是跳著站了起來。她舉起自己的巴掌，沒頭沒腦地刷向了自己的兒子臉。一邊抽，一邊叫：「我打，我打，我打！打、打、打，打、打、打！你還手！你還手！你不還手我今天就打死你，打死你，打死你！你還手啊我的祖宗哎——！」

紅旗哪裡敢和自己的母親動手，一路讓，一路退。孔素貞起初只是用了一隻手，後來，兩隻手一起用上了。她的兩條蘆柴棒一樣的胳膊在空中狂亂地飛舞，像失控的風車，像失措的螳螂。孔素貞的頭髮一下子就散開了，炸開來一樣。她咬牙切齒的，目光卻炯炯有神，像一個激情澎湃的吊死鬼。樣子嚇人了。可是，也只是一會兒，孔素貞的體力就跟不上來了，開始喘，大口大口地換氣。打不動她就掐。孔素貞吼道：「你還不還手？你還不還手？」吼到後來孔素貞都失聲了，她只是吼出了一些可憐的氣流，連乾嘔都說不上了。

紅旗還是不還手。孔素貞終於筋疲力盡了。整個人都軟軟的，就要倒的樣子。她已經瘋狂了。她已經忍夠了。夠夠的了。飽了。盛不下了。撐不住了。她再也忍不下去了。她要還手。這個家要還手。就是菩薩來了她也要還手。退一步海闊天空，屁！屁！海闊天空在哪裡？在哪裡？她早就沒有地方再退了。她再退就退到她娘的腴裡去了。孔素貞狂叫了一聲，一把抓住了紅旗的手腕，低下頭，把嘴巴就上去，咬住了。像一個甲魚，死死地黏在了兒子的胳膊上。任憑紅旗怎麼甩都甩不開。你不還手是不是？你不還手是不是？兒，我就不鬆口了！孔素貞跪在了地上，她的眼睛在紛亂的頭髮當中發出了熱烈的火焰，斜斜的，盯著紅旗。牙齒在紅旗的肉裡頭卻越咬越深。這一次她是下了死心了，他不還手就咬死他這個沒有尿性的窩囊廢！紅旗的傷口流出了血，不管他怎麼甩，怎麼退，母親就是不鬆口。紅旗忍著，再忍著，然而，畢竟是鑽心的痛。疼痛到底把他激怒了，惹火了。他的眼睛瞪了起來，怒火中燒：「你放開！你放不放開？」孔素貞不放開。紅旗舉起了他的巴掌，「啪」地一下，抽在了母親的臉上。孔素貞怔了一下，鬆開了，滿嘴都是血。她紅豔豔地笑了。腥紅腥紅的，笑了。孔素貞指著門外，艱難而又吃力地氣喘。她用微弱的聲音對自己的兒子說：「兒，你出去，你要草菅人命！你去告訴他們，人不犯我，阿彌陀佛，人若犯我，叫他失火。」

作為一條公狗，黃四才十一個月，塊頭卻已經脫落出來了，高大，矯健。因為還不夠敦實，看上去反而更加俊朗了，是英氣勃勃的模樣。黃四的舊主人反覆交代過吳蔓玲，狗最忠心了，狗的一生只有一個主人。趁著牠還不滿兩周歲，還不熟悉自己的舊主人，你必須在黃四的身上「花工夫」，要不然，牠就不認你了。吳蔓玲記住了，用心了。黃四的舊主人說得沒錯，剛來的那些日子，黃四對吳蔓玲可是不服的，而吳蔓玲對黃四也有所忌憚，是防範和警惕的局面。那些日子裡黃四動不動就要把背脊上的鬃毛豎起來，用低沉的聲音對著吳蔓玲悶吼。雙方是對峙的，敵意的。但是，吳蔓玲有信心。她知道一條真理，狗之所以是狗，是因為它的忠誠是天生的，某種意義上說，牠先有了死心塌地的忠心，然後，才有牠的主人。那吳蔓玲就先做主人吧。吳蔓玲對黃四的改造沿用的是最簡單、最傳統的辦法：恩威並施。當然了，次序不能錯，首先是威。吳蔓玲用鐵鏈子把牠拴起來，一分鐘的自由都沒有。不理牠。不給牠吃，不給牠喝。在牠餓得快暈頭、渴得要失火的緊要關頭，吳蔓玲過來了，帶著骨頭，還有水，過來了。給牠吃飽，喝足。這裡頭就有了恩典。恩典其實也就是次序，一顚倒就成了仇恨。等黃四安穩了，吳蔓玲蹲了下來，用自己的手做梳子，慢慢地撫摸，慢慢地捋它身上的毛。這一下黃四委屈了。委屈向來都具有最動人的力量。黃四感動得不行。當委屈和感動疊加在一起的時候，最容易產生報答的衝動。黃四晃動起牠的尾巴，緊緊地咬住了吳蔓玲的衣角，往下拽。其實是親昵。只是不知道怎樣表達才算最好。沒想到吳蔓玲並沒有把這個遊戲繼續下去，給了牠一個大嘴巴。是用鞋底抽的。吳蔓玲可不想太慣了牠。這個大嘴巴太突然了，黃四一個哆嗦，蜷起了身子，貼在了地上。整個下巴都貼在了地上了，眉頭緊鎖，眼睛卻朝上，鬼鬼祟祟地打量吳蔓玲。太可憐了。吳蔓玲沒有可憐牠，再一次不理牠了。繼續餓牠，渴牠。當然了，在牠忍無可忍的關頭，又給牠送去了恩典。如此反覆，過幾天就來一次。黃四被吳蔓玲折騰得狂暴不已，可是，狂暴有什麼用，誰理你。鐵鏈子鎖在脖子上呢，你再狂暴也是白搭。除了鐵鏈子清脆的響聲，黃四一無所得。可吳蔓玲越是折騰牠黃四就越是認她，骨子裡怕了。怎麼說牠是狗的呢。一些日子過去了，黃四記住了吳蔓玲的折騰，反而把過去的舊主人一點一點地忘卻了。這是有標誌的，主要體現在黃四的耳朵上。只要吳蔓玲那裡一有什麼動靜，黃四的耳朵立馬就要豎起來。牠坐好了，兩條前腿支在地上，全神貫注地望著吳蔓玲。伸出舌頭，左邊舔一下，右邊舔一下，這其實就是摩拳擦掌了，是等候命令的樣子。然後，閉上嘴，看著吳蔓玲，臉上的表情肅穆而又莊嚴。仔細地看一看，其實也就是巴結和待命，是時刻聽從召喚、時刻聽從派遣的靜態。這就表明了一個問題，黃四的心中裝滿了吳蔓玲，再也沒有牠自己了。吳蔓玲最喜歡黃四的正是這一點，吳蔓玲就喜歡牠忠心不二的樣子。吳蔓玲一下子就喜歡上牠了。牠的忠誠是奉承的，巴結的，撒嬌的。牠半眯著的眼睛，牠潮溼的鼻子，牠嬌媚的舌頭，牠楚楚動人的尾巴，都是奉承的和巴結的。招人憐愛了。

伴隨著對黃四的改造，吳蔓玲悄悄地把牠的名字也改了。「黃四」不好，這個名字太糟糕了，是電影裡常見的小配角，那種上不了台面的絕對反派。不是打手，就是小財主，不是單線聯繫的小特務，就是欺男霸女的小潑皮。吳蔓玲不喜歡。吳蔓玲要叫牠「無量」，也就是洪大炮所說的「前途無量」的「無量」。剛開始的那幾天任憑吳蔓玲怎麼叫，「無量」就是不理會。「無量」和牠有什麼關係呢？而一喊「黃四」，牠的精氣神立刻就提上來了，是那種一觸即發的樣子。吳蔓玲想，好，你不理。你不理就要餓肚子了。光餓肚子還不夠，還得打。等餓完了，打完了，吳蔓玲溫存了。吳蔓玲拍著牠的腦袋，捏著牠的耳後，一口一個「無量」：「無量」長哪，「無量」短；「無量」好呀，「無量」乖。無量於是就知道了，牠不再是黃四，而是「無量」了。無量感動得差一點熱淚盈眶。牠的嗓子裡發出了嬌弱的和柔弱的聲音，那是自責了。是一分自我的檢討。牠怎麼可以對主人的意思領會得這麼慢，領會得這麼不徹底呢？都是牠的錯。一定要改正的。牠把腦袋依偎在了吳蔓玲的懷裡，還把自己的腮幫子貼到吳蔓玲的臉上，腦袋一伸一伸的，每伸一下，眼睛就要半閉一次。是迷途知返的幸福，是請求處分的愧疚。

吳蔓玲怎麼可能處分無量呢，不會的。一旦認識了錯誤，那一定是好的。該獎勵呢。吳蔓玲把無量摟在懷裡，慣了半天，把鐵鏈子從無量的脖子上取下來了。無量像一匹馬，一蹦多高。牠撒開了牠的四條蹄子，撒腿狂奔。牠高興極了，開心極了。在這場改變主人和改變姓名的過程中，牠失去的只是鎖鏈，得到的卻是整個世界。

吳蔓玲愛上了牠。愛有癮。吳蔓玲一刻也不能離開無量了。

最迷人的愛當然還是在床上。這和所有的愛是一樣的。起初，吳蔓玲是不允許無量上床的，說到底無量還是有點髒。然而，蘇北平原的冬天畢竟是太冷了，無量在夜深人靜的時分爬到了吳蔓玲的床上。作爲一個女性，吳蔓玲的睡眠有一個特點，她的被窩是冰冷的，一點熱氣也沒有。尤其是腳底下。到了下半夜，無量上來了。牠趴在吳蔓玲的腳底下，有時候，乾脆就壓在吳蔓玲的身上，這一來暖和了。是暖洋洋的那種暖和。在無量的體溫的誘導下，同時，在無量的體重的暗示下，吳蔓玲的睡眠有了新的內容，她進入了花朵一樣的夢鄉。花朵一樣的夢鄉往往只涉及兩個內容，一，體溫，二，體重。都是令人嚮往的好東西。令人心潮湧動，叫人難於啓齒。但體溫和體重向來都不是抽象的，牠標誌著一個男人的身體。而這個男人反而又是抽象的，是誰呢？不知道了。他年輕，結實，一身的肌肉，赤條條的，「暖洋洋」的，壓著她。吳蔓玲的腿慢慢地就叉開了，有了困厄的，同時又是誘人的扭動。這扭動起初還是左右搖晃的，漸漸地，變成了上與下。成了波浪，兀自起伏起來了。吳蔓玲一次又一次地把自己的胯部頂上去，一次又一次地把胯部放下來，重複的次數多了，那種說不出的快感就在身體的內部四處流淌，最終，高潮來臨了，她的屁股下面是一大攤的溼。她的身體僵硬了，格外地努力，兩條腿緊緊地頂在了床上，一動不動。而在她驚醒過來的時候，她發現了無量。心口頓時就是一個空洞的窟窿。不過，話要看怎麼說了，由於有了無量，吳蔓玲好歹有了一個「對象」，不寂寞了。

她把無量拽過來，把無量的脖子摟緊了，閉著眼睛親牠。臉上是那種疲憊而又滿足的笑容。吳蔓玲呢喃著，叫牠乖乖，叫牠心肝寶貝。無量是有足夠的能力去體會吳蔓玲的親暱的。牠呼應了她。給了她熱烈的響應。牠就舔她。像爲新娘洗臉那樣，一遍又一遍地用自己的舌頭打掃吳蔓玲的面龐。吳蔓玲用自己的舌頭把無量的舌尖接住了，她的舌尖被觸動了，一樣古怪的東西一直鑽到了她的心裡。直顫。

過度的親暱使得無量的膽子越來越大，牠終於對吳蔓玲的小腿無限地癡迷了。無量總是圍著吳蔓玲的小腿，一次又一次地打圈圈。先是嗅，後是聞，再是舔。到後來，牠越發局促不安起來。無量對著吳蔓玲的小腿折騰了一些日子，終於有一天，牠一躍而起。牠把牠的身子趴在了吳蔓玲的膝蓋上了。吳蔓玲就親牠。可是，不對頭，慢慢地，吳蔓玲就發現不對頭了，無量的注意力不在嘴唇上，牠的注意力在牠的下面。牠在下面全力以赴。牠彎著牠的兩條後腿，已經用牠的胯部頂著吳蔓玲的腳踝了。吳蔓玲感到了一樣東西，很燙，很不講理，塞進了吳蔓玲的褲管。尖尖的，硬硬的，毫無目標，十分慌亂地亂鑽。感覺上急迫了，焦慮得很。吳蔓玲就把無量的腦袋撥開去，低下頭，認真地看。這一看不要緊，一股黏稠的液體已經在吳蔓玲的腳背上汪了一大攤。是什麼東西呢？腥了。吳蔓玲就開始推究。弄不明白。不是小便哪。但突然，只是一下子，吳蔓玲依靠出色的本能無事自通，明白了。吳蔓玲尖叫了一聲，滿臉都漲得緋紅，又羞又惱又怒，氣極了，一把就把無量推開了。無量萬分地慚愧，卻又很無辜，牠望著她，目光像一個孩子，清澈而又悽惶。可憐了。太可憐了。吳蔓玲的心頓時就軟了下來，一把把無量摟緊了。打牠。一股磅礴的母性洶湧了上來。她是媽媽。吳蔓玲認定了懷裡抱著的正是自己的孩子，還不只是孩子，比孩子更寬泛，不好說了。吳蔓玲一邊打，一邊罵：「個狗東西，個狗東西！你知不知道，媽媽說你呢，個狗東西！」吳蔓玲摟著牠，不知道怎樣去疼愛牠才好，表達不出來。就覺得這一輩子都離不開牠。她是被需要的。牠需要她。「我的小可憐。小可憐。」吳蔓玲傷心了，卻又無比地甜蜜。「小可憐，我的小可憐。」她們終於有了祕密，不可告人的。無量是親人了。

一閒下來的時候吳蔓玲便開始在村子裡轉悠，其實不是爲了自己，說到底還是爲了無量。她就是想帶著無量，在村子裡撒一次野。那是牠的狂歡了。每一次出門，無量都興奮無比，牠在吳蔓玲的前面打衝鋒，沖出去一段，無量就要停下來，嗅一嗅，聞一聞，就好像前面總有一些危險，有人在吳蔓玲的道路上布設了地雷，牠要爲她報警，並最終爲她排除。排除完了，牠又要衝回來，看看吳蔓玲的這一邊有沒有什麼特殊的情況，牠可是要對吳蔓玲負全責的。牠的表情是盡心盡力的，孝順極了。因爲有了無量的陪伴，吳蔓玲的心情就格外地開朗，輕鬆了，並不害怕遇上混世魔王，很隨意地和鄉親們說一些閒話，有意識地把她的話題從無量的身上繞開去。她不再孤獨了。有了依偎。有了寄託。有一個活蹦亂跳的生命正英勇、矯健地守護著她，環繞著她。這樣的日子多好呢。吳蔓玲踏實了。安全，其實是幸福。整個王家莊的人都在爭先恐後地誇讚吳支書的狗，「眞帥呀」，「跑起來太像一匹馬了」，吳蔓玲客客氣氣的，十分含蓄地微笑，心領了，很驚奇自己有了「婦女」的心態，不再是一個姑娘家了。

吳蔓玲帶著無量在王家莊逛了那麼多趟，有一個人卻從來沒有遇見過，那就是混世魔王，想來他還是迴避了。無量的速度和塊頭在這兒，看起來對混世魔王還是起到了震懾的作用。混世魔王說過，「我會再來的」。可他再也不敢來了。你「來來」看？你還想去當兵？休想！吳蔓玲就是要把他留在王家莊，慢慢地，一點一點地消化他。混世魔王，你就耐心地待著吧。你等著。你的好日子在後頭呢。

混世魔王卻還是來了，衣冠齊整的，直接來到了大隊部，吳蔓玲的房間。這些日子吳蔓玲再也沒有見過混世魔王，猛地一見面，吳蔓玲發現，自己還是怕他的。心口立即收緊了，又恐懼，又害羞，還噁心。臉上頓時就失去了顏色。吳蔓玲的第一反應就是讓無量即刻撲上去，把眼前的這個畜生給撕了，撕得一塊一塊的。吳蔓玲神經質地高叫了一聲：「無量！」無量回過頭，看了吳蔓玲一眼，十分乖巧地依偎在了吳蔓玲的身邊，蹭她，撒嬌了。混世魔王當然知道吳蔓玲的那一聲「無量」是什麼意思，卻做出渾然不覺的樣子，說：「叫『無量』是吧，挺好的名字。挺漂亮的一條狗。」

吳蔓玲失算了。她對混世魔王恨之入骨，咬死他的心思都有。她的腦海裡一次又一次地閃現過這樣的畫面，一旦混世魔王出現在她的面前，無量會像風一樣，會像閃電一樣，英勇無比地撲到混世魔王的身上去，對準他的脖子就咬。慘烈了。可是，沒有。這一切都沒有發生。吳蔓玲終於控制不住了，她伸出了胳膊，對著混世魔王的鼻尖挺出了她的手指頭，大聲地對無量頒布了她的命令：「上去，咬他，咬死他！」而混世魔王已經蹲下來了，一隻手搭在了無量的腦袋上，輕輕地撫摸。混世魔王慢聲慢語地，自言自語了：「幹什麼呀，這是幹什麼呀？咱們是好朋友，咬我幹什麼？你說呢？無量。不咬人。啊？咱們不咬人。咱們不聽這個瘋婆子的。」無量得到了混世魔王的撫摸，含情脈脈了。牠居然把牠的腦袋抬高了，呼應他的巴掌，眼睛也半閉了一下。

吳蔓玲被無量無恥的出賣激怒了，她飛起一腳，踢在了無量的腹部。無量受到了意外的一擊，嗷叫一聲，箭也似的竄出了門外。遠遠地立住了，驚恐地回望著牠的主人。牠百思不得其解。混世魔王拖著長腔，抱怨說：「這是幹什麼呀？好好的，踢人家幹什麼呀。」吳蔓玲指著大門，小聲地說：「出去！」混世魔王從地上站起來，說：「蔓玲，咱們的事情還沒有談完呢。」

「出去！」

混世魔王壓根兒就不理她，自己說自己的。「蔓玲」，混世魔王說，「我可是聽說了，今年的名額就只有一個，正好，王家莊的混世魔王也就那麼一個。讓他去了吧。你聽我一句勸，讓他去。他一去，你省心，我也省心。」混世魔王的口氣是輕鬆的，親和的，就好像他所談論的不是自己的事，而是在替別人操心了。

吳蔓玲的聲音不由自主地抖動了，卻加倍地嚴厲了：

「你休想！」

「幹嘛呀？」混世魔王笑了，坐在了凳子上，說：「讓他去吧。你把他放在這裡，也是個麻煩。你不怕麻煩，我還怕呢。」

這麼說著話，無量已經邁著牠的步伐，猶猶豫豫地，進屋了。因爲吳蔓玲剛才的一腳，無量沒有走到吳蔓玲的那邊去，相反，蹲在了混世魔王的旁邊。混世魔王又把手伸出去，和無量親熱上了。混世魔王說：「照說呢，你養了一條狗，多多少少能夠幫你一點忙，可也不一定的。我什麼時候想來，一樣能來。你想啊，一條狗，不就是一塊肉麼。只要我高興，我紅燒可以，水煮也可以。我正饞著呢。我呢，先把牠處理了，然後，扒了皮，開了膛，破了肚，該扔的扔了，洗吧洗吧，肋骨這一塊，當然是紅燒好了。頭呢，煨湯。」混世魔王把無量的後腿拎起來，給吳蔓玲看著，認認眞眞地說，「後腿我還是要送給你。後腿最好了，放在風口臘幾天，香得很。」混世魔王想了想，說：「狗皮我也要送給你，讓你鋪在床上，夜裡頭暖和。」

吳蔓玲已經聽不下去了，剛要發作，金龍家的卻過來了，笑嘻嘻地和吳支書與混世魔王打完了招呼，歪在了門框上，嗑起了葵花子。吳蔓玲立即換上笑臉，說：「坐嘍，坐。」金龍家的不坐，她就是喜歡歪在門框上，這樣舒坦。金龍家的望著混世魔王，說：「混世魔王，還和我們支書是老鄉呢，平時也不過來看看，有你這樣的嗎？」混世魔王十分迷人地笑了，說：「這不來了嘛。」金龍家的嗑葵花子嗑得麻利極了，手快，嘴快，一刻兒工夫，葵花子的殼就飛得到處都是。天女在散花了。天女矮矮的，胖胖的，少一竅的樣子。混世魔王站了起來，把屁股底下的凳子讓給了天女，自己卻跑到了吳蔓玲的床邊，一屁股坐下了。對金龍家的說：「你坐。」

吳蔓玲看了混世魔王一眼，嚴厲地說：「你起來！」

混世魔王嬉皮笑臉的，說：「幹嘛呀，弄髒了洗一洗不就乾淨了。看不出來的。金龍家的，你說是不是？」這句話瘋狂了，卻又不著痕跡。

因爲有金龍家的在場，吳蔓玲既是有恃無恐的，又是有所顧忌的。吳蔓玲拉下了臉，說：「你起不起來？」金龍家的饒有興致地望著他們。她哪裡能知道這兩個人之間的水有多深，是驚濤與駭浪。金龍家的只當他們是調笑了。

混世魔王卻四兩撥千斤。他笑著對金龍家的說：「嫂子，我和蔓玲說話呢，你能不能讓我們兩個人說會兒話？」

這句話在吳蔓玲的耳朵裡幾乎是五雷轟頂，金龍家的瞥了吳蔓玲一眼，眼神詭祕了，似乎是看出了什麼美妙的門道，滿臉是替吳支書高興的樣子。金龍家的臉上突然布滿了少根筋的笑容，離開了。走了三四步，又回了一次頭。吳蔓玲全看在眼裡了。吳蔓玲掉過腦袋，一張臉已經脫色了，變形了。吳蔓玲她揮起了胳膊。混世魔王一把擋住了，架在了那裡。混世魔王說：「蔓玲，動手的事，只能是我來。」

吳蔓玲崩潰了，軟了。吳蔓玲說：「你究竟要怎樣？」

混世魔王十分正式地站起來，拍了拍屁股，認認眞眞地說：「讓他走。」

「你要是不讓他走，你就麻煩大了。」混世魔王把他的嘴巴一直送到吳蔓玲的耳邊，小聲說：「我會讓你在王家莊生出一個小支書來，你信不信？——我知道你想把唯一的名額給誰，我不管。我要走。必須走。我要是不走，魚得死，網也得破。我豁出去了。」

吳蔓玲在撇嘴，在喘息。剛要說什麼，混世魔王把她擋住了，兀自點了點頭，說：「什麼也別說。我知道你要說什麼，還是我替你說吧。我自己也覺得自己像個流氓了。是你逼我逼得太狠了。我都這樣了，我不能眼睜睜地看著自己爛在這裡，是吧，你就讓我做一回流氓吧，啊？」

混世魔王丟下這句話，慢悠悠地走了。剛走了一步，似乎想起了什麼，又折回來了。混世魔王望著吳蔓玲，是欲言又止的樣子。最終，混世魔王對著自己的腳尖，悄悄說：「蔓玲，你的皮膚好，眞的。」口氣是動了情的，倒不像是說謊的樣子。

吳蔓玲難眠了。已經哭了三四回了。最主要的還是怕。無量臥在她的身邊，一直在寬慰她，舔她的臉。她已經原諒牠了，撫摸著牠的皮毛。不該踢人家的。不該。人家只是一條狗，哪裡能知道吳蔓玲的心思，哪裡能知道混世魔王的用心是多麼地險惡。混世魔王不是人。他是披著狼皮的羊。這麼多年了，怎麼就沒有看出來呢。

怎麼辦呢？吳蔓玲在慢慢地哭，慢慢地想。前些日子吳蔓玲還是滿有信心的，雖然被強姦了，修理他的機會畢竟還有。好歹手上掌握著印把子呢。那幾天她都想好了，先讓混世魔王的小隊長整治整治他。把他的口糧扣了。沒有了糧食，你就得來求我這個支部書記了吧。到時候再一點一點地扒你的皮。你到公社去告，好哇，告一次，給一點。再告一次，再給一點。你就兩頭跑吧，看你能跑到哪一天。你要是骨頭硬，不求人，也行。那你就只有去偷。這一來就更好辦了。派上兩個民兵，日夜跟蹤，抓你一個現行，那你混世魔王可就大發了。你混世魔王就進城了。到縣城裡的大牢裡頭慢慢地享福去吧。總之，你混世魔王是在我的手裡，什麼時候想捏，就捏一把，什麼時候想鬆，就鬆一鬆。貓捉老鼠了。看姑奶奶我怎麼調戲你美好的人生。吳蔓玲把一切可能性都想了，勝券在握的。但是，就是沒想到混世魔王會有這一手。他成了滾刀肉了。他怎麼就成了滾刀肉的呢？他要是眞的什麼都做得出，就算是把他整死，她吳蔓玲也就把自己陪進去了。聲譽可保不住了。不能的。她的聲譽是不能出一丁點問題的。她的聲譽比混世魔王的性命還重要。洪大炮早就說了，她可是一個「前途無量」的人哪，不能有一點點的閃失。

吳蔓玲只有哭。這樣的事也是不好找人商量的。吳蔓玲有了極其不好的預感，這一次自己可能會輸。從小到大，吳蔓玲十分熱衷於一件事情，那就是「與人鬥」。正像毛主席所深刻揭示的那樣，「與人鬥」牠「其樂無窮」。爲什麼有這樣大的樂趣呢，因爲她總是贏。她是勝利者。如果不是被混世魔王強姦了，被他抓住了把柄，吳蔓玲堅信，二十五個混世魔王也不是她吳蔓玲的對手。所以說，吳蔓玲越想越委屈。她自憐了，兩隻手一起用上了，捂緊了自己的乳房。吳蔓玲突然就想起來了，混世魔王說過的，「你的皮膚好」。眞是這樣的麼？吳蔓玲不放心了。這麼多年了，還沒有一個男人這樣誇過自己呢。混世魔王再不是東西，想必他的這句話還是正確的。吳蔓玲坐起了身子，點上燈，拿過鏡子，撩開襯衣，一看，可不是的麼。臉是黑了點，胳膊是黑了點，胸脯卻還是一大片的雪白，一摸，粉嫩粉嫩的。乳頭還顫動了一下。無量不知道自己的主人在幹什麼，牠伸過腦袋，冷不丁的，對著吳蔓玲的乳頭就舔了一口。這一口要了吳蔓玲的命。她再也沒有想到自己的乳頭裡面隱藏了這樣巨大的祕密。身體是多麼地鮮活，保存了多少動人的感受，就差輕輕的一擊。身體太神奇了，它其實一直都在等待，處在無休無止的企盼之中，只不過你太麻木罷了。吳蔓玲滅掉燈，不知道身體的內部究竟鬧出了怎樣的動靜。是什麼東西？到底是什麼東西在身體的深處四面出擊？吳蔓玲軟綿綿地摟過了無量，「乖，」她閉上眼睛說，「乖呀。乖。」

得讓混世魔王走。必須讓他走。吳蔓玲在黑夜當中睜開了她的眼睛，下定了決心了。名聲是不能壞的。一個女人的名聲壞了，政治生命毀掉了不說，哪個男人還會要自己？不會要的。即使是端方都不會要。

第二十二章

日子慢的時候慢，快的時候也快。一旦你沒有了牽掛，日子就不那麼難熬，它會長翅膀的。那你就飛吧。想飛多快就飛多快，想飛到哪裡就飛到哪裡。端方不管的。端方自打知道自己給吳蔓玲下過跪之後，當兵的心就沒了。不能有。還怎麼和吳蔓玲見面呢？沒法見。端方哪裡也不去了，整天把自己關在養豬場的小茅棚裡頭。悶是悶了點，可有一點好，他不用擔心遇上吳蔓玲了。

好大的雪啊，好大的雪。下雪的跡象其實在昨天下午就已經十分顯著了，天很低，渾濁而又黏稠，彷彿塗抹了一層厚厚的糨糊。天黑之後雪就下下來了，誰也沒有在意罷了。這是一夜的暴雪，特別地大。因爲沒有風，它就悄無聲息了，不是飄，而是一朵一朵地往地面上墜。到了下半夜，大雪把裡下河的平原就封死了。村莊沒有了，冬麥也沒有了，大地平整起來，光滑起來。草垛卻浮腫了，低矮的茅草棚也浮腫了，圓溜溜的，有了厚實的、同時又飽滿的輪廓。可愛了。只有那些樹還是原來的樣子，它們的枝椏光禿禿的，看上去更瘦，更尖銳，靜止不動，卻又是一副惹是生非的模樣。

端方不是睡醒的，嚴格地說，他是被雪的反光刺醒的。雪的反光凶猛而又銳利，它們從門口衝了進來，比夏日裡的陽光還要強烈。端方睜開眼，一開眼就看到了一個銀光閃閃的世界。他起了床，老駱駝已經在那裡燒豬食了，火光映紅了他的面龐，他的臉上有了明和暗的關係，立體感增強了，宛如彩色電影裡的一個畫面。端方來到門口，一個嶄新的世界出現在他的面前，一望無際。這世界是清冽的，反光的，陌生了。不知身處何時，也不知身處何地。端方瞇起了眼睛，吸了一大口，凜冽的寒氣一下子衝進了他的體內，砭人肌骨。

端方哈了一口，乳白色的氣體立即就從他的嘴裡飄蕩出來了。端方注意到他的呼吸其實也是乳白色的，在鼻孔裡分出了兩股，一陣又一陣地漂浮在他的面前。有趣了。端方聽到了豬的哼唧，回過頭，注意到那隻黑色的小母豬已經躺在他們的茅棚裡了，就在灶的不遠處。這頭黑母豬早就不是新娘子了，牠已經懷孕多時，肚子早就挺起來了。一定是老駱駝半夜裡起床了，把它請到了屋裡。這會兒牠很幸福，十分祥和地在那裡懷孕。小母豬帶來了濃重的氣味，是家畜的氣味，再加上稻草，再加上煮爛了的豬食，茅棚裡的空氣就格外地複雜了，渾厚，汙濁，可不算難聞，相反，其樂融融了。端方看了一眼老駱駝那一張彤紅色的臉，小茅棚裡的氣氛美妙了，人像是被什麼東西包裹住了，有一種富足的勁頭，還有些溫馨。是衣食不愁的樣子，是熱火朝天的樣子。在這樣的雪天裡，格外地好了。

看見端方起床了，老駱駝拿來了兩支老玉米棒子，放在鍋堂裡烤。只是一會兒，老玉米的芬芳洋溢出來，蕩漾了，瀰漫了小小的茅棚。老駱駝烤好了老玉米，甕聲甕氣地說：「端方，路不好走，別回家吃早飯了，吃兩個棒頭塡塡肚子吧。」端方聽得出來，老駱駝這是巴結自己了，他擔心端方把黑母豬哄出去。端方懂得他心思。這個老駱駝，爲了豬，他放得下自己的臉的。端方把黑糊糊的老玉米棒頭接過來，坐在門檻上，把老玉米放在門檻上敲敲，熱燙燙地啃了起來。啃兩口，有些渴，隨手抓起一把雪，捂到了嘴裡，就等於是喝上了。端方一邊啃，一邊喝，這頓早飯還就是不錯呢。有滋有味了。黑母豬一定是受到了香氣的召喚，來到端方的面前。牠隔著牠的大耳朵，可憐巴巴地守望著端方，還哼唧了一聲。臨了，端方掰了幾顆玉米粒，放在掌心裡，黑母豬就把牠舔走了。黑母豬的肚子可真的不小了，已經到了不堪負重的程度，肚子都貼在地上了。乳頭都在地上拖。端方眨巴了一通眼睛，想起來了，牠配種已經有些日子了，想來沒幾天就要生了。該不會生下一大窩子小駱駝吧。應該不會的。

不遠處的豬圈裡所有的豬都在叫。牠們一定是餓了，又冷，叫出來的聲音和平時的就不太一樣，有些瑟瑟抖抖的。老駱駝可是不緊不慢，他燒好了豬食和熱水，拿過糞桶，開始配豬食了。配完了，再把手伸到豬食裡去，用力攪拌，這一來冷和熱就均勻了。端方回過頭，看了看滿地的積雪，站起來了。他接過老駱駝手上的大勺子，說：「地上滑，你歇著吧，今天我來。」老駱駝倒也沒有客氣，他的手上滴著水，只能用袖口擦了一把鼻涕，笑著說：「拿人家的手短，吃人家的嘴短。你吃了我的棒頭，該你了。」

冰天雪地的，天卻放晴了。太陽升起了，大地上的積雪分外地明亮，微微還有些酡紅。千嬌百媚了。還是毛主席說得好，這可叫「紅裝素裹」了吧。端方挑著兩隻大糞桶，嘴裡頭冒著熱氣，一個豬圈一個豬圈地跑。豬圈的這一側他已經很長時間不來了，可以說，是在刻意迴避。他在迴避紅旗吃屎的地方，其實，說到底還是在迴避自己心頭的痛。紅旗吃屎的地方總是在提醒端方——你是給吳蔓玲下過跪、磕過頭的人。端方的自尊心就是在那一天死掉的，別人不知道，端方自己是知道的，他的自尊心早就餵了狗了，他的自尊心早就吃了屎了。他的自尊心沒了，一點都不剩。不堪回首。端方現在最怕的事情就是和吳蔓玲見面。不知道吳蔓玲在心裡怎樣地鄙視他。一想起這個端方的心就流血，這個怨不得別人，是端方自己給自己捅了一刀子。吳蔓玲不是別的，她現在是一面鏡子。端方在鏡子裡只是一攤屎。是狗屎，豬屎，雞屎。是眼屎，鼻屎，耳屎。你這樣的人還想當兵去？算了吧，養豬吧。

遠方突然傳來了鞭炮的爆炸聲，是雙響的，在雪後晴朗而又湛藍的天空裡，「咚」地一聲，有些悶，但隨即，「嗒」地一些，清脆了。這只是開了一個頭，接下來的爆炸聲就此起彼伏，嚴寒的空氣溫暖起來，憑空就有了歡慶。端方放下糞桶，對著河東的方向眺望過去，鞭炮的聲音應當是從大隊部的那一邊傳送過來的。好好的放鞭炮做什麼呢？端方納悶了。鞭炮聲還沒有停當，鑼鼓的聲音卻又接踵而至，響徹了雲霄。端方想起來了，這麼大的動靜，看起來是歡送新兵了。是的，混世魔王今天走人，這是在歡送混世魔王了吧。端方的心口猛然就是一陣痛，往裡頭錐。端方放下糞桶，拔腿就要往村子裡去，只走了兩三步，停下了。端方側過頭，看了一眼遠處，白茫茫的大地上閃耀出千絲萬縷的光，雪光乾乾淨淨，剔透，晶瑩，有一種凌厲的寒氣。端方站在那裡，扶著扁擔，突然間就百感交集了。其實，他的心裡頭空無一物，心如止水了。這是一種矛盾的局面，不好說。不好說那就不說它了吧。

端方到底放下了手裡的活，過去了。果然，大隊部的門口擠的都是人，地上的積雪都已經被眾人踩得混亂不堪了，看上去是一片的狼藉。混世魔王站在雪地裡，正在給大夥兒敬菸。他的頭髮今天特別了，冒著熱氣，像一個開了鍋的蒸籠。孩子們都圍著混世魔王，他雖然還是身著便裝，但是，在孩子們的心中，他已經「一顆紅星頭上戴，革命的紅旗掛兩邊」了。端方遠遠地望著混世魔王，有些失措，不知道是走上去好，還是站在原地好。打不定主意了。端方想，還是得過去，和混世魔王也許就是最後的一面了，從今以後，天各一方，再見面其實是不可能了。這麼一想端方就走了上去。因爲村裡的幹部都在，吳蔓玲也在，端方硬著頭皮，繞到混世魔王的背後，在他的肩膀上拍了一巴掌。混世魔王轉過身。混世魔王只看了端方一眼，目光就讓開了。掏出香菸，是最後的一根了。混世魔王敬上了，想給端方點。可手在抖，火柴怎麼也劃不著。端方從混世魔王的手上把火柴接過來，點好了，吸了一大口，慢慢地籲出去，有點像電影上的火車頭了。端方把手裡的香菸掉了一個個，遞到混世魔王的手上。也算是敬他了。混世魔王接過來，同樣吸了一大口，手在抖，煙在抖，嘴唇撇了一下，想說什麼，眼圈卻紅了。端方立即伸出巴掌，在他的肩膀上又拍一巴掌，有些意猶未盡，就再拍了一巴掌，很重，一切盡在不言中了。兩個人都沒有話，就那麼交換著手裡的菸，他一口，我一口，旁若無人了。四周安靜下來了，一起看著他們。他們在那裡抽。

吸完了香菸，混世魔王把菸頭丟在凌亂而又爛汙的雪地上，十分多餘地踩了一腳。上路了。吳蔓玲帶頭鼓起了掌。大夥兒就一起鼓掌了。大部分人都跟著混世魔王，慢慢地散開了。端方的兩隻手一起叉在褲兜裡，低著頭，剛想走，吳蔓玲卻把他叫住了。吳蔓玲說：「端方。」端方立住腳，不看她的眼睛。吳蔓玲小聲說：「端方，不理我啦？」雖然旁邊還有一些閒人，可注意力畢竟都在別處，端方和吳蔓玲站在稀稀拉拉的人群中，反而形成了一種可以密談的格局。端方極不自然地笑笑，很短促，眨眼間就沒了。端方的笑容吳蔓玲都看在眼裡，她想說些什麼，卻又堵住了。最終就什麼也沒有說。吳蔓玲的心裡突然就生了一分酸楚，不只是對端方，還有對自己，是那種格外潦草的酸楚。她不想繞彎子了，爲了緩和一下兩個人之間的氣氛，吳蔓玲把她的巴掌搭在了端方的肩膀上，她要告訴他，只要她還是王家莊的支書，明年一定會成全他。可吳蔓玲還沒有來得及說話，端方望著別處，已經把吳蔓玲的手腕拿住了。慢慢地，放了下來。這個動作太傷人了。幸虧沒有人看他們，他們就在人群當中十分祕密地完成了這樣的舉動。

吳蔓玲一個人站在雪地上，瞇起了眼睛。剛才還熱熱鬧鬧的，一眨眼，走光了，只留下她一個，當然，還有她的狗。吳蔓玲望著混世魔王走遠了的那條道路，樹枝都光禿禿的，格外地瘦，格外地亂，格外地硬。蕭瑟得很。寂寥得很。是標準的、不忍多看的嚴冬的景象。吳蔓玲嘆了一口氣，混世魔王走了，她最為棘手的「問題」終於解決了，心緒卻複雜起來了。一半是因為端方，另一半，卻還是因為混世魔王。混世魔王昨天晚上來了一趟大隊部，很晚了。他是向吳蔓玲告別來的。

混世魔王的告別儀式相當地特別。他一直坐在凳子上，乾坐著，一動都不動。吳蔓玲一見到他就噁心了，自然沒給他好臉。當然，吳蔓玲倒也不害怕，這樣的時候想必他也不會對吳蔓玲怎麼樣的。這樣的情形理當是雙方都有所顧忌才對。他們就這樣坐著。吳蔓玲是知道的，只要把這會兒熬過去，她這一輩子就再也看不到這張臉了。熬一分鐘就少一分鐘。就這麼枯坐了一個鐘頭，混世魔王終於耐不住了，站起了身子。他一步一步地往吳蔓玲的這邊走。吳蔓玲的心口拎了一下，也站起來了。混世魔王一直走到吳蔓玲的跟前，把他的臉湊了上去。慢慢地，對著吳蔓玲的臉，湊了上去。吳蔓玲到底鼓足了勇氣，深深地吸了一口氣，咯出了一口痰，「呲」地一聲，吐在了混世魔王的臉上。吳蔓玲的痰掛在混世魔王左眼的眉梢上，在往下淌。混世魔王沒有躲，也沒有擦，任憑那口痰沿著自己的鼻樑往下淌。混世魔王說：

「蔓玲，謝謝了。我一直在等著你啐我這一口。」

吳蔓玲站在雪地裡，混世魔王已經無影無蹤了。她抬起自己的手，望著它。她想起了端方剛才的舉動。端方的舉動比起她的那一口唾沫，實在也差不到哪裡。

入了冬以來，沈翠珍總是頭疼，偏在一側，大部分都在左邊。要說有多疼，那也說不上，可是，總也好不了。白天倒也就算了，沈翠珍最受不了的還是在夜間。夜間的疼痛劇烈了。這一來沈翠珍的覺就再也沒法睡。偶爾睡著了，全是夢，老是夢見端方小的時候，老是夢見端方他爹活著的時候。活靈活現的。這樣的夢不可以對王存糧說，再有肚量的男將也聽不得這樣的夢。怎麼說呢？沈翠珍倒是去合作醫療找過興隆，興隆撥弄著她的腦袋，這裡摁一下，那裡敲一下，也沒有看出什麼頭緒。興隆就說了：「沒事的。疼得厲害了就吃吃藥，實在扛不住了，就打打針。」沈翠珍沒有打針，藥可是吃得不少，一點功效都沒有。還是疼。

這一天的一大早一直颳著東北風，沈翠珍卻把端方和端正喊上了，她要帶著他們回一趟娘家，也就是大豐縣白駒鎮的東潭村。怎麼突然來了這一番的舉動的呢？沈翠珍做了一個極其不好的夢，她又夢見端方他爹了。端方他爹在沈翠珍的夢裡很不高興，說：「翠珍哪，你多少日子不回來了，你也回來看看我噻。」他這是抱怨了。沈翠珍驚出了一身的汗，在被窩裡頭掐了一番指頭，有日子沒回去了。是的，有日子了。沈翠珍到底不同於一般的女人，她哪裡是不想回去？她是怕。這裡頭有不堪回首的一面。沒有做過寡婦的女人怎麼說也體會不到這一層。這裡的冷暖，不說也罷了。沈翠珍驚醒了，躺在床上，再也睡不成了，就想好好地哭一回。一聽到王存糧的呼嚕，只好在枕頭上悄悄地抹了幾回眼淚。做過寡婦的女人就是這樣，她們的枕頭複雜了。當天夜裡沈翠珍就十分清晰地找到了自己的病根，是端方他爹在念叨自己了。鬼一旦念叨誰，誰的頭就疼。這個道理誰還不懂呢。一定要回一趟娘家，沈翠珍對自己說，說什麼也不能拖了。附帶到西潭村端方他爹的墳頭上給死鬼回個話：你就別念叨了，我這不是都好好的麼。

興化縣中堡鎮王家莊離大豐縣白駒鎮東潭村其實也就是五六十里的距離，並不遠。但是，里下河的平原就是這樣，它是一個水網地區，沒有通直的大道。你要繞著走，過河，過橋，這一來實際要走的路就不下一百里了，需要一整天的。其實還是遠。遠了好，遙遠的距離最適合寡婦們的二嫁。端方起先是不肯回去的，他也怕。那一頭雖說都是親人，但親人的見面也不一定都是溫暖和愉悅的內容，對於一些特別的家庭來說，自有它刺骨的地方。這裡頭是非常矛盾的，一方面，他和東潭村親，另外一方面，東潭村又讓他彆扭。端方從小到大都是在鄉親們的照應之中長大的，這一來滿村子就都是他的恩人了。隨便拉出一個，只要有一根雞巴，就是他的親爹，只要有兩個奶子，就是他的親媽。端方至死也不能忘記離開東潭村的那個上午，母親一直逼著他磕頭，見人就磕。小小的端方不知道自己虧欠了這個世界什麼，這一筆債務要到哪一天才能還得清。對自己的故鄉，端方的心情只能用一個詞語來概括：敬而遠之。

端方不想受這樣的罪。母親這一回卻沒有依他，連拽帶拉，拉起來就上路了。沈翠珍因爲走得匆忙，也沒有帶什麼像樣的禮物，只是到王家莊小學找了一回端正的老師。老師們每個月都拿現錢，手頭上到底寬裕一些，就厚著臉皮借了五塊，回門去了。

東潭村也無非就是這樣，除了人們說話的口音有一些別致的地方，剩下來的，幾乎就是王家莊的另一個翻版。幾棵樹，幾間低矮的草房子，中間有一些人。來到東潭村的時候天已經擦黑了。沈翠珍走進自己的娘家，在小油燈的下面見到了自己的母親。這麼多年沒見了，老母親早已是風燭殘年，老得都皺起來了，乾癟得只剩下一小把。能拎起來。沈翠珍只看了一眼，剎那間心如刀絞，快步上去，跪在了母親的腳邊。老母親嚇了一大跳，沒認出來。老母親再也想不到自己的閨女能在這樣的年底回來，多冷的天，多大的風，多遠的路哇。老母親一口一個「乖乖」，一口一個苦命的孩子，把沈翠珍的心都喊碎了。「嫁出去的姑娘，潑出去的水」，說說罷了。哪裡能那樣輕巧。母女總歸是血肉相聯的，有說不出口的溫暖和蒼涼。利用這樣的空隙，端方和小舅舅小舅母打了一遍招呼，是久別重逢的熱乎，卻怎麼也擺脫不了悽惶。一切都是和過去一樣的，家裡的擺設，還有人，都沒變，卻都舊了，怎麼看都有點似是而非，說到底又還是似非而是。有了悲喜交加的複雜性。端方的心裡一直有一樣東西，滾燙地，卻又是冰冷地，四處拱。沈翠珍跪在地上，一邊流著眼淚，一邊把端正拽過來了，讓他跪。端方卻一把拖住了，恭恭敬敬地尊了一聲「婆奶奶」。端方不能讓自己的親弟弟下跪。對誰都不能。人一旦跪下了，那你就跪不完了。這是沒完沒了的，會成爲習慣。他的弟弟不欠東潭村什麼，端方說什麼也不能讓他在這個地方跪下去。

也就是一袋菸的工夫，翠珍和端方回來的消息傳開了，三姑媽，六大爺，五大叔，八奶奶，都來了。一屋子都是人。在這裡端方是晚輩，除了打打招呼，端方就不說話了，老老實實地待在一邊。端方在聽他們聊。聊的都是一些無聊的人，還有一些無聊的事，端方一點也不感興趣。可他們卻津津樂道。是的，津津樂道。端方像是在夢中了。卻又不是夢，一切都實實在在，伸手就可以摸到。王家莊反而成了一個夢，它退去了，在一天的跋涉之後，它遙不可及。生活是一塊豆腐，時光一巴掌把它拍碎了，白花花地四處飛濺。這些揀不回來的碎末才是生活應有的面貌，它們散了一鍋，彼此毫無關聯。等它們重新盛在一只碗裡的時候，你最終認可了它的破碎的局面，反而想不起它原先的方方正正的樣子了。它們是酸甜苦辣的。燙。嘗一口就熱淚盈眶。你能做到的只剩下追記。僅此而已。端方以爲自己把這裡的一切都已經忘光了，到頭來，它就在這裡。只隔了一天的路。就是有那麼一點恍若隔世。

這一夜端方睡得很不好。就在他兒時的那張床上，端方吃驚地發現，那床被窩竟然是他小時候用過的。這個發現驚人了。多年之前的氣味飄蕩過來了，成了手的指頭，摸著他了。生活突然續上了。是怎樣的生活又被續上了呢？續在哪兒了呢？端方說不上來。但有一點是可以肯定的，反過來看，生活無疑是被切了一刀。砍斷了。完完全全被替代了，被覆蓋了，成了另外的一副樣子。而原有的生活藏匿了起來，被封存了。其實也就是活埋。這些年自己究竟是在哪兒的呢，是怎麼「過來」的呢？端方居然想不起來。是在哪兒呢？這個問題並不那麼嚴峻，卻有了催人淚下的成分。

客人畢竟是客人，哪怕是在自己的老家。第二天的一大早，端方就被沈翠珍叫起來了，還得上路。是啊，還得上路。端方想起來了，這裡只是東潭村。他們還要向西，西潭村在等著他們呢。西潭村才是他端方眞正的家，他出生和喝奶的地方。西行了三四里地，西潭村到了。陌生了。端方吃驚地發現，這個和自己血肉相聯的地方其實和自己沒有什麼關係。他沒有記憶。或者說，他所有的記憶都已經模糊了，蒙上了一層紙。恍恍惚惚的。剛剛來到「自己」的家，顫顫巍巍的爺爺和奶奶一把就把弟兄兩個摟緊了。有些活受罪。端正想掙脫，又掙脫不開。端方則麻木著，他透過自己的淚眼，望著另外的淚眼。那淚眼是渾濁的，有了風和霜的內容，有了漫長的時光的內容。端方不停地點頭，他的身邊站著他的伯父、叔叔、堂哥和堂弟們。誰也沒說什麼。都在用手拍。無論是誰，一開口將不可收拾。

簡單而又短暫的見面之後，最要緊的時刻終於來到了。沈翠珍帶領著端方、端正來到了西潭村的亂葬崗。冬日的亂葬崗一派荒涼，樹枝是光禿的，草是枯的，泥土是板結的，烏鴉在頭頂上叫。這裡沒有死亡，死亡的氣息卻格外地濃郁，是鮮活的。許多墳頭都已經坍塌了，象徵性的，只是一個小小的土包。幸虧有端方的叔叔帶路，要不然，他們會在亂葬崗裡迷失了方向。最終，在一個低矮的土黃色的土丘的面前，沈翠珍停下了腳步。在她放開嗓子之前，她扭過了頭來。沈翠珍望著她的長子，臉已經變形了。沈翠珍說：「你爹。」

端方怔了一下，似乎剛剛得到了噩耗。他是有備而來的，而這一刻，死亡的消息卻反而突如其來，確鑿了。端方悲從中來。只是一剎那，他已是五內俱焚。端方的雙腿一軟，不由自主，跪下了。他趴在冰冷的泥土上，用心地撫摸，最後又捏了一把。泥土都碎了，變成了沙，從他的指縫裡流淌出去了。這就是說，端方什麼都沒有抓著，兩手都空空的。端方他想忍著，終於沒忍住。他的聲音噴出來了。端方噴出來的聲音嚇壞了端正。端正跪在端方的旁邊，使勁地搖晃他的哥哥。端正驚恐萬分，不停地喊：「哥！哥！」

幼年喪父的人都是這樣的，在他們的成長過程中，他「知道」自己的父親死了，但同時，又是「不知道」的。一方面是出於大人們的善意，他們擔心孩子們承受不了如此巨大的打擊，總是對孩子們說，你爸爸在「睡覺」，你爸爸他「出去了」，去了「很遠很遠」的地方，等你長大了，他就「會回來的」。這樣的承諾是虛空的，卻根深柢固，時不時會吐露出哀傷的花蕊。另外一方面，人在年幼的時候對父親到底沒有切膚的記憶，時間越長，對父親的記憶就越是模糊，越發不相信死亡了。等他大了，懂得了，腦子裡其實清清楚楚，卻始終擺脫不了一個頑固的幻想：爹「會回來」。爹會在一個神奇的傍晚出現在布滿夕陽的小巷，在一個拐角，突然把你叫住，滿面都是春風。爹大聲地喊出了你的名字，告訴你：「我是你爹，我回來了。」這樣的幻想令人肝腸寸斷。它是多麼地頑固。多麼地頑固。但是，只要你不去想它，你別碰它。別碰它，那就好了，和沒事一個樣。

可「它」終究是要碰你的。「碰」是生活的必需品，遲早要遇上。幼年時你的悲傷可以逃脫，等你長大了，到了你必須面對的時候，你的悲傷還是得補上。全部要還回去。端方趴在爹爹的墳頭上，隱藏得極深的幻想破滅了。墳墓在這裡作證。沈翠珍如果能體會到端方現在是怎樣的萬箭穿心，她當年一定會對著年幼的端方無情地告訴他：「你爹死了，他回不來了，永遠也回不來了。」這樣，今天的端方至少就不會這樣。這是怎樣的死去活來。

悲傷對體力的消耗是驚人的，端方想不到。哭完了，端方的體內居然再也沒有了一絲的力氣，整個人都軟了，抽了筋一樣，爬不起來，只能坐在地上。發呆。天寒地凍，屁股底下很冷，風也起來了，削得人的臉上疼。是端方的叔叔把端方從地上扶起來的。端方這才看見了，母親還在一邊呢。母親也在發呆。她的目光散了，卻聚精會神，是看什麼的樣子，是什麼也沒看的樣子。是想什麼的樣子，是什麼也沒想的樣子。母親突然倒提了一口氣，像抽風了。端方走上去，攙扶她。母親似乎不想站起來，屁股在往地上賴。這一賴母親又哭了，卻哭不動，眼淚也沒有了。端方摟著母親的腰，使出吃奶的力氣，幾乎是把母親拽了起來。沈翠珍沒有站穩，一個踉蹌，靠在了端方的身上。風把母親的頭髮撩起來了，她的頭髮已經花白了。端方從來沒有這樣近距離地端詳過母親的頭髮，突然發現，母親也老了。端方的胸口突然又滾過了一陣悲傷，脫口喊了一聲「媽媽」。端方一把就把母親抱緊了。這是他們這一對母子一生一世唯一的一次擁抱，其實也不是擁抱。是在生父的墳頭。沈翠珍把她的脖子依在了端方的胸膛，無力了，軟綿綿的。她用一聲長長的嘆息回答了端方。

端方在養豬場的小茅棚裡躺了兩天，兩天之後他的體力恢復過來了。他的內臟讓開水給煮了一遍。體力恢復了，端方卻還是不願意起來，主要還是太冷了。這麼冷的天，起來幹什麼呢，還不如躺著。紅旗、大路等那一干手下倒常常過來，向他做一些彙報，當然還有請示。因爲個別的談話多了，端方意外地發現，他的手下之間並不團結，相互之間總要說一些壞話，打打小報告什麼的。在這樣的問題上端方一般都不發表意見，免得有所偏袒。他誰也不偏袒，這就是說，他誰都可以收拾。閒得實在無聊了，他就拎出一個來，收拾收拾，解解悶。還是滿好玩的。內部的鬥爭與教育永遠都是必需的，它是長期的，必要的時候還可以更加殘酷一點。殘酷一點就更加好玩了。端方就喜歡看著他們人心惶惶的樣子，這裡頭有說不出的快樂。閒著也是閒著。端方叼著他的菸鍋，想，抽個空還是要把佩全拉出來一次，好生地修理一頓。前些日子佩全的表現可不好了，他以爲端方能當兵，遲早會離開王家莊的。他看到了希望，有了蠢蠢欲動的苗頭，他的身上滋生了復辟的危險性。這個人哪，怎麼說呢，就是不老實，就是不甘心他失去的天堂。佩全最大的問題就是亂說，亂動。這個問題要解決。今年不行明年，明年不行後年，後年不行大後年。要找點苦頭給他吃吃，讓他吃夠了。

端方沒有能夠立即解決佩全的問題。形勢改變了，端方抽不出手來。黑母豬牠下仔了。黑母豬的下仔是在深夜，端方睡得好好的，老駱駝提著馬燈，一把就把端方的被窩掀開了。端方直起身，懵懵懂懂地問：「怎麼回事？」老駱駝的臉上出格地振奮，是事態重大的樣子。老駱駝說：「端方，起來，燒水。」端方其實還在做夢呢。在夢中，佩全被大路和國樂揪了出來，被吊在大隊部門口的槐樹上，所有的人都圍繞在端方的周圍，每個人的手上都拿著皮鞭。他們在等候端方的命令，準備抽。多好的一個夢，活生生地被老駱駝打斷了。端方有些不高興，追問了一句：「到底怎麼回事？」老駱駝這一回沒有說話，他把他的下巴指向了地上的黑母豬。端方頓時就明白了。

老駱駝把他的棉襖翻過來了，是黑色的，中間捆了一道繩子。袖口挽得極高。由於興奮，他的鼻孔裡都是鼻涕，來不及擤，只能用胳膊去擦。馬燈早就掛好了，燈芯被老駱駝撚得特別地大，這一來滿屋子都是馬燈的光。昏黃的，暖洋洋的。老駱駝洗過手，把他的中指和食指並在一處，放到黑母豬的產門那邊，量了一回，自言自語地說：「快了。你燒水去。」端方就坐在了鍋門口，幫老駱駝燒水。爐膛裡的火苗映照在端方的身上，端方一會兒就被烤熱了，瞌睡也沒了。端方想，來到養豬場這麼長的時間了，還是第一次這樣高高興興地做事呢。

水開了，蓬勃的熱氣沿著鍋蓋的邊沿彌漫出來。端方並沒有停下來，他還在向爐膛裡添草。他打定了主意，要讓茅草棚裡布滿了蒸氣。這一來屋子裡會更暖和一些。小豬仔們就要來到這個世界了，人家剛剛離開了母親的肚皮，可不能讓人家凍著。慢慢地，小茅棚裡霧氣騰騰的了，使端方聯想起中堡鎮的澡堂子。老駱駝離端方並不遠，但是，由於有了霧氣，他模糊了，顯得遙遠了。小茅棚裡的氣氛頓時就溫暖起來，有了吉祥和喜慶的成分。雖然只有端方和老駱駝兩個人，端方覺得今年的春節已經來臨了。在上半夜，是兩個人的春節，當然，還要再加上黑母豬。老駱駝把他的蒲團取了過來，放在黑母豬的尾部，很正地坐在那裡，在靜靜地等。老駱駝的模樣破壞了小茅棚裡喜慶的氣氛，稍稍有點肅穆，但總體上說，還是好的。端方就覺得他們現在是一家子了。這個感覺怪了，卻是真實的，沒有半點虛妄的成分。老駱駝坐在那裡，甚至連旱菸都沒有吸。馬燈把他照亮了，馬燈同樣把躺在地上的黑母豬照亮了。都只是半面。這個靜止的畫面就在端方的面前，端方望著他們，是百年不遇的。屋子的外面寒風在呼嘯，在屋簷和牆的拐角拉長了聲音。聽起來無比地淒厲。好在屋子裡暖和，管他呢。不管他了。

老駱駝的耐心得到了回報。第一頭小豬仔露出了它的小小的腦袋。不是黑色的，是白色的。黑母豬在用勁。當小豬仔的腦袋到了脖子那一把的時候，老駱駝伸出手，把小豬仔抓住了。他的嘴巴張了開來，他眼角的魚尾紋一根一根的，放出了毛茸茸的光芒。他在拽。他的手是有力的，但更是柔和的，有一種極度緩慢的節奏。他的手與黑母豬的努力之間有了悄然的配合，是事先商量好了的那種默契。現在，小豬仔的身子出來了，熱氣騰騰。老駱駝的嘴巴越張越大，已經到了吃人的地步。而老駱駝卻渾然不覺。小豬仔的身子越來越大，老駱駝騰出一隻手，托住了，最終，是兩條並在一起的後腿。老駱駝輕輕地一拉，第一隻小小的豬仔就誕生在老駱駝的掌心了。老駱駝悄悄地把這隻頭生的小白豬放在了稻草上，輕輕地剝開了牠的胎衣，用稻草擦了又擦。老駱駝望著牠，無聲地笑了。他的目光是那樣地和藹，簡直就是慈祥。老駱駝撥了一下小白豬的腹部，看見了，是一條小公豬。老駱駝說：「還是你有福氣啊，是大哥哥。你有福氣。水。端方，水。」端方掉過頭，匆匆打好了熱水，端給了老駱駝。老駱駝拿起抹布，把手伸進了水裡。他要好好地給小豬仔擦一個熱水澡呢。可老駱駝突然就是一聲尖叫，端方嚇了一跳，黑母豬也嚇了一跳。再看老駱駝的手，他手上的皮膚變起了戲法，浮起來了，像一個氣球，越吹越大。最終變成了一個巨大無比的水泡，半透明的，直晃。端方這才明白過來，他端過來的水是滾開的，還沒有兌涼水呢。老駱駝疼得直哈氣。端方慚愧已極，內疚得要命。老駱駝說：「沒事的，給我送點涼水過來。」老駱駝把他的手浸在了涼水裡，用涼水鎮。老駱駝說：「端方哪，幸虧我沒有莽撞，要不然，小哥哥的命可就沒了。」老駱駝擰起了眉頭，說：「疼。實在是太疼了。」端方只好把他扶到了一邊，點了一袋菸，送到老駱駝的嘴裡去了。老駱駝讓開了。端方說：「實在是對不起。」老駱駝說：「沒事。」就這麼歇了一些工夫，老駱駝的那陣鑽心的疼還沒有過去呢，黑母豬的屁股上又有了新情況了。端方不好意思地說：「要不，我來吧。」老駱駝搖了搖頭，也沒有給端方面子，說：「不放心你。」

這個夜晚漫長了，可以說，是端方最爲漫長的一個夜晚。可是，從某種意義上說，又是極爲迅速的一個夜晚。黑母豬生一隻，歇一下，再生一隻，再歇一下。總共產下了十六頭小豬。茅棚裡生氣盎然了。這一群小東西有意思了，是一窩雜種。端方數了一下，五隻黑色的，六隻白色的，剩下來的三隻，則是黑白相間的，是花豬。最可愛的恰恰就是最後的這一隻小花豬了。牠的個頭比起前面的哥哥姊姊要小了一圈，也不那麼精神，是那種奄奄一息的樣子。老駱駝把它洗乾淨了，擦乾淨了，想把牠摟在自己的懷裡，終於不方便，就把牠送到端方的懷裡了。端方有點不情願。可一看到老駱駝的手，不好意思了，還是接過來了。起初還有些彆扭，後來也就好了。老駱駝說：「端方，你記住了，最後的這一隻，十有八九都是死，弄不好老母豬就會把牠吃了。」端方瞪大了眼睛，不相信。母豬怎麼會吃自己的孩子呢？老駱駝說：「老天爺就是這麼安排的，母豬剛剛下完了仔，牠的身子虧，爲了這一大群的孩子，牠可要營養營養呢。」老駱駝說：「端方哪，能把最後的這一隻小豬仔救活了，保存下來，你才能告訴別人，你會養豬。回頭你熬一鍋粥，我來餵牠。」端方說：「還是讓牠吃奶吧，牠哪裡不會吃。」老駱駝笑了。老駱駝說：「牠會吃。可牠爭不過人家。——你以爲叼到一個乳頭容易麼？不容易。得搶。」端方望著懷裡的小花豬，牠被老駱駝洗得乾乾淨淨的，滿臉都是皺紋，憑空就有了蒼老的氣息。牠緊閉著眼睛，瘦得只有一點點。不停地抖。可憐了，可愛了。端方對牠充滿了萬般的憐惜。端方抬起頭，這才發現老駱駝的手已經沒有樣子了。巨大的水泡吊在他的手上，眼看著就要掉下來，一陣風都可以吹破的。端方愈加不知道說什麼好了。這時候天已經亮了，門縫裡透過來一抹曙色，有四五條。端方出人意料地立下了保證。端方對老駱駝說：「老荼籽，你放心。」

第二十三章

端方找了一根小棍子，一天到晚握在手上。他現在什麼都不做，只是盯著黑母豬和牠的十六個小豬仔。小茅棚再也不是養豬場的宿舍了，現在，牠是一個巨大的豬圈。端方就生活在豬圈裡，挺好。因爲老駱駝的手，端方一直在負疚。可端方準確地找到了一條補救的路徑，那就是精心照顧好他們家的小十六子。老駱駝的受傷和小十六子之間其實沒有任何關係，可是，端方認準了一條，既然老駱駝這樣寶貝小十六子，只要把小十六子餵大了，他也就對得起老駱駝了。當然，這樣做有它的代價，端方必須讓十七條豬和他生活在一起。起初的幾天還好，可是，慢慢地，氣味不再是濃郁，簡直就是壯烈了。小豬仔們到處拉，到處尿，端方勤快起來，手忙腳亂。小小的豬屎可不再是小小豬屎，它簡直就是小小的錢包，什麼時候掉下來，端方就什麼時候把它們撿起來。要不然，你連下腳的地方都沒有了。當然了，話雖然這麼說，事實上，茅棚裡還是沒有下腳的地方。想想看，十六隻小豬仔可是十六隻小肉球哇，牠們不停地動，嬉戲，追逐，都花眼了。出腳的時候你要格外地小心，一不小心小肉球可就成了小肉餅了。端方小心翼翼的，這倒不完全是爲了老駱駝，怕碰了豬仔傷了老駱駝的心。主要還是端方自己不忍心，日夜相處了這麼長的時間，端方對每一個小傢伙都熟悉了，知道了牠們的脾性，誰調皮，誰懶惰，誰大膽，誰膽怯，都能認得出來，傷了誰也不好。

端方的手上爲什麼總要拿著一根小棍子呢？有它的用處。唯一的用處就是保護小十六子。端方不允許別的豬仔們碰牠，甚至，連牠的媽媽都不允許。端方就擔心牠受了欺負。到了吃奶的時候，老駱駝說得可沒有錯，小豬仔們可是要搶乳頭的。在這一點上黑母豬沒心沒肺了，牠比不上女人。女人們餵奶端方見多了，她們總要把自己的上衣撩起來，然後，身子靠過去，再然後，把她們的乳頭準確無誤地送到孩子們的嘴裡。你再看看黑母豬吧，牠什麼也不管，身子一側，躺下了，拉倒了。你們就吃吧。別的呢，牠不管了。兩排奶子反正都在那兒，也飛不掉，你們就搶去吧。誰搶到了歸誰。搶不到？搶不到活該。端方不能答應黑母豬的其實正是這一點。小十六子那麼瘦，那麼小，哪裡搶得過牠們。你這個做母親的怎麼能不偏心一點呢？你沒事一樣，一邊哼唧，還一邊咂嘴。有你這麼做母親的麼？你不偏心端方就替你偏心。端方有端方的辦法。到了吃奶的時候，端方把所有的小豬仔都哄開了，圈了起來。這一來好了，兩排乳頭就全是小十六子的包場了。小十六子歡天喜地的，搖頭晃腦，樣子都有點像混世魔王吹口琴了。等小十六子吃飽了，喝足了，再叼著母親的乳頭玩上一番，端方把小十六子抱開，這才給別的十五個孩子開飯。誰不聽？不聽就用手上的小棍子打。端方一定要替老駱駝把小十六子養得棒棒的。端方都想好了，等小十六子長大了，一定要讓牠享盡榮華與富貴。就讓牠做種，一天一個新娘。只有這樣，才能對得起老駱駝手上的那番疼，才能對得起老駱駝手上的那塊疤。

自從有了小十六子，端方的心都在牠的身上了，對自己，反而淡寡了。沒有能去當兵，那就不當了吧。也死不了人的。端方不傷心了，相反，在小十六子的身上找到了樂趣。人哪，就是這樣，心死了，倒就快樂了。整天和小豬仔們玩玩，不也滿好的。老駱駝不就是這樣過了幾十年了麼。端方不允許自己想任何事情，日子是用來過的，又不是用來想的。別想牠，日子自己就過去了。

在王家莊的另一頭，在大隊部，吳蔓玲卻不太好了。可以說一天比一天糟糕。她開始後悔把混世魔王放走。如果不放走他的話，走的就一定是端方，她和端方說不定都「好」過了。現在呢，成全了混世魔王，她和端方呢，別說是「好」，就連一般性的交往都成了問題。吳蔓玲痛心其實正是在這裡。這件事太窩囊了。但吳蔓玲最痛心的還不是這個地方。吳蔓玲最痛心的是，經過這一番的折騰，吳蔓玲意外地發現，她眞的愛上端方了。吳蔓玲到底年輕，她哪裡能懂得這樣的一個常識——男女之間是禁不起折騰的。一折騰肯定壞。男人和女人說到底都不是人，是麵疙瘩。越是年輕水分就越是充足，不能揉。一揉就併起來了，特別容易糾纏。再往外撕，那就難了。也撕不乾淨。愛這個東西它一點也不講道理，就說吳蔓玲吧，最眞實的情形其實只是她的歉疚，覺得自己欠了端方。歉疚過來，歉疚過去，端方的身影就揮之不去了。一旦揮之不去，它就要從腦海往下沉，最終降落到心海。到了心海，你就完了。這些日子吳蔓玲的腦海裡一直盤旋著端方送別混世魔王的情景。他抽菸的樣子，他克制的樣子，他故作鎭定的樣子，當然，還有他拿起吳蔓玲的胳膊，慢慢地放下來的樣子。這些動作是倔強的，卻又是柔軟的，是冰冷的，卻又有他內在的分寸。端方這樣的男將就是這樣，越是落魄，越是無能爲力，越是有他的魅力。吳蔓玲一點一點陷入了進去，叫天天不應。

日子都過去了這麼久了，吳蔓玲一直盼望著端方來和自己吵。吳蔓玲眞的盼望，這麼一來吳蔓玲起碼還有一個解釋的機會，同時也就有一個承諾的機會。他們的關係就有了餘地。端方就是不來。吳蔓玲也知道的，端方不會來的。這是端方可惡的地方，可恨的地方，也是端方令人著迷的地方。既然他不來，那還是自己去找他吧。可吳蔓玲也不太敢。萬一談不好，再撈回來就不容易了。吳蔓玲一點辦法都沒有。要是現在能有一個媒婆就好了，幫他們撮合一下，吳蔓玲扭捏幾下，最終一定會答應的。可是，最好的日子早就被自己耽擱了，誰還有這個膽子給支部書記做媒呢，不會有的。人的一生真是被安頓好了的，哪一步都耽擱不起，真的耽擱了，這裡頭的冷暖就只有你自己知道了。吳蔓玲整天都把自己關在屋子裡頭，好像是在等待什麼，其實什麼也沒有等，但骨子裡頭還是在等。

端方的行蹤吳蔓玲大致上是知道的，大白天一般都在養豬場。到了晚上，和一幫小兄弟們在村子裡混混，也不做什麼。他的日子基本上就是這樣打發了。就算吳蔓玲打定了主意去找他，他這樣的行蹤也是麻煩。一到了晚上他的身邊就窩了一群人，見不到他的。看他呼風喚雨的派頭，他倒成了村支書了。吳蔓玲不是沒有想過辦法，比方說，把掃盲夜校辦起來，再比方說，把文藝宣傳隊組織起來，這一來就可以把端方叫過來，讓端方幫幫忙了。可一想到端方鬍子拉碴的，他是萬念俱灰的樣子，看起來是不會答應的。端方不來，那不就白辦了，還折騰它什麼？還是拉倒吧。

單相思苦海無邊。吳蔓玲的日子越來越濃，卻又越來越寡，這一濃一寡之間的意味，吳蔓玲體會得深了。誰能想得到偏偏在這樣的時候又感冒了呢，病得不輕。說起病，王家莊的人們一直有一個固執的看法，只有見到血了那才是大事，一般性的頭疼腦熱，不要緊，扛幾天就扛過去了。吳蔓玲就躺在床上，死扛。滿臉都燒得緋紅。大中午的，卻來了稀客，是志英。這個志英，她嫁人的那一天，吳蔓玲可是第一次醉了酒，難受了好幾天。吳蔓玲哪裡能想到志英會在這樣的時候回娘家，下了床，高興得什麼似的。志英胖了，她剛剛會走路的兒子更胖。兩個胖子進了門，無量撒起了人來瘋，比吳蔓玲還要熱情。沒想到志英的兒子卻不怕狗，相互試探了幾下，他們就熱乎上了。吳蔓玲還是第一次看見志英的兒子，一定要抱過來，讓自己「好好瞧一瞧」。小傢伙說什麼也不肯，他「不要」。吳蔓玲罵了一聲粗話，親熱得要命。屋子裡頓時就有了人氣。想想也是，兩個早年的閨房密友，又帶了孩子，哪裡能不親熱。蔓玲就回到了床上，鑽進了被窩，拉起志英的手，兩個人慢慢地聊開了。越聊越多，一五一十，十五二十，二十五三十，三十五四十。

一口氣聊到了二百，志英這才注意到蔓玲臉色，摸了一把吳蔓玲的額頭。志英吃了一驚，說：「姊，怎麼燒成這樣？」吳蔓玲愣了一下，這才想起來志英的「姊」並不是他人，可是自己呢。都已經好多年聽不到這樣的稱呼了。很親。貼心貼肺的。吳蔓玲抓住了志英的手，摁在了自己的腮幫上，慢慢地蹭，像一隻撒嬌的小狗了。志英說：「我帶你去打針吧？」她的兒子突然在地上說：「不打！」吳蔓玲望著小侄子，笑了，搖了搖頭。志英到底是哄孩子哄慣了，說：「乖，聽話，我們打針去。」吳蔓玲還是搖頭。就這麼搖著，眼淚卻出來了。這麼多年了，人人都拿她當作了鐵疙瘩，什麼都扛得住。她關心著每一個人，卻從來也沒有一個人關心過她。自己也是個姑娘家呢。這麼一想吳蔓玲委屈了，一把撲在了志英的懷裡。志英讓了一下，對準吳蔓玲的後腦勺就是輕輕的一巴掌，罵道：「個狗東西，也不看看！」吳蔓玲還沒有明白過來，志英斜了一眼自己的腹部，肚子裡又有了。吳蔓玲伸出手，撩起志英的衣服，直接把她的巴掌送到了志英的肚皮上去。她在摸。志英渾圓而又光滑的肚皮就在她的巴掌底下了。緊繃繃的，熱乎得要命。她多幸福。志英是一個多麼幸福的女人哪。什麼都有了。吳蔓玲一陣傷懷，自己卻是什麼都沒有的。這麼一想吳蔓玲再也撐不住了，把她的腦袋埋進了志英的懷裡。志英撫摸著她的頭髮，明白了，這個能呼風、能喚雨的鐵姑娘，她的八字還是少了一撇，看起來還是一個女光棍。

志英把吳蔓玲摟緊了，說：「誰都知道你的條件高，姊，你就別太挑了。」這正是吳蔓玲最爲傷心的一句話了。也傷人，也委屈。吳蔓玲抬起頭，淚汪汪地望著志英，說：「妹子，我沒挑。我眞的沒有挑哇。」志英小聲地說：「我不信。滿世界都是人，總有你看得上的吧？」話題一到了這裡吳蔓玲不說話了，目光也恍惚了。這又是她心中的一個痛。說不出口的。志英捅了吳蔓玲一下子，說：「有的吧？」吳蔓玲看了一眼門外，說：「有倒是有的。」志英挪動了一下屁股，說：「誰呀？」吳蔓玲沉默下來，只是愣神。志英說：「誰呀？告訴我，誰有福氣做我的姊夫。」吳蔓玲最終吐出了兩個字：「端方。」這一回輪到志英不說話了，好半天，志英還是說了：「我媽說，他和三丫好過的。」吳蔓玲說：「這個我倒不在乎。」志英說：「倒也是。他呢，端方呢，他知道麼？你們挑開了沒有？」吳蔓玲又搖了搖頭。吳蔓玲說：「我得罪他了。他不會原諒我的。我要是不當這個支書——」志英打斷了吳蔓玲的話，急切地問：「你怎麼會得罪他呢？八竿子也打不著哇。」話說到這裡吳蔓玲沒法往下說了，這裡頭牽扯到混世魔王，牽扯到她的噩夢。不要說是對志英，就是對自己的親媽，吳蔓玲也要守口如瓶的。吳蔓玲一臉的悵然，說：「咱們不說這個了吧。」志英嘆了一口氣，說：「你呀，總是把什麼都悶在心裡，還是這樣。這怎麼行呢。你看上了人家，人家又不知道，這怎麼行呢？——我去給端方說去！」吳蔓玲一把拉住了。吳蔓玲說：「聽天由命吧。」

這句話不像是吳蔓玲說的了。志英雖說嫁出去了，可畢竟在王家莊待過那麼多年。吳蔓玲最不喜歡的一句話就是「聽天由命」，不論是在會議上，還是在高音喇叭裡，吳蔓玲說得最多恰恰是「人定勝天」。志英把她的雙手放在吳蔓玲的大腿上，說：「姊，你忘了你說過的話了？」

「我說過什麼？」

「你說，人定勝天。」

「這要看什麼事，要具體問題具體分析的。」

「什麼具體問題具體分析？都是你放屁。是你抹不開面子。你這頭母驢子我還不知道，又不肯下腰，又不肯彎後腿。那怎麼行？不能什麼事都得讓人家來求你。這種事不能的。——要說呢，端方眞的配不上你？可這要看你待在哪兒了。你要是願意從樹上爬下來，依我看，端方又配得上了。嗨，這種事呢，什麼配得上配不上的。你心裡頭沒他，他就配不上，你心裡頭有他，他就是我姊夫。」志英到底生過孩子了，是個過來的人了，說起話來和過去就是不一樣。說話都沒了門牙了。吳蔓玲愛聽。吳蔓玲一把捏住了志英的嘴，說：「撕爛了你！」笑鬧了一陣，志英又把話題扯回來了。志英認眞地說：「姊，你可也不小了，還是找一個『好』上吧，早早嫁出去。你看看，燒成這樣，連個遞茶端水的都沒有。可憐見的。」

志英想了想，輕聲說：「嫁了人，晚上關了門，燈一熄，好的。」

吳蔓玲的心口突然就咯噔了一下。嫁了人，晚上「關上門，燈一熄，好的。」這句話誘人了，卻又不是挑逗，有了紮紮實實的鼓動性。要是細說起來，從事實上來看，吳蔓玲「關上門，燈一熄」，這種事也算是「有」過了。其實並沒有。個中的滋味吳蔓玲既知道，又不知道。它們是兩種性質了。是兩碼事。結了婚，「好」不「好」另說，吳蔓玲想，自己是不會討厭的吧。吳蔓玲含含糊糊地把話題推回到志英的這邊來，有些吞吐，說：「他，對你還好的吧？」

志英當然知道蔓玲所說的「他」是誰，望了一眼地上的孩子，說：「不好！」

吳蔓玲到底是外行，哪裡能聽得懂已婚女人言談裡的奧妙，傻乎乎地說：「他向我保證過的，怎麼又不好了？」

志英說：「個狗日的東西，看上去老實。憨臉刁。不能碰的。你一碰他，他就想要。你說，就一張床，怎麼能不磕磕碰碰的？」志英摸著自己的肚子，說：「都這樣了，都不肯放過呢。還發瘋，到了關鍵的時候，就讓我喊他爹。」

吳蔓玲不解地問：「怎麼能讓你喊他爹呢。」

「他那是疼我。稀罕我。我知道的。」

「這是什麼話？你還眞的喊了？」

志英的臉紅了。自己卻笑了。志英老老實實地說，「我喊的。我也是疼他的。」

「是的嗎？」吳蔓玲說。已經明白了八九分了。一明白過來反倒更不明白了。「那種事」到底是怎樣的呢？怎麼會這樣的呢。它究竟是個什麼東西呢。怎麼都讓志英「這樣」了呢。吳蔓玲一抹黑了。志英給她打開了一扇小小的窗子，看起來生活不只在屋子的外頭，它藏在屋子的裡頭呢。它自有它的奧祕。它自有它看不見的神采，還有它的樂趣。招人的。好叫人心旌蕩漾的。吳蔓玲說：「是的嗎？」

志英說：「姊，別看你讀的書比我多，見的世面比我廣，這件事你要聽我的。把架子放下來，去給端方說。端方又不傻，他哪裡能不知道你的好？只怕是高攀不上呢。什麼得罪不得罪的，只要好上了，男人沒有那麼小的心眼。聽我的，沒錯的。」

吳蔓玲突然拉著志英的手，說：「志英，你喊我媽吧。」

志英愣了一下，明白了。突然就是一陣大笑。笑得肩膀直抖，腰也彎了，眼淚都溢出來了。志英說：「姊，我當你是個明白人，你是個大傻呢。」

吳蔓玲跟著笑了。說：「你才是個大傻！」

某種意義上說，吳蔓玲的決心是志英替她下的。她決定了，只有她自己知道，她的心有多麼地一往無前。她到底還是來到了養豬場，當然，是裝著路過的樣子。還沒有進屋，一股子豬臊就把吳蔓玲堵在了門口。端方拿著一根小竹棍，他的頭髮很亂，鬍子很長，邋遢得厲害。他正在和小豬仔們玩呢，似乎是在給小豬仔們軍訓，叫牠們「立正」，「稍息」，「向前看齊」。小豬仔們並不理他，可端方依然是興興頭頭的。吳蔓玲就站在門外，看著他。看了一眼，掉過頭，附帶把頭髮捋向了耳後。端方到底還是看見吳支書了，他放下了手裡的小棍子，出門，站在了吳蔓玲的面前。吳蔓玲的嘴裡其實有一句話的，要是換了平時，吳蔓玲就說了：「端方，把鬍子刮刮吧。」可吳蔓玲就是禁不住，要抖。這個毛病壞了。所以吳蔓玲就不能開口。還是端方說話了，端方滿禮貌的，也是善解人意的樣子。端方說：「吳支書，你想說什麼，我其實都知道。我已經不恨你了。這裡太冷，你還是回去吧。」

「你，知道，我想，說什麼？」

端方又笑。這個人的笑壞了，太壞了。想用手摸一摸，卻更想抽他一巴掌。他笑得那樣地明白，那樣地傻，那樣地自信，那樣地謙和。吊兒郎當。滿不在乎。就讓你覺得欠了他。端方說：「吳支書，回吧，這裡太冷了。」客氣了。吳蔓玲突然就想起混世魔王了。混世魔王做出了那樣傷天害理的事，可終究給了吳蔓玲一次機會。可見端方連混世魔王都不如。這個人壞，太壞。他的心是鐵打的。吳蔓玲的抖動已經傳染到嘴唇了，她再也顧不得自己是王家莊的支書書記了，急了，一下子亂了方寸。「端方！」吳蔓玲說，「我知道你的心，你怎麼就不知道我的心！」

因為是脫口而出，吳蔓玲的這句話其實把所有的底牌都亮出來了。話說到這裡談話的局勢就已經結束了。談話往往就是這樣，一開頭就達到了頂峰，往往意味著一開頭就摔進了谷底。吳蔓玲的話把自己嚇住了，同樣把端方嚇住了。兩個人都不敢再說什麼。端方不相信吳蔓玲能說出這樣的話來，聽懂了，似乎又沒懂，想再聽一遍，但歸根結底還是聽懂了。只是不相信。端方說：「你還是回去吧。」端方說：「這裡的確太冷了。」

端方還是那樣亂糟糟的，但是，鬍子刮了，下巴乾淨了。男人這個東西就是奇怪，有時候，下巴就是他的全部。下巴乾淨了，人就被提升了一個檔次，整個人都一起乾淨了。乾淨起來的端方坐在自己的床上，不停地撫摸自己的下巴。身邊並沒有人，可他局促得厲害。關鍵是找不到自信。吳蔓玲是誰？中國共產黨王家莊支部的書記。他端方是誰？一個養豬的，一個身體合格卻不能當兵的小混混。端方躺下了，心裡頭想，吳蔓玲好是好，但是，這是一個能娶回家的女人麼？不娶，可惜了。娶了，往後還有日子過麼？那可要實行無產階級專政的。怎麼突然冒出這麼一檔子事來的呢？太突然了。端方從來也沒有動過這般的心思。這不是癩蛤蟆吃天鵝肉麼？端方不是越想越高興，而是相反，越想越害怕，說如臨大敵都不過分。不停地摸下巴。

端方做了一個夢。這個夢幸福了，恐懼了。他夢見了自己的婚禮，吳蔓玲到底把自己娶回去了。婚禮的場面是巨大的，整個王家莊都出動了。高音喇叭裡頭不停地播放革命歌曲，鑼鼓敲打了起來，鞭炮聲響徹了雲霄。佩全、大路、國樂和紅旗來到了養豬場，佩全不由分說，把紅頭蓋放在了端方的頭上。端方一把揪起佩全的領口，說：「這是幹什麼？拿掉。」佩全卻不敢。佩全說：「不能啊，吳支書關照過了，她要給你披上紅頭蓋呢。」端方想了想，只好同意了。紅旗這時候說：「端方，往後你要多關心我們，說不定明年我還能去當兵呢。」端方慚愧得無地自容。

沈翠珍卻在一邊插話了，說：「放心吧紅旗，有吳蔓玲給端方撐腰，包在我們身上了。」端方害羞得直想在地上鑽進去。沒想到一轉眼紅旗就穿上軍裝了。紅旗說：「全體起立，送端方！」大夥兒都站起來了，端方也站起來了。端方頭頂紅頭蓋，低著腦袋，往大隊部的那邊去。端方突然發現自己是赤著腳的，每一步都要在大地上留下一個腳印。回頭一看，腳印像一朵又一朵的梅花，原來是豬腳印。端方急了，說：「怎麼回事？怎麼回事？」佩全也不搭理他，用繩子把他的胳膊捆起來了，這一下端方就動不了手了。端方就這樣被牽到了大隊部。

大隊部坐滿了人，所有的社員同志們都坐在台下，他們神情肅穆，穿的都是草綠色的軍裝。在端方被牽上主席台的時候，全體起立，奏響了「國歌」。主席台上只有吳蔓玲一個人，她昂首挺胸，站立在麥克風的後面。她的身邊還有一張椅子，看起來是端方的了。吳蔓玲倒沒有穿軍服，是土黃色的中山裝，四個口袋，領口能看見雪白的襯衫。節奏昂揚的「國歌」聲剛剛結束，吳蔓玲做了一個「請坐」的手勢，全體社員「嘩啦」一聲，都坐下了。大隊部鴉雀無聲，端方被人摁在了吳蔓玲的旁邊，椅子上還放著一只枕頭呢。吳蔓玲咳嗽了一聲，扶住麥克風，調整了一下麥克風的角度，說：「今天，我和端方同志就結婚了。大夥兒同意不同意？同意的，請鼓掌通過！」大隊部裡迴盪起麥克風雄渾的回聲，台下響起了熱烈的、經久不息的掌聲。吳蔓玲說：「通過。謝謝大家。」吳蔓玲就把端方頭頂上的紅頭蓋掀起來了。端方害羞極了，他再也沒有想到婚禮居然是這樣的，想逃跑，紅旗、國樂卻把他的道路擋住了。端方暴怒，大聲說：「紅旗，你這是幹什麼？」紅旗說：「端方哥，對不起了，我聽吳支書的。」吳蔓玲看了端方一眼，對著麥克風說：「既然是結婚，就要生孩子，我的意見是生男孩，同意的請鼓掌通過！」台下再一次響起了熱烈的、經久不息的、暴風雨般的掌聲。端方忍無可忍，跳起來了。

他跳到了台下，踩著一大堆的腦袋，拚了命地逃。台下的腦袋有極好的彈性，他們的脖子就好像是彈簧做的。每踩上一顆端方就蹦得老高。端方借助於脖子的彈性，越跳越高，兩隻胳膊一划，飛起來了。他的胳膊是雙翅，是雙槳，他既像是在天空飛，又像是在水中游。他先是變成了喜鵲，後來又變成了兔子，中途還變成了一回螳螂，最終，他變成了一條黃鱔。他的身體柔軟了，光滑了，表面上布滿了黏稠的分泌液。這一來好了，安全多了，別人抓不住他的。但是，有一點卻非常地糟糕，不管端方變成了什麼，他總是被別人認出來。興隆就把他認出來了。興隆把他趕出了合作醫療，給他出了一個主意，讓他找混世魔王去！這不是廢話麼，端方怎麼知道混世魔王在哪裡呢？端方只能躲到顧先生那邊去。顧先生倒沒有含糊，他說，唯物主義不反對結婚，徹底的唯物主義認爲，結婚是人類的再生產的有效的形式，既然端方的精液是千千萬萬的中華兒女，端方就沒有理由隱瞞這個事實，端方應當全部地、無私地實施精液的公有制，把自己的精液全部奉獻給大隊，也就是吳蔓玲。讓吳蔓玲來保管端方的精液，他放心。端方只能再逃。相對來說，孔素貞卻要客氣一點，她非常遺憾地告訴端方，她已經不能阿彌陀佛了，別了，阿彌陀佛主義！別了，端方！孔雀東南飛，五里一徘徊。夕陽無限好，只是近黃昏。鍾山風雨起蒼黃，百萬雄師過大江。端方無處藏身，在緊急之中，他縱身一躍，跳進了河裡。他躲在了水草的中間。但是，高音喇叭還在響。高音喇叭就是在水下也是聽得清清楚楚的。

高音喇叭裡傳來了吳蔓玲的聲音，吳蔓玲說：「端方，你跑不了的。不管你是在天上，地上，水裡，你都跑不了。全體社員們請注意，全體社員們請注意，請你們帶上彈弓、大鍬、鐵鍁、魚叉、漁網，迅速占領每一道路口、河口，立即將端方捉拿歸來，立即將端方捉拿歸來！」最終發現端方的還是佩全。他認出了端方這一條黃鱔。端方慶幸了，他變成黃鱔是多麼地正確！佩全抓不住他。端方的身子一收，馬上就從佩全的手指縫裡逃脫了。然而，佩全這一次沒有給端方留下半點的情面，他拿來了一張大漁網。就在端方的頭頂上，漁網「呼啦」一下，撒開了，罩住了端方。漁網被收上來了，端方水淋淋的，和王八、泥鰍、水婆子、河蚌、青蛙、蛇攪和在了一起。端方怕極了，一條蛇已經把牠的身子和端方糾纏在一起了。端方最後被被佩全一扔，丟在了吳蔓玲的婚床上。因爲身上纏著漁網，這一下端方逃不了了。吳蔓玲的手上拿了一支老虎鉗。她用老虎鉗夾住端方的尾巴，不高興地說：「端方，好好的你跑什麼呀？」高音喇叭再一次響起了革命歌曲的聲音，鑼鼓喧天，鞭炮轟鳴。端方一嚇，醒了，渾身都是汗。天已經大亮了。

第二十四章

就在端方做夢的時候，王家莊被占領了。事實上，在凌晨三四點鐘的時候，王家莊已經被中堡鎮的基幹民兵營成功地包圍了。足足有一個營的兵力。基幹民兵營不費吹灰之力就把王家莊「拿下」了，這會兒整個王家莊都在歡慶解放呢。人們在鑼鼓聲中跳起了秧歌。秧歌是一種標誌，它意味著翻身，意味著莊稼人的當家作主，秧歌還意味著民主，意味著專政。人們在唱，解放區的天是明朗的天，解放區的人們好喜歡。是的，人們好喜歡，被占領了，被解放了，莊稼人沒有理由不高興。

用「占領」來回顧占領，用「解放」來紀念解放，說起來這也是中堡公社的傳統了。作爲中堡公社的革委會主任，洪大炮一直是一個狂熱的戰爭迷。他參加過渡江戰役。他伴隨著百萬雄師的鐵流佔領過南京。這是他一生當中唯一的一次戰爭。但是很不幸，他對戰爭剛一上癮全國就解放了。敵人沒有了，戰爭結束了。然而，這不要緊。沒有敵人可以發明敵人。只要有雄心，有壯志，敵人完全可以創造出來。人民可以也應該有它的假想敵。爲了對付這個敵人，洪大炮給了自己一個職務，他親自兼任了中堡鎮的民兵營長。嚴格地說，這是不可以的，這違反了組織與行政的基本原則。可是，洪大炮堅持。從某種意義上說，洪大炮兼任「民兵營長」有他的科學依據。就「全民皆兵」這一點來說，完全符合軍事化的正常建制。國家是什麼？國家首先是一支國家軍隊。然後呢，往下排，一個省等於一個軍，一個地（區）等於一個師，一個縣呢，就等於一個團了。照這樣計算，一個公社當然就是一個營。中堡鎮作爲一個營，在洪大炮當上營長之後成功發動了許多次有意義的戰爭，可以說，戰功卓著了。最著名的當然是「模擬渡江」。每年的四月二十三號，也就是中國人民解放軍占領南京的那一天，洪大炮都要把全公社的社員組織起來，同時，把全公社的農船、篙子、槳櫓和風帆組織起來，爲什麼呢？洪大炮要指揮「渡江戰役」。他要在蜈蚣湖的水面上帶領「百萬雄師過大江」。每一年的四月二十三號都是中堡公社的節日，那一夜誰也別想睡。那一夜，中堡鎮蜈蚣湖的水面上波瀾不驚，是黎明前的黑暗與戰爭前的寂靜。突然，兩顆紅色信號彈把蜈蚣湖的水面照亮了，信號彈就是命令。蜈蚣湖一下子就殺聲震天，潛伏在湖岸的大軍嘩啦一下出動了。密密麻麻的火把點亮起來，浩瀚的蜈蚣湖水面頓時就成了汪洋的火海。鮮紅鮮紅的。在火把的照耀下，蜈蚣湖萬船齊發，千帆爭流，所有的農船和所有的社員一起向「南京」發起了猛烈的進攻。向「南京」進攻的人數最多的時候能有兩萬多人。當然，它還是一個「營」，是一個「獨立營」。天亮時分，「獨立營」占領了南岸，也就是「南京」。事先預備好的二十個大草垛被點燃了，大火熊熊，火光沖天。大火把天都燒亮了，把初生的太陽都燒亮了。「南京」在熊熊烈火中變成了廢墟。敵人又一次滅亡了，「我們」又一次勝利了。四月二十三號每年都有一次，這就是說，渡江戰役同樣是每年都有一次。勝利是天上的星星，數也數不清。

當然，「渡江戰役」後來不搞了，主要是出現了傷亡，犧牲了兩個人。兩個本來就不會游泳的姑娘在極度混亂的戰爭中落到了水裡，直到第二天的下午才漂了上來，被波浪退還給了中堡鎮。「她們是烈士！」洪大炮說。縣民政局卻不批。沒有追認。洪大炮受到了上級領導的批評。上級領導的批評歷來都是這樣，它要體現辯證法的精神，它是一分爲二的。一方面，上級領導否定了洪大炮工作中的「失誤」，另一方面，上級領導也肯定了洪大炮所堅持的「大方向」。在「大方向」的指引下，洪大炮及時修正了他的戰爭思路，他把戰爭從水裡拉到了陸地。當然，主題是不會改變的，那就是「解放」。

一九七六年的年底，利用冬日的農閒，洪大炮決定，「今年」解放王家莊。同時，把拉練、打靶等軍事行動全部放在了這裡。軍事行動有軍事行動的特點，那就是嚴格保密。王家莊在事先一點也不知情。吳蔓玲慘了，她是從被窩裡被洪大炮揪出來的。吳蔓玲沒洗臉，沒梳頭，沒刷牙，被窩都裹在身上，樣子十分地狼狽。好在吳蔓玲並不糊塗，她在第一時間向洪大炮做了檢討，是口頭的。她承認自己放鬆了警惕，沒有做好相應的、積極的防禦。洪大炮卻沒有責怪她。雖然一夜沒睡，洪大炮的精神頭卻格外地好。洪大炮一揮手，說：「不是你們無能，是共軍太狡猾！」這是一句家喻戶曉的電影台詞，經洪大炮這麼一引用，有了豪邁的氣概，有了必勝的信念，還有了幽默的效果。大夥兒全笑了。洪大炮也寬寬地笑了。洪大炮一笑，吳蔓玲的口頭檢討就算通過了。王家莊的氣氛熱烈起來，家家戶戶打開了大門。他們慶解放，迎親人，燒開水，煮雞蛋，放鞭炮，打起鼓來敲起鑼。大清早的，炊煙嫋嫋，熱火朝天。

高音喇叭響起來了，鑼鼓聲和鞭炮聲響起來了，端方端坐在床上，遠遠的，卻聽得眞眞切切。這不是夢，是眞的。

王家莊被占領了，作爲一次成功的軍事行動，洪大炮和他的軍隊把王家莊年底的氣氛提前推向了高潮。雖然離過年還有一些日子，但是，在王家莊的年輕人看來，這樣的氣氛比過年好多了。過年哪裡能有這樣的緊張、這樣的刺激！王家莊被民兵營全面管制了。他們是一支人民的鐵軍，一共有三大紀律與八項注意。他們是一支人民的軍隊。事實也說明了這一點，《戰地快報》

的總結上說，在王家莊被解放的這些日子裡，王家莊沒有一個婦女遭到調戲。《戰地快報》還說，王家莊甚至都沒有丟失一隻狗與一隻雞。這是極其了不起的。《戰地快報》進一步指出，「相反，戰士們爲老百姓做好事卻達到了一百三十六人次，比較起一九七五年解放李家莊來，提高了百分之五點七三」。當然，《戰地快報》絕對體現了辯證法的精神，它檢討了自己的不足。它說：「二連四排一班的戰士章偉民，他罵了王家莊第三生產小隊的一位貧農大爺，他說大爺是『狗日的』。一聲大，一聲小。章偉民受到了營部的通報批評。營部決定，在實彈演習的時候，扣發章偉民兩粒子彈，以儆效尤。」

王家莊三步一個崗，五步一個哨，壁壘森嚴了，突然就有了咄咄逼人的緊張。小夥子和小姑娘們極度地興奮，都快不行了。他們在走路的時候不約而同地放輕了腳步，還不停地回頭。即使是到河邊去淘米，即使是上一趟廁所，他們也覺得自己的懷裡揣著一封雞毛信。他們是在「工作」，暗地裡早就參加了革命，而且在地下。他們的一舉一動憑空就有了意義，是在白色恐怖之中完成的。是機智勇敢和艱苦卓絕的。所以，他們每一個人都賊頭賊腦的，眼珠子一刻兒在眼眶子的左邊，一刻兒又竄到了眼眶子的右邊，就生怕暴露了目標。還要擔心腳底下的地雷，以及老槐樹後面的一聲冷槍。鬼鬼祟祟太吸引人了，簡直就是召喚。恨不得自己馬上就被捕，在敵人的嚴刑拷打之後氣息奄奄地被解救出來。但是，沒有人逮捕他們，太遺憾了。他們在等。他們在走路的時候不停地回頭。他們堅信，希望是有的。一定有。照這樣下去，一定會有一支烏黑的槍口對準他們的小腰，低聲地說：「不許動！」他們就被捕了。這是多麼地盪氣迴腸。這樣動人的假想其實是矛盾百出的，一方面，民兵營把王家莊假想成了敵人，是最後的一個「據點」；可王家莊呢，反過來了，他們把民兵營當作了敵人。這又有什麼關係呢？「人民」與「人民的軍隊」完全可以這麼做。它不是一個人的遊戲，是「國家」讓這麼幹的。

吳蔓玲一點也不喜歡這樣的遊戲。不過，上級的指示她是不會抵抗的，她會不折不扣地嚴格執行。這一點上級領導完全可以放心了。在被占領的日子裡，吳蔓玲的工作量一下子加大了。她把端方從養豬場「調上來了」，和民兵營的三位戰士一起，專門負責洪大炮的警衛工作。洪大炮的行軍床架在大隊部的主席台上，那裡既是洪大炮的個人臥室，同時也是這一次軍事活動的最高指揮部。端方他們呢？在空蕩蕩的大隊部下面打了一個地鋪。四個小夥子都擠在了一起。看起來洪大炮對端方的印象不錯，一見面就給了端方的胸脯幾拳頭。端方特別地結實，胸脯被洪大炮的拳頭擂得「嗡嗡」的。洪大炮高聲地說：「小夥子不錯！條件好！」吳蔓玲淡淡地說：「是不錯的。」洪大炮又給了端方胸脯一拳頭，說：

「前途無量！」

吳蔓玲的心口凜了一下。「前途無量」，她太耳熟了。這是洪大炮對吳蔓玲的評語，在吳蔓玲的耳朵裡一言九鼎的。這麼多年過去了，吳蔓玲一直沒有忘懷。她把這四個字印在了腦海裡，對這四個字極其地珍惜。私下裡，她把自己和這四個字捆在了一起，有了特殊的含義，是特定的，是專指的，是「吳蔓玲」的另一種說法。現在，洪大炮這麼輕易地就把這四個字給了端方，吳蔓玲難免有了一些想法，即使是給了端方。當然，吳蔓玲沒有表現出來，很得體地說：「他給洪主任做警衛，我放心。」說完了，吳蔓玲的內心突然就有了一個不太好的念頭，是一股淡淡的失望，甚至，是絕望。洪大炮再不是把他說過的話給忘了吧？

但吳蔓玲還是有收穫的，端方做了警衛，一到了夜裡，他就睡在大隊部了，和吳蔓玲「睡得」特別地近，就在一個屋簷的底下。這樣的格局其實也說不上好，近在咫尺，卻還是遠在天涯。有些折磨人了。要不要過去查查房呢？電影上倒是這樣的，在戰爭題材的電影上，女幹部們時常提著馬燈，來到熟睡的戰士們的床邊，幫他們掖一掖被子。吳蔓玲想像出端方熟睡的樣子，特別想在端方的下巴那兒給他「掖一掖」，這個想法和這個動作都招惹人了。有些欲罷不能。一想到洪大炮就躺在主席台上，吳蔓玲嘆了一口氣，又拉倒了。一個女幹部，半夜三更地跑到領導的那邊去，這算什麼？傳出去反而會給自己的未來造成不必要的麻煩。還當是他們怎麼了呢。

第二天的下午吳蔓玲從外面剛剛回來，意外地發現大隊部是空的，只留下了端方一個人。端方蹲在空空蕩蕩的大隊部的正中央，就著臉盆洗衣裳呢。吳蔓玲進了大會堂的門，看了看四周，說：「人呢？」端方頭也沒抬，說：「練習刺殺去了。」吳蔓玲說：「你怎麼不去？」端方說：「洪主任讓我給他洗衣裳。」吳蔓玲並著步子走了上去，蹲下來，突然把她的手伸進了蓬勃的肥皂沫裡去了。吳蔓玲說：「這個洪大炮，也是的，一個大男將洗什麼衣裳。」再也想不到一把卻把端方的手給抓住了。四隻手同時嚇了一大跳，都在泡沫裡，一隻也看不見。吳蔓玲的胸口突然就是一番顛簸。肥皂的泡沫實在是一個可愛了。但肥皂的泡沫並不可愛，它特別地滑，端方一驚，手就從吳蔓玲的掌心滑出去了。吳蔓玲沒有再去抓，剛才是無意的，再去抓，那就故意了，不好。端方站了起來，兩隻手垂放在那裡，十個指頭都在滴水。但端方卻沒有走，就那麼站著。吳蔓玲開始了她的緊張，大幅度地搓衣裳。乳白色的泡沫四處紛飛。吳蔓玲是知道的，端方一旦站起來肯定就要離開了。還沒有來得及傷嘆，出乎吳蔓玲意料，端方慢慢地卻又重新蹲下了。吳蔓玲的心臟一下子拉到了嗓子眼。不敢看，只能盯著他的膝蓋，手還在機械地搓。吳蔓玲的心裡頭突然就是一陣感動。就這樣吧，就這樣吧，兩個人一起蹲著，守著乳白色的泡沫，就這樣吧。可吳蔓玲的呼吸跟不上了，堅持了半天，到底把嘴張開了，突然就是一聲嘆息。端方說：

「蔓玲。」

吳蔓玲停止了手上的動作。她的身子一點一點地直了，抬起來了。吳蔓玲斜著眼睛，就那麼望著端方的手。他手背上的血管是凸暴的。手指尖還在滴水。大隊部的空間一下子就被放大，在晃，越來越虛，有些可怕；而大隊部的安靜卻被收縮了，小到只有一滴水這般大，也滿可怕的。吳蔓玲一直都沒敢動。甚至連目光都不敢動。如果現在是黑夜，吳蔓玲想，自己會撲過去的吧，自己一定會把腦袋埋在端方懷裡的吧。當然，這只是吳蔓玲一個壯膽的想法罷了。吳蔓玲自己也知道，如果現在是黑夜，自己還是不敢撲過去的。她擔心端方客客氣氣的，抓住她的兩隻胳膊，一隻手放在她的左邊，一隻手放在她的右邊。這樣的事情不能有第二次。吳蔓玲終於支撐不住了，她的肩膀一鬆，整個人就軟了。好在還蹲在那裡。吳蔓玲說：

「端方，有些話，你還是要說出來的。」

一個警衛戰士卻十分冒失地衝進來了。槍托在他的身後拍打著屁股。吳蔓玲瞥了他一眼，分開絕對來不及了。看起來一切都還是給他看見了。吳蔓玲從臉盆裡頭提起了洪大炮的衣服，拉住領口，拽直了，送到端方的跟前，大聲說：「主要是領子。洪主任多辛苦，出汗多，領子要用力地搓。還有袖口。看見了吧？笨死了你。」吳蔓玲在慌亂之中的鎮定甚至把自己都感染了。她站了起來，打了一個踉蹌。吳蔓玲笑著說：「小成，忙什麼呢？」小成一個健步，跨上主席台，掀起洪大炮的枕頭。他把一盒飛馬牌香菸舉過了頭頂，還揚了揚，高聲地喊道：「洪主任的香菸抽完了！」

小成跑步走了。槍托在他的身後拍打著他的屁股。大隊部和原先的大隊部一樣大，大隊部和原先的大隊部一樣安靜。再也沒有了剛才的漫無邊際，再也沒有了剛才的靜謐。吳蔓玲相信了這樣的一句話：可遇不可求。「那一刻」被她遇上了，「那一刻」卻再也不可求了。肥皂的泡沫遇上了油漬，汙漬，泡沫變成了黑乎乎的髒水。泡沫沒有了，乳白色沒有了，動人的開裂和破碎的聲音沒有了。端方在用力地搓，頭都不抬。現在輪到吳蔓玲垂掛著兩手了，十個指頭在滴水。吳蔓玲的十個手指全哭了。

實彈射擊當然是任何一次軍事行動最爲精彩的一個章節，因爲精彩，所以要壓在最後，也因爲有用，所以，它格外適合於結尾。實彈演習的地點放在河西，爲什麼要選擇河西呢？很簡單，河西的養豬場以北是一塊鹽鹼地。這一塊鹽鹼地十分地突兀，在開闊的、綿延的、肥沃的、水草豐美的蘇北大地上，它像頭上的一塊疤，斬釘截鐵地拒絕了任何毛髮。和周邊的萬頃糧田比較起來，它的地勢要稍低一些。在每一年的汛期，鹽鹼地積滿了水，看上去就像是一片湖。其實淺得很，水面都到不了膝蓋，沒有一條魚，一隻蝦。汛期一過，它的本來面貌暴露出來了，在太陽的照耀下，水沒了，「湖底」卻白花花的，彷彿結了一層霜。地表上還布滿了烏龜殼的花紋，那是開裂了，一塊一塊地翹了起來，像鍋巴。王家莊的人們就把它叫做「鬼鍋巴」。它們是「鬼」的糧食。鹽鹼地就是鬼的食堂。這個「鬼食堂」大了，它連接著王家莊、高家莊、李家莊。早些年人們曾改造過它，三個村莊的幹部和社員爲了把這個「鬼食堂」改造成「人食堂」，苦頭沒少吃。可是沒用。無論你怎樣地改造，它還是它。一粒麥子都不給你。當然，三個村莊的莊稼人倒也沒有白費力氣，因爲「改造」，鹽鹼地被搞得坑坑窪窪的，高一塊，低一塊。他們在無意當中建成了一塊上好的射擊場。射擊場有一個最爲基本的要求，它需要一塊高地，做一堵牆，好把子彈擋在牆內。要不然，槍聲一響，你知道子彈會飛到高家莊還是李家莊？這樣的「烈士」縣民政局從來都是不批的。

經過嚴密的偵察，洪大炮在一塊土丘的面前把他的民兵營安頓下來了。一共有十個靶位。換句話說，一共有十個射擊點。在射擊點的背後，擠滿了王家莊的年輕人。王家莊的年輕人都來了，說傾巢出動都不為過。誰不想聽一聽真正的槍聲呢。洪大炮想趕他們走，但是，趕不走。洪大炮急得脖子上的那塊疤都發出了紅光。洪大炮還是讓步了，他命令他們「統統臥倒」。他們就臥倒了，鹽鹼地的土坑裡露出了一顆又一顆的腦袋。安頓好了，洪大炮把吳蔓玲從戰士們當中拖出來了。吳蔓玲怎麼到這裡來的呢？其實是她的一句玩笑話。她說，她也想「放兩槍」，要不然，眞的打起仗來，她「總不能去當炊事員吧」。洪大炮卻表揚了她，當場特批了她十發子彈。這一來吳蔓玲還不能不去了，不去就成了違抗命令。吳蔓玲後悔得要命，來不及了。她站在洪大炮的旁邊，緊張得像什麼似的。吳蔓玲想，開槍之前的嚴峻與肅穆原來是這樣的，右手的食指不停地抖，像提前上演的摳。風平浪靜，但這一切都是一個假像，馬上就會電閃雷鳴，馬上就會地動山搖。

標靶那邊的旗語打過來了。這是旗幟的語言，一般的人是聽不懂的。旗語莊嚴，它說話的方式沒有迴旋的餘地。洪大炮命令身邊的人同樣用旗語做了答應。洪大炮趴下了。吳蔓玲也趴下了。洪大炮取過了彈匣子，「啰喳」一聲，子彈上膛了。吳蔓玲的腦子頓時就空了。無量一直都尾隨著她，這會兒離她都不到一公尺，吳蔓玲就是看不見。無量原本是站著的，現在，牠一定感受到了什麼，蹲下了。後腿貼在了地上，前腿卻撐得高高的，左邊舔了一下，右邊舔了一下，凝視著遠方。

吳蔓玲端起了槍。她在瞄準。王家莊的年輕人發現，洪大炮一直把他的手放在槍管的上方。

他這樣做是必要的。只要槍管不向上，無論吳蔓玲把她的子彈打到哪裡，只要不飛上天，起碼是安全的。泥土永遠也打不濫，炸不死。

「啪」的一聲，吳蔓玲摳動了她的扳機。這一聲太響了，超出了吳蔓玲和王家莊所有年輕人的想像。說起來他們對槍聲並不陌生的，哪一部電影裡沒有？可是，親耳聽到了，近距離感受到了，不一樣了。每一個人都覺得自己的耳朵被擊中了，整個人都受到了巨大的撞擊。槍聲傳到了天上，卻又被天空反彈了回來，又把人嚇了一大跳。槍聲絕對不是「啪」的一聲那樣簡單，而是「啪——噴——」，是兩響。後面的一聲更猛烈，更有說服力。所有的人都被這一聲槍響震懾了，誰也沒有留意吳蔓玲身邊的狗。幾乎就在槍響的同時，無量跳了起來。這一跳絕對超出了一條狗的限度，是不可思議的那種高。是癲狂的高，靈魂出竅的高。無量剛剛從空中落地，吳蔓玲可能是受到了第一聲槍響的刺激，慌了，手指頭不停地摳。五四式半自動步槍的十發子彈就如同機槍的掃射一樣，全給她摟出去了。無量忘記了逃跑，伴隨著槍聲，牠就在原地不停地起跳，不停地下落。牠的身影瘋魔了。直到最後一顆子彈打出去，無量愣了一會兒，這才想起來廣闊天地是大可逃跑的。無量像第十一顆子彈，飛向了養豬場。在撒腿狂奔的過程中，無量自己把自己絆倒了好幾次，巨大的慣性撞翻了一大堆的鬼鍋巴，塵土飛揚。

端方臥倒在射擊點的後方。他的心情和別人的不一樣，他畢竟和洪大炮相處了一些日子，存了一點小小的私心。他在等。等實彈射擊結束之後，他想向洪主任要一顆子彈，他也想放一槍。端方為他洗了那麼多的衣裳，還有臭襪子，這樣的要求不過分的。當兵沒當成，「弄一把步槍玩」，總是可以的吧。令人感到意外的是老駱駝也來了。他俯臥在不遠的地方，由於緊張，他已經將兩隻耳朵一起捂上了。吳蔓玲射擊完畢，這時候對面的土坑裡鑽出了一個人來，是報靶員。他嚴肅認眞地把手裡的旗幟一通揮舞，洪大炮爬起來了，兩隻手叉在了腰間，大聲地笑了。洪大炮對吳蔓玲說：「怎麼搞的嘛，一環也沒有，完全脫靶了嘛！」戰士們都笑了。吳蔓玲沒有笑，她的臉已經白了，還沒有回過神來呢。直到第一組戰士從地上爬起來，吳蔓玲這才想起了她的狗。吳蔓玲說：「無量呢？我的狗呢？」一位戰士就和吳蔓玲開玩笑，說：「吳支書，你的狗去幫你找子彈去了，要找好半天呢！」大夥兒就又笑。洪大炮回過頭，拉下臉來，命令說：

「肅靜！」

一組是十個人，也可以說，一組是十把槍。和剛才吳蔓玲的射擊比較起來，現在，鹽鹼地裡的槍聲則更像槍聲了。好在人們的耳朵已經適應過來了，不再是一驚一咋的了。就槍聲而言，吳蔓玲的槍聲頂多也就是流寇的所為，是孤單的，零星的。這會兒，眞正的戰爭開始了。是狙擊戰。敵人一次又一次地衝鋒，他們想從這裡逃出去。然而，這是妄想。一陣又一陣的槍聲宣告了他們的失敗，宣告了他們的死亡。端方都已經看見遍地的屍體了。他的想像力在向內看，他的心中有一部電影，這部電影的內容是「人在陣地在」。槍聲大作，空氣都香了。火藥的氣味越來越濃郁，這是戰爭的氣味，它籠罩了鹽鹼地，籠罩了裡下河的平原，籠罩了每一個年輕人的心。硝煙的氣味令人沉醉。

漫長的、驚心動魄的阻擊戰取得了輝煌的勝利。戰士們槍槍中靶。正如歌曲裡所唱的那樣，每一顆子彈消滅了一個敵人。敵人的死傷慘重。戰士們收起了槍，把它們架在了一邊。這一架就是一個信號，實彈射擊結束了。戰士們來到王家莊的年輕人中間，開始趕人。把他們往鹽鹼地的外面轟。端方站在那裡，沒動。怎麼就這麼結束了呢，他還有一槍沒放呢。端方的心中湧起了無限的惆悵。這場戰爭能打上十天八天該多好哇！一個戰士來到端方的身邊，客客氣氣地說：「離開一些吧。」端方沒好氣地說：「反正結束了，你管我們站在哪裡？」戰士反問了一句，說：「誰說結束了？」戰士說，「誰說結束了？還有手榴彈呢。你們趴在我們身後，萬一有人脫手，多危險？」

端方的好心情突然就被調動起來了，是喜出望外和絕處逢生的喜悅，簡直就是撈了一筆外快。還有手榴彈呢！端方立即幫助戰士們清理場地了。端方帶領著大夥兒爬上了遠處的小土丘，在小土丘的背後，他們趴下了。遠遠的，他們看見洪大炮撬開了一隻彈藥箱，小心翼翼。那裡頭全是手榴彈。在傍晚的陽光下面，它們發出烏溜溜的光。吳蔓玲望著彈藥箱，很害怕，不好意思地對洪大炮笑笑，說：「洪主任，看起來我要做逃兵了。」洪大炮緊緊握住了吳蔓玲的手，高聲喊道：「戰鬥緊張，你也別送我，我也不送你。我還要指揮！你回去吧，回去！這裡有我們！」

手榴彈的爆炸是眞正的爆炸。伴隨著一陣火光，大地都晃動了。然而，端方失望地發現，它的威力遠不如電影上那樣巨大。電影就是這樣，在手榴彈爆炸的時候動用了特寫鏡頭，整個畫面都是紛飛的屍首和紛飛的泥土，具有一錘子定音的效果。其實不是這樣的。手榴彈並沒有那種大規模的、駭人聽聞的殺傷空間。它驚人的只是聲音，它炸飛的泥土卻遠遠稱不上遮天蔽日。端方渴望的是四海翻騰雲水怒、五洲震盪風雷激。手榴彈讓端方失望了。可是，不管怎麼說，恢弘的、劇烈的爆炸聲還是讓端方的熱血沸騰起來。他激動得不能自已。他要當兵。他還是要當兵。只有當上兵了他才能整天和射擊、和爆炸在一起。端方趴在地上，暗自下定了決心。他對自己說：「對吳支書要好一點，對吳支書要好一點！從今天開始，對吳支書要眞正地好一點。今年不行，還有明年。」

「放一槍」的願望端方最終也沒有能夠實現。夕陽西下的時候，鹽鹼地的上空飄滿了硝煙，硝煙堆積在半空，被夕陽染得通紅。空氣的味道全變了，不再是香，而是糊。大地突然安靜了下來，有了慘烈的、難以接受的跡象。戰士們在遠處，像電影裡的一個遠景，安安靜靜地立隊，安安靜靜地稍息，安安靜靜地立正，安安靜靜地向左轉——走。端方站起來了，他望著遠方，遠方是一支「之」字形的隊伍，他們已經開始撤退了。心裡頭突然就是一陣難過。他的心裡響起了電影上的畫外音：「同志們走了，革命轉入了低潮」。端方都有些不放心了。他們爲什麼要走？他們走了，王家莊會發生什麼呢？揪心了。天黯淡了下來，端方的心也一起黯淡了。他轉過身，並沒有和別人一起去爭搶子彈頭，卻盯住了自己的身影。他的身影很長，在一個下坡上。端方的身影有了流淌的危險，有了覆水難收的意味。夕陽同樣把硝煙的陰影投放在了下坡上，端方在陰影中傷感而又徬徨。

老駱駝說：「回去吧。該餵牠們了。」就在養豬場小茅棚的門口，端方意外地發現了一樣東西，是小豬仔的豬蹄。白色的，在黃昏微弱的光芒中放射出白花花的光，一共是三個。端方愣了半天才把它們確認出來了，一確認就傻了，有了極其不好的預感。抬起頭來再看屋子裡，屋子裡全是小豬蹄，小豬尾，還有小豬仔們的內臟。豬腸子細細長長的，拖得一地。剩下來的，全是小豬仔們的屍體了，小部分還在抽搐。牠們橫七豎八，躺在地上，可以說慘不忍睹了。端方跳進了屋子，黑母豬尖叫了一聲，躲到老駱駝的床下面去了，只在外面留下了一顆腦袋。它的眼睛像兩顆星星，對著端方亮晶晶地閃耀。黑母豬的嘴巴上全是血，嘴裡還叼了一隻小豬仔的豬肝，正在咀嚼。端方的頭皮一陣發麻，隨手撿起一具小豬仔的屍體。牠的脖子早就斷了，腦袋側在了一邊。這時候老駱駝進屋了，他立在那裡，不停地打量地面。額頭上都冒汗了。老駱駝到底是老駱駝，比端方鎮定。他即刻就把門關上了，點起了馬燈。馬燈照亮了這個狼藉的場面。溫馨的、橘黃色的燈光無限柔和地照亮了這個慘烈的場面。黑母豬在床底下，卻把豬肝放下了。牠似乎已經吃飽了，吃撐著了，對鮮嫩的豬肝再也不感興趣了。牠振奮得很，緊張得很，背脊上的豬鬃全豎了起來，像一個刺蝟。黑母豬機警地望著端方，機警地望著老駱駝。牠的眼睛在它的大耳朵的後面，虎視眈眈。牠的瞳孔裡發出強有力的光。而牠的脖子早已經變成了一只風箱，發出低沉的呼嚕。那是恐懼的聲音，那更是警告的聲音。一陣一陣的。端方突然就有一些怕，這樣的場景他從來沒見過，甚至都沒有聽說過。他不知道老駱駝床下的那只黑母豬究竟還是不是豬，牠是不是披著豬皮的狼？或者，老虎？端方沒有把握。端方怕了，後退了一步。老駱駝一把就把他揪住了，低聲地說：「端方，別動，不要動。」

「怎麼回事？」

老駱駝說：「我以後告訴你。你盯著牠，不要走神。腳底下不要動。」

「我們該做什麼？」

「我去把牠趕出來。你把扁擔拿好了，對準牠的腦袋，是腦袋。要準，要快，要狠。最好一下就解決問題。別讓牠咬著了，記住了？」

「記住了。」

老駱駝撿起了地上的小棍子，那是端方主持正義的小棍子。他歪斜著身體，走到床的一端。端方卻把扁擔握緊了，預備好了。老駱駝用小棍子捅了一下黑母豬，黑母豬沒有動，嗓子裡卻是一聲嚎叫，淒厲了。老駱駝就使勁。黑母豬還是不動。老駱駝就爬到床上去，把床板一塊一塊地拆了。這時的黑母豬卻動了。牠在往後退。屁股都頂在了牆上。端方一點一點地逼上去。老駱駝就聽見耳邊「呼」地一聲，風在老駱駝的耳廓上晃了一下，一陣涼。端方的扁擔已經掄下去了。

端方的扁擔在黑母豬的天靈蓋上開了花，精確無誤。幾乎就在同時，許多黏稠的東西飛濺出來，濺在了牆上，濺在了端方和老駱駝的身上，臉上。很腥。端方抹了一把臉，一部分是紅色的，另一部分則是乳白的，像膠水，更像糨糊。黑母豬的腦袋已經開了，牠的身子卻站立在原處，挺了片刻，坍塌下去了。牠的嘴裡吐出了一小塊的豬肝，後腿卻蹬得直直的，頂在牆上。顫了幾顫，在牆上留下了最後的一道劃痕。屋子裡再一次寂靜下來。全是端方的呼吸。

紅旗就是在這個時候衝進小茅棚的。「轟」地一聲，門被撞開了。端方和老駱駝都嚇得不輕，一臉的驚慌。紅旗卻同樣是一臉的驚慌。他幾乎沒有看地上，他對這裡的事情不感興趣。他有更重要的事情要告訴端方。紅旗說：「端方，吳支書叫你！」

「什麼事？」

「不知道。她就是在叫你！」

端方不想讓紅旗在這裡久留，拉起紅旗就出去了。一出門紅旗就邁開他的步伐，在昏暗的光線裡飛奔。端方回了一次頭，老駱駝已經在黑母豬的身邊蹲下了。端方顧不上他了，轉過身，對著紅旗大聲地喊：「你急什麼？」紅旗說：「快！端方，你快一點！」端方跟上去，厲聲問：「究竟是什麼事？」紅旗說：「你快點！我也不知道，吳支書就是喊你！」

端方和紅旗還沒有來到大隊部，遠遠的，就聽見吳蔓玲尖銳的叫聲了。紅旗說得沒錯，她是在喊「端方」。從聲音上聽過去，似乎是和什麼人打起來了。端方衝刺過去，大隊部的門口已經聚集了不少的人。吳蔓玲的屋子裡亂糟糟的，罩子燈的燈光直晃。端方撥開人，擠進屋內。廣禮和金龍他們居然把吳蔓玲摁在了地上。吳蔓玲披頭散髮，她在地上劇烈地掙扎，狂野得很，潑辣得很。地上有一些血，不知道是哪裡來的。端方憤怒了，伸出兩隻手，一把就把廣禮和金龍他們拎開了。吳蔓玲尖聲喊道：「端方！」端方蹲下來，說：「蔓玲，是我。」吳蔓玲當即就安靜了。吳蔓玲的目光從滿臉的亂髮當中透視過來，說：「你是端方？」端方說：「我是端方。」吳蔓玲很委屈地告訴端方，說：「他咬我。」端方一時也聽不明白，不知道這個「他」究竟是誰。這時的吳蔓玲定定地望著端方，目光既是柔和的，又是凶殘的，既是含情脈脈的，又是虎視眈眈的。她笑了。她的笑失去了內容，是嬰兒式的，是那種純明的笑容。是傻笑。端方回過頭，氣急敗壞地喊：「準備船！叫興隆！送醫院！」端方剛剛說完，還沒有回過頭來，吳蔓玲突然就顫抖起來，渾身都顫動，抖得像一面篩子，怎麼摁都摁不住。都能聽到她的牙齒的撞擊聲了。吳蔓玲突然躍起上身，兩隻胳膊一起摟住了端方的脖子，箍緊了，一口咬住了端方的脖子，不鬆口。她的牙齒全部塞到端方的肉裡去了。「我逮住你了！」由於嘴唇被端方的皮膚阻隔住了，吳蔓玲含糊不清地說：「端方，我終於逮住你了！」

二〇〇五年七月二十六日
定稿於南京龍江

畢飛宇作品集 9

平原（增訂新版）

作者	畢飛宇
創辦人	蔡文甫
發行人	蔡澤玉
出版發行	九歌出版社有限公司 臺北市105八德路3段12巷57弄40號 電話／02-25776564・傳真／02-25789205 郵政劃撥／0112295-1
九歌文學網	www.chiuko.com.tw
印刷	晨捷印製股份有限公司
法律顧問	龍躍天律師・蕭雄淋律師・董安丹律師
初版	2007年 6月10日
增訂新版	2017年 11月
定價	360元

書號	0111409
ISBN	978-986-450-155-7

（缺頁、破損或裝訂錯誤，請寄回本公司更換）

國家圖書館出版品預行編目資料

平原 / 畢飛宇. -- 增訂新版.--
臺北市：九歌, 2017.11
384面 ；14.8×21公分. --（畢飛宇作品集；9）

ISBN 978-986-450-155-7（平裝）

857.7 106018773